读客® 知识小说文库

读小说，学知识

邪恶催眠师

心穴

周浩晖 著

同心出版社

图书在版编目（CIP）数据

邪恶催眠师 / 周浩晖著. -- 北京 : 同心出版社,2013.4

（读客知识小说文库）

ISBN 978-7-5477-0818-7

Ⅰ.①邪… Ⅱ.①周… Ⅲ.①长篇小说—中国—当代

Ⅳ.①I247.5

中国版本图书馆CIP数据核字（2013）第033686号

邪恶催眠师

出版发行：同心出版社
地　　址：北京市东城区东单三条8-16号 东方广场东配楼四层
邮　　编：100005
电　　话：发行部：(010) 65255876
　　　　　总编室：(010) 65252135
印　　刷：北京海石通印刷有限公司
经　　销：各地新华书店
版　　次：2013年6月第1版
　　　　　2016年4月第2次印刷
开　　本：680毫米×990毫米　1/16
印　　张：21.25
字　　数：298千字
定　　价：32.00元

目录

第一章
啃脸僵尸惊现中国街头

01

深秋时分，龙州街头已经有了三分寒意。不过这点寒意并不能阻止都市男女们上街消遣的兴致，尤其是在周末的傍晚。

文汇路是老城区的商业中心。和新区的商业中心相比，这里的大楼多半矮旧，不够摩登气派。但老区也有老区的特色，比如说城内很多老字号都在此处聚集，这对本地市民的吸引力巨大。所以每到营业高峰段，文汇路上总是人来人往，热闹非凡。

罗飞坐在路边的一个台阶上，看似在无聊发呆，可他的眼神和思绪却没有一刻停歇。

这是一个四十岁左右的男子，留着一头短发，平额方脸，浓眉剑目。他的个头不算很高，体格也难言强壮，但却透着一种硬邦邦的苍劲气质。即便是端坐不动，这股气质也傲然弥漫于他的周身，令人过目难忘。

罗飞已经在这里坐了半个多小时了，他看着来来往往的陌生人，乐此不疲。

每个人都是存在和经历的结合体——有些已经发生，有些即将发生——罗飞正在研读他们。

不远处的商场门口，一个女孩吸引到罗飞的注意。

女孩很年轻，也很漂亮，她嘟着嘴，脸上的表情僵硬，显然并不快乐。从身姿上来说，女孩并拢腿站着，双手提着小包垂在身前，这是一个典型的自我保护的姿态，但她的下巴却微微扬起，带着一点点的攻击性。

罗飞能感受到女孩的心情：七分委屈，三分气恼。而对方的目光焦点必定就是导致她如此情绪的源泉。

不出罗飞所料，那源泉是个同样年轻的小伙子。

小伙子的帅气恰能与女孩的美貌相配。从服饰穿戴来看，他的经济情况应该也不错。现在他正背离女孩的方位远去，他的脸部肌肉绷得紧紧的，显得怒气十足。

两个约会的年轻人刚刚发生了一场争吵。罗飞开始揣摩两人的心境并借此预测这场纷争的结果。

女孩站在原地不动，看起来她不希望此行就此结束，她还在等待男人回来。那么男人呢？他是真的决绝离去吗？

罗飞觉得不是，因为男人脸上的愤怒过于夸张了。一个如此愤怒的男人怎会轻易离开？他应该把愤怒宣泄出来。

没有宣泄就离开，这个男人可能很失望，也可能很无奈，但不应该很愤怒。所以这愤怒不是真实的，它只是一种“外交”手段。男人正通过伪装的愤怒告诫对方：我已经受够了你的任性和无理，我不可能对你一再忍耐！

女孩呢？她能看破这一点吗？在罗飞看来，那个男人其实已破绽百出呢。

男人走路时摆臂很大，但脚下的步伐却不快，也就是说他离去的姿态远远大于他离去的速度；已经有两辆空驶的出租车减速经过他的身边，可他却未瞥一眼，而他前进的方向既无公交站、地铁口，更不是大厦的停车场所在。这一切难道还不够明显吗？

可女孩偏偏没看出来。这也难怪，恋爱中的女人本来就是一种低智商的生物。她的目光一直紧紧地追随着那个男人，委屈和气恼在消失，慌乱和绝望的情绪取而代之。

如果眼睛能说话，那女孩一定已经大喊出声了。

罗飞认为男人很快就会赢得这场战争——他将要到达一个红绿灯口，而女孩一定会在对方过马路之前认输挽留。

可惜男人却在这关头犯下了致命的错误，他居然回头看了一眼。

罗飞理解这一眼应该带着最后通牒的意味，同时男人急于将脸上的愤怒情绪再次传递给对方。可惜他这次回眸实在太笨拙了——他第一眼居然没有找准女孩的方位！当他扫动目光开始搜寻的时候，情势便在瞬间逆转。

女孩用充足的时间准备好冷冷的一笑，迎着男人的目光抛了出去。然后她便转过身，独自一人走进了商场。

男人愣住了，他在红绿灯前踯躅良久，彷徨难决。罗飞暗自笑了笑，把目光移向别处。他不需要再看了，他知道这对恋人必将在商场内重归于好。

观察和分析，这是罗飞最大的兴趣爱好。而千变万化的人性，永远是他眼中最理想的观测对象。作为一名刑警队长，他从不把空闲的时光浪费在办公室里，他宁愿像这般独坐街头。

这么多年来，罗飞自己也不记得观察过多少人了。反正男男女女，老老少少；喜怒哀乐，悲欢离合——各种各样的人，各种各样的情节都曾在他眼前出现。他几乎已阅尽了人生百态。

可他却从未厌倦。

就像今天，如果不是接到了队里的电话，他有可能在这里一直坐到天黑。

但电话来了，他就不得不走。

因为警情就是命令，不容违抗的命令。

02

案发地点在五个街区以外的阳和路，与文汇路相比这里要偏僻许多。即便如此，警戒线外仍然聚集了不少围观群众。

罗飞分开人群进入了警戒圈，首先迎上来的是个矮个子的中年男子，罗飞认得此人正是当地派出所的张所长。辖区内出了大案子，他当然会最先到场。

“罗队，来了啊。”张所长主动打了招呼，并且伸出了右手。

罗飞也伸手和对方握了握，同时问道：“大概什么情况？”

“有个家伙当街行凶，被我们的巡逻民警击毙了。”张所长一边说，一边向圈子核心处瞄了一眼。罗飞早就注意到那里躺着一具尸体，他本以为那是凶案的受害人，谁知却是行凶的嫌犯。

死者是个又高又胖的男子，看年龄大概二十来岁，他上身穿一件款式过时的夹克，下面牛仔裤配着皮鞋，略有些不伦不类。致命的枪伤在额头正面，一弹穿脑；此外在右腿膝盖附近还有另一处枪伤。罗飞判断开枪的警察应该是先击中了死者的右腿，但嫌犯顽恶，仍继续行凶，警察不得已才开了第二枪，当场爆头。

紧挨着尸体停着一辆马自达轿车，车前盖有一处轻微的凹陷；驾驶座的车门敞开着，车座、车窗以及附近的地面上都留下了斑斑血迹。

罗飞问道：“这是嫌犯的车？”

张所长摇头道：“是受害人的。”不待罗飞追问，他又详细解释说，“受害人驾车首先和嫌犯发生了碰撞，这才导致对方行凶报复。”

“哦。受害人呢？送医院了？”

“是的。伤得很重。”张所长一边说一边咧着嘴，用夸张的表情来渲染受害人的伤势。

罗飞的目光在车里车外细细地搜寻了一遍，又问道：“凶器呢？”

“凶器？没有凶器……”

“没有凶器？”罗飞不太相信。受害人伤势严重，现场民警被逼开枪，这都说明嫌犯的攻击力很强。一个赤手空拳的人哪有这么大的威胁？难道他是个练家子？可是死者体态臃肿，肌肉松弛，根本不像是有功底的人。

“他是用牙咬的。”张所长再次咧了咧嘴，然后又进一步描述道，“把那人半张脸都吃掉了！”

吃人？罗飞略略一惊。他转身走到死者的尸体旁，蹲下来仔细查看。

死者的脸上满是未干的血迹。罗飞曾以为这些鲜血是从额头弹孔流出来的，现在却发现很大一部分来自于他的嘴部。这也印证了张所长提到的“吃人”之说。

透过鲜血可见到死者的表情。他圆睁着双眼，脸上的肌肉扭曲狰狞；而令人印象最深的则是他的双颊——那里的肌肉绷得紧紧的，带动牙关死命咬合起来，仿佛要将整个世界都嚼碎。

就在罗飞研究尸体的当儿，又有一行警察进入了警戒圈。罗飞抬头瞄了一眼，原来是刑警队的增援力量赶到了。这其中有两个人他最熟悉，一个是法医张雨，另一个是他的助手小刘。

小刘赶过来向领导报到，张雨则在第一时间蹲在罗飞身旁，和他一同查验尸体。

罗飞吩咐小刘：“现场拍照，找目击者做笔录。”小刘领命到一旁张罗去了。罗飞这时又碰碰张雨的胳膊肘，说：“借我一只手套。”

张雨从随身的工具箱里拿出一副专用手套，他把右手的给了罗飞，自己则戴上左手那只。

罗飞戴上手套，用拇指和食指按住死者的双唇，上下一扒拉，露出了唇下紧咬的牙关。

牙齿已经被血液染得鲜红，一块黏糊糊的肉状组织夹在两排牙齿之间，其边缘散碎淋漓，显然是被活生生撕扯下来的。

张雨凑近看了看，自言自语道：“这是什么？”

“死者当街行凶，是被巡逻民警击毙的。”罗飞扼要地解释说，“他嘴里的这块肉……应该是受害人的脸颊。”

张雨一怔，下意识地往自己脸颊上摸了摸，愕然问道："怎么个情况？"

"听说这家伙恨不得把受害人给吃了。你看看他的眼睛……"

张雨也觉得有些异常，死者的眼睛瞪得老大，但目光却空洞无神，灰蒙蒙地如罩了层雾纱。这不像是个被当场击毙的凶犯——通常那些亡命之徒的目光中会包含着强烈的情绪，或愤怒、或癫狂、或恐惧、或绝望。

这时罗飞反过来问张雨："你觉得是怎么个情况？"

张雨把鼻子凑到死者嘴边闻了一下，然后摇头道："没有醉酒——那可能是精神病，也可能是吸毒了。"

"这方面你是专家，我等你的分析报告。"罗飞一边说一边站起身，举目在现场四下搜寻。

一旁的张所长主动上前搭话："罗队，你要找什么？"

罗飞的视线停在警戒圈的东南角上。那里停着一辆110巡逻车，几个巡警围着后车门，或坐或立。

张所长介绍说："击毙嫌犯的巡警叫陈嘉鑫，就是坐在车前的那个小伙子。其他几个人是后面赶来增援的。"

罗飞"嗯"了一声，迈步走到巡逻车前。他知道巡警队的同志对自己并不熟悉，所以特意拿出证件展示了一下："刑警队，罗飞。"

"哦，是罗队长。"小伙子们虽然没有见过罗飞，但也早有耳闻。他们纷纷侧身让行，唯有陈嘉鑫仍纹丝不动，他支起双手撑着自己的脑门，不知在沉思些什么。

罗飞上前招呼说："你是陈嘉鑫吗？"对方却像没听见似的，连头都没有抬一下。

旁边的一个巡警看不过去了，便伸手在那家伙肩头推了一把，大声喊道："陈嘉鑫！"

陈嘉鑫"啊"的一声抬起头来，他的神色惶然，像是吓了一大跳。

同伴冲罗飞努努嘴，提醒说："刑警队的罗队长来了！"

陈嘉鑫慌忙站起来，语无伦次地说道："罗队长，你……刚才，我……"

罗飞看出来了：小伙子并不是傲慢无礼，他只是太紧张了，情绪很不正常。罗飞便摆了摆手，示意对方稳稳心神。

陈嘉鑫深深地吸了口气，试图将那些不快的记忆从脑中抛开。可他的目光却又不自觉地向着嫌犯陈尸处瞥去。死者血肉模糊的面庞刺激着他的神经，令他的嘴唇微微颤抖起来。

罗飞揽住对方的肩头，冲背离尸体的方向轻轻一扳，说："我们去那边聊吧。"小伙子失魂落魄地转过身，跟随罗飞走到了车尾。此处被巡逻车遮住，不会再看到那具尸体。

站住脚步后罗飞问了声："抽烟吗？"

陈嘉鑫木然摇头说："不会。"

罗飞"嗯"了一声，扭头招呼道："拿瓶水过来！"立刻有人从巡逻车里拿出瓶矿泉水递给罗飞，罗飞又转交给陈嘉鑫。

陈嘉鑫拧开瓶盖，仰脖子"咕嘟嘟"连喝了好几口。罗飞则趁这个机会细细打量着对方。

小伙子看起来年轻得很，皮肤白净，面容清秀。相对巡警这个职业来说，他的身形有些瘦弱。如果脱去这身警服，罗飞宁可相信这是一个刚刚毕业的，手无缚鸡之力的大学生。刚刚亲历了一场血腥的凶案，小伙子承受的心理压力可想而知。

一下子喝了大半瓶矿泉水，陈嘉鑫这才停住。

罗飞用尽可能平淡的语气问道："第一次开枪？"

陈嘉鑫一口气还没倒上来，只能无声地点点头。

罗飞笑了笑，说："你运气不错。我从警八年之后，才第一次在现场击毙凶犯。"

陈嘉鑫冲罗飞眨着眼睛，露出将信将疑的表情。

"真的。"罗飞耸着肩膀说，"而且我当时比你现在还紧张呢。"

陈嘉鑫立刻摇头："这怎么可能？你可是我的……我的偶像呢。"

"哦？"罗飞哑然失笑，这是第一次有人把"偶像"这个词用在他的身上。

陈嘉鑫看着罗飞，很认真地说道："我本来想去刑警队的，可我们领导不让。”

“你们领导？”

“就是张所长，我一开始在他手下当片儿警。”

罗飞点点头，对小伙子的履历大概有数了。眼见对方的情绪松弛了不少，罗飞准备把对话引入正题，他伸手往陈尸处虚点了一下，问：“跟我说说吧，到底是什么情况？”

小伙子喃喃说道：“我是迫不得已才开枪的……那家伙就是个疯子！他会把那个人咬死的！”

“你别着急……”罗飞伸手在对方肩头轻轻一拍，“慢慢说，从头开始。”

陈嘉鑫仰头长吁了一口气，在“偶像”的安慰和鼓励下，他终于有勇气沉下心绪，重新回顾那可怕的一幕……

陈嘉鑫在傍晚五点十七分接到了110中心的指令，说阳和路交通银行附近有个男子正在骚扰过往行人。陈嘉鑫很快来到通报地点，果然看到便道上有一个高胖的男子行为异常。他让司机把巡逻车靠边停下，自己则步行走上便道查看。

胖男人看到有警察过问，便转身往马路对面躲避。但他刚刚走上马路就和一辆马自达轿车发生了碰撞。因为司机及时踩住了刹车，胖男人只是摔了一跤，并无大碍。司机打开驾驶室的车门探身查看，同时陈嘉鑫也赶到了车祸现场。看起来一切皆在控制中，然而恐怖的事情却毫无征兆地发生了。

胖男人从地上突然起身，猛地将司机推倒在驾驶室里。他用沉重的身躯压在司机身上，令后者毫无挣扎反抗之力，随后他便张嘴去啃咬对方的脸庞。

那可不是市井街斗时的撒泼招式，而是如野兽一般的疯狂撕咬。司机凄惨高呼，他的一块脸颊很快就被胖男人连皮带肉咬了下来，霎时间鲜血淋漓，惨不忍睹。

胖男人将那块皮肉嚼了几下，竟吞进了肚子里。然后他又继续往对方的脸上啃去。陈嘉鑫在车门外数次拉扯警告均无效果。危急关头，陈嘉鑫只好连开三枪，一枪冲天示警，一枪打在胖男人腿上，最后一枪则直接爆头。暴行终于结束，这时司机的半边脸颊几乎被啃光，早已疼得昏死过去。

惊魂甫定的陈嘉鑫先打了120急救电话，然后又向指挥中心通报求援。各路人马先后抵达，急救车把司机送往医院，罗飞也赶到了事发现场。听完小伙子的讲述，罗飞越发觉得此事蹊跷。其中的某些细节还得详加询问。

“最初的报警电话说那家伙在骚扰过往行人，具体是怎么个骚扰法？”

“我来的时候，他正伸手去拉扯一个骑自行车的人，那人骑得很快，被他拉了一下但没拉住。”

“你当时有没有觉得他不正常？”

“绝对不正常。他走路的姿势就很怪，我还以为他是喝多了。后来走近一看，又觉得不对。他的脸色煞白煞白的，呼吸特别急，就像得了重病一样。”

“那他后来攻击受害者的时候，还像是生病的样子吗？”

“不像，他的力气好大。就算多来两个人，恐怕也拉不开他。”

“你打伤他的右腿时，他有什么反应？”

“他只是仰起头大叫了一声，随后又去咬受害人了，对自己的腿伤根本不管不顾。”

这几番问答的同时，罗飞已在心中展开分析。死者在案发前便表现出了攻击性，所以车祸未必是这起血案的直接诱因；死者像是生患重病，可他的身体机能却很好；从他受伤后的表现来看，此人的感官系统应该没什么问题，但他的思维像是被某种异常的情绪控制了，这才导致一系列的反常举动。

“好了，你先休息休息。等会儿我的助手会给你做份笔录。”罗飞觉得差不多了，便向陈嘉鑫告辞。就在他迈步要离去的时候，陈嘉鑫忽然又喊了声：“罗队长。”

罗飞停步转头：“怎么了？”

陈嘉鑫默然片刻，问道：“我是不是很差劲？”

罗飞认真地摇着头说：“没人这么认为。”

“我打死了那个人，受害人也受了重伤。”陈嘉鑫满脸沮丧，“这不是最坏的结果吗？我什么都没能阻止。”

“这是突发事件，本来就很难处理。”罗飞想了想，又问，“如果你对自己不满意，那你告诉我，要怎样做才有更好的结果？”

陈嘉鑫想了一会儿，自己也找不出答案，只呆呆地站在那里发愣。

“先别想太多了，我们回头再聊。”罗飞有些无奈地拍了对方一下，然后便转身绕到了巡逻车外。不远处的张所长见状立刻迎了上来。

“这孩子不听劝啊。在派出所当个片儿警最好，巡警什么的根本不适合他。”张所长往车后努了努嘴，又道，“他还想当刑警呢，你看是那块料吗？”

罗飞笑了笑，没有回答。他快步回到了核心现场。张雨看起来已经完成了一轮验尸工作，正把沾满了血污的手套摘下来。

罗飞凑上前询问：“怎么样？”

“现场也就这样了。”张雨摊摊手说，“具体的还得回去做血样分析。”

罗飞“嗯”了一声，同时他的目光转向了警戒圈外，那里的围观人群似乎有些骚动。

“怎么回事？”罗飞冲着助手小刘喊了一嗓子。后者连忙赶过来解释说：“记者来了，我们的人在阻止他们拍照。”

罗飞知道记者难缠，便皱眉道：“别跟他们起冲突。赶紧把现场清理清理，撤！”

“明白！”小刘招呼起刑警队的弟兄，麻麻利利地把死者装进尸袋。警戒圈外的记者也突破了重围，抓紧机会“咔嚓嚓”抢拍一气。

罗飞等人各自上车，派出所的同志则留在现场善后。在车上罗飞吩咐道：“尽快把死者的身份背景查清楚。然后把现场周边的录像都调出来。”

小刘应了一声，见罗飞好像还有话要说，便眨着眼睛等待下文。

“刚才那个巡警队的小伙子，叫陈嘉鑫……”

“嗯。”小刘拿出笔记本记下了这个名字，又问，“怎么了？”

“你去运作运作，争取把他调到刑警队来。”罗飞眼望着窗外说道。

03

一个失去自控能力的嫌犯暴力袭击路人，被巡警当场击毙——这是罗飞最初对此案的定性。“啃食人脸”的情节虽然极具惊悚效果，但罗飞对此并不十分关注。就像陈嘉鑫描述的，那是一个疯子。疯子的行为常人无法理解。曾经有精神病人把自己最疼爱的儿子杀死，并割下头颅提在手中游荡；还曾有一个瘾君子吸毒后竟然把自己的胸腹剖开，掏出内脏砸向对峙的警察……作为一名从业二十多年的老警察，罗飞对如此种种早已见怪不怪。

只要弄清楚那家伙失控发狂的原因，就可以写报告结案了。罗飞觉得这最后一步也没什么难度，尽可以交给小刘他们完成。回到了刑警队之后罗飞在单位食堂吃了晚饭，静待前方的消息。

出乎罗飞的意料，案件却渐渐变得扑朔迷离。

首先是小刘摸清了死者的身份背景。

胖男人名叫姚柏，今年二十六岁，是本市一家IT公司的技术员工，单身，与父母同住，本人和家族成员都无精神病史。据家属和同事反映，姚柏性格内向温和，平时生活简单，无不良爱好。今天是周末，姚柏在家吃完午饭后睡了个觉，然后便外出休闲玩耍。他离开家的时间大约是下午两点钟左右，当时他的状态并无任何异常。

既无精神病史，又无不良爱好。这样一个寻常的男子怎么会在短短三小时间变身为嗜血狂魔？罗飞正觉得蹊跷时，他的手机响了，来电者正是张雨。

“血检结果出来了——”法医在电话中说道，“没有喝酒，也没有服用毒品。”

“那你查出什么了？”

“什么也没查出，一切正常。”

罗飞愣住了，片刻之后他有些不甘地说道：“我的手下刚刚汇报过，死者没有精神病史。你说血检一切正常……那他怎么会变成那样？”

“调查案情是你的责任，我只能保证尸检结果的正确性。”张雨首先强调了自己的职业立场，顿了顿之后，他又补充道，“如果你一定要听我的分析，那我觉得他在案发前可能受过严重的精神刺激。”

这句话点醒了罗飞，他转而又拨通了小刘的手机，下达了进一步的指令：“查清姚柏在案发前两小时的活动轨迹。有录像资料的全都拷下来，带回队里分析！”

晚上十点来钟，小刘回到刑警队，他带回了罗飞想要的监控录像。

案发现场离路口的红绿灯不远，附近有好几个摄像头，相关的录像也最容易调取。

时间显示五点十五分，胖男子姚柏第一次在案发地出现。他当时由东向西步行于马路南侧的人行便道上。正如陈嘉鑫所说，此人走路的姿势很怪，看上去极为诡异。

他耷拉着脑袋，两只胳膊垂在身体前方，双腿机械式地交替摆动，步伐缓慢蹒跚。在行进的过程中，他的脚掌一直紧贴在地面上，无力抬高半寸。这番动作就像是一个戴着手铐脚镣的死囚。

可接下来的录像又表明，他的手脚是完全自由的，根本未受束缚。

一个女人走进画面，向着姚柏迎面走来。姚柏开始愣愣地瞪视着对方。等女人走到身前，他突然抬起双臂迎过去，像是要来个深深的拥抱。女人被吓了一跳，连忙躲到一旁。姚柏跟过去还要继续纠缠，女人一边拿手机打电话，一边加速跑出了画面。

根据女人打电话的时间点，可以看出正是她向110报的警。

姚柏骚扰女人未果，又继续蹒跚向前。几分钟之后，对面过来一个骑自行车的中年男子。姚柏先是侧身让在一旁，等那男子擦身而过之时，他忽然抬手拉了对方一把。骑车人被拉得一晃，险些摔倒，不过那人车技还不错，斜冲两步之后还是稳住了车头，然后便单脚撑地停了下来。

骑车人回头骂了句什么。当他看到姚柏怪异的神态之后，便没兴趣和对方纠缠。他猛踩着脚蹬子自行离去了。

没过片刻，陈嘉鑫出现在画面中。他迎面走向姚柏，一边呵斥一边做出警告的手势。

姚柏举起双臂，在身体前方恶狠狠地挥舞了两下，以示威胁。不过他对陈嘉鑫还是有所忌惮，眼看对方渐渐逼近，姚柏便笨拙地扭过身体，下便道往马路的另一侧走去。他的脚步频率明显加快，看样子是想穿过马路逃跑。

此刻正值交通高峰，各色车辆川流不息。一辆马自达轿车对姚柏的突然闯入反应不及，司机虽然踩了急刹，但车前端还是撞倒了姚柏。司机随即开门准备下车，这时姚柏从地上自行爬起，不由分说将司机推倒在驾驶室里。此后两人的身影便被车顶挡住，罗飞只能从车外陈嘉鑫的反应来推测车内的事态进展。

赶到车旁的陈嘉鑫显然看到了可怕的场面，顿时变得惊慌失措。他先是拼命想把姚柏从车里拉出来，但对方的体重令他力不能及。片刻后他放弃了，开始掏出对讲机，但他随即又觉得求援已来不及，便甩手把对讲机扔在一边，转而摸出了腰间的配枪。小伙子把枪口对着车内大喊了几句。罗飞注意到他虽然是双手握枪的，却仍控制不住手腕的颤抖。

喊话毫无效果。陈嘉鑫开枪了。第一枪冲天，第二枪则把枪口探进了驾驶室，这一枪应该是打在姚柏的右腿上，仍不能阻止对方的暴行。两秒钟之后，陈嘉鑫急匆匆转到车头另一侧，左手拉开副驾驶的车门，右手端枪再次探进车内。随即他的手臂一震，喻示第三枪已经击发。这一枪直接爆了姚柏的头，惨剧终于落幕。

陈嘉鑫把姚柏的尸体从驾驶座那边推了出去，尸体落于现场所见的位置。陈嘉鑫查看了一下受害者的伤势，然后收了枪，双手在腰间一阵乱找乱摸。这时巡逻车司机走进画面。按陈嘉鑫所说，此人先前一直在车内等待，听到枪声后才匆忙赶来。

录像中陈嘉鑫向同事挥手呼喊，后者忙解下自己腰间的对讲机抛给他。罗飞这才知道小伙子刚才那通乱摸原来是要找对讲机。他禁不住摇头苦笑：那对讲机早被你自己扔在地上了！你却忘了个干干净净。

一旁的小刘也注意到这个细节，嘀咕了一句："罗队，你要把他招到刑警队来？"

罗飞没有搭这个话茬，反问对方："之前的录像呢？我要看到这家伙变化的过程。"

小刘明白罗飞的意思。姚柏在这段录像中已经举止异常，而他离家时是正常的。在这个中间必然有个点发生了变化，这个点的资料最为关键。

"之前的录像并不多。"小刘先答了一句，随即又说，"不过能知道他是在哪里发生了变化。"

"哪里？"

"中康医院。"小刘一边说一边把相关的录像调了出来。

中康医院距离案发地点非常近，大概也就五分钟左右的步程。所以从案发地点往回查看录像时，很快就发现姚柏于下午五点零五分从中康医院的大门走出。这时他的步履已显蹒跚，身体姿态也不正常，但症状尚不像案发时那么严重。

把医院门口的监控录像继续往回倒，在四点四十七分找到了姚柏进入医院的画面。令人振奋的是，此时的姚柏步履如常，毫无异样。

这段录像放完后小刘说道："再往前的录像就看不到姚柏的身影了。我估计他是乘坐交通工具，在医院附近下的车。但下车点不在监控范围内，所以很难往前查找。"

"有这几段就够了。看来姚柏的状态变化就是在中康医院里发生的。"罗飞用指节在桌面上轻轻敲了敲，又问，"医院里的录像有没有？"

"医院里几个监控点我都看了，没发现姚柏的行踪。我估计他直接去了门诊楼，因为从医院大门到门诊楼这段正好没有监控。"

"没关系。就这点范围，我们实地走访一下。"罗飞抬腕看看手表，"今天太晚了，明天一早出发。"

04

第二天早上八点，医生们刚刚上班，罗飞就带着小刘来了。他们很快便找到一个关键的目击者：宋燕燕。她是昨天下午在门诊楼药房坐班的医师。

“对，这个人昨天来过。”宋医师一眼就认出了姚柏的照片，“这小伙子古里古怪的，我印象深得很。”

“哦？你一见到他就觉得他古怪吗？”

“那倒不是，看他模样还挺正常的——”宋医师抬手在自己额头点了点，“就是脑子有点问题。”

“怎么了？”

“他想来开药，可手里又没有医生的方子。我让他先找医生，他却说找医生没用，还说自己知道开什么药。嘿，你想直接买药那就去药店啊，来医院捣什么乱呢？”

开药？难道姚柏果然有病？罗飞又追问：“他想开什么药？”

宋医师不屑地一笑：“他说了个乱七八糟的名字！好像叫抗体病毒血清什么的。”

“抗体病毒血清？”三个医学名词组合在一起，这是药名吗？确实有点怪。罗飞扭头看了小刘，意思在问：你听说过这药没有？后者也茫然摇头。

宋医师劝道：“你们就别琢磨了。照我说根本没这个药。”

罗飞笑了笑，却在心里把那个古怪的药名牢牢记下。然后他继续问道：“后来呢？”

“我说没这个药，那家伙还不肯走，看他的样子很紧张，就像急等这个药救命一样。可我也帮不了他啊，只能劝他先去找医生。这样僵了好几分钟，后面开药的人都等不及了。就在这时，那个挂钟响了。”

宋医师一边说，一边伸手指了指药房对面的墙壁。罗飞回头看了一眼，那墙上确实有一面挂钟。可他不明白对方为什么会提到这个细节。

“那个钟每到准点都会报时，就是‘当当当’地响几下。”说到这里，宋医师反问了罗飞一句，“你觉得这东西吓人吗？”

罗飞感到莫名其妙：“这有什么吓人的？”

“那个小伙子就被吓了个半死。一个男人，那么大的块头，居然会害怕挂钟。”宋医师再次点了点自己的脑壳，“你说他这里是不是有点毛病？”

这事听来的确荒诞，罗飞需要了解更加详细的信息：“他具体有什么反应呢？”

“挂钟一响，他就猛地把头扭了过去，死死地盯着钟看，身体还一个劲打哆嗦。等钟敲完了他才把脸转回来，他的脸色变得煞白煞白的，眼睛也直了，简直像是丢了魂。”

罗飞心念大动：这不就是整个案件的关键所在吗？让姚柏从正常变得不正常的节点！这个节点已展现在自己眼前——如此清晰，却又如此的令人费解！

“在这个过程中没有发生其他的事情？”罗飞试图引导目击者的思维，“那家伙突然间情绪大变，他是不是看到了别的东西？”

“没有。”宋医师的回答非常确切，“那会儿不是五点吗？钟一共敲了五下，他就是呆呆地站着，一直看着那个钟。我敢肯定他就是被那个钟给吓坏的。”

“那他……有没有做出什么特别的动作？或者说出什么特别的话？”

医生还是摇头：“啥话也没说。我还问了句怎么了，他也没理我。然后他走了。”

“他离开时的姿势呢，有没有什么不同？”

“是很怪啊，两个脚在地上一拖一拖。大概是被吓到腿软了吧？”

罗飞点点头，同时和小刘对视了一眼。现在可以确定姚柏的反常状态就起始于昨天下午五点整。可导致他失常的原因到底是什么？

“他是不是有什么恐物症之类的啊？”小刘猜测着说道，“比如说特别害怕挂钟，或者听见敲钟的声音就受不了。”

罗飞皱眉道：“不太说得通。如果有这样的怪病，应该早被人发现了。”

是啊。挂钟是随处可见的东西，如果姚柏真有恐惧挂钟的怪病，那他绝对每天都会发病。可他此前的工作生活一直很正常啊。

小刘咧咧嘴，正失望间，却听罗飞又说道：“不过这也是个思路，你去查着试试。这次挖深一点，他的个人兴趣、癖好，包括朋友圈子什么的，全都细细地梳理一遍。或许能有线索。”

“好吧。”小刘嘴上应承了下来，心中对完成任务并不抱有太大的希望。

两人刚刚走出医院，罗飞就接到了张雨的来电。

“罗队，你有空的话就过来一趟，这里有个新情况，需要你亲自看看。”法医在电话那头说道，“另外昨天现场的那个巡警，你最好把他也带来。”

罗飞立刻打电话找到了陈嘉鑫。一番沟通，决定由陈嘉鑫开巡逻车来接罗飞，小刘则先行去调查姚柏的个人情况。

四十分钟之后，罗飞在法医中心的停尸房见到了张雨。

张雨稍作寒暄，随后拉开了存放尸体的冰柜。他指着姚柏的尸体说道：“你们看看这里。”

张雨所指的是死者的右后侧颈部，细细看去，那里有两排细小的伤痕，很像是牙齿啃咬的痕迹。

张雨看着陈嘉鑫问道：“这个牙痕会不会是受害人留下的？”

陈嘉鑫回忆了一会儿，摇头说：“不会。当时受害人被嫌犯死死压住，根本无力反抗。再说了，就算他反咬，也只会咬到嫌犯的正面，不可能咬到对方的后脖子。”

张雨“嗯”了一声说：“和我的判断是一致的。”不过他的判断另有依据，“你们看，这里已经出现了结痂组织，所以伤口形成的时间距离死者死亡至少有一小时开外。”

罗飞的眼神一跳：“那就是说，在案发前曾有人攻击过死者，并且在他的后颈部留下了这个咬痕？”

“是的。先是他被咬，后来他又咬别人。这两件事情有没有什么联系？”

这的确是个值得关注的新思路！难怪张雨会急匆匆把自己叫过来。罗飞俯身凑近去看那两排咬痕，同时问道：“能从这个咬痕比对出牙齿的主人吗？”

“希望不大。”张雨为难地挠了挠头皮，“主要是咬得太浅了，留下的特征信息很少。最多能作排除，不能作为确证。”

罗飞明白张雨的意思。死者颈部的咬痕确实非常浅，近乎于情人间的玩闹。所以这个咬痕的证据效力就不够强。要作牙模比对的话，这个证据只能排除明显差异者的嫌疑，而不能作为痕迹相似者的确证。

这样一次小小的啮咬真的会导致死者后来的疯狂举动吗？罗飞继续查验那处咬痕，喃喃自语道：“不像是有毒的样子啊？”

“有毒？”张雨很不理解地瞪着眼睛，“这牙痕肯定是人咬的，怎么会有毒？”

“哦，是这样的。”罗飞起身解释说，“死者案发前曾到医院里寻找一种血清，我在想他的行为会不会和这次被咬有关。”

“是吗？”张雨琢磨了一会儿，也觉得这事有意思，便追问道，“他要找什么血清？”

罗飞记得很清楚，脱口而出：“抗体病毒血清。”

“这是什么东西？”张雨摇摇头，显然他也没听过这个名字。

“药房的大夫说根本没有这种药。”罗飞无奈地摊着手，感觉像是嚼住了一块鸡肋。这线索实在是食之无味，弃之可惜。

在沉默的气氛中，旁边的另外一个人却开了口。

“我……我能不能说一句？”插话者是陈嘉鑫。小伙子旁听很久了，一直碍于身份不敢多言。此刻大概实在按捺不住，终于战战兢兢地发出了自己的声音。

“哦？你有什么思路？”罗飞很热情地问道。

“我觉得你们可能把药名听错了。不是抗体病毒血清，是抗T病毒血清。”陈嘉鑫说话的声音不大，显得缺乏自信。不过他还是尽力想把这事解释清楚，所以又强调了一句：“是英文字母RST的T，不是汉字身体的体。”

“抗T病毒血清？”张雨眨了眨眼睛，“有这种药吗？”

罗飞在这方面不专业，他只能期待地看着陈嘉鑫，等待对方回答。

在两个前辈的注视下，陈嘉鑫愈发紧张，话语也变得吞吞吐吐：“有是有的……不过听起来有点……有点荒唐。”

“荒唐怕什么？集思广益嘛！”罗飞提高了声调，半是鼓励，半是催促。

陈嘉鑫这才鼓足勇气说了：“那是一种治疗僵尸病毒的药物。”

“什么僵尸病毒？”罗飞一愣，不太确定自己是不是听清楚了。

而小伙子接下来的话更加令他茫然。

“就是T病毒。感染这种病毒之后，人就会变成半死不活的僵尸。然后他们就会主动攻击正常人，攻击的方式只有一种——用牙咬。被咬到的人很快也会变成僵尸。而抗T病毒血清，顾名思义，就是能够对抗T病毒的药物。被咬的人如果能及时注射抗T病毒血清，就不会变成僵尸了。”小伙子一气说到这里，最后才补充了一句，“这些都是《生化危机》中的情节。”

“生化危机？这又是什么？”罗飞简直要彻底晕菜。

陈嘉鑫解释说：“是一款僵尸题材的电脑游戏，还拍了好几部同名电影，在年轻人当中非常流行。”

“你也迷这些东西？”罗飞微微皱起了眉头，暗忖小伙子是不是压力太大了，怎么把这些乱七八糟的东西拿出来说呢？

陈嘉鑫摇头道：“我本来也不了解这些东西的。只是早上看报纸上说僵尸僵尸的，就上网查了些资料。”

罗飞想起了昨天来到现场的那帮记者，他不知道那些人具体把报道写成了啥样。但一定会添油加醋，极尽渲染之能事。

这时又听陈嘉鑫说道：“报纸我带着呢，你要不要看看？”

罗飞毫不犹豫地伸出手，小伙子便从口袋里摸出份报纸递给他。罗飞展开版面，很快找到了相关报道。

标题很惊悚：《闹市惊现啃脸僵尸》。正文如下：

> 昨日下午五时许，我市阳和路发生一起恶性案件。一名男子先是数次骚扰路人未果，后又当街啃食另一过路司机的脸部。闻讯赶来的警察连开三枪才将该男子击毙。受害司机半张脸被啃光，目前仍在医院抢救。据现场目击者介绍，啃脸男子动作缓慢，脾气狂暴，其行为表现与恐怖电影中的“僵尸”非常相像。因为警方婉拒了记者的调查，目前此案的真相仍是一个谜团。

罗飞阅毕，目光从报纸转到陈嘉鑫身上，他问道：“你看了这篇报道，然后就相信了‘僵尸’的说法？”

“相信也谈不上，我只是……只是很想找到真相。”顿了顿后，小伙子又说道，“但这件事真的太奇怪了，那个人像僵尸一样走路、咬人，脖子上还有一个牙印。还有他在医院想找的药，如果他说的确实就是‘抗T病毒血清’……”

说到这里陈嘉鑫自己停了口，他也知道这个思路实在是太荒唐。罗飞和张雨默然对视着——他们都读懂了那个小伙子的潜台词。片刻后，张雨首先摇头否决：“这完全不科学，不可能的！”

罗飞却依旧沉默，他这种态度让张雨略感不安，后者忍不住要问：“罗队长，现在你是怎么想的？”

“僵尸当然是不存在的。不过他讲的这些东西倒是启发了我——”罗飞伸手指了指陈嘉鑫，沉吟道，“这事或许还有另一种可能。”

“什么？”

罗飞没有急于说明，他拿出手机拨了个号码。振铃响了三四声之后，听筒内传来了小刘的声音：“喂？罗队？”

“你在哪儿呢？”

“我在姚柏的公司，刚刚和他生前几个要好的同事聊了会儿。”

“有什么进展吗？”

“有个线索很值得研究！你不打过来，我正准备打过去呢！”小刘说完就问罗飞，“今天的报纸你看了没有？”

听到这话罗飞心念一动，难道助手已经和自己想到一块儿去了？他一边回答说：“就是僵尸那篇吧？看了。”一边把手机的扬声器打开，让身边的两个人也能听见他们的通话。

“我刚刚问到的好几个人都说，姚柏这次是迷恋僵尸走火入魔了！这小子是个标准的僵尸迷，他最喜欢一款叫作《生化危机》的僵尸游戏，国外拍的僵尸电影更是每部必看！”

“你的意思我明白了。这条线索的确很有价值，回头到队里我们再详细分析。”罗飞打发了电话那头的小刘，然后他看着张雨，用之前的话反问对方，“现在你是怎么想的？”

“沉迷于虚拟世界，走火入魔。这事听起来离奇，但也不是没有先例。”张雨一边说一边凝目沉思，眉头中却始终有个疙瘩解不开，末了他伸手指指姚柏的尸体，把心头疑问抛向罗飞，“他脖子上的咬痕怎么解释？”

罗飞的目光早就盯上了那个咬痕，他思忖着说道：“看来不仅有内因，还有外力……”

“外力？”张雨马上明白了，“你是说有人在诱导他走火入魔？”

罗飞点头道：“这个咬痕就是其他人存在的铁证。”

没错。死者再怎么走火入魔，也不可能咬到自己的后脖颈。这必然是他人所为。张雨顺着这个思路琢磨了一会儿，心中有了些猜测：“他们是不是在玩一种情景模拟的游戏？然后这家伙入戏太深导致失控？我觉得可以查一查和死者有相同爱好的圈内人。”

罗飞却摇摇头，神色凝重。“恐怕没这么简单。”他沉着声音说道，“那家伙应该是有预谋的，他做了非常精妙的策划和布局。”

“哦？”

“他做了一个扣子，或者叫作……”罗飞想了想，又找出一个意思更加贴切的词语，“叫作触发器。”

张雨脸上的神色愈发困惑了。

“死者被咬后先是去了中康医院，他在寻找什么抗体病毒血清——”说到这里罗飞往陈嘉鑫身上瞥了一眼，又补充说，“嗯，或者是抗T病毒血清。”

陈嘉鑫欣慰地一笑，他感觉自己得到了对方的首肯。

罗飞又继续说道：“这时死者确实沉浸在一种情景模拟的状态中，但他的神志尚未失控。不久之后一件奇怪的事情发生了——医院那里有一个挂钟，下午五点整的时候挂钟开始报时，死者听到钟声后立刻吓得魂不附体。随后他便离开了医院，据目击者说，他从这时才开始变得目光呆滞、行动缓慢，可算真正进入了走火入魔的状态。”

还有这样的情节！张雨讶然反问：“这钟声就是你说的触发器？那是怎么做到的呢？”

“怎么做到的我现在也猜不透。”罗飞沉默了一会儿，又正色道，“如果事情真像我设想的一样，那这案子就绝不是什么意外了！”

不是意外，难道竟是一场精心设计的谋杀？张雨的后背有些隐隐发凉。他做了这么多年的法医，还从未见过如此诡异和另类的作案手法。

而随后打来的一个电话让他意识到，一场大戏才刚刚拉开帷幕。

第二章
神鬼莫测的“瞬间催眠术”

01

打电话过来的是一个叫作董杰的年轻法医。电话接通之后，他很恭敬地问道：“张老师，您现在忙吗？”

“我正和刑警队罗队长谈一个案子——你找我有事？”

“我这边有个现场吃不准，您能不能帮忙看一下？”

对工作上的事情张雨从不推辞，但刚刚的话题又意犹未尽，他便鼓动罗飞：“又出案子了，一块去看看？”

罗飞也想和张雨再多聊一会儿，当下便应了对方的邀请。一行三人离开了法医中心。因为是帮忙不是正式出任务，张雨就没开法医车，三人上了陈嘉鑫的巡逻车，一路往案发地而去。

在车上两人继续先前的话题，越聊越觉得此事绝不简单。末了罗飞给小刘打了个电话，吩咐对方继续查找监控录像，这次要从姚柏离家时开始查起，争取查清此人离家后所有的活动轨迹。

半个小时之后抵达了目的地。这是西城的一处居民小区，案发现场位于一幢六层的高楼脚下。警戒线已经拉起，这次圈外没几个人围观。

不是小区内的居民不喜欢看热闹，而是这热闹少有人敢看。因为圈子中心的那具尸体实在是太惨了。

死者横尸呈俯卧状，整个脑袋摔成个稀烂，看上去就像是一摊红白浆液中浸泡着一团黑色的头发。他的上半截身体也很奇怪，软软地趴搭着，似乎胸腔里没有肋骨，只是一只皮囊包裹着内脏的“人体汤包”。

罗飞和张雨还好，陈嘉鑫见到这场面可有些受不了了。他用手捂着嘴，差点就要呕吐出来。罗飞注意到小伙子的窘态，便打发他说：“这里没你的事，你去车上等着吧。”

陈嘉鑫如释重负般离去。这时另外一个小伙子风风火火地迎上来，口中不住地打着招呼：“张老师、罗队长，辛苦你们了。”此人正是法医中心的年轻人董杰。

案子是按跳楼自杀报的，所以一开始便没动用罗飞和张雨这样的重量级人物。不过董杰在初步勘验尸体之后，却发现有些不太对劲。他不敢擅下结论，这才打电话向张雨求助。

“最主要的疑点就是四肢未见严重损伤，而头胸部位却是大面积的粉碎性骨折。”董杰一边简明扼要地说着，一边把二位援兵引到了尸体前。其实他知道这话说不说都无所谓，以这两位的资历，一眼就能看出问题所在。

高坠身亡属于法医常见的死亡类型。一般来说，坠楼者在落地前都会有个保护头部的本能动作——或者是发力撑开双臂遮挡，或者是屈臂抱头。不管是何种方式，双臂都将受到极为严重的损伤。当然也有坠楼者因空中姿态改变而下肢先行着地，那他的腿骨和骨盆便会摔得粉碎。但凡四肢无恙而头胸损毁严重的，法医鉴定时便要考虑凶杀后抛尸伪造自杀现场的可能性。

张雨蹲下身来，贴近死者的身体细细查看。董杰猜到他在找什么，又主动说道：“我已经认真看过了，死者身体上并无可疑的外伤。不过他的脑袋摔成那样……”

既然有凶杀的疑点，那么就要查找尸体上有没有刀口之类的可疑伤痕。现在倒是没找到可疑外伤，但也无法排除凶杀的可能。因为死者的脑袋已经摔碎了，没准那致命的伤口就在头部呢。

尸体就是这样了。张雨站起身，仰头问了句：“楼上现场看过了吗？”这块不属于法医的工作范围，张雨问完话之后，目光投向了一旁站着的几个派出所民警。

“看过了，现场没有打斗的痕迹。”说话的是个派出所副所长，年纪不小了。他知道罗飞是个刑侦专家，又主动汇报说，“楼顶有两个目击者。已经被我们控制住了，就在警车里。”

现场有目击者？那事情就好办多了。罗飞和张雨交换了一下眼神，说：“过去看看吧？”张雨点头赞同。于是老所长当先领着，一行人向着警戒圈外的一辆警车走去。

“两个孩子，在楼顶搞对象呢，正好看到了死者跳楼的过程。我看着他们不像在说谎，不过那话又实在是……”老所长一路走一路唠叨着，最后像说不下去了，摇头连连咂嘴。

罗飞揣摩对方的语意，问道：“他们的说法很不可信？”

“这个……你们一聊就知道了。”老所长来到车门前，他没有上车，而是侧身把通道让了出来。

罗飞和张雨猫腰钻进车里。却见后排坐着一男一女，年纪也就十六七岁。另有一个民警陪在他们对面。这民警不认识罗飞和张雨，见上来两个穿便衣的人，一时间有些诧异。

“这是市局来的专家，你没事就出来吧。”老所长在车外招呼道。民警“噢”的一声，很识趣地下车给专家们腾出了位置。

罗飞和张雨并肩坐下。那对少男少女抬头看着他们，紧张兮兮的。

“没什么大事。”罗飞用轻松的语调说道，“就是把你们看到的事情再复述一遍。”

女孩转过头，怯生生看了男孩一眼，似乎在等待对方拿主意。男孩咬了咬嘴唇，答非所问地说道：“警察叔叔，这事不会通知家长吧？”

罗飞心中暗笑，明白这对小情侣定是瞒着家长去楼顶幽会的。一出事，首先想到的是这段地下恋情可不能向家长捅破了。

“不会的，你们配合警察把事情讲清楚就行。”

有了罗飞的保证，男孩这才进入正题。他说："那人就是自己跳下去的，我们两个都看见了。"

"说具体点，从什么位置跳的？当时你们在哪儿？现场还有没有其他人？把你记得的都说出来。"

"好吧。"男孩瘪瘪嘴，有些嫌麻烦的样子，可他又不敢违抗，只好努力回忆了片刻，然后描述道，"我们俩今天一早就在楼顶约会。后来那个人上来喂鸽子。我们本来想换个地方的，但他喂鸽子喂得很好玩，我们就多看了一会儿。过了有十几分钟吧，楼下好像有人吹哨子，鸽子听见哨音就飞了起来。那人追着来到围栏边，然后就跳下去了。"

死者自杀前在喂鸽子？罗飞觉得这也是个疑点。一般来说，人在自杀前总会瞻前顾后犹豫很久，怎么会有心情喂鸽子？不过这个问题暂且放在一边，先把某些细节问清楚再说。

"你说他喂鸽子喂得很好玩。怎么个好玩法？"

"他蹲在那群鸽子中间，一边撒食物一边咕咕咕地叫着。然后他走到哪里，那群鸽子就跟到哪里，就像是一只老母鸡带着一群小鸡似的。"

女孩在旁边也补充道："他走路的时候都是蹲着的，就像是一只大鸽子。"

听到此话，罗飞的心蓦地一跳。他转头看了看张雨，张雨先还没反应过来，见对方神色不对，这才幡然警觉：死者像是一只大鸽子！而姚柏死前则表现得像是一个僵尸。为什么两人都出现了怪异的拟物行为，难道仅仅是巧合吗？

罗飞随即切进下一个关键的问题："那他跳楼的时候是怎么跳的？"

"他先是爬上了围栏，然后又蹲在围栏上。没过一会儿，也就一两秒钟吧，他就跳下去了。他把两个手臂展开这么举着，好像要飞的样子。"男孩一边说一边展开双臂，像是小孩玩耍时模拟飞机的翅膀。

"他在学鸽子呢。而且他跳楼的地方就是那群鸽子飞走的地方。"女孩补充说道。看来对方像"大鸽子"这件事给她的印象极深。说完这话女孩又给了句评价，“我看他不是跳楼自杀，而是玩鸽子玩傻了，还以为自己也能飞呢！”

罗飞和张雨虽然没有亲历现场，但两个孩子这么一描述，再联系尸体的惨状，他们完全能想象出死者坠楼时的诡异姿态。而女孩的那句评价更在证实，这又是一起因走火入魔，精神失控而导致的死亡事件。

罗飞用古怪的神色看着张雨：“你觉得这事……”

张雨知道罗飞想问什么，他愣了一会儿，说道：“如果要和那件事相比，好像还缺点东西。”

“缺什么？”

“外力和触发器。”

罗飞露出苦笑，他提醒对方：“都已经有了！”

“有了？”张雨还是没转过弯，直到罗飞赤裸裸说出那个关键词之后，他才恍然大悟。

“哨子！”

是的。哨子！玩鸽子的人都会用哨音来控制鸽群的行动，这是常识。可那男孩说了，当时驱动鸽群飞走的哨音并非死者吹奏。那哨音来自于楼下某处。

这正是此案中导致死者离奇坠楼的外力和触发器。

于是这两起看似毫不相干的案子，终于在此处完美地串并起来。

02

接下来的任务，就是要找出两起命案背后的神秘黑手。

罗飞首先查明了坠楼死者的相关信息。

死者名叫章明，男，五十五岁，本地下岗工人。此人早年离异，无子无女，多年来一直独自生活。养鸽子是他最大的爱好，在他的情感世界中，鸽子便等同于陪伴自己的亲人。

今天早晨七点钟左右，章明如往常一样出门吃早茶，逛早市。到九点多的时候，章明回到小区内。其间曾有熟人和他打招呼，但章明神色怪异，并未回应对方。十点钟左右，章明来到楼顶，开始与鸽子嬉戏。

章明坠楼的具体时间是上午的十点十八分。除了楼顶那对情侣之外，楼下亦有人目击到这惨烈的一幕。当时章明的确是展开双臂，以飞行般的姿势从楼顶跳下。他的头胸部率先落地，相关骨骼被巨大的冲击力撞得粉碎。

坠楼事件发生前的哨声成了罗飞重点关注的线索。他很快找到了吹哨子的人，令他意外的是，那竟是一个年仅七岁的小男孩。

在事发居民楼东侧有一处小广场，广场内设置了一些公众健身娱乐设施。当天正是周日，附近有不少小孩都来到广场玩耍。据吹哨的男孩讲述，他是在广场秋千的座椅上发现了那只哨子，随后便捡起来吹着玩。没想到这一吹却引发了一场悲剧。

罗飞提取了那只哨子。经章明的邻居辨认，这哨子本是章明随身携带、用来训导鸽子的装备，是何原因让其出现在了孩童玩耍的秋千上?

罗飞认为这也是那“神秘黑手”布的好局。这家伙对章明进行了精神蛊惑，并且将哨音设置为诱导章明跳楼的“触发器”。此人还拿走了章明的哨子，他把哨子放在秋千上，就是为了让玩耍的孩子们看见。出于孩童的天性，发现哨子的小孩肯定会拿起来吹着玩。当哨音响起的时候，这家伙的计划也就大功告成了。

事发小区是开放式的管理，那个广场更是周边居民休闲时的共同去处，人流不息。广场附近也没有设置监控探头，所以很难查出是谁放置了那个哨子。后来的鉴定则表明，哨子上只有几个小孩子的指纹，可见此前的痕迹已被人刻意擦去。

罗飞只好把关注的焦点继续往回拉，试图还原章明早晨离家后的行动轨迹。对于昨天发生的那起“僵尸案”，小刘也正在从事类似的调查。

然而两条线上的排查都不顺利。

首先是姚柏的情况。其住所附近的道路监控显示，姚柏于昨日下午两点十一分上了一辆出租车。调查出租车司机获悉，姚柏乘坐此车于十五分钟后抵达了宝力大厦——一座集购物、美食、休闲于一体的现代化商业中心。调取大厦内的监控，可见姚柏先是在二楼的购物广场晃了一圈，随后他到达顶楼的美嘉影城，去售票口购买了一张电影票。

下午三点十二分，姚柏检票入场。影城一般是提前十分钟开始检票，能推断出姚柏要观看的是三点二十分上映的一部与僵尸有关的科幻电影。

影城内部一共有六个放映厅，厅内厅外都没有安装监控设施。所以姚柏在场内的行动便无法排查。下午四点二十三分，姚柏走出检票口。随后他在大厦门口上了另一辆出租车，这次行车的目的地便是中康医院。

由此可见，如果确有人蛊惑了姚柏，那地点就在影城内部。姚柏离开时那部科幻电影尚未完场，也侧证出他定是遭遇了某些计划外的状况。当时六个放映厅内有上千名观众正在观影，而且影城一向都是匿名购票，要想从上千名身份不明的人员中排查出嫌疑对象，那根本就是天方夜谭。

罗飞这边的调查也遭遇到相同的困境。

章明离开小区后，首先去附近的蒋桥饺面馆吃了早点，其间虽无录像，但有面馆伙计作证，在吃早点的过程中，并无可疑人员和章明接触，此阶段章明的言行也一切正常。

吃完早点之后，章明在街边溜达了一会儿，他的身影被沿途监控拍摄到几次。最后一处监控探头则显示，章明于上午八点十一分进入了翠泉路农贸市场。

毫无疑问，农贸市场是一个比电影院更加开放、人流更加密集的复杂环境，整个市场内也没有安装监控探头。从章明进入市场到九点二十七分出来，这期间整整一小时十六分钟，他与什么人接触过，做过哪些事情都无从得知。而他出了市场便踏上了回家的返途，可见那致命的情绪变化正是在市场内部发生。

罗飞知道自己遇到了狡猾的对手——那家伙的行事滴水不漏，几乎没留下任何可供追查的线索。

既然外部的线索中断，那就只能转换思路，从案件内部展开分析，即通过作案动机来排查潜在的嫌疑人。按理说这次内部分析的基础应该是不错的，首先作案者手法奇特，这能大大缩小嫌疑对象的特征范围；其次有两起案件可以串并，如果能找到案件中的相关点，对判断作案动机和目的将大有裨益。

可惜这两点并未在侦查过程中显现出实际的效用。

两名死者的关系网完全独立，找不到任何关联之处。在与他们有日常接触的人群中，也没有发现心理学或精神病学的相关从业人员。罗飞还特别调查过姚柏身边有无痴迷“僵尸文化”的朋友，结果发现姚柏的爱好纯属个人行为，并未结交什么同好。

章明倒是参加了一个“鸽友”的圈子。圈内人常常聚在一起交流养鸽心得。不过这些鸽友多半都是生活清闲的中老年男子，无论从动机还是手段上，他们都不符合作案者的特征。

面对这样的僵局，罗飞不得不考虑另一种可能：作案者并不在死者的社交圈子里。也就是说作案者对目标的选择是完全随机的，并不具有特定的指向性。

联想到影院和农贸市场这两个作案地点，这种推测便更有说服力。或许只是一次公共场所的偶遇，某个神秘的不速之客便彻底改变了死者的人生轨迹。

但无论如何，作案必须有动机。作案人到底想要什么？单纯的报复社会？或者有着尚未暴露的邪恶目的？

这天的刑侦会一直开到深夜，两起案件仍无实质性的进展。为了这事罗飞有点小小的失眠，他倒不是畏惧探案的艰难，而是另有所忧。

没有特定目标的犯罪往往会连环发案。有了第一、第二起，便会有第三、第四起。这才是罗飞最担心的情况。

清晨五点多钟，熟睡中的罗飞忽地被手机铃声吵醒。他看了看来电显示，原来是陈嘉鑫。罗飞心中一沉，这小伙子尚在巡警队，这么早打电话过来，难道真的又有案件发生？

好在事情并非如他所虑。

电话接通之后，陈嘉鑫很突兀地问了句：“罗队长，你有没有上网？”

“上什么网？”罗飞觉还没睡够呢。

而对方接下来的话语却让他的睡意顷刻间消散。

“网上有个帖子，和这两天的案件有很大的关系，您赶紧看一看！”

罗飞连忙打开了家中的电脑，按照小伙子的指引，他进入了一个知名论坛，论坛上有个帖子正被网友们热议。

帖子的标题已足够引人注目：《我能控制你们的生死！》。点击后则显示如下的正文内容：

我是世界上最好的催眠师，我能控制你们的生死。昨天我训练了一个僵尸，今天我养了一只鸽子。

最近我在龙州，我来参加催眠师大会。

罗飞的心跳蓦然加速。催眠师、僵尸、鸽子！这些要素和案件如此契合，简直就像是嫌疑人的自白书！

“罗队长，您看到发帖时间了吗？”陈嘉鑫在电话那头又问了一句。

发帖时间显示在帖子的最上方，是昨天上午九点五十七分二十二秒。罗飞当然知道这个时间意味着什么。

章明坠楼的具体时间是昨天上午十点十八分，而帖子是在二十一分钟之前发出的。这就是说，发帖者已经提前预告了章明的诡异结局。

这不是哗众取宠者发布的马后炮，而是实实在在的犯罪预报书。罗飞一边将那网页保存下来，一边问陈嘉鑫：“你是怎么发现这个帖子的？”

“我这两天睡眠不太好，今天很早就醒了。然后我就起来上网，想看看有没有跟这些怪事相关的资料。我用‘僵尸’和‘鸽子’作为关键词搜索了一下，结果就发现了这个帖子。”

在小伙子解释的过程中，罗飞把帖子往下拉，快速浏览了后面所有的跟帖。

当帖子昨天上午刚发出来的时候，后面的跟帖并不多，且基本都是嘲笑、讥讽或者是起哄的态度。因为那时龙州“啃脸僵尸”的消息已经在网上传得沸沸扬扬了，而“鸽子坠楼”的事情尚未发生，网友们普遍认为楼主是借着热点事件挖坑博眼球的。转折点发生在晚上十点四十六分，当时有个网友发布了如下跟帖：

> 我就是龙州人。今天上午我们小区里有个养鸽子的男人跳楼死了！他是张开双臂跳楼的，好像以为自己是鸽子会飞一样！来了好多警察，调查了半天也没结果。对了，那个人是上午十点多才跳楼的，楼主不到十点就发帖了。我觉得他不像是吹牛。

看到了这个帖子，网友们的态度开始转变。后来又有几个人站出来发帖，证明龙州的确发生了养鸽人离奇跳楼的事件。于是这个帖子开始迅速发酵，虽然时值深夜，但网友们评论转发的热情极为高涨。现在这个帖子已成为该论坛的最热话题，并且被广泛转载于其他的论坛社区。

毫无头绪的案件突然间出现了一个突破口，而且这个突破口还是嫌疑人自己爆出来的。罗飞没时间细想对方的用意，他必须立刻有针对性地展开下一步的工作。

既然对方在网络发帖，对网络地址的追踪自然是当务之急。罗飞首先给网监支队做了案情通报，请求协助调查。在等待回复的过程中，他又给巡警队领导通了电话，要求将陈嘉鑫临时抽调进刑警队。这事前两天小刘就提起过，现在罗飞亲自来打招呼，巡警队领导满口答应：“好，我让这小子立马就去找你报到！”

不管陈嘉鑫的个人能力如何，目前案件中两次关键的突破都是由他引发的，这至少说明他在某方面的嗅觉比较灵敏。罗飞期待对方能继续给自己带来好运。

网监支队很快返回了罗飞所需的信息。发帖地址是位于昨天案发小区附近的一家咖啡馆。罗飞知道这种咖啡馆都会提供免费的无线宽带服务，看来嫌犯正是利用这样的公共网络发布了那篇帖子。

罗飞约上小刘前往这家咖啡馆实地查看。店内是有监控录像的，但调取了发帖时间段的录像细细查看后，却没有发现正在上网的可疑人员。随后罗飞又做了实验，结果证明此处的无线信号对店外的区域也有覆盖。也就是说，嫌犯完全可以在店外没有监控的地方“蹭网”发帖，想从录像中找出对方的行迹已不可能。

罗飞只好在周边进行一些走访。咖啡馆南大门正对的是一条马路，东面是一条商业步行街，西面和北面都是其他的小店。这一圈都是人流不息的热闹场所，上哪里去定位一个没有任何特征的过客呢？

这条线索暂时是查不下去了。罗飞对此并不意外。那个对手行事谨慎，作案手法设计精妙，环环相扣又滴水不漏。那帖子本是他蓄意发布，警方怎能期待对手会留下致命的漏洞？

相比起来，另一条线索虽不如追查IP地址这么直接，却有可能蕴藏着较高的价值。那便是网帖中最后一句话留下的信息：

最近我在龙州，我来参加催眠师大会。

经了解，近期在龙州确实有个全国性的催眠师大会。会议的组织者是中华催眠师协会的会长凌明鼎先生。

中华催眠师协会是一个民间的行业性协会，以行业内部交流和推广催眠文化为协会宗旨。会长凌明鼎，龙州人，今年四十五岁，据称是加拿大某催眠大师在中国唯一的嫡传弟子。他的办公地点位于建民路414号的茂业大厦。从咖啡馆离开之后，罗飞下一步便打算去拜访这个凌明鼎。

就在出发之时，罗飞接到了陈嘉鑫的电话。小伙子已经在巡警队办完了工作交接，正着急要找罗飞报到。正好巡警队距离茂业大厦不远，罗飞就告诉对方直接到茂业大厦门口和自己会合。

03

半个小时后，罗飞和小刘赶到了茂业大厦。一下车就看见大厦入口处站着个身穿警服的小伙子，不用说，正是陈嘉鑫。

陈嘉鑫也看到了罗飞二人，他小跑着迎上前，对罗飞敬了个礼说道："罗队长，我来了！"因为加入了梦寐已久的刑警队，他心中的激动溢于言表。

罗飞淡淡一笑，说了句："下次出来记得穿便服，你这一身太显眼了。"

陈嘉鑫愣了一下，随即明白，刑警办案很多时候是要隐藏身份的，自己这身装扮实在有暴露目标之嫌。他挠了挠头，尴尬问道："要不……我这就脱了去？"

罗飞摆摆手："今天就算了。"一边说一边进了大厦。小刘见陈嘉鑫还站在原地发呆，便笑着拉了拉他说："走吧，没事。"陈嘉鑫这才迈开腿，亦步亦趋地紧跟在罗飞身后。

坐电梯到了十楼，顺着指示铭牌很容易找到"中华催眠师协会"。大门敞开着，除了协会标牌外，门口还贴上了"首届中国催眠师大会联络处"的字条。

从门脸看起来这个协会的办公地点并不大，进门处也没有设专人迎宾，整个办公室就是一个大开间，几个年轻的工作人员正来回忙碌。

小刘往屋内走了两步，询问道："请问凌明鼎先生在吗？"

小刘说话的声音并不小，可那几个年轻人却像没听见似的，他们只顾着摆弄着各自手中的文件资料，连脑袋也不抬一下。

小刘略觉得有些诧异，正想走近了再问，忽听有人在自己脑袋顶上说道："有什么事找我就行。"

小刘循声抬头，这才注意到身旁墙角里有个旋转楼梯，原来这办公室是loft结构（复式结构），上下各有一层。此刻正有一名女子从二楼款步而下，她看起来有二十八九的年纪，身材高挑，穿着一身职业套装，仪态沉稳端庄。

“不好意思，我要找的是凌明鼎先生。”小刘感觉自己受到了怠慢，略显不悦。

“请问你有预约吗？”女子停在楼梯半途问道。她的语气很温和，但那个位置显然带着居高临下的意味。

小刘咧咧嘴说：“没有。”

女子微微一笑：“那就对不起了。凌先生很忙的，没有预约的话他不能见你们。”

小刘脖子一梗，正待发作时，却被罗飞轻轻拉住。他只好咽下一口气，悻悻然退到了队长身后。

“你好，我们是龙州市刑警队的，有个案子需要凌先生协助调查。”罗飞抬头看着那女子，不紧不慢地说道，“如果凌先生现在没有时间呢，那也不要紧。我们回去办个正式的手续，约个时间请凌先生到刑警队面谈。”

“刑警队的？”女子扫眼打量着三位来客。只见最后的小伙子一身警服，看来不会假了。她略一思忖，转了口吻道，“那请你们先等一会儿，我再去问问凌先生。”说完便转身“噔噔噔”向着楼上走去。

没过片刻，女子复又回转，把身体探在楼梯口招呼了一声：“三位警官，请上楼吧。”

罗飞等人依次上楼，排在中间的小刘一边走一边低声嘀咕着：“装什么装，敬酒不吃吃罚酒。”

上了楼，首先看到一个敞开式的会议室，会议室两头各有一个房间。女子把三人引到远离楼梯的房间门口，说道：“凌先生就在屋里，门没锁，你们直接进去就行。”

对方既然这么说了，罗飞也不想浪费时间。他把虚掩的屋门轻轻推开，当先进了屋内。小刘和陈嘉鑫也紧跟着走了进来。

屋子里不算很大，但装点得简洁整齐，视觉上便显宽敞。正对屋门有一套办公桌椅，桌椅后一名身穿衬衫西裤的男子正背向屋门而立，他的双手平举在胸前，似乎端着什么东西。男子面前则是一扇硕大的落地窗，他面对着窗外，静默似有所思。

罗飞开口打了声招呼："凌先生，你好。"

男子做了个低头抬腕的动作，好像在喝东西，然后他说了声："请坐。"他的声音不大，语调平和舒缓，嗓音既温柔又带着几分磁性。简单的两个字却令罗飞三人听来受用无比。完全是一种下意识的反应，他们齐刷刷按照这两个字的吩咐，在门边的一张长条沙发上坐下来。

男子仍未转身，他紧盯着那扇窗户，似乎窗外什么东西在牢牢地吸引着他。

沙发上的三个警察表现各异。陈嘉鑫显得有些紧张，他的身体坐得笔直，目光一直看着男子的背影，不敢乱动乱看；小刘则尚未从郁闷的情绪中恢复过来，他也在看着那个男子，目光中却透出不耐烦的敌意；与这二人相比，罗飞就放松多了，他的视线只有三分落在男子身上，剩余七分却在观察着室内的陈设情形。

足有一两分钟的时间，男子既不说话也不动弹，简直就像是忘记了三位来客的存在。

最后还是罗飞打破了这份不寻常的静默。"凌先生，你还没看够吗？"他用略带调侃的语调问道。

男子反问道："我在看什么？"他虽然开口了，却依旧没有转身。

"我们。"

男子"哦"了一声，然后又做了个抬腕喝东西的动作。

"那面镜子虽然很小，但你要记住，既然你能够看到我们，我们也同样能看见你。"罗飞微笑着说道。他的视线凝起一个焦点，投向对面的某处。

听到罗飞这话，小刘和陈嘉鑫也回过点味来。他们顺着罗飞的视线细看，果然，在男子面前的窗户上贴着一面小圆镜。因为都是玻璃质地，坐在远处的人很难注意到这面镜子的存在，而镜前的男子却可以借此观察身后人的一举一动。

底牌已被对手揭开，男子终于转过身来。他的头发乌黑浓密，相貌英朗，眉宇间的神态温祥亲和。无论从哪个角度来说，这都是一个充满了魅力的中年男子。

这就是传说中国内首屈一指的催眠大师——凌明鼎。

“对不起，我没有其他意思，这只是我的一种职业习惯。”凌明鼎对镜子的事作出解释，“很多人都会来找我做心理治疗，这面镜子能帮我迅速了解他们最真实的性格特征和心理状态，接下来对症下药，往往事半功倍。”

罗飞对这个话题颇有兴趣，便眯起眼睛追问道：“那你刚才看出什么了？”

凌明鼎端起手中的一个小圆杯浅啜了一口，看他的动作，那杯子里该是满满的盛着热茶。随后他抬眼看着陈嘉鑫，首先说道：“这位年轻的警官，他的情绪很容易受到周围环境的影响。”

陈嘉鑫闻言扭了扭身体，有点不自在的样子。

凌明鼎目光又转向了小刘：“这位警官则非常警惕，有着很强的自我防卫的意识。”

小刘皱了皱眉头，他的这个动作也被凌明鼎捕捉到，后者便笑了笑，又补充说：“而且我看得出来，你对‘催眠’这件事带有某种先入为主的敌意。”

这话倒是说准了。但小刘并不服气，他转头看着罗飞，期待队长能对那个自以为是的家伙展开反击。

凌明鼎也看向了罗飞，这次他没有急于说话，而是先和对方对视了一会儿。片刻后他微微一耸肩膀道：“你是催眠师最不愿接触的人。你的控制欲太强，不肯受控于人；而且你的理性思维过于敏锐，周围环境很难影响到你的个人情绪……总而言之，你的心灵之门关得那么紧，要想打开它，除非能找到你的心穴。”

罗飞认真凝听着对方给自己的评价。何谓“心穴”？这个名词还从未听过，罗飞正想询问时，凌明鼎却突然跳转了话题。

“不好意思。我说得太多了，还没请教三位警官……”因为直问身份不太礼貌，他把主要语意表达之后，接下来只用手势传达出询问的态度。

罗飞也觉得该切入正题了，便依次介绍说："我是龙州刑警队的队长，罗飞。这是我的助手小刘。还有这位小伙子是刚刚加入刑警队的，叫陈嘉鑫。"

"幸会。"凌明鼎迎上两步，同时主动探出右手。罗飞也站起身，和对方握手的同时还问了句："要看看证件吗？"

"不用。我看你的眼睛就可以了。如果你撒谎了，会在瞳孔里反映出来。"凌明鼎的语气很自信，仿佛对一切早有控制。

小刘就是看不惯对方这种做派，他终于忍不住"哼"了一声。

凌明鼎瞥了小刘一眼，他知道对方怨气何来，便微笑着致歉说："刚才我的员工不了解你们的身份，多有冒犯，还请三位警官包涵。罗队长，请坐吧。"

罗飞回到沙发坐下。凌明鼎则往后退了两步，他把臀部倚靠在办公桌边缘，双脚踩在地上，半坐半站。

"楼下那几个年轻人专心工作，心无旁骛。真是一帮好员工。"罗飞接着刚才的话题寒暄着，试图化解最初的不快。

凌明鼎用玩笑的语气说道："员工好不好，主要看领导。"同时他的眼角微微地眯了起来，似乎藏着些不便明言的东西。

罗飞注意到这个细微的表情，联想起那些员工非同寻常的专注力，他蓦地心思一动，脱口问道："你对他们做了什么？"

凌明鼎再一次领教到罗飞的观察和判断能力，他先冲对方点了点头，以示赞赏，然后才解释道："一点鼓动人心的小手段，用于清除员工的杂念，工作效率可以成倍提升。"

"催眠？"

"算是吧，不过是很基础的手法。其实很多企业老板都会用，尤其是在传销组织里。"

"那不就是洗脑吗？"小刘在一旁插话说，"我看也只有傻瓜才会被你们这些人利用。"

"你可别这么说——"凌明鼎微笑道，"其实刘警官自己就属于比较容易被催眠的那种人。"

小刘立刻反驳道："那不可能，我根本不相信这些故弄玄虚的东西。"

"是的，你对催眠非常抵触。"凌明鼎淡淡地说道，"但越是这样，我反而越容易催眠你，这道理就和太极推手一样。当你的抵抗力量过大的时候，我只要顺势轻轻一拉，你就会摔倒的。"

"是吗？"小刘感觉有些下不来台，干脆把手一摊，挑衅般说道，"我不就在你面前吗？你倒是把我催眠试试？"

凌明鼎斟酌了一会儿，终于，他向前跨出一步，说道："那好吧，请你先站起来。"

小刘站起身。他心中充满警惕，脸上却挂出无所谓的表情。

凌明鼎用左手端住茶杯，空出右手来轻轻一招："请你再向前走一步，离我近一点。"

小刘不甘示弱地往前跨了一步，此时他和凌明鼎之间的距离已不足一米。

"刚才罗队长介绍说你叫小刘，还没请教你的全名是……"凌明鼎一边询问，一边探出右手准备和小刘相握。看起来他想在正式的交锋前先把礼数尽到。

小刘也伸出右手说道："刘东平。"就在他们双手即将接触的那一刻，凌明鼎的左手却突然抖了一下，然后他像是被泼洒出来的热茶烫到了，"哎呀"叫唤出声，他的右手则忙不迭缩回去接过了左手的茶杯。

小刘的右手悬在半空中，一时间进也不是，退也不是。他愣住了，有些茫然地看着对方。

凌明鼎却似没看见小刘的窘态，他只顾甩着自己被烫到的左手，同时歉然说道："对不起，我没有听见，你能再说一遍吗？"

"我叫刘东平。"

在小刘第二次自报姓名的过程中，凌明鼎的右手向着衬衫口袋挪了一下，貌似想要掏出口袋里的一块手帕。可手里端着茶杯又不太方便，于是他又停下来把茶杯递向小刘，请求道："先帮我拿一下。"

小刘下意识地抬手去接茶杯，可他还没把茶杯拿稳呢，凌明鼎已经将手撤开了。“啪”的一声，茶杯落在地板上摔了个粉碎。小刘再一次愣住，头脑中一片空白。

凌明鼎掏出了手帕，但他并没有去擦左手的茶水，而是捏着手帕的一角冲着小刘的面颊蓦地一抖。手帕展开了，另一端的布尖扬起来扫向小刘的眼部。与此同时，凌明鼎用低沉的命令式的声音说了句：“闭眼！”

小刘的眼皮应声而合。凌明鼎随即又下达了第二个命令：“深呼吸，放松！”

小刘的呼吸加重，紧绷着的身体也慢慢松弛下来。

凌明鼎悄然走到小刘身侧，一手揽在对方腰部，另一手则搭在了对方肩头。当小刘又一次深重的呼吸即将结束之时，他忽然低喝一声：“睡！”两手则同时发力，搂腰扳肩。小刘的身体便软软地倒在对方的臂弯中。

旁观的罗飞和陈嘉鑫双双起身，满脸惊讶地凑过来查看详情。凌明鼎趁机向二人求援：“来搭把手吧——这小子还挺沉！”

于是三人合力将小刘扶到了沙发上。后者蜷着身体，呼吸舒缓而匀净，正睡得香甜无比。

罗飞看看小刘，再看看凌明鼎，愕然问道：“你是怎么做到的？”从小刘发起挑战开始，前后不过一两分钟的时间，一个满怀戒备的大活人就这样睡成了一只死猪。这一幕虽然就发生在眼前，但罗飞还是有种不真实的感觉。因为整个过程实在是太不可思议了。

“这没什么玄妙。”凌明鼎不以为然地说道，“其中的基本道理，实际上就和人在失眠时数绵羊是一样的。”

“失眠的时候数绵羊有用吗？”陈嘉鑫在一旁表达质疑，“我曾经试过，好像没什么效果啊。”

凌明鼎回复说：“你是用中文数的吧？那效果当然不行。得用英文数，一只sheep（羊），两只sheep……这样。配合着自己的呼吸，每次在呼气的同时默念出sheep这个单词。”

罗飞的脑子一转，已然猜到其中的道理：“因为sheep的发音和sleep

（睡觉）相似？”

“没错。当你反复默念sheep的时候，事实上就是一个自我催眠的过程。而数数则是一种机械式的思维劳动，既让你不能分神去想其他事情，又可以导致精神上的困倦和疲劳。”说到这里，凌明鼎看着罗飞笑了笑，又道，“罗队长，如果你想尝试的话，最好用三、六、九、十二这样的数列来数，因为你的思维能力远强于普通人，如果只是一、二、三这么简单数数的话，恐怕还不能阻止你同时思考其他的事情。”

“是吗？那我下次一定试试。嗯，你刚才还说要在呼气的同时默念出sheep，这是为什么呢？”罗飞提出这个问题是带有很强的目的性的，因为他注意到凌明鼎最后给小刘下达“睡”这个指令的时机，正是后者一次呼气行将结束的瞬间。

催眠师的回答简洁明了：“一次深深的呼气会导致大脑的短暂缺氧，而缺氧状态本身就能给人带来疲倦和睡意。”

罗飞试着做了一次深呼吸，果然如对方所说，在呼气的时候大脑会觉得疲倦，而且呼气的时间越长，倦意便越深。但他仍然对小刘的突然睡去难以理解。

“我的助手对你充满了戒备，你是怎么让他中招的？”

“你也看到了，我制造了两次意外，目的就是要让你的助手精神极度疲劳，然后再解除他的戒备，让他接受我的指令。”

所谓两次“意外”一次是热茶烫到手，一次是茶杯落地摔碎，罗飞看出这些都是凌明鼎刻意所为。只是其中的玄机混沌难辨，他不得不直言请教：“你能说得详细点吗？”

“好吧。”凌明鼎耸了耸肩膀，调侃道，“不说个明白，未免对不起我那个粉身碎骨的茶杯。”然后他便开始细细讲述。

“我首先邀请你的助手起身，然后又让他向前走一步。两次他都照做了。表面看来他遵从了我的指令，但他心中是抗拒的。他极为警惕，一个劲地猜想我接下来会怎样对付他，而他自己又该如何去应对。正如你所说，他充满了戒备，恨不能把所有的脑力都调动起来。他精神满满，蓄势待发，这时我只要轻轻一拉，他的思维就会崩溃——就像太极推手一样。”

太极推手？罗飞凝起思绪，且听对方如何因势而导，借力打力。

凌明鼎道：“我作势要和他握手，同时询问他的姓名。这里我在利用一个机械式的反应。你明白机械式反应吗？人的大脑中有很多固定的程序，是在多年的生活经验中积累形成的。只要一个触发，对象就会按照既有的程序展开应对，而无需多余的思考。”

“就是一种下意识的行为？”

“差不多吧。我让他站起来，他会思考一下；我让他向前迈步，他又会思考一下。但这两次行动过程都很正常。接着我向他伸手，他很自然地也伸手，这是一个机械式的反应，没有经过思考的，可偏偏在这个过程中，意外出现了。我假装将茶水洒出，顺势中止了握手的动作。他的机械式反应被打破，而他对此毫无预期，便突然间呆住。或许他意识到有些不对劲，可他已无力思考，因为他之前把自己的脑袋填得太满了。”

罗飞明白对方的意思。当时的小刘就像是一个复习最为刻苦的孩子，在考场上却突然遇见了从未见过的考题，他的慌乱程度更要超过没作准备的其他考生。

凌明鼎还在继续讲述：“我观察了他的瞳孔，发现他的思维虽有凝滞，但尚未达到我期待的效果。于是我又问了一遍他的名字，他又回复了一遍，仍然是出于一种机械式的反应。他这是第四次遵循我的指令——实际上我在用这种方式消磨他的抗拒心理，甚至悄然形成一种精神上的惯性。当然他自己并没有意识到。

“随后我让他帮我端一下茶杯，他又下意识地照做了。我却让那个茶杯摔碎，于是他的机械式反应再次被强行中止。就像在高速运转的齿轮里突然间别进了一根铁棍，他的思维卡壳了，僵硬地停在了那里。他的脑子里一片空白，毫无方向感。在我们的术语里，这叫作精神上的‘能量最低点’。这个时候的人最容易受到外界的影响。”

罗飞点点头。他能想象小刘连遭意外后的精神状态，他的脑力运转超负荷了，就像电脑死机了一样。这时候他对外界的反应很大程度上将来自于他的本能和潜意识。

果然，接下来凌明鼎就要在这两点上大做文章。

“我拿出手帕，故意在他眼前抖了一下。他当然要本能地闭眼躲避。这时我又下达了一个指令：‘闭眼！’考虑到他是一个警察，我特意用了命令式的口吻，这样可以激起他服从命令的潜意识。当他听从我的指令闭眼之后，他在精神上便已完全接受了我的引导。接下来对我的命令‘深呼吸，放松！’他也毫不抗拒。这个时候他已经和数绵羊的入睡者没有什么差别了。而他的身体原本就很疲倦，更加容易进入睡眠的状态。所以我最后那声‘睡’的指令下达之后，他便成了现在这个样子。”

凌明鼎说完之后，伸手指了指沙发上的小刘，表情似笑非笑。罗飞则轻轻叹了口气——他想到小刘这两天为了案子东奔西跑，确实很辛苦。难怪这一睡过去，便如此香甜。

“这种技法叫作瞬间催眠。基本的原理就是用超量的信息进行瞬间冲击，让对象在思维短路的情况下接受催眠师的引导。一般来说，瞬间催眠比普通催眠要难很多，但他的精神原本就高度紧张，这对催眠师来说就事半功倍了。”凌明鼎总结一番，最后又道，“当然了，催眠这事说起来容易，但真正操作的时候还需要很多技巧，不光是指令和步骤设计，还有眼神和动作的配合等等。这些东西无法言传，要靠多年的功力慢慢积累。”

罗飞点头表示理解。很多事情都是如此，基本原理简单，而操作者的技巧却千差万别，这就是所谓“师傅领进门，修行在个人”。凌明鼎的这番表演，无论是对小刘心理的把握，还是对现场条件的灵活运用，都可谓算无遗策，确实是大师级的水准。罗飞禁不住喃喃赞叹：“凌先生手段神奇，令人大开眼界。”

“这就神奇了？”凌明鼎却露出不以为然的神色，“这点小手段其实连真正的催眠都算不上呢。”

“哦？”罗飞讶然而又期待地问道，“那真正的催眠又是什么？”

“世人不了解催眠，是因为催眠这个词本身给人带来太大的误导。

大家都以为催眠就是叫人睡觉，其实大错特错——真正的催眠是进入对象的内心，去发现、控制进而改造对象的精神世界。”

罗飞的神色一凛，抬眼直视着凌明鼎。对方这番解释俨然已指着那两起离奇案件的命门。

凌明鼎与罗飞对视了片刻，然后他肃然说道：“把你的助手叫醒吧。我们该谈谈正事了。”

这边罗飞把小刘唤醒，凌明鼎则招呼先前的女子进来收拾碎杯子。女子姓袁，正是凌明鼎的秘书。她看到地上的碎片，又看看睡眼蒙胧的小刘，禁不住莞尔偷笑。看来对于凌明鼎的手腕她早就见多不怪。

小刘懵懵懂懂，知道自己出了丑，却又想不起太多细节，只臊了个大红脸，不敢再鲁莽多言。

凌明鼎这时已在桌后的办公椅上坐好，等袁秘书出去了，他便主动问道：“罗队长，你们来是为了‘僵尸’和‘鸽子’的案子吧？”

罗飞点头反问：“你也看到网上的帖子了？”

“我自己倒没看到——是早上来了一拨记者才知道的。”说到记者时凌明鼎便露出苦笑，“你看看，就在大会要召开的节骨眼上来了这事，真是越忙越乱呢。”

罗飞以前也吃过记者的苦头，心中暗想，现在消息刚刚上网，来的还只是本地的记者，再过一两天，全国各地的记者都跑过来，你就更知道那种滋味了。好在刑警队这边有专门的宣传部门顶着，无需自己去承担这份无聊的压力。

这些题外话无暇多说。既然对方已经了解此事，罗飞便直截了当地询问：“你觉得这两起案子确实和催眠有关吗？”

凌明鼎没有正面回答，他把手一摊说：“我还不知道细节。”

只凭网络上的那些传言就下论断的话，的确有些草率。罗飞点点头，对这种严谨的态度表示认同。随后他看着对方问道：“前天下午三点到四点半，昨天早上八点到十点。这两个时间段你在干什么？”

凌明鼎听到这话先是一怔，随即又哑然失笑。

“我就在这间办公室里处理工作。我的秘书、我的员工都可以作证，大厦门口的监控可以证明我的进出时间。对了，还有这个电话——”凌明鼎指指桌上的电话座机，“从电信局能调出通话记录的，你们也可以调查调查。”

罗飞一直盯着凌明鼎的双眼，等对方说完之后他笑了笑，道：“不用了，我相信你没有撒谎。”

凌明鼎“嘿”的一声，心照不宣。先前他曾观察过罗飞的瞳孔，现在对方也依样还了一招。

既然相信对方不是嫌犯，罗飞便将两起案件发生的前后情况，包括警方所掌握的线索及相关分析全盘托出。在倾听的过程中，凌明鼎一直用双手支撑着腮部，他神色专注，眉头则越皱越紧。罗飞说完之后他才将双手放下，同时长长地吁了口气。

罗飞给对方留出思考的时间，片刻后才问道：“你觉得是什么情况？”

“就是催眠，毫无疑问。”凌明鼎首先给出判断，顿了一顿后，他又加重语气评价道，“设计非常精妙，技巧也极其高明！”

这个回答帮罗飞坐实了侦查的方向。不过罗飞仍然期待更多的细节分析，便继续追问：“你能看破他的手法吗？”

凌明鼎点点头，开始详解：“催眠师在电影院里对第一个对象实施了催眠，让对象相信自己被僵尸咬伤。然后他给对象灌输了一个概念，必须在下午五点之前注射血清，否则就会变成僵尸。对象便到附近的医院寻找血清。那个挂钟一报时，就等于按动了催眠师设置的开关。对象认为自己已经变成僵尸了，所以言行怪异。后来对象被汽车撞了一下，还有警察的出现，这些都会刺激到他，让他觉得是人类针对僵尸的攻击行为，他只能在绝望中展开反击，用僵尸的方式——啃脸。

“在第二起案例中，催眠师让对象相信自己变成了一只鸽子。所以当对象听到哨音之后，便会跟随鸽群一块儿飞向空中。这个案例看起来没有前一起复杂，但催眠的难度却要高很多。因为这次催眠要把对象移情到动物身上，这个心理跨度是非常大的，一般的催眠师根本不敢尝试；而且你们说这次催眠的地点是农贸市场内，那是个非常开放的、喧器的环境，在这样的环境中施展如此高难度的催眠，简直有点……有点匪夷所思。”

罗飞眯起眼睛问道：“看来这是个非常厉害的角色？”他刚刚见识过凌明鼎的神奇表演，现在从这个人口中说出“匪夷所思”这四个字来，其中的分量可想而知。

“这样的催眠恐怕我也做不到……他一定掌握了某种优势，是我比不了的。”凌明鼎的话语很坦诚。他的十指交叉搓动着，透出被人盖过风头的沮丧。

罗飞却有不同的心情，他身体里的血液在加温，燃烧起强烈的战斗欲望。在他潜意识里，他一直在渴望着这样一个强劲的对手。

“真是可怕……”有人在旁边感慨了一句。

罗飞循声转头。插话者是陈嘉鑫，他脸色苍白，神色恍然，似乎是被什么恐怖的想法吓到了。片刻后他意识到众人的视线都已集中在自己身上，便尴尬地解释说：“我在想他说的那句话……”

“哪句话？”

“‘我能控制你们的生死’。”小伙子咂着舌说，“他好像真的能做到。”

这是嫌疑人留在网帖中的一句话。这是炫耀，挑衅，还是警告？在罗飞肃然品味这句话的时候，他却又听到了凌明鼎的话语。

“没有人能控制别人的生死。”催眠师语气郑重，像是在作某种宣告似的。

“不能控制吗？事实上他已经害死了两个人。”陈嘉鑫惴惴不安地看了小刘一眼，又说，“刚才我的同事那么快就被你催眠，如果你……”

这话没有说完，但意思已很明显。凌明鼎“呵”地一笑：“你担心我会害他？”

“你当然不会这么做。”陈嘉鑫先帮对方洗白了一句，随后话锋一转，“不过你如果要做的话，他不是已经被你控制了吗？”

“我只是让他进入了睡眠状态，这和害他完全是两个概念。”凌明鼎摊了摊手，他注意到罗飞的眼中也闪烁着同样的忧虑，便觉得此事还真得好好地解释一下。

“好吧，你们对催眠都有一个很大的误解，以为催眠师可以完全控制对象，让对方做什么都可以。这是荒谬的。催眠师只是进入对象的心灵世界，去诱导对方的潜意识。所以对象做的事情本质上是他自己愿意去做。催眠师永远无法让对象做出违背他自身意愿的事情。比如刚才这位警官睡着，本质是因为他自己需要睡眠，这种欲望原本就是存在的，并不是我凭空创造出来。”

“哦。”罗飞理解这段话的意思，“就是说一个正常人没必要担心催眠师会控制你干坏事，或者是自杀什么的。”

“是的。如果你在催眠状态下干坏事，说明你本身就有邪恶的欲望；如果你在催眠状态下自杀，说明你本身就有自杀倾向。催眠师只是将这些东西从你的潜意识里挖掘出来。”

罗飞却又皱眉表达疑虑：“可我记得你刚才说过的，催眠可以改造对象的精神世界。”

“是可以改造，但这种改造也必须在对象原本的心理基础上。比如说我刚才催眠了你的助手，当他的精神世界受我引导后，我可以试着去改造他。但我能让他开枪把你射杀吗？这是不可能的。如果我下了这个指令，恐怕他不会杀你，他反而会拿枪对着我。”

罗飞笑了笑，又问：“那么对我的助手，你可以改造些什么呢？”

凌明鼎说：“其实我刚才已经提到了。”

“哦？”

“如果我对他下一个指令，让他射杀你，他不会执行的，他反而会对我产生敌意——这就是一种改造。接下来我可以继续加以引导，让他相信我就是你们正在寻找的嫌犯，并且我已经严重威胁到你们的安全，那他或许会开枪把我射杀。”

这个例子很有意思。罗飞点头道：“你可以引导他的情绪，也可以让他做出一些原本不会去做的事情。但这件事必须出于他自身的心理基础。”

“是的。就像很多人在街头被人骗了钱，回头都说自己被催眠了。那些骗子或许真的用了催眠手法，但骗局成功的根本原因还是受骗者心中存有贪欲。”

作为一名刑警，罗飞对类似的街头骗局屡见不鲜。他知道凌明鼎的说法完全正确。骗子总是放出一些诱饵来勾引受害人交出财物。如果受害人一开始没想着要占便宜，一般是不会上当受骗的。

“那两起案子也是利用了对象本身的意愿。”凌明鼎又转回正题说道，“第一起案子的对象痴迷僵尸文化，他内心对僵尸的世界是充满幻想的。如果没有这个心理基础，他怎么可能相信自己变成了僵尸？第二起案子中的对象，你们说他多年独居，生活孤苦。我想他一定很羡慕鸽子的群居生活，他甚至常常会幻想自己也是鸽群中的一员——有那么多的伙伴，还能在天空中自由飞翔。”

经凌明鼎这么一解析，两起案子确实都有了合理的心理基础。罗飞听完后沉吟了一会儿，说：“所以催眠师并不能控制对象的生死，他只能控制对象的心理弱点。”

“总结得很准确！”凌明鼎露出赞许的微笑，“你说的心理弱点，在我们行内还有一个术语，叫作心穴。”

“心穴？”罗飞今天第二次听到这个词了。第一次不明所以，现在多少能琢磨出这个词的蕴义。

“心穴，就是人心头上的窟窿，也是催眠师探寻对象精神世界时的出入口。对一个好的催眠师来说，最重要的不是技术，而是发现对象心穴的能力。”凌明鼎一边说一边凝目看向罗飞，像是要寻找些什么。

罗飞的目光平淡如水，他回视着对方问道：“每个人都有心穴吗？”

“每个人都有，只不过有的人轻易暴露，有的人则隐藏得很深。”凌明鼎放弃了这次探寻，把目光收了回去。

罗飞的思路回到案件本身，他忽然想到一个问题：“嫌疑人和两个受害者是不是原本就很熟悉？否则他怎么会对那两人的心穴了如指掌？可我们查过这两人的社会关系，好像没什么交集。”

“未必要熟悉，这两人只是他在街头找到的敏感者。”

“敏感者就是心穴暴露的人？”罗飞猜测道。

“是的。有很多这样的人——只要你配合他感兴趣的话题，他就恨不能把心里的话全倒出来。对于一个高水平的催眠师来说，在公共场所寻找这种人并不是难事。”

“所以你认为他是随机选择的对象，对受害者本身来说并没有明确的目的？”

凌明鼎“嗯”了一声，又沉吟着说道：“像他这种水平的催眠师，如果只是想要害人的话，根本没必要搞得这么大张旗鼓。”

罗飞感觉到对方话中有话，立刻敏感地追问：“那你觉得他的目的是什么？”

“你们还记得他在网上发帖的具体内容吗？”凌明鼎一边说，一边从办公桌上拿起一张A4打印纸，“我让小袁把那个帖子打出来了，要不要看看？”

罗飞摇着手说道：“不用了，我记得。”然后他开始背诵，“我是世界上最好的催眠师，我能控制你们的生死。昨天我训练了一个僵尸，今天我养了一只鸽子。最近我在龙州，我来参加催眠师大会。”

凌明鼎对着那份打印稿边听边看，对方的记忆果然一字不差。他赞叹般地“嘿”了一声，然后说道：“那人的目的就在这篇帖子里。”

“哦？”罗飞在心中把那个帖子又细细捋了一遍，却品不出什么明显的头绪。他只好看着凌明鼎，目露询问。

凌明鼎反问：“你知道催眠师的话术吗？”

罗飞摇头：“不太了解。”

“催眠师要想引导对象的思维，必须对自己的催眠语言进行精心的设计。就像下围棋一样，你的每一个落子都要有用，不能有丝毫的松懈。这种设计语言的能力就叫作‘话术’。为了某个催眠目的而精心设计好的一整套语言，我们称之为‘文本’。很显然，我们的对手是一个精通催眠话术的家伙，所以只要对他发出的网帖做个文本分析，就可以知道他的目的所在。”

罗飞听明白了。催眠师语言是有技巧的，而有技巧就代表了有规律。这个规律普通人看不出来，但是瞒不过同为催眠大师的凌明鼎。他的目光更加专注，期待着对方进一步详解。

“‘我是世界上最好的催眠师，我能控制你们的生死。’这是一句刺激情绪的开场白，用了‘最好’‘生死’这样夸张的词语，目的就是要吸引读者的注意。第二句话‘昨天我训练了一个僵尸，今天我养了一只鸽子’，这是情绪的推动器，表面看着很无聊，可一旦和实际案情结合起来，就能产生惊人的效果。读者的情绪在这个过程中上下起伏，先是茫然，而后是愕然。这时他们的思维已经被发帖者控制了，他们的情绪会变得惊讶、震撼，甚至是恐慌。”

说到这里，凌明鼎刻意停下了，似乎在等待罗飞的意见。罗飞便点点头说：“不错，从网络上的跟帖来看，那些网友的情绪变化和你描述的一模一样。”

“这也正是发帖者期待的情绪反应。在催眠话术中，前面这些都是铺垫。如果铺垫的效果良好，催眠师便会下达指令。这个指令是整套文本的最后一句话，也是催眠者的目的所在。”

最近我在龙州，我来参加催眠师大会——这就是网帖中的最后一句话，这句话中包含着怎样的指令和目的？罗飞略一思忖后，谨慎猜测道：“难道是冲着催眠师大会来的？”

凌明鼎忧虑地皱着眉头说：“十有八九就是这个目的。这一盆脏水泼过来，我以后的压力可就大了。”

的确如此。只要网络上一传播，记者们再添油加醋地报道一番，这次催眠师大会的名声不臭都难。

如果真能确定下动机，那嫌犯的范围可就大大缩小了。罗飞干脆直白问道：“你觉得这事可能是谁做的？”

凌明鼎踌躇了一会儿，轻叹道：“这事还真不好说……”

“总是对这次大会心怀不满的人吧？这人的催眠水平又这么高，难道你心里没有怀疑对象吗？”

“能达到这种催眠能力的人确实不多。可是现在什么证据也没有，我把他们的名字说出来不太合适。”凌明鼎做出个无奈的表情，“而且大会后天就要召开了，这事如果处理不好反而会产生反作用，没准倒中了那人的下怀。”

听对方的意思，这次大会前的形势好像颇为复杂。罗飞禁不住要问个明白：“这到底是个什么样的大会？都有哪些人参与？又有哪些人反对？”

凌明鼎也觉得有必要把这事解释清楚，便说道：“这次大会的根本目的是想建立一个全国性的催眠师协会。现在国内的行业现状是既没有一个官方的组织，也没有一个能代表全国的行业性协会。各个流派的小协会很多，分布散乱。这既不利于同行的交流，也影响到催眠行业的整体形象。所以我想把大家召集起来，进行一次行业整合。”

“你这个‘中华催眠师协会’不是全国性的？”

“不是。”凌明鼎自嘲地一笑，说，“只是打着个‘中华’的名头。除了我们这家，还有‘中国催眠师协会’‘华夏催眠师协会’‘世界华人催眠师联合会’‘长江催眠师协会’等等，名头一个比一个响，其实都是些松散的社会组织。相比起来，我这个协会还算是规模比较大的。”

罗飞也笑了笑，表示理解。随后又道：“这样的话整合一下也是好事啊，为什么会有人强烈反对呢？”

凌明鼎目光一闪，说道：“整合就牵涉到利益分配的问题了。以前是各占一方，现在都归到一个山头了，谁来做这个山大王？”

“不管谁做，总比一团散沙好吧？而且既然是整合，我想总得有一套正常的流程？”罗飞的言外之意，只要是公平整合，民主选举，恐怕没人会反对吧？难道是你占着天时地利，想一人独大？

凌明鼎回应道：“当然有流程，而且是大家认可过的，否则他们也不会来参加会议。只是中间出了一档子情节，原本也是好事的，现在却变成坏事了。”

“什么？”

“有个风险投资人对我们这次业界整合很感兴趣，不久前他和我达成了口头协议：如果这次行业整合成功，他会对新协会投资，以推进催眠在临床心理治疗方面的应用。”

“这事坏在哪里？”

“资本的进入让这次整合变味了。大家会觉得我背后有资本在撑腰，甚至有人会认为我把大家给卖了，然后自己一个人数钱。”

原来是这样。说到底还是一个利益分配的问题，而且牵涉的利益越大，这里面的矛盾便越尖锐。

“有人公开跳出来反对了吗？”

“那倒没有。因为都答应来参加会议了，现在又反对，未免太难看。不过背地里的小动作就难说。”

催眠师大会的背景算是弄清楚了。再联系那个网帖深入斟酌，罗飞也觉得凌明鼎的忧虑不无道理，他便问对方：“如果事情就是你想的那样，你准备怎么应对呢？”

“在后天的大会召开前，我都不想去追查幕后的黑手。因为追查会造成内部的混乱，这种混乱甚至比那个网帖本身的影响更大。”

“我能理解。”罗飞思考了一会儿，又道，“你沉住气的话，那人说不定还会自己跳出来。”

凌明鼎心领神会地笑了笑，说：“我也是这个意思。”

“既然我们的思路是一致的，那就应该坦诚相待。”基于探案的角度，罗飞再次提出要求，“请告诉我，目前你怀疑的对象是哪几个？”

凌明鼎和罗飞对视着，似乎想从对方的目光中判断点什么。

罗飞继续劝说：“我会派人对他们进行监控，但绝不会惊动他们。这样，万一有人再想搞什么举动时，我们就能及时阻止。”

“好吧。”凌明鼎被说动了，“我报几个名字，你记一下。”

罗飞朝身旁看了一眼，小刘连忙拿出笔记本，做好了记录的准备。

“杨冰，‘长江催眠师协会’的会长；周怀谷，‘华夏催眠师协会’的会长；秦天，这是个自由人，刚刚从国外留学归来。我能想到的就是这三个人了，其他人都不具备在闹市区移情催眠的实力。”

小刘把相关信息核实记好。罗飞则在现场下达了命令：“你去安排一下，把这几个人监控起来。”

凌明鼎很严肃地提醒道：“一定要非常小心。这几个人如果展开反击，你们的人会很危险！”

小刘可是刚刚领教过催眠术的厉害，他咧了咧嘴，心有余悸。

罗飞也强调说：“保持监控就行。有什么情况及时汇报，不能擅自行动。”

凌明鼎抬腕看看手表，似乎有结束交谈的意思。罗飞也识趣，便顺势告辞说：“那就先这样吧。你这边事情也多，我们先走了。”

“好，有什么情况我们随时联系。”凌明鼎一边说一边起身送客，当罗飞等人走到门口的时候，他忽又问了句，“我下午去医院看望那个被咬伤的人。你们去不去？”

罗飞还没来得及答复，陈嘉鑫在一旁插话说：“是那个受害的司机？我……我也想去看看。”

凌明鼎和小伙子对了一眼，他很快发现对方的目光有问题，便询问道：“你和这事有关系？”

“他就是案发当天在现场处置的警察。”罗飞介绍说，“那个‘僵尸’就是被他击毙的。”

“哦。”凌明鼎继续盯着陈嘉鑫的眼睛，他从中读出了更多的东西。最后他微微一笑，说道，“那你就一块儿来吧——我能够帮你。”

第三章

被催眠的警察会做出什么事

01

有了网络这个便捷的渠道，龙州发生离奇案件的消息迅速蔓延开来。网友们在转载过程中又添加了自己的想象，各种有意无意的夸张传言开始漫天飞舞。

媒体当然也要积极跟进。他们的文章内容不能太离谱，但笔法却更加精妙。有一篇报道的标题叫作“催眠师入侵龙州”，短短七个字，不仅把人物、事件、地点交代得清清楚楚，更将悬疑和紧张的气氛烘托到了极致。

在龙州当地此事更成了街头巷尾热议的话题。公安局的电话几乎被打爆了，市民们除了关心案件进展外，也对即将到来的催眠师大会表达出相当的敌意，甚至有人要求警方立刻将与会的催眠师全都抓起来，以保障龙州居民的安全。

这一切似乎都在印证凌明鼎的猜测，那家伙的目的就是要把这次催眠师大会彻底搅黄。

罗飞也认可现在的侦查方向。先把那几个可疑目标盯好，同时要保证催眠师大会正常举行。对方的目的没有达到，很可能要有进一步的动作，那时候他的狐狸尾巴可就暴露出来了。

具体负责监控行动的是三个老刑警，性格沉稳，经验丰富，小刘则居中协调联络。虽然凌明鼎一再强调那几个家伙很难对付，但罗飞相信自己的手下能够胜任这份差事。

下午罗飞带着陈嘉鑫去了医院，他们约好和凌明鼎一道看望“僵尸事件”中的受害司机。就案件本身来说，刑警队和中华催眠师协会都是相关人员，去探望一下受害者也在情理之中。如果能获得一些额外的线索，那就更好不过。

双方在医院门口碰了面。和凌明鼎同行的还有他的秘书小袁。那女人换下了职业装，穿了件鲜艳的毛衣。原本盘起的长发也散开了，黑发长长地披在肩头，倒也妩媚动人。

受害人名叫胡友东，男，二十八岁，单身，酒吧驻唱歌手。案发后送入人民医院，经过一天的抢救，基本度过了生命危险期。现正在重症监护病房继续接受治疗。

罗飞来之前已经和院方打好招呼，主治的彭医生专门到病房楼前迎候。随后一行人便向着重症区走去。到了病区入口处时，却见有一男一女正在门口纠缠。女的是个穿护士服的姑娘，正埋头要往病区里走，她身后跟着个三十多岁的瘦高男子，拉拉拽拽地不知想做些什么。

那姑娘几次想把男子甩开，后者却一直拉着她不放，嘴里还不停地唠叨。姑娘终于忍受不住了，她回过头来斥声道：“你不要再说了，你说什么我都不会把你带到病房去！”

医院是个单调到乏味的地方，但是当这姑娘转过脸之后，众人眼前便蓦然间充满了亮色。

一个如此美丽的女子。乌黑的秀发，纤巧的眉头，动人的大眼睛，修长的睫毛，挺拔的鼻梁，娇俏的嘴唇……每一个部位都像是艺术家手中最富灵感的杰作，这些杰作点缀于江南女子特有的细腻柔嫩的肌肤之间，构成了一张毫无瑕疵的曼妙脸庞。

而脸庞上最令人怦然心动的，无疑便是那双又大又亮的眼睛。

黑白分明的眼睛，黑得如浩渺的夜空，白得如轻盈的云彩，粼粼波光倾洒在黑白交汇间，清澈见底，透彻通灵。如果说眼睛是心灵的窗户，那这扇窗户一定连接着世界上最纯净的天堂。

即便冷静如罗飞般的男人，见到这样美貌纯洁的女子，也禁不住要在心底赞叹造物主的慷慨恩赐。

彭医生显然与姑娘熟识，他向前紧赶了两步，过问道："怎么回事？"

"这个记者想采访4号床的病人，非要我把他带进病房去。我怎么说他都不听。"姑娘瞪大了眼睛，嘟着嘴，看起来既生气又委屈。即便带着这样的情绪，她那张小脸仍然可爱得如同天使。

原来是个记者，居然找到这里来了！罗飞皱起眉头，本能般地为那姑娘愤愤不平。

彭医生张开手臂将瘦高男子拦在一旁，解释说："对不起，前面是重症监护室，除了医生护士外，其他人不能随便进入的。"

记者并不肯罢休，他转头看着罗飞等人，不满地问道："那他们几个呢？也是医生护士吗？"

那姑娘也转过头来，好奇地打量着这几个不速之客，当她看到凌明鼎之后，目光便蓦地一亮，惊喜叫道："凌老师，您怎么来了？"

凌明鼎刚才就觉得这个美女很眼熟，现在听到"凌老师"这个熟悉的称呼，一下子想了起来："你是夏梦瑶？"

姑娘展颜欢笑："您还记得我呢！"她这一笑如春花绽放，明艳不可方物。

"你们认识？"彭医生看看凌明鼎，又看看夏梦瑶，颇感诧异。

"她曾经是我的——"凌明鼎斟酌了一会儿，似乎难以表达双方的关系，最后他用了个词说，"朋友。"

夏梦瑶愉快地点着头，看来她对这个称呼非常满意。

"那真是太巧了。"彭医生指着夏梦瑶说道，"她就是专职照料胡友东的护士。一会儿正好陪你们去4号床。"

一旁的记者听出些门道，凑上前询问："你们也是为了'僵尸'那桩案子来的吧？”

罗飞掏出证件展示了一下，冷冷说道：“我们是警察，请你回避一下。”

“警察怎么了？”那记者倒一点都不怯，他也掏出本证件，反讥道，“我是记者，这里是公共场所，我有合法采访的权利。”

罗飞眼神一凛，准备要治治这个狂妄的家伙。这时凌明鼎却抢上前伸手在罗飞臂弯处轻轻一拉一拍，意思是：让我来。

罗飞会意，主动撤到一旁。凌明鼎直视那男子的眼睛，说道：“你想了解那案子？我就是个催眠师。”

男子一下子愣住了，他看着凌明鼎，眼神中充满了困惑的意味。对方的双眸中闪烁着某种神奇的魔力，令他的思维恍惚僵滞，同时又如磁铁般吸住了他的目光，令他无法撤离。

片刻后，凌明鼎又用命令的口吻说道：“跟着我。不要乱走，不要乱说。只能听，只能记。”

男子机械般地点了点头。

凌明鼎便转过身来，冲身边众人提议说：“带上他吧。”

“带上他？”罗飞不解地看着凌明鼎。凌明鼎已经被各种报道搅得焦头烂额，现在却要带上这记者，这闹的是哪一出？

凌明鼎微微一笑，说：“记者是柄双刃剑，关键看笔杆子握在谁的手上。”

听到这话罗飞心中一动，大致便明白了。刚才凌明鼎与那记者视线交锋时肯定施展了催眠的手段。那记者一心要窥看案件的隐秘，凌明鼎催眠师的身份正可直攻入他的心穴。以凌明鼎的催眠技巧，搞定这样一个“敏感者”还不是分分钟的事情？现在这家伙的思维已经被控制住，如果借机让他写出有利于催眠师大会的报道，倒有可能在舆论阵地上扳回一城。

既然如此，罗飞对这个提议便没什么意见。不过彭医生碍于院方的规定，倒说：“这事有点不妥吧？”

“彭医生，请你放心。”凌明鼎很自信地劝说对方，“他会老老实实听我的话，绝对不会乱来。”

彭医生还是犹豫。他转头看看夏梦瑶，似乎在征询同事的意见。

“请您相信凌老师，他的话从来不会错的。”夏梦瑶坚定地说道，她与彭医生对视着，双眸又黑又亮，清澈见底。

彭医生被如此纯净的目光打动了，他终于点头道：“好吧。”

于是一行人便进了重症监护病区。一路上那记者紧跟在凌明鼎身后，亦步亦趋，既不多说话，也不东张西望，老实得像个木偶一般。很快到了目标病房前，正遇见另一个护士从房间里走出来，手里端了个装药的托盘，愁眉苦脸。

彭医生迎上前问了句：“情况怎么样？”

护士诉苦道：“病人不肯吃药。”

彭医生无奈地轻叹一声，转身向众人解释说：“现在是没有生命危险了，但病人的精神压力很大，一直拒绝配合治疗。”

那记者捕捉到了想要的信息，他立刻掏出一个小本，埋头记录起来。与此同时，夏梦瑶走上一步从同事手中接过托盘，说了声：“让我再去试试吧。”

“不。”凌明鼎伸手将夏梦瑶拦住，说，“让我来。”姑娘对他的话语毫无抗拒之力，立刻将托盘乖乖地交到了对方手中。

“我先进去，你们在外面等我。”凌明鼎和众人打了个招呼，抬脚便准备往屋内走。彭医生感觉有些不靠谱，忙拉住他问道：“你这是……”

夏梦瑶又在一旁敲起边鼓：“让他进去吧，他是世界上最好的心理医生。”

“哦？”彭医生松开手，耸耸肩膀说道，“那你就进去试试吧。”

凌明鼎把虚掩的房门轻轻推开，屋中人感觉到有人要进入，便发出了一声痛苦的低吼。那吼声中饱含着绝望和愤怒，令人不寒而栗。

众人闻声尽皆动容，唯有凌明鼎泰然自若，他转过头扫视了一圈，最后看向了站在罗飞身后的陈嘉鑫。他似笑非笑地问了句：“你很紧张吗？”

这句话把众人的目光都吸引到小伙子身上。只见陈嘉鑫面色苍白，嘴唇也在微微发抖，情绪果然很不正常。

罗飞用胳膊肘杵杵自己的手下，问道："你怎么回事？"

陈嘉鑫定定地看着半开的病房门洞，喃喃说道："我真是没用……是我害了他……"

原来小伙子又在自责了。那天在案发现场罗飞就看出陈嘉鑫心理负担太重，他当时还劝慰了小伙子几句。现在案件的受害人就在一墙之外，对方承受的痛苦通过那声嘶吼蔓延开来，正侵袭到小伙子的心穴，令其深陷于悔恨和压抑之中。

凌明鼎腾出一只手来扶住了陈嘉鑫的肩膀。后者移过目光，两人的视线碰撞了一下，凌明鼎趁势说道："没关系的，一切都会好起来。"

他的话语如甘泉般滋润着陈嘉鑫近乎干涸的精神世界，于是小伙子的眼神中渐渐透出了期待的光彩。

凌明鼎也没有多说什么，他转身推门独自走进了病房。随后房门轻轻地掩上，隔断了屋内和屋外的世界。

众人在静默中耐心地等待着。半个小时之后，房门打开，凌明鼎再次出现在大家眼前。

彭医生关心自己的病人，首先问道："怎么样？"

凌明鼎没有回答，他的目光首先寻到了陈嘉鑫。后者早已急切地看着他，却又心怀惴惴不敢多言。

凌明鼎冲陈嘉鑫招招手说："进来吧，他想先见见你。"

陈嘉鑫没料到有这一出，他愣了一下，踌躇难定，随后又转过头来看着罗飞，既像是等待对方的命令，又更像是某种求助。

罗飞观察着凌明鼎的神色，感觉不是什么坏事，便说了声："你先去吧，没事。"

有了队长的鼓励，陈嘉鑫踏实多了。他跟着凌明鼎走进了病房。这次凌明鼎故意没有关门，其他人虽然留在门外，但可以清楚地看到病房内的情形。

凌明鼎把陈嘉鑫带到病床前。床上的病人身上插满了治疗管，脸上则缠着厚厚的绷带，只露出右边的一只眼睛，活像是从金字塔里跑出来的木乃伊。

陈嘉鑫知道对方的左半边脸几乎被啃光，回想起那血腥的一幕，他仍觉得心惊胆寒。

“你别紧张。过来，走近一点……”凌明鼎用平和的话语声引导着陈嘉鑫的一举一动，“来，握住他的手。”

陈嘉鑫缓缓抬起自己的右手，虽然如灌了铅般沉重，但最终还是和病床上的“木乃伊”的手握在了一起。

病人的右边眼球转动了一下，然后死死地盯住了陈嘉鑫的面庞。那目光像是一块大石头，死死地压在陈嘉鑫的胸前，让他几乎无法喘息。

凌明鼎上前握住了病人的另一只手，然后说道：“他就是现场的那个警察，那天就是他处置了你的案件。”

病人的情绪立刻激动不已，他的身体紧绷着，像是要拼命坐起来一样。可他的体力是如此虚弱，根本不可能支持这样的动作。他只能紧紧地攥住陈嘉鑫的手，眼睛更像长了钩子一样，盯死了对方一眨不眨。

陈嘉鑫全身都僵硬了，头脑中一片空白。恍惚之间，他听见病人发出一阵“呜呜呜”的怪声。这声音让他汗毛倒竖，冷汗涔涔，他不知道这是绝望的控诉，还是愤怒的诅咒。

“呜呜呜”的声音还在继续，同时病人开始摇晃手腕，似乎想要传达些什么。陈嘉鑫这才意识到对方是在说话，只是他嘴旁也缠着绷带，言语便含混不清。

陈嘉鑫的脑子乱糟糟的，没有余力去辨别这种奇怪的语言。他只好怯然向一旁的凌明鼎请教：“他……他在说什么？”

“他要感谢你——”凌明鼎微笑着回答，“感谢你给了他第二次生命。”

什么？陈嘉鑫几乎不相信自己的耳朵。他彷徨着转过头，再次和病人的独眼对视。这一次他敞开心扉去感受对方的精神世界，他看到对方专注的目光中闪烁着一些情感，有热情，更有希望。

病人绷带下的嘴唇又发出了声音，陈嘉鑫终于听出来了，那是两个字："谢谢。"

一个非常简单的词语，却彻底释放出陈嘉鑫背负的所有压力。小伙子一度想哭，但又强行将泪水憋在了眼眶中。他知道自己此前一直表现得很懦弱，从这一刻开始，他要变得坚强起来。

凌明鼎的两手分别与陈嘉鑫和病人相握，他的双臂展开，像是一个呵护着少年的兄长，然后他用坚定的语调说道："没有人能击倒你们，你们要勇敢地走下去。"

三个人，三双手，相互紧紧地握在了一起。心灵的力量在每一对握起的手掌中传递着，遮蔽了风雨，支撑起阳光。

这份情感也感染了屋外围观的众人。大家无声微笑，祝福两个年轻人在精神世界中获得新生。

片刻后，凌明鼎带着陈嘉鑫离开病床，两人重新回到门外。彭医生迎上前，由衷赞赏道："太棒了！"

"我的事做完了，接下来该轮到你们。"凌明鼎朝病房内努努嘴，先前那个药盘依然放在床头。

彭医生心领神会，叫上两个护士，欣然进房给病人治疗去了。这边凌明鼎又转身走向了那个记者，询问道："刚才的事情你都看见了吗？"

记者连连点头说："看见了，看见了！"

"写出来！"

"是的，写出来！"记者挥舞着手中的墨水笔，情绪颇为亢奋。看来他也受到了刚才那种气氛的感染。

凌明鼎露出满意的笑容。一切都在他的控制中，进展良好。"我得抽根烟了。"他自言自语地嘀咕了一句，一边摸出香烟盒，一边向着不远处一扇敞开的窗口走去。走了几步，他感觉身旁有人跟随，扭头一看，原来是罗飞。

凌明鼎把手中的烟盒冲对方晃了晃："你也来一根？"

罗飞夹出一根香烟捏在手里。他一般是不抽烟的，这会儿主要想和对方聊聊，便顺势陪一根。

凌明鼎掏出火机把香烟点好。他自己先抽了一口，烟雾在胸肺间萦绕了许久才徐徐吐出，这期间他一直远眺着窗外，不知在想些什么。

罗飞也浅浅地抽了一口烟，然后开口打破了沉默："你是怎么做到的？能让一个绝望的人重新恢复生机。"

凌明鼎转过头，他没有回答对方的问题，倒半开玩笑般反问："怎么了？罗队长也想学学催眠技术？"

罗飞摇头道："我对技术不感兴趣，我只想知道，他的心穴在哪里？你又是怎么破解的？"

"你说话总能戳在点子上。"凌明鼎凝神看着罗飞，语带赞赏之意，"技术是次要的，只要肯学人人都会。最终决定一个催眠师境界的，其实是他发现和破解对象心穴的能力。"

"哦？"罗飞也顺杆子夸奖了对方一句，"我知道你就是这方面的行家。"

凌明鼎笑了笑，开始解答罗飞先前的问题："那人是个歌手，有自己的梦想，也一直很努力。但他的事业并不顺利，快三十的人了，还只能在酒吧里混混场子。对他来说，成功的希望已经越来越渺茫，他焦躁不安，却又无力操控自己的命运。就是在这种情况下，他突然遭遇了这次意外。他失去了半张脸，对一个歌手来说，这种打击是巨大的。他觉得自己的演艺事业完全被摧毁了，最后一丝残存的希望就此破灭。对一个苦苦奋斗多年的人来说，这样的生命已变得毫无意义。"

"嗯。"罗飞听得很专注，而天生的严谨态度让他又多嘴问了句，"这些是你自己分析出来的，还是……"

"是他告诉我的。一个催眠师在做治疗时，首先就要进入对象心灵深处，了解他的过去和现在，以及因此衍生出的种种情感——具体怎么做，这属于技术范畴，你要听吗？"

"不必了。还是说说你是怎样把他的心穴修复好的。"

"修复？"凌明鼎严肃地摇头道，"我可没有。事实上心穴一旦形成，就永远无法修复。"

罗飞挑起眉头，对这样的说法略感惊讶。

凌明鼎借着现成的例子解释道："比如说这个受害人，他是个不成功的歌手，在他职业生涯的末期，他的脸又损毁了。事情已经发生，对心灵的影响也已成为事实。时光无法倒流，心穴又如何修复？”

罗飞只好换了一种提问方式：“那你对他做了些什么呢？”

“已经发生的事情无法改变，但我能改变他对事情的看法。这就好比在心穴上搭一座桥，让他的精神世界偏向另外一个安全的通道，而不再纠缠于这个危险的陷阱。”

“那你是要在他的精神世界中创造出一点新的东西出来？”

“是的。”

“你创造了什么？”

凌明鼎把一口烟雾吐出来的同时，也悠悠地吐出了两个字：“希望。”

“希望？”

“我让他相信，这次意外并没有摧毁他的人生，反而有可能成为他职业生涯的转折点。”凌明鼎把手搭在窗框上，继续说道，“作为一名歌手，他本身具备了成功的实力，他只是缺少一个契机。而这次受伤就是他一直等待的契机。网络的传播和媒体的报道会让他知名度大增，而受害者的角色则可以用来定位他日后的商业形象。当他复出的时候，他可以被塑造成一个坚强的斗士，而人们对类似的故事总是充满了兴趣。这些收益远远超出了容貌受损付出的代价。听完我这番分析后，他对人生又恢复了希望。”

“就这么简单？”罗飞凝思了片刻，总觉得还有哪儿没说到似的。一个人遭受如此重创，还能把坏事想成好事，这得有多么乐观的心态基础？

“就这么简单。”凌明鼎轻弹了一下烟灰，又道，“但是又不简单。”

罗飞眼睛一亮，静待下文。

“我刚才说了，我在对象的心穴上搭起了一座桥。这桥搭好之后，你会觉得很简单。可事实上，你以为简单的只是这座桥的结构；而结构并不重要，重要的是这座桥的材质。”

罗飞皱着眉头，不太明白对方的意思。

凌明鼎继续解释："这座桥在建造的时候，必须取材于对象的精神世界。否则就会产生排斥反应——你把桥搭好了，却无法获得对象的信任。他不肯从桥上走，一切都是白费。"

罗飞若有所悟地点点头，又问："你这次具体是用了什么材料呢？"

"我进入了他的回忆，探索那些令他印象深刻的往事，希望能找到一些可以利用的东西。最后我找到了一件非常合适的材料。嗯，那件事发生在他的初中年代，懵懂少年，情窦初开。他暗恋班上的一个女生，那个女生是他的同桌。当时他的学习很好，而那女生的成绩却比较差。每次考试时，他都得到很高的分数，然后耐心地帮那女生讲解。可惜那女生却总对他不冷不热的，好像一点都不了解他的良苦用心。

"后来一次考试正好赶上他生病发烧，考出的成绩居然比那女生还差。他的心情糟透了，觉得那女生以后都会瞧不起自己。可结果却恰恰相反，那女生这次格外地友好和热情。随后两人的关系便发生了突破性的变化……这里涉及一些个人隐私，我不便也无需细说。"

罗飞会意般笑了笑。他能理解那种朦胧的情感，少年以为自己表现得越好就越能博得女孩的青睐，可他不知道，女孩的自尊心这时却成为两人之间最大的隔阂。所以当少年偶然间发挥失常的时候，两人倒更加亲密起来。

"这是他青春期的第一次恋情，也是他人生最美好的回忆之一。"凌明鼎最后总结说，"那时的精神体验已经深深地烙在他的潜意识里。当我看到他的这段经历，我就找到了搭桥所需的材料。我把他少年时那段情感上的波折嫁接在我的桥上，先是长久的努力而毫无回报，然后一次糟糕的意外，他自己以为完蛋了，结果却峰回路转。当桥搭好之后，一切正如我所愿，他完全接受了我的设定，毫无排斥反应，他在这样的设定中甚至体会到了一种如初恋般的快感。"

话说到这里，算是把整个催眠治疗的过程讲了个清清楚楚。罗飞回味了片刻后，又问："他后来对陈嘉鑫表达谢意，这个桥段也是你安排好的吧？"

凌明鼎点头道："有了前面的心理铺垫，这不过是举手之劳。"

"你可是帮了小陈的大忙——而且你今天带他过来，就是要帮他这个忙的，对吗？"

凌明鼎笑笑说："小陈的情绪特别容易受外界事物的影响。所以我没有对他直接催眠，只做了个借力打力的设计就够了。"

"是的。他很敏感。"罗飞眯起眼睛评价自己的新属下，"这是他的缺点，但也是他最大的长处。有的时候我们也需要那种灵光一现的东西。"

两人正聊得投机呢，身后忽有个银铃般的声音说道："哎呀，这个病区是不能抽烟的，你们应该到屋外去。"

罗飞回过头来，却见说话的正是护士夏梦瑶。她脸上挂着笑吟吟的表情，只是劝导，并无责怪之意。

"好好，对不起。我们不抽了，只是聊聊天。"凌明鼎一根烟正好抽完了，顺手把烟蒂扔进旁边的垃圾桶。罗飞抽得慢，还剩半根呢，也跟着掐灭了。

夏梦瑶赞许地看着二人，却没有要离开的意思。

凌明鼎冲病房方向指了指，问："那边情况怎么样？"

"病人的精神状态非常好，我想他不会再有什么危险了。"夏梦瑶说完之后顿了顿，忽又提议道，"凌老师，今晚我请你们吃饭吧。"

凌明鼎"哦"了一声，不置可否。

"我们这么长时间没见面了，今天遇上不得聚聚吗？"姑娘列举着请客的理由，"而且，不管今天这事，还是以前的事情，我都得向您表达感谢呢。"

凌明鼎一边斟酌着，一边向病房门口瞥了一眼，片刻后他看着罗飞问了句："罗警官，你去不去？"

罗飞"呵呵"一笑，心想：人家明明是要请你的，你却问我，叫我怎么回答？

夏梦瑶这时又转过来劝说罗飞："一块儿去吧，反正也快到晚饭时间了，不会耽误你们工作的。"

凌明鼎在一旁敲起边鼓："你去我就去。"

话说到这份上，罗飞也不好拒绝了，便说："好吧。"

"太好了。"夏梦瑶欣然道，"我还有一刻钟就下班，你们先等我一会儿。"说完她便先行告辞而去。

罗飞目送姑娘走远后，问凌明鼎："她就是想请你的，干吗非把我拉上？"

"一块儿吃饭嘛。"凌明鼎做了个无所谓的表情，"我们正好可以继续聊聊。"

罗飞却嘴角一挑，似笑非笑地说："不，你是别有用心的。"见凌明鼎还用无辜的目光看着自己，罗飞便冲着病房那边一努嘴，又说："你在平衡两个女人的关系。"

陈嘉鑫和袁秘书在病房门口等待着各自的领导。先前夏梦瑶在的时候，凌明鼎曾往那个方向看过一眼，罗飞注意到袁秘书当时也在关注着这边的动态，而且脸上的神色阴晴不定。

正是看到袁秘书的表现之后，凌明鼎才开始询问罗飞的态度。

"你既想答应小夏的邀请，又担心那边的美女闹情绪。"罗飞把话说透，"所以你把我拖上，这样饭桌上的气氛就不至于太尴尬。"

凌明鼎也没有刻意否认，他无奈地耸耸肩膀，说："女人的天性——看到比自己更漂亮的同性时总是心存敌意。"

确实，自从夏梦瑶和凌明鼎偶遇之后，袁秘书的脸色一直就不太好。这点连罗飞这个外人都看出来了，凌明鼎又怎能不知？不过他既然直言夏梦瑶是比袁秘书更加漂亮的女性，这说明袁秘书的嫉妒情绪并非是庸人自扰。

反正话也说开了，罗飞便顺着话题问下去："你和小夏好像不是朋友关系这么简单吧？"

"说朋友确实不准确，但也没有你想得那么复杂。"凌明鼎坦然说道，"她曾经是我的病人。"

"是吗？"罗飞有些意外。凌明鼎的病人——那意味着心理上是有残缺的。这样一个美丽的、春意盎然的姑娘难道也有着不可告人的隐疾吗？

凌明鼎看出罗飞心中所想，他轻轻地叹了一声，说道："每个人都有心穴的。而这姑娘的心穴与其他人都不相同。她太纯洁，太善良了，那种纯洁善良差点害了她。"

这话让罗飞愈发困惑，也愈发好奇。他凝目看着凌明鼎，等待对方作进一步的解释。

凌明鼎向窗外看了一会儿，他的目光悠远，像是陷入了遥远的回忆。当他把目光转回来之后，他开始向罗飞讲述曾经的故事。

"我和小夏其实只见过一面，而且已是三年前的事了。那是一个周末的傍晚，我在运河边散步，当我经过一间小水榭的时候，我看到围栏边站着一个女孩。那女孩独自一人看着滔滔的河水发呆，似乎有什么心事。虽然我只能看到她的侧脸，但那份美貌已足够让我惊叹。我记得她穿着一件粉红色的裙衫，湖风吹过，衣襟轻摆，就像是一朵盛开在水中的睡莲。

"我悄悄地从她身后经过，不忍心打搅到她。但她还是听到了我的脚步声，便回头看了我一眼。我和她的视线对了一下，立刻感觉有点儿问题。"

罗飞猜测道："她的眼神不太对劲吗？"

"是的。在一张美貌绝伦的脸上，却有一双充满了哀愁的眼睛。那目光是如此的清澈，同时又是如此的悲伤。我能轻易穿过她的眼睛，看到她的心灵。我看到她的心中满是泪水。我当即决定要帮助她摆脱心中的痛苦。"

一个悲伤的夏梦瑶会是什么样子？罗飞仅仅在脑海中想象了一下，竟也忍不住心生爱怜。他暗想，如果自己在场，一定也会主动去帮助那个女孩。

"我走到了女孩身边，和她聊了起来。女孩的情绪非常低落，也没有什么戒备心，所以我很容易就把她带到了催眠的状态。然后我便开始探索她的内心世界，包括她的身世、她的经历、她的情感，以及她心中那些泪水的源泉。

"女孩出生在一个富足的家庭，衣食无忧，父母和睦。从小到大，她的生活中都充满了欢笑和关爱。善良的天性加上后天良好的成长环境把女孩塑造成了一个近乎完美的天使。她热爱这个世界，她希望世界上的其他人都能和她一样，生活得惬意幸福。

“长大以后，女孩选择了护士这个职业，她觉得这个职业能够救死扶伤，实现自己对这个世界的美好祈愿。她还主动要求分配在重症监护病房，这里是最艰苦的岗位，也是她想象中最值得自己付出的地方。”

听到这里，罗飞禁不住由衷赞道：“真是个好姑娘。”

“可她却差点毁了自己。”凌明鼎苦笑着说道，“她的心灵过于纯洁善良，根本无法承受重症监护病房那种沉痛的冲击。”

“你的意思是，那里的情况太悲惨了，她心理上接受不了？”

凌明鼎点了点头：“重症监护室里都是些垂危的重病号，不管医生和护士如何竭力挽救，还是会有人离开这个世界。而且这样的事情每天都在发生，从不中断。女孩进入了这样的环境，就好像从天堂一下子来到了地狱的入口。那些被病痛折磨的垂死者，不断发生的生离死别，持续冲击着她的精神世界。她从没想到世界上会有这么多的痛苦，那些痛苦汇聚成潜流，侵蚀着她的心灵。当我那天在水榭上看到她的时候，她的心穴已经形成，在那深不见底的黑洞里，填满了悲伤和愧疚的泪水。”

“愧疚？”罗飞因为这个词的出现感到不解。

“愧疚。”凌明鼎加重语气重复了一遍，“她觉得自己是一名护士，救死扶伤是天职。所以每当有病人死亡时，她都会觉得自己很无能，没有尽到应有的职责。这样的心理压力逐渐积累，却没有任何排遣的渠道。当我三年前遇到她的时候，这个问题已经非常严重了。”

“严重到什么地步？”

凌明鼎看了罗飞一眼，道：“那天她去运河边，本来是准备跳水自杀的。”

“什么？”罗飞惊叹了一声，随即又后怕地咧咧嘴，“那她幸亏遇上了你，否则……”

“否则就是一个巨大的悲剧。”凌明鼎也感慨万千地悠悠一叹，

“那么美丽，那么善良的女孩，如果就这样结束生命，恐怕整个世界都会为之遗憾！”

还好这样的遗憾并未发生。罗飞暗暗庆幸了一会儿，接着问道：“那你又给她搭了座什么样的心桥呢？”

“我告诉她，生老病死是天道轮回，是任何人都无法避免的宿命。死亡并不意味着终结，而是一个崭新的开始。对于每天都在病痛中挣扎的人来说，死亡更是一种解脱。所以你不必因为病人的死亡而悲伤，而自责。他们离开了这个世界，失去的只是这个世界的痛苦；他们去了另一个世界，那个世界会充满了新的希望。”

“这些道理倒是挺简单的。”罗飞评论道，“如果我当时在场，大概也会用类似的话去劝说对方。”

凌明鼎摊摊手说：“但你没有掌握催眠师的技巧，效果就会大打折扣。”

罗飞刚刚学习了凌明鼎催眠胡友东的过程，知道对方不是在说大话：“是的。你能在现场控制住她的精神世界，并且用她内心原生的材质去搭建心桥。所以她很容易接受你的观点，并对此深信不疑。”

凌明鼎抬眼望着不远处，嘴角忽地浮现出一丝笑意。罗飞顺着他的视线看去，却见夏梦瑶正在款款走来。她换下了护士服，穿了身淡绿色的罩衫，清新如雨后的荷叶。

凌明鼎又转目过来，冲着罗飞悠然自得地低语道：“效果就在眼前啊，我也不用再自夸什么，对吧？”

罗飞也笑了。确实，面对三年后这个阳光扑面的美女，谁还能质疑当年那次心理治疗的效果呢？

二十分钟后，一行人来到了医院附近的一家饭店。夏梦瑶已经定好了包厢，众人把菜点好，然后便一边喝茶一边等待。

“夏小姐生活这么自由，应该还是单身状态吧？”袁秘书如拉家常般问了主人一句。

“是的，再拖下去都快成老姑娘了。”夏梦瑶调皮地自嘲着，“我的父母很着急呢，一直在催我。可我觉得有很多事还没做完，这些事情比谈恋爱什么的重要多了。”

“哦？”袁秘书用审视的眼光打量着对方，片刻后又道，“人长得这么漂亮，还有事业心。这样的女人现在真是不多见。”

“袁姐也是单身吧？”夏梦瑶反问了一句，见对方默认了，便笑道，“你年纪比我还大呢，所以要说事业心的话，我还得向袁姐多学习。”

袁秘书的脸色僵了一下，随即又挤出些笑容说：“我是身不由己。凌先生的工作太忙，连累我们也不得自由。你看，就算我现在来吃饭，其实也是工作的一部分。”袁秘书说完之后还特意瞥了凌明鼎一眼，那意思似乎在向夏梦瑶宣告：虽然你是这场饭局的主家，但我才是陪在凌先生身旁的最亲密的人。

凌明鼎嗅到了淡淡的火药味，赶紧岔开话题说道：“你们别看小夏长得漂漂亮亮，文文静静的，其实是很有主见的姑娘。以她的家庭背景，完全能找个既轻松又体面的工作，可她却偏偏要做护士。三年前我就劝她改行了，可你们看看，她到现在也没听我的。”

“凌老师，您冤枉我啦。”夏梦瑶嘟了嘟嘴，解释说，“三年前我听了您的教诲，确实把护士的工作辞掉了。后来我还离开龙州，南南北北去了不少地方。一个月前我才刚刚回到龙州，我也不算那家医院的正式员工，只是临时去帮帮忙，算是义工吧。”

“是吗？说说看，你都去过哪里？”凌明鼎用手撑起下巴，饶有兴趣地追问道。

“头一年我参加了一个支教活动，去了青海山区，帮助那里的贫苦孩子。”

“青海？那里的海拔很高，基础建设也很差，你能适应吗？”

“确实很辛苦，但是很有意义。而且我认识了很多志同道合的人，他们给了我很多帮助。这一年我的收获非常大。”夏梦瑶一边说一边侧过脑袋，似乎仍在回味着什么。

“后来呢？还去过什么地方？”

“第二年四川那边发生了地震。我在震区待了很长时间，照顾那些失去了亲人，同时又没有自理能力的伤员；再后来我又去了南方，去帮助那些底层的打工者。”

“你帮他们？怎么帮？”凌明鼎有些奇怪了。要说支教、救助伤员什么的都能符合夏梦瑶的背景性格，可什么底层的打工者，这和那姑娘真是八竿子也打不到一块儿去啊。

“那里有很多黑工厂，工人们很艰辛，生活得毫无希望。所以我想用自己的经历帮助他们得到精神上的解脱。”

夏梦瑶一说这话，旁边的罗飞便想起一些事情来。于是他便提醒凌明鼎：“从去年开始，那边的一家企业接连发生员工自杀的事件。这事大家应该都听说过的。”

凌明鼎“哦”了一声。的确，那家企业一年间连续发生了十三起员工跳楼的事件，此事曾被媒体广泛报道。大概是因为夏梦瑶也有过自杀倾向，所以才想到用自己的亲身经历去帮助那些陷于困境的人们。这事牵涉到个人隐私，罗飞和凌明鼎各自领会了，就不再细说。

“你这几年的生活还真是很充实。”凌明鼎赞赏地看着夏梦瑶，又问，“那你现在怎么又回龙州了呢？”

“我知道您要举办催眠师大会，所以就回来了。”夏梦瑶坦率说道，“我不想错过这次大会。是催眠治疗给了我第二次生命，您更是我重生时的精神导师。所以我很想参与进来，帮助您一同把催眠事业发扬光大。我觉得这是一件能造福整个人类的盛事。”

造福整个人类的盛事，这听起来多少有些夸张。不过姑娘真挚的情感还是让凌明鼎颇为感动，他看着对方的眼睛，很认真地回答了一句：“谢谢你的支持。”

夏梦瑶反倒有些不好意思了。她避开了对方的视线，恰好这时服务员端菜上来，姑娘便顺势招呼说：“来来来，别聊天啦，赶紧动筷子吧。”

她的语调热情欢快，一下子便把众人的胃口调动了起来。

02

“小陈，你了解女人吗？”在吃完饭回去的路上，陈嘉鑫正在开车，罗飞突然没头没脑地问了这么一句。见对方茫然难以回复，他又补充说道，“比如对袁秘书和夏梦瑶这两个女人，你更喜欢哪个？”

“我喜欢夏梦瑶。”小伙子回答的时候脸颊还红了一下。

“为什么？袁秘书不如夏梦瑶漂亮？”

“倒也不是。袁秘书也挺漂亮的，不过她这个人没有夏梦瑶实在，和她相处的时候不太舒服，总得端着点姿态似的。夏梦瑶给人的感觉就不一样。”

罗飞理解对方的说法。袁秘书似乎太过职业了，就连笑容也是职业的。而夏梦瑶则亲和得多，和她只是第一次见面，但一块儿吃饭的时候，那气氛却像是相识多年的老朋友。

有这姑娘帮助凌明鼎去宣传催眠文化，肯定能起到事半功倍的效果。罗飞想到这里，脑子里已浮现出一个生动的“代言人”的形象。他又想起凌明鼎曾说过，自己的控制欲太强，很难接受催眠。可如果是面对夏梦瑶这样可爱的女孩的，自己会不会放弃抵抗？

罗飞微笑着摇了摇头，暗暗嘲笑自己动摇的精神立场。

陈嘉鑫正看后视镜往右转弯，恰好注意到罗飞的小动作。他便反问道：“罗队，你也喜欢夏梦瑶吧？”

罗飞一怔，赶紧把笑容收了起来。片刻后他像是故意转移话题，又问陈嘉鑫：“你为什么想当刑警？”

“与罪恶战斗。”小伙子回答得很快，而且那五个字说得抑扬顿挫，满怀激情。

罗飞“嚯”的一声，有点以前小看了对方的意思。

陈嘉鑫却又羞涩地笑了笑，告诉罗飞：“这是一本书的名字。”

“一本书？”

“一本描写刑警生活的书，写得非常棒。”小伙子解释道，“我就是看了这本书之后，才立志要当一名刑警。”

“是吗？”罗飞想起凌明鼎对陈嘉鑫的评价，点头道，“你的情绪果然很容易受到外界事物的影响。”

小伙子还沉浸在自己的世界里，又兴奋地说道：“当时我在上大学，我还给作者写了信。那人还给我回信呢。他鼓励我努力奋斗，终有一天能实现自己的理想。现在看来，他的话果然应验了。”

罗飞也被小伙子的情绪感染了：“那本书还在吗？什么时候借给我看看。”

“好啊。”陈嘉鑫痛快地答复说，“明天我就带给你！”

小伙子说话挺靠谱，第二天一早他就把那本书送到了罗飞的办公室。罗飞拿到书先瞄了眼封面，作者署名叫“剑龙”，料想该是个笔名。

再略略把书一翻，发现内容还不错。虽然是虚构的小说体裁，但作者显然是有亲身经历的，很多细节都与真实的刑警生活相符。罗飞本有兴趣仔细阅读，只是工作时间看小说未免不妥，于是便把书暂且放置在书架上。这时他注意到书的封底留有作者的电子邮箱，并且有欢迎交流讨论之类的附言。想必陈嘉鑫就是通过这个邮箱和作者进行了联络，随后便在后者的鼓励下踏上了从警之路。

放下小说之后，罗飞又拿起当天的早报寻找关于催眠案子的报道。在第三版上还真有一篇，而且写的就是昨天下午凌明鼎在医院给胡友东做催眠治疗的内容。这篇报道不仅塑造了凌明鼎的正面形象，在篇末还展开探讨，抛出论点说催眠本身并不可怕，这种心理技巧如果掌控得当，可以激发出非常积极的精神力量。

罗飞知道这篇报道肯定是昨天在现场的那个记者所写，凌明鼎通过此人的笔杆子向构陷催眠师大会的幕后黑手展开了反击，这一击又准又狠，效果十足。

大会明天就要举行，不知道对方在剩余不多的时间内又会有怎样的应对。

警方已经对三个嫌疑最大的催眠师展开监控，如果细加分析，警方会面临着上中下三种局面。

上等局面是凶犯就在被监控的三名嫌疑人之中，而且此人接下来也有所行动，正好被警方逮个正着；

中等局面是凶犯此后再也没有新的动作，那警方就必须调整侦查方向，主动求变；

下等局面是凶犯继续行动了，但他并不在警方的监控范围内，这样的话警方就被对手牵着鼻子走，被动之极。

这三种局面罗飞都想到了，他没想到的是，就在猝不及防之间，上等局面竟会突然转变成下等局面。

上午十点一刻左右，小刘急匆匆赶到罗飞的办公室，劈头便道："罗队，出状况了！"

罗飞立刻起身问道："怎么回事？"

"监控的人现在联系不上了！"

"谁联系不上？怎么联系不上？说清楚点。"

"就是打电话没人接。三个人都是这样，一个也联系不上！"

开始小刘说有状况，罗飞还以为是哪个人跟丢了目标。现在听到这话，他才知道小刘为何会如此慌乱。一般来说，负责监控的同志是不会和指挥部中断联络的，而且这次行动罗飞还特别关照过，遇见状况必须第一时间向指挥部报告。现在这三个人却同时失去了联系，罗飞不得不考虑三人遇险的可能性。

"失去联系有多久了？"

"我是在十多分钟之前发现的，但出状况的时间应该更早。"小伙子咽了口唾沫，又详细说道，"按照计划，他们应该每隔一个小时向我汇报一次。01是整点汇报，02整点二十分汇报，03整点四十分汇报。可是十点钟的时候01却没有给我打电话，我等了一会儿，在十点零五分左右主动给他打了电话，但是对面不接。我想可能当时的现场状况不便通话，就又等了一会儿。到十点十分的时候再打，对面还是不接。我觉得不太对劲，接着又给02、03打了电话，结果这两人的手机也是没人接听。然后我就跑到这里来了。"

三人的手机都通着，但没一个人接听，这事非常不对劲。罗飞立刻下达了作战的命令：“赶紧联系技术部门进行手机定位，调三辆车出来，我们分头找人！”

罗飞亲自带着一辆车寻找01号监控员赵远。这位五十多岁的老同志干了一辈子的刑警，再过几年便可以光荣退休。罗飞可不希望他在自己手上出什么意外。

根据技术部门的信息，赵远的手机目前定位于市中心凯德大厦附近，开车过去大概需要二十分钟的时间。临出发时罗飞也用自己的手机拨了一下，同样没人接听。随后他便不敢多拨，万一把对方的手机拨得断电关机，那就没法定位了。

眼看就要到达凯德大厦，技术部门又传来新的消息，这个消息令罗飞喜忧参半。

“目标手机刚刚离开了凯德大厦，现在正沿着昌河路由东向西移动。”

手机在动！是否说明相关警员并未遇害？罗飞随即又拨打了那个号码，仍然无人接听。他又开始忧虑，这手机还在赵远手上吗？如果是，对方为何不接电话？他是否正处于某种身不由已的危险境地？

罗飞唯有叫司机加快车速，向着那个移动中的定位目标赶去。

又过了五六分钟，警车开到了一个丁字路口。按照技术部门的指示，目标应该是上了右手边的步行街。因为街口拦着石头桩子，警车已无法继续前行。罗飞确定定位无误，便下车进入街区徒步搜寻。

这条街的街面两侧都是商铺档口，人来人往，热闹非凡。罗飞往里摸了有百十米的样子，忽地眼前一亮——不远处的墙角站着一名男子，正是赵远！

见对方安然无恙，罗飞的心已放下大半。仔细看时，却见赵远凭着墙壁拐角隐蔽住身形，目光却微微探出向右前方窥视。他手里还拿着一个笔记本，正在挥笔记录些什么。

这情形显然是在对目标进行监控呢。为免暴露，罗飞便往相反方向绕了个大圈，然后才紧贴着墙根向赵远走去。接近之后他抬手在对方肩头轻轻一拍。

赵远吓了一跳，猛回头看到是罗飞，忙问："罗队，你怎么来了？"

罗飞反问道："你怎么不接电话？"

赵远没有回答，他眯起眼睛四下搜寻，神色警惕之极。片刻后他才把目光收回到罗飞身上，又问："你是一个人来的？"

罗飞不明白对方为什么问这个，但他还是答道："还有个司机，在街口等着呢。"

赵远松了口气，他把脑袋往罗飞身前凑了凑，压低声音说道："我不能在电话里说，因为我们的队伍里面有内鬼！"

"内鬼？"这消息令罗飞颇为震惊，他连忙追问，"是谁？"

"现在还不清楚。但只要盯着他就能找到线索！"赵远一边说，一边举起手中的笔往右前方指了指。那个方向上有个卖衣服的店铺，里面有两个店家，四个闲逛的顾客，还有一个正在派件的快递员。

罗飞打眼看了一圈，觉得这几个人都很正常，便困惑地问对方："你说的是哪个？"

"就是那个假扮快递员的男子。"赵远把左手里的笔记本展示了一下，说，"他的行踪全都被我记下来了！"

果然，那本子上一行行的，全都是诸如此类的信息：

九点五十一分，嘉茂大厦1002，收件人：年轻女子，微胖，160cm左右。

九点五十七分，嘉茂大厦608，收件人：中年女子，正常，165cm左右。

十点十三分，凯德大厦201，收件人：年轻男子，瘦，178cm左右。

……

最后一个信息是刚刚记录上的，正和店铺里的情况对应上。

十点四十三分，兴达路步行街敏敏时装店，收件人：年轻女子（店主），瘦，170cm左右。

罗飞看得满头雾水："你记这些东西干什么？不是让你监控那个叫秦天的催眠师吗？"

"这名男子是团伙中的联络人，只要把他盯死，那帮家伙就可以一网打尽了！"

赵远的声音虽低，语调中却透出种跃跃欲试的兴奋感。这时那个快递员又走进了另一家店铺，赵远连忙在笔记本上记录好最新的信息。

"你这些消息准确吗？"罗飞将信将疑地问道，"而且我说过有情况要及时汇报的，你为什么擅自行动？"

"队里有身份不明的内鬼，所以我不能冒险和你们联络。"赵远顿了顿，又郑重说道，"现在我的行动直接受省厅领导的指挥。"

省厅领导？罗飞皱起眉头追问："哪个省厅领导？"

"主管刑侦的副厅长。现在这个案子已经被省厅接管，我只会接省厅领导的电话。"说到这里，赵远意味深长地看了罗飞一眼，"罗队长，我觉得你肯定不是内鬼，才会把这些事情告诉你。"

省厅跨级接管自己手上的案子，都不打个招呼？罗飞觉得这事太离谱了，他转身撤开几步，然后拿出手机给省厅分管刑侦工作的何厅长打去了电话。

何厅长的回复简单明了："完全没有此事。"

罗飞挂断电话，他审视着赵远，暗自揣摩对方的这番表演到底是何用意。

赵远感觉到了罗飞的目光，他转过头来狐疑地问道："怎么了？"

罗飞决定直接摊牌，他绷着脸走到对方面前，严肃说道："我刚刚给省厅领导打了电话，他说根本就没有这回事。"

赵远和罗飞对视着，丝毫显不出谎言被揭穿后的慌乱。他的目光反而很锐利，倒似反过来看破了罗飞的秘密一般。片刻后，他带着讥讽的语调说道:“你以为能骗到我吗? 我们早就料到你会这么说了!”

罗飞实在无法理解对方的态度:“你什么意思?”

“省厅的领导说了，对手一定会想尽各种办法阻挠我。所以他一再嘱咐，我只能和他单线联系，其他任何人的话都不能听!”

罗飞从对方的言辞中嗅到了深深的敌意，他愕然问道:“你怀疑我是内鬼?”

“我本来是相信你的，可你为什么要骗我?”赵远瞪视着罗飞，严厉质问。他的眼中闪着些异样的光芒，热血亢奋，坚定无比。

罗飞忽然间明白了什么。他黯然地看着对方，发出一声深沉的无奈叹息。

两个小时后。

罗飞站在刑警队审讯室外，透过单面玻璃看着室内的情形。

赵远和另两名男子被束缚在审讯椅上，他们像是刚刚从梦中醒来似的，神色茫然，目光呆滞。

凌明鼎坐在三人对面，正在说着些什么。说完之后，他又拿出一些文件材料展示给那三个人。三人看了会儿文件，随即又面面相觑，脸上的表情犹疑不定。

凌明鼎起身走向审讯室外，看起来他已经完成了既定的任务。

罗飞挪步来到门口，正赶上凌明鼎从屋里出来。后者耸耸肩膀说道:“已经破解了。不过别急着放人，他们还得回味一阵才能彻底想明白。”

罗飞点点头道:“先去我办公室聊吧。”

两人来到罗飞的办公室。罗飞招呼凌明鼎坐下，又给对方倒了茶水。

凌明鼎喝了口水，说道:“是欺骗性的瞬间催眠术，依靠瞬间的信息冲击造成对象思维阻塞。这种手法见效快，催眠程度深。但是不难破解，只要把那些阻塞思维的虚假信息疏通一下就行了。”

罗飞也端起自己的茶杯喝了一口，同时问道:“事情的经过都清楚了?”

凌明鼎点点头。刚才在审讯室里三人的说法相互印证，已经让他窥看到事件的全貌。

罗飞伸出根手指道："具体说说。"

"你的手下分三路对三名催眠师进行监控。大概九点钟左右，三个催眠师同时离开自己的住所，向着宝带河畔聚集。最后他们会合在河畔一个露天咖啡馆里。你的手下跟踪着各自的目标，自然也在河边碰到了一处。三个人便借机短暂交流了一下。就在这时赵远接到了一个电话，打电话的人自称是省公安厅的领导。他质问三人为什么不懂得分散，这样聚在一处很容易被目标发现。那人的言辞非常专业，又用上了催眠技巧，赵远等人对他的身份丝毫没有怀疑。

"于是三人赶紧散开，他们从此就断了联系。片刻后一个快递员来到咖啡馆，他给催眠师秦天送了一份文件。与此同时，赵远又接到了省厅领导的电话，领导声称，因为案情重大，并且龙州市刑警队里藏有内鬼，所以这个案子已经由省厅接管。现在这个送快递的人就是犯罪团伙的联络员，他命令赵远立刻对此人展开监控，对秦天的监控任务则由留在现场的其他刑警负责。于是赵远就跟着那个快递员走了。而他没走多久，又有两个快递员先后到达咖啡馆。"

听到这里，罗飞已经能猜到后续的情节："那个家伙对我的每一个手下都说了相同的话？"

"是的。所以你的三个手下全都离开了现场，每个人都以为另两个同伴会在咖啡馆附近继续监控。"

罗飞无语苦笑。他的三员得力干将就这样被调虎离山，完全放弃了真正的监控目标。而后来他们那种敌友不分的荒唐言行，更是几成笑柄。

片刻后罗飞又想起什么，自言自语道："难道那三个催眠师早就串通在一块儿了？"

凌明鼎沉默着紧皱眉头。他曾怀疑诋毁催眠师大会的黑手就在这三人之间，现在的情况看起来却更加严峻。因为这三人的行为显然是统一的，有组织的。如果他们真的已经联合在一起，三人合力之下，自己该如何抵挡？

不过罗飞很快又提出另一种可能性："也许只是其中的某一个人有

问题，但其他两个人被他设计，无意中做了他的幌子。”

凌明鼎点点头，随后又深深一叹道：“不管是几个人吧，反正一定有人做了些什么，可我们却一无所知。”

是的，既然有人处心积虑把监控的刑警调开，那他一定是要有所动作。罗飞曾一度期待着此人的动作，只可惜对手只轻轻一招，便彻底把警方甩进了盲区。

那三个快递员都调查过了，就是普通的派件员而已。那三份快件标明了定时定点投递，却没有留下寄件人的任何信息。而快件公司的收件量极大，不可能凭借收件人的回忆去找到寄件人。

那个自称“省厅领导”的电话号码是刚刚开通的，没有登记机主的身份，同样无法查询。

咖啡馆也是精心选择的地点，因为是河边，附近都没有监控探头。那三个催眠师此后去了哪里，做了些什么，全都无从得知。

期待中的上等局面就这样变成了下等局面。

警方和凌明鼎只能在一片被动中等待催眠师大会的到来。

第四章
催眠高手的聚会

01

被列为重点怀疑对象的三个催眠师在同一时刻摆脱了警方的监控，所以对手一定会在警方的视线之外有所行动——这是一个非常简单的逻辑判断。不仅凌明鼎这么想，罗飞也同样这么想。

他们到底做了什么？这个问题成了凌明鼎和罗飞共同关注的焦点。

据咖啡馆的服务生回忆，三个催眠师在咖啡馆里坐了不到一个小时，他们各自接收了一个快件，随后便一同离开。推断时间的话，他们的离去和警方人员被调开应是前脚接后脚。

当天下午，三个催眠师回到了各自的住所，时间分别是一点二十三分、两点零七分、四点五十分。也就是说，他们脱离警方视线的时间短的有三个多小时，长的则有近七个小时。

对于顶尖的催眠师来说，这些时间已足够他们去寻找街头的敏感者，发现对方的心穴，进而制造出新的离奇案件。

至警方恢复监控时新的案件并未发生，但罗飞的心情却无法乐观，因为从已发的两起案件来看，这种催眠手法从作案到发案是有一定的滞后性。催眠师只要在受害者的心穴中埋下种子，而这颗种子何时发芽则要看相应的“触发器”如何设置。如果凶手已知警方盯上了自己，那他继续作案时一定格外谨慎，所以触发器的延时多半会设得很长。

罗飞一度想传唤三人，从正面试探一下。但这个思路遭到凌明鼎的强烈反对。

凌明鼎认为，目前情况尚不明朗，直接摊牌的话，会将这三人彻底推向催眠师大会的对立面。万一黑手另有其人，这局面岂不正中对方下怀？而且以那三个催眠师的心理控制能力，在没有证据的情况下和他们交锋，结果多半又是自取其辱。

罗飞权衡一番，最终也放弃了主动进攻的思路，暂且还是得以防守为主。

罗飞往每个基层派出所都派出了刑警队员，在第一线实施监控。只要有举止怪异的人出现，罗飞立刻能了解到相关情况。而凌明鼎也随时做好准备，如果真有人中了催眠术的蛊惑，他会在第一时间前往破解。

两人度过了一个不眠之夜，然而龙州却没有任何异常的事情发生，一切是如此平静，甚至连一个闹事的醉鬼都没有出现。

催眠师大会将在第二天上午九点举行。难道对手要等到最后关头才施展出致命一击，不给凌明鼎留下任何化解的时间？

越是平静便越是令人不安。那感觉就像是明知敌人已经高举起快刀，却不知这一刀何时会落下来。

你完全被动，却又丝毫不敢放松。

上午八点，罗飞随凌明鼎一道前往催眠师大会现场。凌明鼎忙着招呼与会来客，罗飞则站在会场的角落里，默默观察着场内的动态。

整个会场有三百多个座位，最前面一排是配着长条桌的贵宾席，桌面上摆放着名牌，各路贵宾入场后便在凌明鼎和袁秘书的引导下落座。杨冰、周怀谷、秦天三人自然也在其中。罗飞特意观察了他们的言行举止，只见三人的神色都比较严肃，甚至和凌明鼎寒暄的时候也板着脸，颇有点来者不善的意味。

不知名的催眠师们则散坐于后排各处。会场两侧和前后方的走廊里则成了媒体们蹲守的阵地。这次大会凌明鼎本来只邀请了本地的几家媒体，但前两天的案件在网络发酵之后，龙州催眠师大会便成了世人关注的焦点。现场实际赶到的媒体来自全国各地，有平媒的，有网络的，也有电视台的。他们到来的目的不光是报道这次大会，更要针对案件进行深入采访。

罗飞看着这番热闹的景象，忽然想到，对手如果想制造出反对催眠师大会的声势，那最好的行动时机岂不就在此刻？在全国媒体的注视之下，如果有负面的事件在会场上发生，绝对能产生爆炸性的效果。

从昨日监控失败开始，一股强烈的暗流就涌动不止。罗飞能感觉到那种力量的积累，这力量渗透出无形的压力，已逼近喷发的临界点。罗飞的心跳开始加快，情绪也紧绷至极。他知道这不是最好的状态，便深深地呼吸了几次，努力让自己冷静下来。

又过了片刻，一个年近半百的男子步入会场。凌明鼎对此人的到来非常重视，亲自接了过去。这人坐在前排最中间的位置上，名牌上写着“徐健”二字。罗飞特意凑上前打探，很快他便摸清，原来这名男子正是想要进入催眠产业的投资人。此人的出现对催眠行业来说原本是件幸事，但因为牵涉到利益再分配，便也激化了行业内部的矛盾。

前两天的案件徐健不可能不知道，这势必会影响到他的投资信心，这也是凌明鼎现在最担忧的事情吧。对凌明鼎来说，前天的医院之行只是小试牛刀，即将开幕的大会才是他挽回颓势的关键舞台。

入口处忽又起了些异动，罗飞敏感地移目望去，却见夏梦瑶正在走进会场。这次来参加会议的绝大多数都是男性，忽然间有这么个美女到来，当然是人人侧目。有几个记者也调转镜头，抓拍这抹不期而至的亮色。夏梦瑶对众人的关注并不在意，她远远地看见凌明鼎，便露出了灿烂的笑容，并且点头以示招呼。

凌明鼎也看到了对方，他的神色略微有些意外。因为正和徐健寒暄，他不便脱身，只好扭头对袁秘书说了句：“小夏来了，你过去招呼一下。”

袁秘书“嗯”了一声，她的眉头微微皱起，但只有短短一瞬，她便换上了职业式的笑脸，款步向着夏梦瑶迎去。两人相遇后或真或假地寒暄了一番，袁秘书似要请夏梦瑶往贵宾席就座，但后者婉拒了。袁秘书也不再坚持，只帮夏梦瑶安排一个略略靠前的位置。

夏梦瑶入座后四处打量，很快她的视线与罗飞相遇，两人各展笑颜。

罗飞真心喜欢对方的笑容，真诚自然，流淌着春风般的暖意。这暖意让他的情绪蓦然间放松了许多。

大会开幕的时间渐渐接近，来客们基本都入座到位。凌明鼎也坐在了贵宾席左侧边缘的那个位置。袁秘书则率先走上讲台，看起来她兼任着大会主持人的职责。

九点钟一到，袁秘书宣布催眠师大会正式开幕。她先把前排的诸位人士介绍了一番，然后便请会议的召集者——凌明鼎上台发言。

凌明鼎在掌声中登台。他的腰背挺直，步伐沉稳有力，透出掌控一切的强势感觉。可罗飞知道对方内心一定隐藏着不安的情绪，那情绪来源于某种未知却又注定要到来的危机。

凌明鼎在讲台前伫立了片刻，他的目光缓缓扫视着会场。场内掌声人声渐歇，最终寂静无声。

凌明鼎的目光最后落在讲台左侧的角落。罗飞半藏在一个摄影记者的身后，他身着便服，貌不惊人，就像是个普通的工作人员。但这个人的存在却让凌明鼎踏实了不少。

这是一个可靠的盟友，任何时刻都值得信赖。

凌明鼎开口了，他手中并无讲稿，相关的说辞早已在他脑海中酝酿多遍：“非常感谢大家来参加这次催眠师大会。在座的各位来自全国各地，甚至还有海外归来的人士。你们都是催眠行业中的佼佼者，是重塑人类灵魂的工程师。今天大家在这里聚集一堂——我们不禁要问：我们到底是为了什么而来？”

说到这里凌明鼎故意停顿了一下，像是要留下时间给众人思考。片刻后他又继续说道：“前几天，龙州接连发生了两起离奇的案件，作案人在网上发帖，自称是催眠师，专门来龙州参加催眠师大会的。这件事闹得沸沸扬扬，很多龙州市民甚至给公安局打电话，要求取缔这次大会。

今天在场有很多媒体的朋友，你们也是因为这两起案子才来的吧？”

此语一出，会场内立刻响起阵阵骚动声。这个话题如此敏感，大家都以为凌明鼎会避之唯恐不及，没想到他却主动提了出来。众人禁不住交头接耳，议论纷纷。

凌明鼎在台上看着众人，脸上的神色似笑非笑。等骚动过去之后，他才又说道：“我不知道这个自称催眠师的人今天是否在场，但我知道他的目的。他想要制造一种恐慌，从而阻挠我们这次大会的顺利进行。你们看，今天来了这么多的记者，龙州的民众也是人心惶惶。看起来那个人的行动很有效果。可是我要说，他错了！他的行为反而证明了，这次催眠师大会是非常必要的，甚至，是不得不开！”

最后这两句话说得铿锵坚定，掷地有声。众人的精神为之一振，专注地期待他的续言。

再次开口的时候，凌明鼎的语气变得低缓沉重：“长久以来，国内的催眠事业境地尴尬。整个行业的形象非常模糊，从业人员的素质也是良莠不齐。所以一旦有心怀叵测的家伙制造话题，民众便很容易产生误解。这种局面其实怨不得别人，我们自己首先得展开反思。

“现在有一些催眠师热衷于进行舞台催眠表演。为了追求舞台效果，他们往往要让对象达到深度催眠的状态。在表演现场你没有那么多时间去深入了解对象的内心世界，要想做到深度催眠谈何容易？于是他们便从观众里挑选出最敏感的对象，施以简单直接的瞬间催眠手法。结果如何呢？表演也许是成功的，可催眠师和观众之间根本没有真正的心灵交流。有些观众会觉得很神奇，也有一些观众会觉得莫名其妙。最关键的是，他们仍然不了解催眠，而此类表演却让他们以为这就是催眠的全部。

“还有一些人在社会上开办各种催眠师培训班，为了吸引生源，他们故意夸大催眠的功效，几乎把催眠宣传成了一种无所不能的奇妙法术。他们甚至还请来演员，拍了很多虚假的视频放到网上，这进一步加深了民众对催眠术的误解。因为从那些视频看来，催眠师能够瞬间控制催眠对象，把他们变成任人摆布的傀儡。可我们都知道，一个催眠师想要完全控制催眠对象是不可能的。许多人花费巨资上了这样的培训班，上完课程之后却大失所望，他们从此认为催眠师都是故弄玄虚的骗子。

“更有甚者还进行所谓‘动物催眠’表演。利用动物的装死本能，把鸡狗之类的小动物弄得一动不动。这也叫催眠？简直是狗屁不通！催眠是催眠师和催眠对象之间深层次的心灵交流，你一个人和鸡和狗交流些什么？”

会场上爆发出一阵笑声，凌明鼎却摇头长叹：“这些人或者对催眠术一知半解，或者根本就一无所知，他们只是打着催眠的旗号来谋求私利。为了利益，他们不惜坑蒙拐骗，造成的后果却要由整个催眠行业来承担。”

台下的催眠师们纷纷点头。今天到会的都是国内催眠界有名有数的人物，他们当然不屑从事那些挂羊头卖狗肉的勾当。所以凌明鼎这番评述深得他们的认同。

台上的凌明鼎略歇了歇，又加重语气说道：“其实刚才这些还不是最严重的，如果让心术不正的人掌握了真正的催眠技术，他们造成的危害将更为可怕。这些人会刻意寻找对象的心穴，借以达到邪恶的目的。有人用催眠术设置街头骗局，有人用催眠术欺骗和玩弄女性，甚至如前两天发生的案例——用催眠术来害人性命！这类事件虽然不多见，可是一旦发生便会在民众间造成相当的恐慌。大家口口相传，催眠术便成了害人的巫术，催眠师也成了施展巫术的魔鬼。这两天来的事态发展就是如此。”

台下的催眠师们转头看看围在会场四周的各路记者，心中莫名泛起一种危机感。

凌明鼎也环视着那些记者，轻轻叹道：“这就是他想要的效果啊——他要借民众之口毁了我们的声誉。”随后他又话锋一转，“这个居心险恶的家伙固然可恶，但我们也应该想一想：为什么这个行业的信用体系如此脆弱？我们有那么多的同行，正直、优秀，他们每天都在用催眠术帮助那些需要帮助的人，为什么民众不了解他们？催眠术既不是无所不能的巫术，也不是虚张声势的骗术，催眠术是一门科学——这个概念为何迟迟不能为民众所接受？”

诸位催眠师在凌明鼎的引导下陷入沉思。片刻后有人轻声说了句：“太乱了。”

凌明鼎立刻赞同道：“没错，太乱了！行业没有标杆，准入没有门槛，从业者没有资质……这些都是乱象的体现。一个行业自身这么乱，你让外人怎么理解你、信任你？而我这次把大家召集过来，我们召开这么一个催眠师大会，最主要的目的，就是想和诸位商议商议，怎么样去治理这个‘乱’字。”

众人都在看着凌明鼎。既然他把这个话题挑了起来，心中必然已有所谋划。

却听凌明鼎说道：“要治乱，就得有管理；而要有管理，首先得有组织。现在我们也有不少催眠师协会，但都是各自为政。我建议大家统一起来，成立一个全国性的行业协会，制定出行业章程、行业准入门槛以及催眠师的资质认证系统，共同把催眠这个行业做好、做强。”

罗飞站在会场的角落里暗自点头。凌明鼎的思路很清晰，他把对手的攻击转化成了整个行业所面对的压力，这样就在会场上制造出一种同仇敌忾的气氛。接下来他提议建立统一的行业协会也显得顺理成章。

很多时候外界的危机能促进内部的团结，凌明鼎显然深谙此理。这番借力打力颇有化被动为主动的意思，只不知他的那些同行们会不会积极响应呢？

纵观全场，不少催眠师都在点头议论，看来凌明鼎的支持者不在少数。不过具有话语权的人都坐在第一排，其中势力最强的便是杨冰、周怀谷、秦天这“三巨头”，他们的态度有着决定性的意义，但这三人一直板着脸，不置可否。

凌明鼎也在关注着“三巨头”。等会场上的议论声渐渐平息之后，他更是直接向杨冰问道：“杨老师，不知道您赞不赞同我的观点呢？”

杨冰担纲的“长江催眠师协会”算得上是国内的领先者，杨冰本人也是催眠界的前辈。凌明鼎把问题抛给他，算是主动将了对方一军，且看对方如何应对。

杨冰默然片刻，终于开口道:“成立全国性的催眠师协会，制定章程，统一管理。这事听起来不错，但实际上却是把双刃剑。如果操作不好，恐怕反倒有反作用。”

“哦？”凌明鼎微微蹙起眉头，“杨老师的顾虑主要在哪方面？”

杨冰道:“现在的催眠行业，乱是乱了一点，但也算是百花齐放。如果统一起来，就牵涉到一个路线的确定。这个路线万一定歪了，那岂不成了荼毒整个行业的祸事？”

杨冰这话一说，会场上又起了一番议论。而坐在杨冰身旁的周怀谷则清了清喉咙，似乎有话要说。

凌明鼎压了压手，示意大家安静。他早料到这三人不会轻易就范。对方肯出来说话是好事。自己的初衷是为了全行业的发展，只要这一点上他问心无愧，便不怕和对手辩驳。

周怀谷看着凌明鼎，说道:“凌先生既然提议大家统一起来，那多半是想好了行业的战略路线。不妨就说出来，让大家一起评议评议。”

凌明鼎便当仁不让地说道:“那好吧，我就说一说拙见，算是抛砖引玉了。在我看来，催眠行业要想良性发展，还是得专注于心理治疗这一块。现在人们的生活节奏越来越快，各方面的压力都很大，很多人或多或少都存有心理隐疾，而催眠术正是发现这类隐疾的最有效的手段。通过催眠师的引导，对象可以对某些不良记忆重新认识，进而改变负面的生活态度。对这一块我已经做了不少理论研究，也写过一些文章的。”

“我看过你的文章。”三巨头中的另一人秦天插话道，“就是所谓心穴和心桥的概念，对吗？”

凌明鼎点头道:“没错。我不敢说自己的研究有多高的水平，但是把心理治疗作为催眠行业的发展方向应该是确凿无误的。事实上，高水平的催眠师都在走这条路。”说到这里，凌明鼎又伸手指了指徐健，“这位徐先生是个投资人，他对我的理论非常感兴趣。如果我们能在这个基础上进行整合，又有徐先生这样的人士大力支持，行业的振兴指日可待！”

讲台下的三巨头互相交换了一下眼神，随后由杨冰开口道："凌先生，你恐怕过于乐观了。在我们看来，能否把心理治疗作为催眠行业的发展方向，此事还有待商榷。而你的心桥理论更是存在着重大的隐患，万万不可在行业内推广。"

听到这话，凌明鼎禁不住微微一愣。他料想到这三人会阻挠自己的计划，但没想到对方会抓住行业发展方向进行攻击。事实上，现在真正的催眠师都在从事心理治疗的工作，包括三巨头本人也不例外。这个发展思路应该没有任何争议，这三人却跳出来泼冷水，唱反调的姿态未免太过明显。

会场上的其他催眠师也都交头接耳地议论起来。从他们的神态来看，还是支持凌明鼎的人占了绝大多数。凌明鼎觉得心中有底，干脆针锋相对般问道："请教杨老师，心理治疗为什么不能作为行业发展方向？您说我的理论存在隐患，这隐患又在哪里？"

杨冰道："心理治疗本身就带有一定的危险性。如果操控不好，有可能导致对象的隐疾恶化。而你的心桥术并不是一种真正的治疗，因为对象的心穴没有真正消除，用心桥掩盖反而会导致更加严重的后果。"

"心穴一旦形成，是不可能消除的。"凌明鼎辩白道，"您说我的心桥术不是真正的治疗，可我已经积累了很多成功的案例。前天我就用心桥术治疗了被啃脸的男子，让他重新恢复了生活的勇气。"

这事因为上了报纸，在场很多人都知道。凌明鼎略停片刻后，又说道："今天现场有一位女士，她曾经也是我的病人。夏小姐，你能站起来和大家打个招呼吗？"

顺着凌明鼎手指的方向，众人纷纷转头观望。却见一个极美的女孩款款起身，脸上的笑容如阳光般灿烂。

那女孩对众人说道："三年前我一度想要自杀，是凌老师改变了我的观点。所以我要谢谢他，谢谢他高超的催眠术。"

会场起了一阵骚动。看到这么漂亮的女孩重获新生，怎不叫人唏嘘感慨？于是凌明鼎的支持率又提高了一大块。

可是前排的三巨头依然不为所动。杨冰甚至都没有回头，他只是冷冷说道："我们不否认你有成功的案例，但是失败的例子难道就没有吗？"

凌明鼎一怔，道："有的话就请杨老师明言。如果真是我的病人，我绝不推脱隐瞒。"

杨冰低下头和身旁的周怀谷、秦天二人窃窃私语，似乎在商量些什么。片刻后他们作出了决定。只见杨冰郑重其事地站起身，直视着凌明鼎说道："凌先生，有些事情我们本不想提，但这次大会关系到整个行业的前途命运，便叫人无法回避。我们只想问你一个问题，希望你坦诚回答。"

从对方的口气来看，他要问的事似乎非同一般。凌明鼎心中忽然泛起一阵强烈的不安，但他勉力控制住自己的情绪，只是默然点点头，神色间并未有明显异常。

"请问凌先生——"杨冰缓缓说道，"你的夫人为什么会英年早逝？"

这个问题像是带着强劲的冲击波，直撞得凌明鼎身体一晃。他的脸色变得苍白，嘴唇不停地颤抖着，却半天也说不出一个字来。

"你曾对你的夫人施展过心桥术。但后来治疗出现了严重的问题，导致夫人在三十五岁时就过早离世。这种隐患重重的理论怎么能向全行业推广？"杨冰乘胜追击一番后，又总结道，"所以建立行业联盟是好事，但你的思路并不可行。这事还得由大家聚在一起好好斟酌，决不能仓促上马。"

凌明鼎低下头，他的双臂竭力扶在讲台两侧，似乎这样才能支撑住近乎崩溃的身体。和先前纵横捭阖的气势相比，他完全像是换了一个人。这番变化让场内的其他人全都大感意外，大家纷纷猜测议论，场面颇为混乱。

袁秘书抢到讲台上，她扶住凌明鼎的身躯，压低声音焦急问道："凌先生，您这是怎么了？"

凌明鼎摇摇头，心绪纷乱难言。片刻后他又凝起目光，恨恨地盯着讲台下的三位对手。

杨冰这时已经坐下，那三人倒是气定神闲，一副胜券在握的样子。

袁秘书知道凌明鼎已经无力控制场面，便凑身在话筒前说道："对不起，凌先生的身体有些不适。今天的大会暂时先开到这里吧。"说完就扶着凌明鼎走下了讲台。

一旁的罗飞向着两人迎过来。他的目光中充满了狐疑的神色。凌明鼎看着罗飞苦涩一笑，勉强吐出几个字："罗警官，我们……我们回去再细说。"

罗飞点点头。此时此地并非畅言之所。

记者们可不愿意轻易放凌明鼎离开，他们蜂拥般围了过来，话筒摄像头如枪炮般林立。

"凌先生，您夫人去世的详情能不能介绍一下？"

"凌先生，您的心桥治疗术是不是出现过严重的事故？"

"凌先生，请问大会接下来还会继续进行吗？"

……

各式各样的问题劈头盖脸地向着凌明鼎砸过来。凌明鼎根本没心情回答，他和袁秘书数度想分开人群突围，但记者们越聚越多，场面窘迫不已。

就在这时，忽见夏梦瑶从人群中挤出来，她把身体挡在凌明鼎身前，高声喊道："请你们不要再纠缠凌老师了！"

"嚓嚓嚓！"闪光灯的声音接连响起，记者们不失时机地抢拍一通。

夏梦瑶转头怒视着那些记者，叱责道："你们都没有亲人吗？你们的亲人去世你们会怎么想？凌先生已经这么痛苦了，你们为什么还要这样揭人的伤疤？你们就没有一点同情心吗？"

围在前排的记者多数都是男性，被一个美女如此质问，颇有些脸面无光。趁着他们悻悻无语的当儿，夏梦瑶又说了声："你们快让开吧。"这句话的语气比先前柔和许多，带着三分规劝，三分请求。同时她睁大美丽的眼睛，目光在那些男人的脸上依次扫过。只要和这目光接触到的男人都像是中了魔法般，红了脸庞羞惭退去。

夏梦瑶扭过头，悄声提醒凌明鼎："凌老师，您快走吧。"凌明鼎本想说些感谢的话语，身旁的袁秘书却已拉着他迅疾离开。袁秘书的步履愤怒而匆忙，也不知是在躲避记者呢，还是在躲避那魅力四射的夏梦瑶。

02

罗飞跟随凌明鼎回到了茂业大厦。凌明鼎把自己一个人关在办公室里，大约个把小时之后，他才把罗飞请到了屋中。

罗飞看出对方努力调整过情绪，但仍然有些疲惫。

“你没料到他们会以这种方式向你发难？”罗飞问了句。如果有所准备的话，不应该如此狼狈吧。

凌明鼎没有回答。他微微皱着眉头，目光凝滞，似乎沉浸在自己的思路中。罗飞甚至怀疑对方有没有听见问话。

果然，开口后凌明鼎完全没有理会罗飞的话茬，他有些突兀地问道：“罗警官，你能不能把那三个家伙抓起来？”

“抓他们？为什么？”罗飞颇感不解。即便那三人有作案嫌疑，但现在就谈抓捕未免有些夸张吧？而凌明鼎随后给出的解释则大大出乎罗飞的意料。

“他们中的某个人很可能就是害死我妻子的凶手。”凌明鼎沉痛地说道。他恨恨地咬着牙齿，目光则紧盯着手中的某样东西。

那是一张照片。罗飞起身凑到近前看了看，照片上是个漂亮的少妇，明眸皓齿，笑靥迷人，他猜测着问了句：“这是你夫人？”

凌明鼎点点头。他用手掌遮盖住照片上的人像，似乎这样就能隔断那无言的痛苦。

“你说她是被人害死的？可按他们的说法，夫人的离世好像和你的心桥治疗术有关？”罗飞知道对方不会喜欢这个话题，可他又不得不问。在大会现场，凌明鼎并未反驳杨冰的说法，这让整个事件变得迷雾重重。罗飞觉得自己不知道的事情太多了，他必须问个明白。

凌明鼎沉默了片刻，低声道：“他们说得没错。但如果没有人暗中设计，我妻子也不会离我而去。”

“到底是怎么回事？”

凌明鼎把手掌挪开，又开始凝视那张相片。半晌之后他抬头看了罗飞一眼，问道：“她很美，不是吗？”

罗飞点头“嗯”了一声。他并不是在安抚对方，那照片上的女人确实美丽。

“拍这张照片的时候，她已经三十多岁了。她年轻的时候更美。”凌明鼎专注地盯着罗飞，似乎在向对方强调某个重要的观点。

罗飞再次点头，他毫不怀疑对方的说法。他甚至在心中暗想，这女人如果再年轻十岁，恐怕比夏梦瑶也不差多少呢。

凌明鼎的嘴角微微一撇，表情甚是苦涩。“美丽的女人……”他喃喃地问道，“你知道她们最害怕的事情是什么？”

联系上下的语境，罗飞立刻猜到了答案：“变老？”

凌明鼎深叹一声：“是的。她们害怕时光的流逝，害怕因此而渐渐老去的容颜。这是漂亮女人的通病，我的妻子也无法幸免。这就是一切悲剧的根源。”

罗飞看出对方将要回顾往事，便静静地等待聆听。

“我和我妻子相识的时候，她只有二十一岁，正是女人最美的年纪。我第一次见到她是在龙州的一家咖啡馆。我记得那是一个周末的傍晚，她坐在窗边翻看一本杂志。金黄色的夕阳从窗口洒进来，映着她洁白的脸庞，美得令人心醉。我一下子便被她迷住了，后来我们相识相知，直到数年之后，她终于成了我的妻子。婚后的生活非常幸福。我们尽情享受美妙的二人世界，十年如一日，从不厌倦。我们甚至商量好了不要孩子，只求互相陪伴，走完此生。”

说这段话的时候，凌明鼎目光悠远，完全沉浸在回忆中，那往昔的甜蜜品之犹存。不过现实中的美好尚且短暂，更何况虚幻的回忆世界？他的眉头很快就微微皱起，纠缠出一股无法排遣的愁容。

“我不知道她具体从何时开始担忧年龄的问题，反正到三十岁的时候她已经有非常明显的心理表现。她变得不快乐，常常一个人坐在梳妆镜前发呆。后来她还会问我一些问题，比如说‘我是不是不如以前好看了？’‘你真的会一辈子陪着我吗？’‘你会不会喜欢别的女孩？’之类。这些问题在我看来完全是杞人忧天，我是如此深爱她，永远都不会改变。可我越是信誓旦旦，她却越不肯相信。她总觉得我在骗她，非逼着我说‘实话’，没完没了地纠缠于此，我如果有一点点的不耐烦，她就会伤心哭泣。我开始意识到，她或许是心理上出现了一些问题，我必须采取措施才行。”

罗飞立刻想到对方所谓的“措施”指的是什么：“你对她催眠了？”

凌明鼎点头道：“是的，我给她做了一次催眠治疗。很快我就找出了她的心穴，原来她是担心自己容颜老去，我不会像以前一样迷恋她。她对这个问题反复忧虑，心灵深处难免留下创伤。得知病因之后，接下来的事情对我来说只是小菜一碟。我给她架了一座心桥，让她从此不再为了这个问题而忧虑。”

“具体的手法呢？可以说说吧？”

“我和妻子都非常喜欢同一个女明星。这个明星属于大器晚成的那种，她成名的时候就已经是三十多岁了。我故意找出女明星成名前的青涩照片，用来和她成名后的形象照进行对比。我们一致认为那女明星在成熟时才更有女人的韵味。我把这样的感觉做了一个移情，让我妻子相信，年龄并不会抹去她自身的魅力，我会越来越喜欢她的，那些青春少女根本无法和她相比。”

“嗯。”罗飞理解了对方的思路，又问，“那效果如何？”

“效果很好啊。我妻子重新恢复了自信。这自信不光是在我面前的，还包括和外界的接触。有段时间她曾畏惧出门，非得出门的话得花很长时间来化妆。经过我的治疗，她完全坦然了。她很自信地展示着少妇的魅力，那感觉就像是得到了新生。顺理成章地，我们的婚姻也迎来了第二个蜜月期。”回忆起这段黄金般的岁月，凌明鼎的脸庞上浮现出半喜半愁的复杂表情。

过程是有效的，可结局偏偏又是一个悲剧。罗飞只好继续追问：

“后来到底是出了什么问题？”

“后来发生了一件事情……”凌明鼎用低沉的嗓音说道，“我曾经以为那是一场意外，可事实上，那是一个可怕的阴谋。”

罗飞知道最关键的部分即将揭露，便屏息凝听。凌明鼎却闭起了眼睛，用双手轻揉着自己的额头。他将要接触到的回忆正是他人生最痛苦的一段经历，他必须积攒足够的勇气才能走进去。

罗飞默默地等待着。也不知过了多久，终于听见凌明鼎发出一声长叹。后者睁开眼睛，开始缓缓讲述。

“那是五年前的事情了。当时我的妻子已经三十五岁。她的容颜渐渐老去，可我对她的爱恋一点也没有减少。在这几年间，为了防止她的心病复发，我又对她做过几次催眠术。当年构建的心桥一次比一次坚固。嘿，我原以为那座桥永远也不会塌陷。可俗话说得好，千里之堤，毁于蚁穴。一旦有人恶意摧毁了桥基，那座桥的崩塌只在瞬息之间。

“每年的六月十一日是我们的相识纪念日，按照多年的惯例，每到这一天我们就会回到当初偶遇的那家咖啡馆，点两杯饮品坐一坐，一同感怀相识的美好时光。五年前的那天也不例外，我们在傍晚时分来到了咖啡馆。已经是老夫老妻的，我们也没必要卿卿我我，只是面对面地坐一会儿就好。就像当年一样，我要了杯咖啡随意喝着，我妻子则翻看着杂志，一切看起来都如此正常。可随后咖啡馆里又来了一名客人，这个人的到来彻底摧毁了我们的生活。

“那是一个年轻的女孩，她就坐在离我们不远的窗前。当时的位置是我面对着那个女孩，而我妻子则背对着她。也就是说我能看见那个女孩，而我妻子却看不见。我开始只是随意打量了女孩几眼，但很快我就被对方吸引住了，竟再也舍不得挪开目光。”

一个深爱着自己妻子的成熟的男人为何会如此失态？罗飞忍不住插话问了句：“那女孩很漂亮吗？”

“当然漂亮，但漂亮并不是问题的关键。”凌明鼎郑重说道，“关键在于她的容貌、气质、衣着、装扮，都像极了我妻子年轻的时候。当她坐在窗边，夕阳透过窗户洒进来，我简直有一种时光穿梭的感觉，仿佛又见到了十多年前那个初识的爱人。”

这么一说罗飞就明白了，难怪对方会突然被一个陌生的女人吸引。不过他随即又摇头道：“不对，这里面有蹊跷——哪有这么巧的事情呢？”

凌明鼎苦笑着说：“确实有蹊跷。可我当时已经被迷住了心神，根本顾不上细细思量。我只管贪婪地看着那个女孩，恨不能自己也变身到十多年之前。”

罗飞略皱起眉头，又问：“那你妻子当时的表现如何？”

“她一直在翻看杂志，像是根本不知道那个女孩的存在。其间有几次我做贼心虚，还特意偷眼观察过妻子的反应，但她看不出任何异常。直到把一整本杂志全都翻完了，她这才抬起头来，我也赶紧正襟坐好，假装在喝咖啡，不敢再去看那个女孩。”说到这里，凌明鼎自惭地咧了咧嘴，又道，“我妻子把杂志放下之后问了我两句话。这两句话现在想来都是有深意的，可我当时竟没有察觉。”

“她问了什么？”

“她首先问：‘你的咖啡怎么还没喝完？’我敷衍说：‘太烫了。’然后她又问：‘你刚才在看什么？’我犹豫了一下，但正好这时那女孩起身离去了，而我确信妻子肯定没有看到对方，于是我就微笑着撒了个谎，我说：‘我还能看什么，当然是在看你。’”

罗飞立刻叹了口气，说道：“你不应该撒谎的。”

“是的，我不该撒谎。可那真的只是一个……一个善意的谎言。”凌明鼎为自己辩白着，语气中却充满了懊悔，“我妻子原本就敏感，她的心穴一直在那里。我怎敢让她知道我刚刚被一个年轻的女孩迷住了！”

罗飞也感觉很无奈，只好岔过了这个话题继续询问：“接下来呢？发生了什么？”

凌明鼎在痛苦的回忆中沉默了一会儿，然后才又说道：“本来我喝完咖啡，我们俩就该离去了。可我妻子那天却说她还想多坐一会儿，叫我一个人先走。我要留下来陪她，她又说想接着看书，我坐在对面影响她的思路。于是我就离开了。”

罗飞在心中默叹一声。五年前的那个傍晚，这个男人真的是一错再错。可他知道对方已经深深自责，便不忍心把心中的观点再说出来。

凌明鼎却已看出了罗飞所想，他主动挑起话题：“当时我的脑子真是一片迷乱……你知道我为什么会离开吗？”

罗飞略一思忖，猜测说：“你觉得那女孩还没走远，出去转转没准还能再见到她？”

凌明鼎点点头，感慨道：“你虽然不在现场，可是什么都瞒不过你。你一上来就觉得那女孩出现得很蹊跷，随后你就开始怀疑我的妻子，对不对？你真是太理智，太冷静了。我如果能有你的一半，那最后的悲剧也就不至于发生。”

罗飞说了句：“当局者迷，旁观者清。”

“好了，还是说说我的妻子吧。”凌明鼎继续讲述，“我离开咖啡馆之后，我妻子打开了一瓶烈性农药，把药水倒进自己的咖啡杯。然后她一边看着窗外的夕阳，一边把那杯农药一点一点地喝完。一个多小时以后我回到了店里，我深爱的妻子趴在桌子上，已经停止了呼吸。”

故事到了最悲伤的时刻，可凌明鼎的情绪却反而平静下来。他安静地、娓娓地讲述着，就像是一个旁观者在讲述与自己无关的故事。可罗飞却分明感受到对方心底的痛苦，那是一种如死灰般的，到了极致的绝望。

片刻后，罗飞叹息着问道：“她就这样离去了？连一句遗言也没有留下？”

“她留下了一句话。”凌明鼎抬头看了罗飞一眼，然后他把桌上的那张照片翻过来，慢慢地推到罗飞面前，“这张照片是她留在咖啡桌上的，这句话就是她给我的最后的遗言。”

罗飞看到了照片背面那行娟秀的字迹。

“亲爱的，你欺骗了我。”

一种深入骨髓的忧伤在文字中流淌，虽历经数年，却如烈酒般越陈越浓。

是的，凌明鼎欺骗了他的妻子。而且罗飞相信，当那个女人写下这句话的时候，她说的“欺骗”指的并不是发生在咖啡馆内的那两句对话，她指的是凌明鼎在自己心穴上架构的那座心桥。维系心桥的情感基础在那一天崩坍了，女人的骄傲和自信亦随之崩塌，甚至还包括她对婚姻和生活的全部希望。

罗飞把那张照片重新翻回到正面，他希望能将凌明鼎的心情也同时翻转过来。现在并不是沉浸于悲伤的时候，还有太多的疑点等待揭开。

“那个女孩的出现并不是偶然，而是你妻子刻意安排好的。她就是想要考验你，对吗？”这一点在罗飞心中其实已有定论，但他还是想从当事人口中得到确认。

凌明鼎回答说：“是的。”

“这么说来……”罗飞沉吟着看了对方一眼，说道，“你的心桥术的确存在漏洞。”

凌明鼎的眼角轻轻抽动了一下，他对这个话题颇为敏感。

罗飞进一步解释自己的观点：“你的妻子安排这个布局来考验你，说明她对你并没有充分信任。如果你的心桥搭建得很完美，这种情况就不会发生。”

凌明鼎沉默不语。罗飞想了想，又问：“你后来没有去找那个女孩吗？你没有问问她到底是怎么回事？”

“我当然找过，但一直没有找到。”凌明鼎停顿片刻，又用强调的语气补充说，“我已经用上了我能够想到的一切办法，可是一点线索都没有。”

罗飞“哦”了一声，他陷入了新的沉思，神情也变得愈发严肃。

凌明鼎在一旁问道：“你想到什么了？”

罗飞反问：“你先前说过，这事是有人在暗中设计？”

凌明鼎点点头：“现在你也相信了？”

“如果单纯是你妻子和那个女孩布下了这个局，那她们之前必定有过密切的联系。你后来用尽方法去寻找那个女孩，竟然一点线索也找不到，这实在不合情理。”罗飞分析着说道，“所以这个局应该另有人在幕后操控。你妻子只是参与者，并非策划者，她知道那个女孩，但和对方并没有直接的接触。”

凌明鼎赞同道：“你说得很有道理。不过我最初可没想到这么深……当时我的情绪也是以自责和愧疚为主，根本没精力去想其他的东西。”

“那你从什么时候开始觉得不对劲了？”

“一年前。”

一年前？那就是凌妻死亡的四年之后？罗飞觉得有些诧异。因为这个时间跨度有点大，正常来说，一个人对事情的判断如果四年都没有改变，那就意味着永远也不会改变了。可凌明鼎怎么会在四年之后突然醒悟？除非这期间又发生了其他事情，一下子提醒了他。

而凌明鼎接下来正要提到这件事。他问罗飞道：“去年在省城发生过一起命案，不知道你听说过没有？”

“什么命案？”

“一个女人和丈夫闹离婚，心理上出了点问题，家里人就找了个催眠师给她治疗。结果在最后一次治疗的时候，这个女人忽然精神失控，她先是杀死了那个催眠师，随后自己也跳楼身亡。”

罗飞对这案子有点印象，应该是在报纸上看到过新闻报道。这案子本不在他的辖区，他也没有特别关注过。现在凌明鼎突然提起来，罗飞便敏感地问道：“这案子我知道——和你妻子的事有关系？”

“是这样的，”凌明鼎开始讲述那起事件的经过，“去年五月份的时候，我接到一个同行的电话，说他遇到一个疑难病例，需要向我请教。这个人叫吴睿，他的催眠术是和我学的，所以也可算是我的学生。他的病人就是那个要闹离婚的女人。我给了他一些指点，思路当然还是以心桥理论为基础。两天之后，我给吴睿打电话询问治疗效果。吴睿却支支吾吾的，似乎有所顾虑。我一再追问，他才明说，原来是对我的理论产生了质疑。我非常诧异，因为这个学生是我一手带出来的，他对我一直非常信服。为什么突然不信任我了？我要细问，他又不肯多说。后来没办法，我只好使了一些手段，这才把他的心里话掏了出来。”

所谓“手段”自然又是指催眠术了。这次罗飞对凌明鼎采用的具体手法并不关心，他只关心事情背后的秘密：“到底是为什么呢？”

“让我非常吃惊——”凌明鼎正色说道，“他居然知道了我妻子自杀的过程。所以他对我的心桥理论产生了质疑。”

罗飞也有些惊讶：“他怎么会知道？那事你没跟其他人说过吧？”

凌明鼎沉重地说道：“那是我心中最痛的伤口，我怎么会向别人说起？我只是今天告诉过你，除了你之外，就连小袁也不知道我妻子的事情。”

“那就奇怪了……难道是那个女孩？”罗飞的意思是，难道这个闹离婚的女人就是当年出现在咖啡馆的那个女孩？吴睿是在给她做心桥治疗的时候得知了凌妻死亡的真相。

凌明鼎听懂了，他立刻否定了这个猜测：“那个女人已经四十多了，而且我看过她的照片，绝对不是咖啡馆里的那个女孩。不过我妻子自杀的事情的确是那个女人告诉吴睿的。”

“那她是幕后的操控者？”这是一个从逻辑出发得到的推论，但罗飞的直觉告诉他，这个推论很不靠谱。

凌明鼎也摇着头说：“肯定不是。我查过那女人的背景，她就是一个普普通通的中年妇女，多年来一直在本地经营餐饮行业，生活非常规律，几乎就没有离开过省城。有过几次旅游，也是和家人一块儿的。她根本不可能参与我妻子自杀的事情。”

“这就奇怪了……”罗飞又想了片刻，找不到新的思路，他只好问凌明鼎，“到底是怎么回事？”

“这女人只是一个平台。”凌明鼎眯起眼睛看着罗飞，“她的头脑其实是两军交锋的战场。”

这话说得有些玄妙，罗飞品味一番之后才若有所悟：“你的意思是，有人在操控着她的思想？”

“是的。”凌明鼎进一步说道，“而且这个人就是她发病的原因！当吴睿试图给她治疗的时候，一场战斗就不可避免了。”

罗飞伸出一根手指，一边在空中虚点着一边凝思总结：“有一个人，他出于某种目的控制了那个女人，进而导致后者出现了心理异常。

吴睿给女人展开治疗，这便与那家伙的利益产生了冲突。于是那人就把你妻子自杀的事情辗转传递给吴睿，试图使吴睿对心桥治疗术失去信心。”

凌明鼎点了点头。

罗飞沉默片刻，又猜测道：“那后来吴睿的死也是这场交锋的结果？”

凌明鼎没有否认，他重重地叹了口气，说：“这事我也有责任，是我太性急了……可话又说回来，我当时怎么控制得住？吴睿一提到我妻子的事情，我的情绪就失控了。我只想证明，我妻子的死并不是因为我治疗失败，心桥疗法本身并不存在隐患。”

“吴睿肯定会相信你的说法。他本来就是你的学生，你想要说服他并不困难。”罗飞看着凌明鼎，继续问道，“然后呢，你应该立刻赶往省城吧？”

“没错。当时我对那女人的底细还不解，所以也怀疑她就是出现在咖啡馆的那个女孩。我和吴睿通完电话之后，立刻便搭车赶往省城，希望能从那女人身上找出妻子死亡的真相。可我还是慢了一步，就在我赶路的途中，吴睿对那女人再次展开了治疗。然后就出事了，那女人杀死了吴睿，自己也跳楼了。”

“你觉得这次意外也是那家伙控制的？”

“那当然。我的治疗方法绝不会酿成这样的事故！一定是有人在设计布局，就像……就像我妻子的死亡一样。”凌明鼎恨恨地咬着牙齿，又道，“如果吴睿能多等我半天就好了。让我去和那家伙直接交锋，我一定不会败给他的！”

这时罗飞明白凌明鼎为什么会自责说太过性急。事实上在吴睿提及凌妻死亡之事时，凌明鼎已占据了敌明我暗的有利局面。这时他如果沉住气，悄悄潜入省城展开调查，很可能揪出那家伙的尾巴。可他当时却急于扭转吴睿的想法，结果不仅惊扰了对手，更连累吴睿丢了性命。

如果一切真如凌明鼎所述，一年前的这起案子可就不是什么意外，而是一起性质恶劣的谋杀案。罗飞觉得事态有点严重，便带着质疑的口吻问道："你到省城之后没有报案吗？"

"我报案了，可是当地的刑警并没有重视。"凌明鼎无奈地摊着手，"很多人都能证明，那个女人在案发前精神一直都不太正常。所以警察认为这事就是精神病人杀人后又自杀，我说的话没有任何实际依据，不值得再立案调查。"

的确，所谓有人在幕后操纵等等，这些都是凌明鼎的一家之言，并无任何实证支持；而且精神控制的说法在常人看来又过于离奇，省城警方不予立案也属正常。罗飞倒是另有一些不满的情绪，必须向凌明鼎表达出来。

"这些事情你为什么不早告诉我？龙州的案情很可能就与这些往事紧密相关，我如果早知道的话，或许会有不同的计划和判断。"

"是的，我没有早说，因为我不想说。我不愿提起那件事情——"凌明鼎顿了一顿，又用悲哀的语调继续说道，"那是我的心穴，你明白吗？我甚至造了一座心桥，希望能够永远将它掩盖。"

"你对自己也用了催眠术？"罗飞有些讶然地看着对方。

"自我催眠。很奇怪吗？其实我们每个人都会。我们愿意在心中放大那些美好的情感，而把痛苦的东西隐藏起来，假装视而不见。你难道没有过吗？"

这话戳中了罗飞记忆里的某个隐秘，他的心中一痛，瞳孔不由自主地收缩起来。凌明鼎注意到这个变化，他低低说了声："你的心穴。"

罗飞吃了一惊，连忙将那个思绪切断，同时掩饰般地反问了一句："什么？"

"你的心穴，就藏在你的心底。"凌明鼎盯着罗飞的眼睛，像要看穿什么似的。不过他很快又把目光收回去，主动放弃般说道，"你是不会告诉我的，除非我能将你催眠。"

罗飞耸耸肩膀，接受了对方求和的态度："好吧。我能理解你。不过——"他话锋一转，"那个家伙好像不愿意放过你啊。"

"是的。他在催眠师大会上提及我的妻子，简直就像当众扒光了我的衣服。"凌明鼎咬着牙齿，难以压抑心中的愤怒，"我不知道哪里得罪过他，他为什么要一而再、再而三地挑战我的底线！”

罗飞看着凌明鼎问道：“你觉得他是在针对你？”

“难道不是？”凌明鼎反问，“他害死了我的妻子，又搅黄了催眠师大会，这不都是冲着我来的吗？”

“那么一年前的案子呢？也是针对你吗？好像有点说不通啊？”

这确实有点说不通。吴睿虽然是凌明鼎的学生，但他的死对凌明鼎并没有什么实际影响。

“那起案子应该是个例外吧。”凌明鼎解释说，“他本来在做一件与我无关的事情，只不过碰巧遭遇了我的学生。”

罗飞沉吟了一会儿，说道：“我倒觉得这三起案子都是有联系的，包括一年前省城那起。你如果换个思路来看，那家伙的动机还是统一的。”

“哦？”

“你这样想呢，或许他并不是在针对你这个人，他针对的是你的心桥治疗术。”罗飞娓娓解释说，“你看，你妻子自杀那次，他破掉了你的心桥；一年前在省城，你的学生以那个女人的精神世界为战场，用心桥术和他交锋，结果又失败了；这次他在催眠师大会上发难，针对的还是你的心桥理论。”

听罗飞这么一说，凌明鼎也觉得有点道理。不过他想了一会儿后，又皱起眉头：“如果只是学术上的分歧，不会有这样的深仇大恨吧？那家伙好像要把我赶尽杀绝似的。”

罗飞提示对方：“如果这分歧牵涉到利益上的冲突呢？”

凌明鼎知道罗飞在暗示什么，他摇着头说道：“之前我说过行业内有利益冲突，指的是行业整合后的势力重组。这种冲突和学术分歧有什么关系呢？事实上，以催眠术辅助心理治疗是高水平从业者普遍接受的手法，而且大家用的手法本质上都和心桥术差不多，最多只在流派上略有分别。”

“在催眠师大会上，那三个人可是一致反对你的理论。”虽然这话不中听，但罗飞还是得说。

“这就是奇怪的地方。这三个人的主业其实也是用催眠手段进行心理治疗，所以他们这次完全是为了反对而反对。我怀疑还是隐藏着个人恩怨。”

“个人恩怨的话，应该只牵涉到其中的一个人吧？”

凌明鼎点着头说道：“那家伙当然只是一个人，但他利用这次催眠师大会的利益冲突，和其他两人临时联合在一起。他这么做既是在壮大声势，也是为了隐藏自己的身份。现在我明明知道害死妻子的仇人就在眼前，却无法分辨是其中的哪一个。”

“所以你想让我把他们全都抓起来审问？”罗飞回到话题的起点。

凌明鼎看出罗飞的态度并不积极，便问对方：“这个很难吗？”

“不是很难，是根本不可能。”罗飞直言道，“没有任何证据，怎么抓人？况且嫌疑目标只有一个，却一下子抓进三个人来，这简直就是天方夜谭。”

“但你们应该可以把他们带到公安局，协助调查什么的，这个权限应该有吧？”

“你指的是刑事传唤？这个可以，但有时间限制。”

“多长时间？”

“不能超过十二个小时。”

凌明鼎一拍手说：“这就够了。你把他们传唤过来，扣上十二个小时，同时派三个手下对他们分别展开询问。”

罗飞摇头表示不解：“这能问出什么名堂？”

“我并不指望你们能问出结果。你们其实只是做个准备工作。十二个小时的询问之后，他们会变得非常疲倦，接下来的事情交给我就行了。”

罗飞明白了：“你想对他们进行催眠？”

“是的。因为这三个人本身都是高明的催眠师，正面交锋的话，我并没有十足的把握。所以需要你帮我把他们拖到疲倦的状态，在这种状态下的对象是非常容易被催眠的。我以逸待劳，胜算就大了很多。”

罗飞理解对方的意思，他又问道：“你催眠他们有什么用呢？”

“我可以探索他们的记忆，这样就能找出那个隐藏在别人身后的阴谋家。”

罗飞的态度仍然不置可否，他说道：“我得提醒你，用这种方法来找嫌疑人是有问题的。因为从法律的角度来说，催眠结果并不能作为有效的证据。所以你即使找出了那个家伙，我们也不能逮捕他。而且他提高了警惕，反而会对后续的侦查造成障碍。”

“这个你放心。我会使一些技巧，抹去他们在催眠过程中的记忆。当那家伙醒过来的时候，他并不会知道自己的身份已经暴露。然后你侦查的时候可以有的放矢，自然事半功倍。”

“哦？”罗飞被说动了，他把双手交叉起来搓动了片刻，又问，“你确定能抹去他的记忆？醒来后不会记得？”

“只要设置一个记忆障碍就行了。这并不是什么高深的技术——当然，前提是你首先能将他催眠。”凌明鼎把身体倾向罗飞，期待着对方的呼应。

终于，罗飞把双手一拍，说道：“好吧。那我就帮你做好催眠的准备工作！”

03

为了更好地配合凌明鼎的计划，罗飞特意等到傍晚时分才传唤了杨冰、周怀谷和秦天这三位催眠师。随后便有警员分别对这三人展开询问，他们并不期待能问出些什么，他们的目的只是要消耗这三人的精力。

当晚凌明鼎早早就睡在刑警队的值班室，到凌晨两点多的时候他起身去和罗飞碰面。

办公室里除了罗飞本人之外，还有一名三十多岁的女子。罗飞向凌明鼎介绍说：“这位就是陈女士，是我们刑警队外聘的化妆师。”

陈女士的主业是影视化妆，龙州刑警队外出开展侦查任务时常常会请她过来，利用她的化妆术隐藏警员的身份。

凌明鼎上前和陈女士握了手，寒暄道："辛苦你了，这么晚还要加班。"

陈女士爽朗一笑："我们跟剧组的，早就习惯了。"她说完便打开了随身携带的工具箱，"我们开始吧？"

凌明鼎坐在陈女士面前的椅子上。陈女士展开妙手，在凌明鼎的面颊上一番操作。不消片刻，却见凌明鼎的眼角搭拉下来了，鼻子变成了鹰钩状，两侧颧骨也在牙套的支撑下高高隆起，整体容貌已然大变。

"效果很好。"罗飞在一旁夸赞道。

陈女士微笑着说："只是委屈了凌先生。本来那么帅的，被我折腾成了丑八怪。"

凌明鼎对着化妆镜照了照，也觉得很满意。这时罗飞又拿来一套警服给他换上。这警服一穿，警帽一带，完全就像是换了个人似的。

一切准备就绪，罗飞和凌明鼎出发向审讯室而去。

在审讯室外透过单面玻璃可以看到室内的情况。被传唤的三人中凌明鼎最关注的要数杨冰，因为在会场上正是此人率先发难，嫌疑也就最大。

杨冰已年近五旬，熬到下半夜精神明显不济。此刻他正眯缝着眼睛，思绪昏沉，而这恰是对他展开催眠的绝佳时机。

凌明鼎推门走进审讯室，按计划向里面的警员说了句："你歇会吧，罗队让我来换你。"他的喉下夹了个变声器，说话时的音调与正常状态完全不同。

警员早知既定计划，便撑了个懒腰离去了。凌明鼎坐在杨冰面前，耷拉着眼角看着对方。杨冰显得非常不满，他愤然抗议道："你们到底想问什么？大半夜的还不让人睡觉！"

凌明鼎嘴角露出一丝不易察觉的微笑。他知道对方没有认出自己，虽然对方也是高明的催眠师，但他疲倦且毫无防备，自己获胜的把握应该很大了。

屋外的罗飞也对凌明鼎充满了信心，他静静地等待着对方的消息。

大约一个小时后，凌明鼎走出了审讯室。罗飞立刻迎上前问道："怎么样？"

"催眠很成功，不过……"凌明鼎欲言又止，只皱着眉头说，"我再看看那两个人的情况吧。"

如法炮制，凌明鼎假扮成警员，对周怀谷和秦天也分别实施了催眠术。因为之前有了催眠杨冰的经验，探索这两人回忆的时候进展便更加顺利。总共只用了一个多小时，能做的已全部完成。

"我知道那家伙为什么要调开监控的警察，我也知道他们三人后来做了些什么。"凌明鼎一走出审讯室便向罗飞说道。不过他的语气低沉，情绪看起来并不兴奋。

"他们做了什么？"罗飞对这个问题非常关心，因为对手摆脱监控一定是有目的的，甚至会引发新的案件。

凌明鼎开始讲述："前天上午，杨冰三人都接到了电话，约他们到宝带河边的露天咖啡馆。在那里他们每个人都收到了快递。快递里有一封信函，写信人又约他们到明月湖见面，而且是三个人错开时间分别相见。杨冰是上午十点半，周怀谷是中午十二点，秦天是下午两点。约见的理由是邀请这三人进行催眠治疗，每封信函里还夹了两千元的现金，算是治疗的定金。信里面还特别说明，如果治疗效果良好，另有重酬。"

"报酬很丰厚……"罗飞沉吟着问道，"所以他们都去了？"

"是的。在明月湖边有一片草地，那三人按照约定的时间先后赴约。草地中间放着两张躺椅，一张空着，另一张躺着个男人。那男人用遮阳帽盖住脸，等催眠师走近后，他便邀请对方躺在空着的那张椅子上。然后催眠师便和此人进行交谈，试图为他治疗。在治疗的过程中，三个人都曾要求对方摘掉帽子，可那男人只是做了一个摘帽子的动作，随即便要求催眠师离开。"

"他们离开了吗？"

"客人要求中止治疗，催眠师是没有理由拒绝的。更何况他们已经拿到了不菲的定金。所以他们就走了。"凌明鼎摊着手说道，"这就是我刚刚从他们的记忆中探索出来的事发经过。"

听完对方的讲述，罗飞愈发疑窦重重。这件事也太不正常了，那个男人是谁？他要做什么治疗？为什么不肯露脸？警方的监控是被谁调开的？这些疑问全都没有解答。罗飞忍不住对凌明鼎提出质疑：“你是不是漏掉了什么？”

“的确是漏掉了，而且是漏掉了最关键的过程。”凌明鼎轻叹一声，又道，“但不是我漏掉，而是杨冰他们漏掉了。”

“可你不是对他们进行了催眠吗？他们对你应该隐藏不了什么吧？”

凌明鼎苦笑着说：“他们不是故意隐藏的，他们的记忆被抹去了。”

“记忆被抹去了？”罗飞先是觉得不可思议，随即又若有所悟，追问道，“难道他们被那个男人催眠了？”

凌明鼎点点头说：“那男人假装要摘掉帽子，他做了一个把帽子挥向对方眼睛的动作，就是这个动作触发了催眠。随后杨冰他们就进入了被催眠的状态，在催眠结束前，那男人设置了一个记忆障碍，然后才把杨冰他们唤醒。所以他们对催眠的过程一无所知。在他们的记忆中，那男人只是摘了一下帽子，随后就要求他们离开。”

挥帽子这事罗飞理解：凌明鼎上次催眠小刘的时候，就是用一块手帕突然甩向对方的眼睛，利用对方闭眼的本能动作来完成催眠的触发。这个男人所用应该也是类似的手法。但对于“记忆障碍”这四个字，罗飞还是颇感困惑，他接着便问：“你说记忆被抹去，这是怎么做到的？明明是刚刚发生的事情，怎么会想不起来？”

凌明鼎“嘿”地一笑，反问：“要不要做个试验？”

罗飞立刻点头赞同。凌明鼎便转身看看旁边的小刘，说道：“那就以你为对象吧，你准备好了，我现在要给你设置一个记忆障碍。”

小刘舔了舔嘴唇，神色有些紧张。他之前在凌明鼎手里吃过亏，这次不知又会遭遇怎样的体验。不过这建议罗飞已然认同，他也不能反对，只好集中精神，全力以待。

凌明鼎认真地看着小刘，两人对视有两三秒钟之后，他微微一笑，问道：“很奇怪的感觉，对不对？”

小刘一怔："什么？"

凌明鼎这时又皱起眉头，然后他用一种确信的，不容置疑的口吻说道："你竟然会不记得我的名字！"

小刘茫然眨了眨眼睛，思绪像是蒙住了似的。在随后十多秒钟的时间内，他陷入了苦苦的思索："你的名字？"他努力回忆，却怎么也想不起来。

凌明鼎郑重其事地告诫对方："你好好想想，什么时候想到了就告诉我。"说完这话他重新面向罗飞，把手一摊，那意思是：你看怎么样？

"怎么会呢？"罗飞低声嘀咕了一句，同时诧异地看着小刘。似乎凌明鼎并未对小伙子施展什么了不起的法术，可后者怎会忘记了那个极为熟悉，又极为简单的答案？

凌明鼎反问道："难道你没有过类似的经验吗？明明很熟悉的东西，在某个时刻却无论如何也想不起来。"

对方这么一说，罗飞立刻便点了点头："确实有过！"非常熟悉的东西，简直就在嘴边，却怎么也说不出来。还有个词叫"提笔忘字"，说的也是类似的情况：明明很简单的字，一拿起笔来，却忽然间不会写了。这种状况不但存在，甚至是常常发生，而且一旦发生便令人苦恼不已。今天既然感同身受，罗飞更要问个透彻："这是怎么回事？"

"我们的记忆储存在大脑里，一片一片的，就像是你把某件东西收进口袋一样。"凌明鼎一边说，一边随手拿起张打印纸折了几下，然后放进了罗飞的上衣口袋，"这张纸放进你的口袋里了，它就永远不会消失。记忆也是如此。所以我首先要说的是：'抹去记忆'这事几乎是不可能完成的。除非你的大脑发生过化学性的质变，或者遭受过物理损伤——就像这样。"伴随着最后四个字，凌明鼎把那张折好的纸从罗飞的衣袋里掏了出来，然后又说道："这才是真正的失忆。"

罗飞明白对方的意思，他冲着小刘一努嘴："那他显然不是。"

凌明鼎点点头，他把那张纸重新塞进罗飞的口袋："通常我们所认为的失忆，都是假性的。比如说这张纸吧，我把它放进你的口袋。我们谁也不去动它。十年后我找你要这张纸，你还能找到吗？"

罗飞耸耸肩："如果是一次特殊的试验，那我应该还能找到。但如果只是一张普通的纸，十年之后我肯定忘记它在哪里了。"

凌明鼎道："罗警官说话真是严谨，事实上你已经点出了假性失忆的本质。那张纸不会消失，但你有可能忘记它放在哪里。我们的记忆也是如此：已经存在的记忆不会消失，但我们会找不到通向目标的途径。"

"哦。"罗飞有点明白了，他用手指轻点自己的脑壳，"也就是说记忆永远存在于大脑中，但我们的思维需要通过一条路径抵达相应的目标。如果这条路消失了，我们就无法找到相应的记忆。"

"没错。"凌明鼎进一步解释说，"所以催眠里所谓的'记忆障碍'，就是清除对象思维体系中通往某个记忆的路径。"

这个原理罗飞已经懂了，但他还是困惑重重："刚才那短短的两句话，你就能清除小刘的记忆路径了？"

"当然不会。清除记忆路径是非常复杂的催眠技巧，仓促间难以展示。我刚才做的事情相对要简单许多，不过在短时间内的效果是一样的。"凌明鼎一边说一边伸手攥住了罗飞的衣袋口，然后又微笑道，"你试试，现在还能找到那张纸吗？"

罗飞恍然道："你并没有清除他的记忆路径，你只是把那条路暂时给堵住了！"

凌明鼎拍手赞道："罗警官一点就通啊。事实上人的思维路径很容易受到情绪的影响，进而发生堵塞和混乱。紧张是最常见的堵塞情绪，所以短暂失忆的现象在考场上最容易发生。"

考场上的失忆俗称"上场昏"，这事恐怕人人都体会过。所谓的"提笔忘字"等，究其本质也是同一个道理。想得更进一步：凌明鼎之所以拿小刘来做试验，恐怕就是要利用小刘面对催眠时的紧张心理。小刘的情绪被凌明鼎带动之后，整个记忆思维就再也无法正常运转。

凌明鼎见罗飞对这事很感兴趣，便又继续说道："罗警官，以后有机会的话，你可以对出租车司机试试这个手段。"

罗飞挑起眉头问道："怎么个试法？"

“你可以突然对司机说：‘真是奇怪，你怎么会不记得前面那条路的名字？’如果你的表情语气得当，能够调动起司机的情绪，那他就真的想不起那条路名了。”

罗飞饶有兴趣地抓着下巴：“好啊，下次试试。”随后他又看看小刘，对凌明鼎道：“你赶快让他恢复正常吧。”

小刘紧皱着眉头，正被混乱的思绪折磨得痛苦不堪。凌明鼎上前在对方肩头轻轻一拍，在他耳边说了句话。

小刘顿时目光一亮，脱口而出：“凌明鼎！你叫凌明鼎！”

这变化也太快了吧？罗飞颇为惊异。凌明鼎则转头主动解释道：“我告诉他考试结束了——就这么简单。”

考试结束，就意味着情绪的释放。多少考生一出考场就恍然顿悟，正是此理。至此罗飞对“记忆障碍”的催眠原理已经了然于胸，他便把话题重新回归到案件本身。

“杨冰三人都是催眠高手，你要对付他们也得用上‘盘外招’。”罗飞问凌明鼎，“那男人却能轻松得手，难道他的催眠本领还在你们之上？”

凌明鼎斟酌道：“那也未必。我想更重要的，还是那男人做了精心的设计。他让杨冰等人躺在椅子上，这本身就是一个很放松的有利催眠的状态。然后他又假意接受治疗，和杨冰他们展开交谈。这个过程的言语、节奏全在他控制中。杨冰三人竭力想探索他的精神世界，自己必然也门户大开，谁知道那人却别有居心。这就好像两军对垒，一方毫无戒备地全力出击，另一方却埋伏下重重陷阱。这一明一暗，结果可想而知。”最后他又总结说，“无论如何，那家伙都是个真正的高手，我想他就是我一直在找的人。”

确实是个高手，他躲藏在黑暗的角落里，神秘而又犀利。现在他终于露出了一点端倪，却又模糊难辨真容。该往哪里去寻找他呢？明月湖边的草地上肯定没有摄像头，只能从别的线索去分析他的行踪。

罗飞思索了一会儿，说道：“把监控杨冰三人的警察调开，应该也是这家伙的所为了？他的目的就是要对杨冰等人进行催眠？”

凌明鼎“嗯”了一声，说：“他想破坏催眠师大会，又不愿露出真身。所以就通过催眠遥控杨冰等人，让他们成为自己手里的火药桶。在催眠过程中，他把我妻子自杀的事情也说了，所以杨冰三人才会坚决地反对我的心桥理论。”

“这确实是一步好棋。”罗飞评价着说道，“以杨冰等人在催眠界的地位，他们同时站出来反对你，你可真是难以招架。这效果比他自己出马要好得多。同时也证明这人处事谨慎，不留痕迹。”

“我能做的就是这些。接下来得看你的了。”凌明鼎看着罗飞说道。他本以为对杨冰三人催眠之后就能找出仇人的线索，没想到对方早已金蝉脱壳。要想继续追踪，只能期待罗飞的侦查能力。

罗飞斟酌片刻，问凌明鼎：“你愿不愿意陪我到省城走一趟？”

“去省城？你要查去年的那桩案子？”凌明鼎显得有些犹豫。在他看来那起案子和自身的利益关系并不大，他不明白罗飞为何要舍近求远，在诸多线索中单单揪住了这一条。

罗飞从对方的表情中看出些什么，便解释说：“五年前你妻子的自杀和最近这一连串的事件，这些都是他精心策划的，专门针对你展开的行动。这人的心思极为缜密，反侦查的能力也很强。我们如果紧盯着这两件事情，效果未必理想。但去年在省城的那桩案子有所不同，那案子原本和你无关，你们在这件事情上遭遇纯属偶然。包括后来吴睿的死，恐怕也不是他最初的计划。所以我觉得他在此事上的行动并不完美，很可能会留下漏洞。”

凌明鼎点点头，觉得对方说得的确有道理。

罗飞顿了顿，又继续说道：“如果我们去查的话，这起案子的突破口也非常明显。他一开始从精神上控制那个女人，后来才和吴睿发生交锋。所以他做这起案子，动机就在这女人身上。只要对这女人的社会关系详细排查，我相信能够找到线索。”

这番话彻底打消了凌明鼎的犹豫，他看着罗飞问道：“什么时候出发？”

“宜早不宜迟。”罗飞果断说道，“天一亮就动身！”

第五章

刑警罗飞陷入“催眠圈套”

01

从龙州到省城有四个小时的车程。陈嘉鑫开车，罗飞和凌明鼎则抓紧时间在车上小睡休憩。一早出发，中午时分到达了省城。旅途劳顿，腹中也饥饿。三人找了家宾馆先安顿下来，然后又一块儿外出就餐。

随便找了家街边的小店，无所谓什么档次，干净就行。坐着等餐的间隙，罗飞顺手拿起桌上的报纸，略略扫过几眼后便送到凌明鼎面前，说：“你又上报纸了。”

凌明鼎对此早有预料，他苦笑着接过报纸，果见在显著位置上有着加黑字体的标题：“龙州催眠师大会再起风波心理治疗术遭遇致命质疑”。

凌明鼎端着报纸细看，眉头越皱越紧。那篇报道中不仅描述了大会现场溃乱的情形，更把五年前他妻子自杀的经过也抖了出来。不用说，肯定是杨冰等人接受了记者的采访。那三人原本就有反对大会的私心，又经历过神秘男子的催眠洗脑，现在已坚定地站在自己的对立面，成为反凌阵营明面上的领袖人物。

强忍着愤懑把通篇报道看完，凌明鼎重重叹了口气，把报纸扔回桌面。陈嘉鑫也探头过来看了看，感慨道："这些记者也真够无聊的，你看这张照片配的。"

新闻配的照片正是夏梦瑶阻拦记者时的场面。当时夏梦瑶张开双臂挡在凌明鼎身前，凌明鼎只露出半个脑袋，活脱脱一副狼狈不堪的样子。照片旁还有一小段文字说明："大会现场凌明鼎遭到多方诘难，这位挺身而出的美女粉丝几乎是唯一支持他的人。"

"这事和小夏有什么关系？"凌明鼎愤然拍着桌子，"他们无端把别人的照片登在报纸上，实在是太过分了！"

"记者都是这样，怎么能吸引眼球就怎么来。小夏长得这么漂亮，正是他们求之不得的素材。"在罗飞说话的当儿，服务员把三人点的快餐送到了桌上。罗飞便把报纸收起，顺势收起话题，招呼大家道，"来，吃饭吧！"

用餐完毕，三人直奔省城刑警队而去。因为这案子不属罗飞管辖，而且省城警方已经结案，所以罗飞并不方便公开查案。他只能辗转找到省城警方的一个熟人，委托对方把相关的卷宗复印一份出来。好在案子本身在当地没有引起重视，涉案卷宗也不属于秘密文件。那熟人做了个顺水人情，他把复印好的材料交给罗飞，更热情邀请罗飞晚上一块儿吃饭。罗飞婉言谢绝了，一是不想浪费时间，再者也不愿整出不必要的动静，平添麻烦。

三人拿着卷宗回到宾馆细细研读。通过省城警方的视角，去年那起案件的来龙去脉渐渐显现。

故事的主角是个叫作许丽的女人，去年案发时的年纪是四十三岁。她的丈夫名叫顾大鹏，比许丽大三岁。夫妻俩育有一子顾盼盼，案发时十七岁。

许丽夫妇早年双双从工厂下岗，后以开小食档为生，经过多年的辛苦经营后，生意渐有起色。从小食档到小吃店，从小吃店到小饭店，最后直做到在省城小有名气的酒楼。然而日子好过之后，两人的感情却出现了裂痕。

首先是顾大鹏有了外遇，在秘密交往两年多之后终被许丽发现，一场家庭战争就此爆发。开始是无休止的吵闹，最后闹到了离婚的地步。整个过程对双方的身心都是一次严重的折磨，尤其是许丽，从一个热情开朗的女人变得极为敏感和神经质。在离婚分家产的过程中，两人的矛盾进一步恶化。许丽变得对任何人都不信任，似乎整个世界都是她的敌人。在这种状况下，许丽的父母请来催眠师吴睿，试图对女儿展开心理治疗。但治疗并未起到预期的效果，许丽甚至把吴睿也当成敌人。而且她的观点变得越来越偏激，认为很多人都想害她的性命。许丽的父母觉得事态严重，一度计划将女儿送到精神病院。但吴睿并不死心，他说服许丽的父母给自己最后一次机会。于是在去年九月二十三日的下午，吴睿再次来到许丽家中，试图对许丽进行催眠。当时两人在书房独处，仅仅二十分钟后，屋外的家人就听见许丽大喊："你为什么要害我？"随后又听吴睿惨呼："救命！"家人连忙撬开房门冲进屋内，只见吴睿身中数刀，已经倒在了血泊中。而许丽则手握着一柄利刃，以仇恨的表情瞪视着刚刚进屋的家人。许丽的父亲一边劝慰一边上前，想要夺下对方手里的刀。许丽却大叫："你们全都想害我！"连叫数声之后，她冲向阳台，从窗口跳了出去。许丽家有九层楼高，这一跳导致她当场毙命。

接到报警后，警方在十分钟之内便赶到了案发现场。根据许丽家人的证言，警方判定这是一场精神病人杀死医生后又自杀的意外事件。

法医后来也作出了相同的论断。首先从现场痕迹来看，吴睿确实是被许丽刺死，这一点毫无疑问。而许丽在案发前的种种表现证明了她是一名"被迫害妄想症"的患者。这种病症是精神分裂症的一种，多在挫折或精神压力过重的情况下发病。病人坚信自己受到迫害、跟踪，甚至是与生命相关的阴谋对待。病人因此变得极度谨慎、处处防备，一个小小的误会就可能被其放大，变成受害妄想的核心。这种情绪如果得不到缓解，病人就会用最极端的手段对妄想世界中的敌对者展开反击。许丽最终的结局正是如此。

以上就是警方卷宗里记载的案件经过。但罗飞已经知道，这些记载绝非事件的全貌，有一个神秘人物一直躲藏在阴影中，逃过了省城警方的视线。要想把这个人找出来，罗飞必须对相关人员展开新一轮的走访。

卷宗里留下了涉案人员的联系方式，不过怎么和他们联系还需斟酌。因为罗飞此行在程序上并不合法，如果对方有抗拒心理不愿多谈，那就无法强求。

得知罗飞的顾虑之后，凌明鼎笑道："你不用担心。你想约谁，我来打电话，他们肯定会同意见面。见面之后你先聊，如果对方不配合，那就换我上。"

罗飞这便放了心。他知道凌明鼎的能耐，在这个催眠大师面前，普通人很难藏得住什么秘密。

罗飞首先要约见的人就是许丽的丈夫顾大鹏。因为在所有的相关人员中，只有顾大鹏和许丽有着直接的利益冲突。如果说许丽之死是遭人设计，那么顾大鹏就是首当其冲的嫌疑人。

凌明鼎顺利约到了顾大鹏，双方约定明早九点见面，地点就在顾大鹏夫妇经营的银都酒楼。

银都酒楼位于省城东南的美食大广场，这里是餐饮业聚集的黄金地段。顾氏夫妇能在此处立足，可见他们的经营已颇具规模。然而贫贱夫妻可以共患难，富贵之后却不能同甘甜，人生的悲欢离合往往在欲望的刺激下不断轮转。

顾大鹏今年四十七岁，头发秃了，肚子也鼓鼓地凸起，看起来比实际年龄要苍老一些。双方坐下之后，这人第一句话就问罗飞："你们是警察？"

"是的。"为了打消对方的顾虑，罗飞又补充道，"我们在调查另外一起案子，有些情况牵涉到你的妻子，需要向你了解一下。"

"哦。"顾大鹏撇了撇嘴，显得有些失望似的，"我还以为要重新调查去年那件事呢。"

就凭对方这句话，罗飞已嗅出不一般的味道，他立刻反问："去年那案子还有什么可查的吗？"

"对你们来说或许没了，但对我来说还有。"顾大鹏不满地嘟囔着，"你们应该把事情彻底查清楚，还我一个清白。"

“你觉得哪里没查清楚？”

“关于离婚分家产的事情啊。现在他们觉得我顾大鹏为了这点家产，活生生把自己老婆给逼死了。我多冤得慌，我再没良心，能干出这种事情？何况我儿子还跟他妈在一起呢，我就是不念在夫妻一场的，还能不管自己的儿子？”顾大鹏愤愤然说着，好像自己很憋屈似的。

“他们指的是谁？”

顾大鹏“哼”了一声：“就那两个老家伙呗。”

“你是指许丽的父母？”

“嗯。”

罗飞斟酌了一会儿，说道：“我觉得他们这么想也很正常。毕竟从结果上来说，你得到了最大的利益。”

罗飞的话点到则止，但深层的意思谁都明白。因为顾大鹏出轨，许丽和他闹离婚，这事从法理来说，顾大鹏是有过错的。如果让法庭裁定，财产分割上必然对顾大鹏不利。现在许丽死了，双方财产有一大半都归了顾大鹏，而且他寻觅新欢时再也不受羁绊，这事让谁来看都会觉得不公平。

可顾大鹏却完全接受不了这种说法，他激动地拍起了桌子，大声道：“你们这帮人真是啥也不懂，就知道胡说！什么叫我得到了最大的利益？我老婆死了，丈人丈母娘整天缠着我闹事，儿子也看我像个仇人，这他妈的叫作利益？”

既然有些问题对方不肯正视，罗飞只好直接点破：“可是你得到了更多的财产份额，不是吗？”

“所以我说你什么都不懂！”顾大鹏瞪了罗飞一眼，片刻后才又气呼呼说道，“我老婆死之前已经同意把所有的财产都给我，她自己净身出户！现在她死了，我还要分出一部分遗产给她的父母，你说我是占了便宜，还是吃了亏？”

“什么？”这真是个出人意料的新情况，罗飞也禁不住愣了一下，“她要净身出户？”

“是啊，我上次就跟那个警察说过，可他根本不往结案材料里面写。他说这些事和案件关系不大。跟你关系不大，跟我关系可大了！这事不说清楚，我得背着多大的黑锅？”

罗飞明白顾大鹏为什么对警方意见这么大了——原来是责怪警方没向死者父母解释明白。不过这事确实不合情理，而且和警方的案卷记录不符啊。罗飞还得继续深问：“你们俩不是为了财产分割的事情闹得不可开交吗？怎么又说许丽要净身出户？”

“一开始是闹，但后来不闹了。你问我为什么？嘿，这事好说不好听，人死为大嘛……”顾大鹏假意扭捏了一会儿，见没人捧他的话茬，自己又接着说道，“她肯定是有了别的男人。”

“这是你瞎猜的，还是有什么依据？”

“有依据啊，我老婆那一阵天天外出和人约会。她肯定是有了相好的男人，生怕被我揭穿了，所以只想着赶紧离婚，好脱身和那个男人过日子去。她这个人嘛，好面子，为了面子就顾不上那点家产了。”

罗飞心中蓦然一动。许丽天天外出和人约会？这个人莫非就是……他看了凌明鼎一眼，却见对方的目光也是意味深长。

“你见过那个男人没有？”罗飞转过头来又继续问道。

顾大鹏咧着嘴说：“她哪能让我见到？我是听我儿子说的。我还让儿子跟过她一次，但她警惕着呢，三两下就把我儿子给甩了。”

罗飞想了想，又问：“既然许丽同意净身出户了，你还跟她纠缠什么呢？”警方的卷宗里说得明白，许丽是不堪离婚过程中的争吵和压力，这才精神失常的。

“我没和她纠缠啊。痛快离了，大家赶紧各过各的。可离婚这么大的事，总得当面签个协议，把事情说清楚吧？可她倒好，死活不肯和我见面，只叫儿子拿了份协议过来让我签字。这哪行？万一里面有什么骗局呢？所以我就不肯签。”

“那你没有上门找过她吗？”罗飞问。据卷宗记录，许丽和顾大鹏夫妇早已分居，许丽独居在家，顾大鹏则在外面和他相好的女人同居。

“找过，她不肯开门，还说我想害她。后来她谁都不相信，只相信她儿子一个，有什么事情都让儿子给我传话。”

“那她跟父母之间的关系怎么样？”

“比跟我也好不了多少，她那会儿确实精神不正常了。”

“你也觉得她精神不正常？”

“当然不正常。正常人会那样吗？觉得每个人都要害她。”

“这种不正常是从什么时候开始的？”

“就是从她外面有人之后。”

“哦，就是她提出要净身出户之后吗？”

“对。”

“那你觉得她为什么会变得不正常？”

“我觉得是被她爸妈给逼的。”

“她爸妈？逼她什么了？”

“许丽不是说要跟我尽快离婚，净身出户吗？她爸妈坚决不同意，非说这主意是被我逼出来的。这两个老家伙上门找过许丽好几次，肯定没说什么好话。结果许丽被说急了，干脆把他们俩赶了出去。两个老家伙还不死心呢，又找了个催眠师过来，说要给她做心理治疗。你听听，催眠！都是什么乱七八糟的玩意儿？就这么折腾来折腾去的，终于把许丽给逼疯了。他们俩倒好，倒打一耙，把所有的责任都赖在我头上。我能背这个黑锅吗？”

罗飞沉吟了一会儿，又问：“这些事你都是怎么知道的？”

“我儿子告诉我的啊。”顾大鹏感慨道，“这一大家子里面，也就我儿子还算有点良心。”

“你儿子平时都和许丽住在一起？”

“是啊。我被许丽赶出去了，家里就他们娘俩在一块儿。”

话到此处，罗飞觉得暂时也没啥可问的了。他要探访的下一个目标是许丽的父母。临行前顾大鹏还不忘叮嘱：“你们可得跟这两位把话说清楚了，净身出户是许丽自己的主意，别往我身上赖。我跟他们耗不起！他们要是真有能耐，就找跟许丽相好的那位闹去！”

许丽父母住在城东的一处老式小区。对罗飞等人的拜访老两口显得颇为重视，许父又是端茶又是递烟的，罗飞一再表示不用，老人才终于安坐下来。在后来的交谈中，许父说话并不多，场面基本上被许丽的母亲——一个年近七十的老太太全程主导。

“你们总算来了。”许母拉着罗飞的手，像是旧社会的贫苦农民迎来了救星，“我女儿不能就这么死了，你们一定要追究顾大鹏的责任。这家伙没有一点良心，当初小丽跟着他起早贪黑，吃了多少苦啊！现在有钱了，就想把我女儿甩了。小丽完全是被他逼死的，他就是个畜生陈世美！”

罗飞顺着老太太的话语安抚了一阵，等对方情绪稳定后才进入正题。

“顾大鹏说许丽在外面也结识了别的男人，这事您知道吗？”

“他放屁！”许母对这种说法表示出最强烈的愤慨，“我女儿一直规规矩矩的，从来没有这些乱七八糟的事情！”

见对方这么抵触，罗飞便转了个话题问道：“那她有没有说过离婚时要净身出户？”

“她那是被顾大鹏折磨的，脑子已经不清楚了。顾大鹏在外面有女人，凭什么要小丽净身出户，他自己净身出户还差不多！”

“你觉得你女儿的脑子不清楚了？”

老太太点点头，神色既悲哀又无奈。

“这个大概是从什么时候开始的？”

“就是她说要净身出户之后。以前她都很听话的，什么事都和我们商量。可后来就变了，怎么说也不听。我们还不是为了她好，她反而说我们要害她……”老太太说到伤心处，情不自禁地落下老泪来。她用衣袖抹了抹，又恨恨说道，“都怪顾大鹏这个畜生，小丽那么好的孩子，硬是被他逼成了这样。”

罗飞斟酌一会儿，又试探着问道：“许丽会不会是被外面什么人给骗了，所以才变得不太正常？”

“外面什么人？”老太太有些发愣，看来她从未有过这样的思路。

罗飞提醒对方：“据说许丽那几天经常出去和人碰面？”

老太太“哦”了一声，连忙解释说：“她那是去谈工作上的事。小丽和顾大鹏闹成这样，银都那边肯定不会再去了。有好几个酒楼的老板都想请小丽过去帮忙，大家都知道我女儿能干。他们两口子能开起这么大的酒店，一多半都是小丽的功劳。”

“所以许丽那几天外出，就是和别的老板谈合作的事情？”罗飞又追问道，“她具体都和哪几个老板谈过呢?

“这我说不上来。小丽每次都是自己出门，我们又没跟着。”老太太也听出罗飞话中有话，很不高兴地反问，“你说还能有什么事？”

许丽的父亲在一旁插话道：“不会有别人骗小丽的。她都已经这样了，还有什么好骗？就算要骗，也是撺掇着小丽和顾大鹏分家产，对不对？净身出户这件事，就是对顾大鹏有好处，除了他，还有谁想得出来？”

罗飞点点头，觉得对方这番话说得颇有道理。如果真是有人在暗中作梗，那他的动机是什么呢？这似乎很难解释。罗飞禁不住打量了许父几眼：这老头虽然话不多，心里可藏着主意呢，一开口便戳在点子上。

许丽主动提出净身出户，同时还和外人有接触，这事已得到顾大鹏和许丽父母双方的证实，看来是不会错了。不过这个变化到底是何原委还有待考证。罗飞接下来要关注的是那起命案的前后经过，在这件事情上，许丽父母是最直接的见证者。

“后来怎么想到找催眠师过来？”

“小丽完全不听劝了，把我们老两口当成仇人一样。我们就觉得她是不是精神上出了点毛病。”老太太说，“至于怎么找到那个姓吴的催眠师……我们也是听人介绍的。说这个催眠师不错，能给人看病。”

“我本来是想送小丽到正规的医院去……”

老头又在一旁插话，但这次却被许母粗暴打断：“精神病院那种地方能去吗？好人进去都得被逼疯了！再说你把女儿送进精神病院，那不是正合了顾大鹏的心意！”

老头无奈地咧咧嘴，不再作声。看来当初如何处置女儿的病情，老两口曾有过争议。老头觉得如果把女儿送到正规医院，后来的悲剧就不会发生。但老太太不愿承认这一点，她固执地回避着自己的失误。

罗飞继续往下询问：“那个催眠师是怎么给许丽治疗的？”

“这个我们也不知道。他们每次都是在书房里治疗，我们在外面等着。”

“哦？他一共给小丽做过几次治疗？”

“三次。”

“每次治疗前后都是什么情况，您还记得吗？”

“第一次是小丽把我们老两口从她家赶了出去。我实在受不了，就找了那个催眠师过去。小丽开始还不肯开门，后来我们说随便你净身出户吧，我们不拦着，只是找了个朋友过来和你聊聊，好说歹说她才让我们进屋。然后小丽就和那个催眠师进了书房。那次他们聊了大概有两个钟头。”

“具体聊了哪些内容他们都没说过吗？”

“我倒是问过那个催眠师，他当时摇了摇头，说了句：‘挺奇怪的。’”

“挺奇怪的？”

“对。具体哪里奇怪也没说。他说要回去研究研究，过两天再来看看。”

罗飞和凌明鼎对视了一眼。如果和凌明鼎的说法对照，吴睿这次回去应该是和凌明鼎通了电话，请教治疗的方法。凌明鼎则建议对方采用心桥治疗术。

“那次许丽的戒心很重，不肯向吴睿说出近期发生的事情。”凌明鼎回忆着说道，“我觉得她一定有什么顾虑，就建议吴睿用心桥术首先打消她的顾虑，然后再详加询问，对症治疗。”

“你和那个催眠师是一块儿的？”老太太警惕地看着凌明鼎，因为是自己的女儿杀死了吴睿，她对凌明鼎的身份自然会产生戒备。

“我们认识，但不算熟悉。”凌明鼎解释说，“只是他碰巧向我说起过这件事。”

老太太“哦”了一声，目光又转回到罗飞身上。

罗飞又问：“那他第二次来怎么样呢？”

“还是不行。”老太太摇头道，“那次他从书房出来之后，自己都无精打采的。当时我还想，这个人恐怕没什么本事，下次也别找他来了。”

按照凌明鼎的描述，这次应该是对手利用许丽攻击了心桥术，使得吴睿对治疗丧失了信心。罗飞看了凌明鼎一眼，两人心照不宣。随后罗飞又对老太太说道：“可您后来还是找他过来了吧？”

“后来是他打电话主动找来的。他好像很自信的样子，说是再试最后一次。我就相信他了。”老太太愁眉苦脸地叹了口气，说，“谁知道就是这最后一次，出了大事。”

吴睿自信的原因是被凌明鼎劝服了，所以他再次向许丽施展心桥治疗术。但显然那个对手做了更充分的准备，在这场交锋中，吴睿一败涂地。当催眠师和病人双双毙命后，凌明鼎也彻底丧失了翻盘的机会。

更有某些重要的秘密，恐怕便从此掩埋。

现在的罗飞只能尽量多了解一些旁枝细节，试图拼凑出事件的原貌。

“那天你们都在客厅，所以不知道出事前书房里发生过什么？”

“嗯，我们是听到喊声才进去的。”

根据卷宗记录，首先是许丽大喊：“你为什么要害我？”然后吴睿便大喊：“救命！”许丽父母这才赶往书房。但书房的门被反锁着，他们拼命敲门也没人开，只听见屋里吴睿惨叫连连。后来许父去厨房拿了把菜刀，硬生生把房门撬开。进屋后看见吴睿倒在地板上，浑身鲜血，早已没了气息。许丽则拿着一柄利刃，背对阳台而立。

罗飞关注的是卷宗里没有提及的细节。

“你女儿手里的那把刀是哪来的？”罗飞看过卷宗上的照片，那是一柄锋利的剔骨刀。

老太太说：“就是自己家里用的刀，切切肉、削削皮什么的。”

“自己家用的刀不是应该在厨房里吗？怎么会在书房呢？”

“这个……应该是小丽特意带进书房的吧。”

罗飞“嗯”了一声，没再多说什么。但这一问一答的潜台词已经非常明显，许丽在交谈前把剔骨刀带进书房，说明她早就有了杀人的念头，并非吴睿治疗不当引起了对方的杀念。

罗飞换了话题问："你们冲进书房之后，许丽对你们也充满了敌意，是吗？"

"是的。"老太太伤心地说道，"她一直在喊：'你们全都想害我！'"

全都想害她？为什么会有这样的想法？即便对外人不信任，难道还不放心自己的父母？那家伙究竟向许丽灌输了什么？

罗飞忽然想到另外一个细节，便转头问许父："是不是因为您手里拿着菜刀呢，所以吓到她了？"

许父断然摇头："我撬开门之后就把菜刀扔了。后来我向小丽走过去，只是想让她把手里的刀丢掉，别伤着自己了。可是小丽却莫名其妙地大喊大叫，挥着刀不让我靠近。后来她就从阳台跳下去了。"说到最后的那一幕，老人语调悲凉，屋内其他人也是一片静默。片刻后，老人又忍不住念叨了一句："还是应该早点送她去医院的。"

这次老太太没有反驳，只回以一声辛酸的长叹。

告别了老夫妇，罗飞下一个寻访的对象是许丽的儿子顾盼盼。这个男孩刚刚十八岁，正在读高三。为了不影响孩子的学习，罗飞三人一直等在教室门口，直到对方下了晚自习。

得知罗飞的来意之后，顾盼盼非常抗拒地问道："这事不是早都说过了吗，怎么又来问？"说完扭头就要走。

罗飞很理解对方的心情，一时也不知该如何消除这孩子的对立情绪。正尴尬难决之间，却见凌明鼎抢前一步，对顾盼盼说道："那女生不错呀。"

顾盼盼停下脚步，有些诧异地反问对方："你说什么？"

"那个女生，扎马尾辫，带着蓝色头绳的。"凌明鼎轻轻捅了捅顾盼盼的手肘，压低声音道，"她刚才一直在看着你呢，她好像对你挺关注的。"

"是吗？"顾盼盼现出将信将疑的表情。

罗飞也注意到那女孩了，那是个身姿窈窕、相貌甜美的女生。先前女孩从教室门口走过的时候，顾盼盼的眼神曾在对方身上颇多停留。这也正常，十八岁正是情窦初开的年纪，哪个男生不喜欢美貌的女孩？

“你的学习成绩很好，体育也不错。听说你还是校足球队的主力？这么优秀的男生谁不喜欢啊？”凌明鼎适时夸了顾盼盼几句，同时又轻轻地捅了对方的手肘一下。

顾盼盼笑了笑，七分得意，三分羞涩。凌明鼎便顺势和顾盼盼攀谈起来，言语间颇多夸奖和赞许。男孩很快便接纳了这个陌生人，情绪中已无丝毫的抗拒之意。

两人间的话题由女孩开始，渐渐转向顾盼盼的校园生活，随后又谈到了他的家庭，当时机成熟之时，凌明鼎便把话锋一转，问道：“其实你妈妈的死并不简单，你不想知道真相吗？”

顾盼盼看着凌明鼎，神色犹疑。

“这位罗警官是刑警队的队长，是个神探。”凌明鼎把孩子的视线引到罗飞身上，“他一定能查出真相的，但你首先得配合我们。”说这话的同时他伸手再次触碰了顾盼盼的肘部。

顾盼盼盯着罗飞看了一会儿，终于点了点头。

凌明鼎冲罗飞使了个眼色，意思是：该你上了！罗飞微微一笑以示谢意，然后他便以一种拉家常的方式向男孩展开询问。

“你现在和谁一块儿住呢？”

“和我外公外婆。”

“不去你爸爸那边吗？”

孩子坚定地回答说：“不去！”

“你恨你爸爸？”

“他们都只想着自己。”孩子咬着嘴唇说道，“没人考虑我的感受。”

罗飞注意到对方用的是“他们”这个词，便问道：“你妈妈也是这样？”

孩子没有说话，他的神情显示出是默认的态度。

“你为什么这么想呢？是你爸爸背叛了你妈妈了啊。”

“离婚的事是我妈妈提出来的。”

罗飞在心中默叹了一声。他明白了，不管发生了什么，孩子都不希望自己的父母分开。虽然顾大鹏出轨在先，但因为是许丽提出的离婚，所以顾盼盼对许丽也有怨恨。

片刻后罗飞又问：“那你有没有劝过你妈妈呢？”

“劝过，她不听。”孩子露出无奈的苦笑，这种表情本不该出现在他这样的年纪，随后他又评价了一句，“她谁的话也不听，她总是这么固执。”

“她后来说不要财产了，你知不知道为什么？”罗飞渐渐把话题引向自己关心的那个部分。

“我也说不好，反正她突然就变得特别着急，要用最快的速度跟我爸爸离婚。”

“哦？是‘突然’变成这样的？”罗飞知道许丽一开始曾和顾大鹏争过家产，后来才主动提出净身出户。从常理来说，这种巨大的转变应该有一个斟酌的过程吧。

“特别突然。中午还琢磨怎么和我爸打官司，下午就说什么都不要了。”

罗飞对这一段产生了浓厚的兴趣，他立刻追问：“你详细说说，到底是怎么回事？”

“那天是星期天嘛，我正好在家。中午吃饭的时候，我妈说要起诉我爸，问我有什么意见。我心里很烦，不想搭理她。可她却说个没完，说来说去就是想多分点财产。她要我帮她说话，我说你们爱怎么办怎么办，我不掺和。我妈就哭了，说些什么‘我要钱还不都是为了你’之类的话，搞得我很郁闷，连饭也没吃好。后来我在客厅写作业，我妈一个人待在卧室里，还在哭哭啼啼的。我没办法，只好把隔音耳塞戴起来，这才能安心看书。”说到这里，顾盼盼微微昂起头道，“其实他们俩我谁也不指望，我只想好好读书，以后全靠自己。”

罗飞微笑着点点头，给了对方一个鼓励的眼神。

顾盼盼对罗飞又多了三分好感，他接着往下说道：“大概下午四点多钟，我妈忽然从房间里走出来，在我对面坐下。她当时直愣愣地看着我，好像有什么很重要的事情要对我说。我把耳塞摘下来，问她：‘有事吗？’我妈就说：‘盼盼，我想好了。我什么财产也不争了，我只希望早点和顾大鹏离婚，越快越好。以后我们娘俩一块儿过，你觉得怎么样？’我很奇怪，问她：‘你不跟我爸打官司啦？’我妈说：‘不打了，争那些财产干什么呢？妈有能力养活你的。’既然她这么说了，我也无所谓。反正我也不惦记那些财产。他们早点离婚也好，整天吵来吵去的，烦都烦死了。”

按照这个描述，许丽的转变还真是很突然。难道她一下子想通了？罗飞觉得没那么简单，他更相信这期间发生了某件事情，正是这件事情改变了许丽的想法。

罗飞问那孩子：“在你写作业的那段时间，你妈妈有没有出过门？”

“没有。”

“那有没有什么人来找过她，或者她接到过什么特别的电话？”

“肯定没人来过。有没有接到电话我就不知道了，因为她在房间，我在客厅，而且我还带着耳塞，她就是接电话我也听不见。”

罗飞点点头。电话的事暂时是个盲点，不过这事不算棘手，回头查查通话记录就行。

他得把具体的日子问清楚了：“你还记得那天是几月几日吗？”

顾盼盼怔了一下说：“几月几日不记得了，反正就是出事前的那个星期天。”

根据卷宗记录，出事那天是九月二十三日，星期五。那许丽突然改变主意应该是出事前五天，也就是九月十八日。

罗飞还有最后一件事需要向男孩核实。

“据说之后那几天，你妈经常外出和什么人会面，有这事吗？”

顾盼盼沉默了一会儿，回答说：“有。”

“你怎么知道的？周一到周五你应该到学校上课吧？”

顾盼盼说：“我会留意门口的鞋子。如果我妈出过门，或者有外人进过我家，我晚上回来一看鞋柜就知道了。”

这孩子，居然有这样的心机！罗飞禁不住用审视的目光打量着对方。顾盼盼则主动低下头，不愿与罗飞对视。

罗飞又问："你怎么知道你妈出门就是要和别人会面？或许是买菜什么的呢？"

顾盼盼扫了罗飞一眼说："穿的鞋不一样。去买东西她会穿平底鞋。但那几天我妈出门都是穿的高跟鞋，感觉挺正式的。"

罗飞简直有点佩服这个孩子了，真是当刑警的好材料啊！不过他不想把话题扯偏，便继续往下问道："你把这事告诉你爸了？"

"是的。"

"其实你之前就怀疑你妈了，对吗？要不然你怎么会关注那个鞋柜？"

男孩抬起头来为自己辩解："难道不值得怀疑吗？她为什么那么着急和我爸离婚？连财产都不要了？"

罗飞咧着嘴："你现在还这么想吗？"

顾盼盼咬了一会儿嘴唇，口气软了下来："可能我当时……想错了吧。"许丽最终死于精神失常，这让男孩的猜疑变成了懊悔和愧疚。

罗飞接着询问："你还跟踪过你妈妈吧？"

男孩点点头，解释说："这是我爸的主意。有天下午他特地帮我请假，让我盯住我妈。他就是想知道我妈到底和什么人见面。"

"结果呢？"

"我没盯住。"男孩有些失落地说道，"当时我妈上了一辆出租，我也打了辆出租跟着。但我那个车司机技术不行，老是被前面一辆小车别住车道，才过了两个路口，就跟丢了。"

罗飞不动声色地"嗯"了一声，心中却在暗想，恐怕不是你那车司机的技术不行，而是前面的小车司机别有用心呢！随后他微微闭起眼睛，聚神凝思。

见罗飞许久不再说话，顾盼盼主动问道："还有什么吗？"

"没有了。"罗飞专注地看着男孩的眼睛。当对方的目光与自己相对之后，他郑重地说道，"现在我可以确信，你妈妈并不是简单的精神错乱，她是死于一场可怕的谋杀。”

男孩的目光遽然一跳，露出愤怒和恐惧相夹杂的激动情绪。

罗飞伸手拍在对方肩头，一字一句地说道：“放心吧。我一定要把那个凶手找出来！”他的话语沉着有力，暂时驱散了男孩心中的愁云。

在离开学校的路上，罗飞问凌明鼎道：“你对那孩子施展催眠术了？”

“哦？”凌明鼎眯起眼睛反问，“你看出什么了？”

“那孩子一开始对我非常抗拒。但你和他聊了一会儿之后，他的态度就有了明显的改变。我想你一定对他做了些什么——”说到这里，罗飞抬手触了触凌明鼎的肘部，很明确地问道，“比如说这个动作吧，有什么特殊的效果？”

凌明鼎哈哈一笑：“罗警官啊，你的观察实在细致，我有什么小动作都瞒不过你的眼睛。”

“你一共有五次这样的动作。从第二次开始，我就意识到这里面一定有名堂。”

罗飞说得不错，在凌明鼎和顾盼盼攀谈的时候，轻触对方肘部的动作屡屡出现。凌明鼎也无意隐瞒，便坦率说道：“你猜的没错，我对他做了一个情绪记忆。”

“情绪记忆？”罗飞对这个全新的名词颇感兴趣，追问道，“具体是什么意思？”

“我和那孩子聊天的时候，一开始都是针对他感兴趣的话题，而且态度都是以赞扬为主——这个你应该注意到了吧？”

罗飞点头表示认同。凌明鼎便继续说道：“那孩子的情绪被我带动，一度非常地愉悦。每当他的情绪出现高峰的时候，我就碰一下他的手肘。这样几次下来，他在潜意识里就把手肘上的触感和愉悦的情绪联系在了一起。这种手法就叫作‘情绪记忆’。”

“你最后把话题引到案件上的时候，又碰了那孩子的手肘一次——”罗飞沉吟着说道，“你的目的就是要把他的愉悦情绪调动出来？”

“准确地说，我是在介绍你的同时又碰了顾盼盼的手肘。”凌明鼎摊摊手道，“那孩子对你的第一印象非常糟糕，所以我必须用这种手法来消除他对你的敌意。”

罗飞自嘲般呵呵一笑，回味道：“情绪记忆……有点意思。”

“类似的手法在生活中其实会经常用到。既然聊到了这个话题，索性便说得更透彻一点。”凌明鼎又举例子说道，“我曾经给一家食品公司出主意，让他们把旗下一款巧克力的电视广告时段调整到傍晚四五点钟或者是深夜时分。从广告营销来说，这两个时段都不理想，不过事实证明这次调整的效果非常好。”

罗飞略一思索，已然窥到了其中奥妙：“是因为这两个时间段里，人们总是容易处于一种饥饿的状态？”

凌明鼎拍手道：“没错。广告的反复播映使得观众把饥饿感和这款巧克力联系在一起了。当他们以后在商场再看到这款巧克力的时候，饥饿感就会油然而生，进而刺激起强烈的购买欲。这就是关于‘情绪记忆’的又一个鲜活的例子。”

“妙！妙！”罗飞接连赞了两声，心中暗忖：这种情绪调动的小技巧既简单又实用，以后在刑侦问讯工作中应该多加借鉴才是！

02

回到宾馆之后，罗飞把三人召集起来开了个小会。他首先征集凌明鼎的意见：“你怎么想？”

“我们找到了一个关键的时间点——去年九月十八日的下午，许丽就是在那天受到了催眠。应该重点排查那天下午许丽和外界有过什么接触。”凌明鼎分析着说道，“同时我们也应该调查顾大鹏的社会关系。”

“你还是怀疑这事和顾大鹏有关？”

凌明鼎点点头：“很可能是顾大鹏找人对许丽实施催眠犯罪，目的就是为了独占家产。要不无法解释那家伙的作案动机。”

“如果说顾大鹏涉案，有几个地方还得理一理。”罗飞一边思索一边说道，“首先顾大鹏曾让顾盼盼盯过许丽的梢，这个不合逻辑；第二许丽已经同意净身出户了，顾大鹏为什么不立刻答应，反而让事情越闹越大？最后还出了两条人命，根本没必要啊。”

“盯梢可能是故意演戏呢？顾盼盼说他坐的出租车被一辆小汽车别住好几次，没准那小汽车就是顾大鹏安排的；至于后来为什么事情越闹越大——”凌明鼎停顿片刻后说道，“或许是因为我的介入。”

这么解释似乎也能说通：顾大鹏找到一个邪恶的催眠师，试图控制许丽以获得全部家产，没想到许丽的父母也找来催眠师给许丽进行治疗，双方遭遇之后，便在许丽的精神世界展开了交锋。随后凌明鼎也涉足进来，对方出于某种顾虑，这才设局将许丽和吴睿双双害死。

罗飞决定接受凌明鼎的建议，把顾大鹏也纳入调查的范围。他开始向陈嘉鑫布置具体的工作：“你去查一查，从去年九月十八日，到案发的九月二十三日，这段时间里许丽和顾大鹏的通讯记录。手机和座机都要查。”

大概两个小时之后，陈嘉鑫把调查的结果向罗飞做了汇报。

“一共查了五部电话，分别是许丽的手机、顾大鹏的手机、许丽家的座机、顾大鹏住处的座机以及银都酒楼的座机。筛选出一个可疑的电话号码，是个没有实名注册的手机号。这个手机号在去年九月十八日开通，九月二十三日之后就再也没有使用过。”

九月十八日，九月二十三日，那正是案件进程中两个最关键的时间点。罗飞的情绪一下子兴奋起来，他立刻追问道：“相关的通话记录呢？”

“这个手机号自始至终只有一个联络人，就是许丽的手机。具体的通话记录我打印出来了。”陈嘉鑫一边说一边递上了一张打印纸，那上面罗列着通话双方的手机号和具体的通话时间。在短短五六天的开通档期内，双方共有过十三次通话。而罗飞最关注的是首次通话的时间。

——九月十九日十三点二十一分始，十三点二十九分结束。整个通话时长八分三十五秒。

这个记录明显与罗飞的期待不符，他微微皱起了眉头：“十九日才有第一次通话？”

陈嘉鑫摊摊手说：“是的。”他知道罗飞为何有此反应。因为许丽的转变是在十八日下午，按照正常的推断，嫌疑人应该在那天就和许丽有过第一次接触。

罗飞不甘心地问道：“那十八日下午呢？许丽有没有和其他号码通过话？不管是谁。”

陈嘉鑫的回答却再次让他失望：“没有。十八日下午，许丽的手机和家中座机都没有任何通讯记录。”

这就怪了。罗飞紧拧着眉头，难道那家伙真是十九日才和许丽第一次接触吗？

陈嘉鑫在旁边提醒了罗飞一句：“罗队，会不会是通过网络联系的？”

“对啊。”罗飞一拍大腿，“你赶紧和顾盼盼核实一下，看有没有这种可能。”

“现在就问吗？已经快半夜十二点了。”

“现在就问。”罗飞毫不犹豫地回答说，“高三的孩子苦着呢，肯定还没睡觉。”

陈嘉鑫便拨通了顾盼盼的电话，一番询问却仍以失望告终。据顾盼盼反映，许丽根本不懂电脑，她家里也没有开通网络。许丽生前使用的手机只能通话，不能上网。所以在去年九月十八日下午，许丽不可能通过网络和外界发生联系。

明明有一个可疑对象在案发前和许丽频频通话，然而他们的首次联络又确实发生在许丽情绪突变之后，这是个什么逻辑？

案情似乎有了重大的进展，却又在最关键的地方陷入了僵局。罗飞看看凌明鼎，似乎要征求对方的意见，但凌明鼎也无奈地摇着头，难觅思绪。

罗飞凝思良久，最后他对陈嘉鑫说道：“这样吧，你再辛苦一下。

查一查去年九月十八日下午所有的电视节目表和广播节目表。打印好交给我。”

小伙子领命回自己房间忙碌去了。电视和广播的频道非常多，所以这个工作量很大；而且此时已事隔一年开外，更增加了查询的难度。陈嘉鑫整整忙了一夜，终于在第二天一早把相关资料交到了罗飞手中。

罗飞看看手里那叠厚厚的打印纸，再看看小伙子熬得通红的双眼，略带歉疚地说道：“辛苦你了，快回屋补个觉吧。”

陈嘉鑫回到自己房间倒头便睡。这一觉直睡到中午时分才被罗飞叫醒：“起床吧，我们出去吃点东西。”

小伙子麻利起身，简单洗漱了一下便和罗凌二人一同出门。路上陈嘉鑫问罗飞道：“罗队，那些资料里面有线索吗？”

罗飞回答说：“资料我都看完了，有一些想法，但还有待验证。”

陈嘉鑫立刻来了精神，忙问：“什么想法？”

罗飞却说：“不着急，我们先填饱肚子。”

陈嘉鑫抓抓脑袋，颇有点按捺不住的意思。一旁的凌明鼎看到他这副模样，便同病相怜般苦笑道：“你们罗队长就是这个脾气吧？关键时刻爱卖关子。刚才我跟他一块儿看资料，什么也没看出来。问他有什么想法，他还不肯说。”

罗飞微笑着解释：“我也不是卖关子。只是我的思路已经比较成熟，只等验证这一步了。如果这思路是对的，现在说出来也没什么讨论意义；如果这思路是错的，反而对你们产生干扰。所以干脆不说，等下先看看验证结果。”

说话间三人已到了餐厅，简单吃了午饭之后，罗飞对陈嘉鑫说道：“你把车开过来，我们到华星家园转一转。”

“华星家园？”陈嘉鑫愣了一下，一时没反应过来。罗飞又解释：“就是许丽生前的住所，也是案发的核心现场。”

陈嘉鑫“哦”地明白了。这两天他们一直在外围调查，还真没到核心现场去过。三人上车后，小伙子打开车载GPS，定好位置一路向华星家园驶去。到了小区门口时，罗飞挥挥手，示意靠边停车。

陈嘉鑫提醒罗飞：“罗队，可以直接开进小区的。”

“不，我们不进去，就在周围转一转。”

虽然不知道对方葫芦里到底卖的什么药，但陈嘉鑫对罗飞的吩咐绝对服从。他把车靠边停好，三人下了车，沿着小区周边溜溜达达的。那样子不像是查案，倒像在闲逛。

小区周围都是些临街的店铺，五花八门，什么行业都有。罗飞一路走一路在街面上来回扫视，似乎要寻找什么。如此走了两三百米，他像是发现了目标，便停步看向身后的陈、凌二人。

凌明鼎早就按捺不住了，立刻问道：“怎么了？”

罗飞正要开口，目光突然又向远处瞥了一下。随后他便改了主意，又转身继续前行。这次罗飞刻意放慢了脚步，显然在等后面的同伴上前。

凌明鼎和陈嘉鑫领会了罗飞的意思，他们紧赶两步来到罗飞身侧。却听罗飞说道：“你们俩不要回头看——我们被人跟踪了。”

“被跟踪了？”凌明鼎惊讶道，“是什么人？”

“一个瘦高个，男的，三十多岁。我们下车的时候他也从出租车里下来，刚才我回头，看到他还在我们身后。”

难道就是那个家伙？凌明鼎真想回头看上一眼。同时他也很惊讶，这也太嚣张了吧？一般人犯案后还不躲着警察走？他居然敢盯警察的梢？

陈嘉鑫紧张地舔了舔嘴唇，问道：“现在怎么办？”

“正常往前走，转一圈之后上车。”罗飞镇定自若地说道，“一会儿你们俩坐前排，我坐后排。”

于是三人继续沿着小区的外围漫步前行。这一圈绕了有二十多分钟，三人又回到了停车的地点。按照之前的设计，陈嘉鑫上了驾驶座，凌明鼎上了副驾驶，罗飞则一个人坐在了后排。

“罗队，往哪儿开？”陈嘉鑫一边请示，一边通过后视镜向车后方观察。只见一个瘦高的男子正在三十米开外的地方招手拦出租，看来确是盯梢者无疑。

罗飞下命令道：“往车流量大的路口开。”

陈嘉鑫领命，发动汽车向着市中心繁华处开去。这时又听罗飞说道："一会儿找个停车等红灯的机会，让我悄悄下车。然后你们就把车开回宾馆的地下车库。"

陈嘉鑫明白了对方的用意。罗飞下车后必然会对那个男子实施反跟踪，上演一出螳螂捕蝉黄雀在后的好戏。看到他们把车开回车库了，那男子多半也会收兵回营。这时罗飞便有机会摸清对方的底细。

这个计划的关键之处在于如何让罗飞下车又不叫对方察觉。这需要司机有极高的车技和道路控制能力。陈嘉鑫之前开过好几年的巡逻车，一身本领正好派上了用场。

盯梢者乘坐的出租车一直在三人车后紧紧相随。越近市中心，道路上的车辆也越多，两车时常被其他并线的车辆阻断。因为陈嘉鑫开的警车车体较大，即使隔开了也能被后面的车辆看见。所以那出租倒也不着急，只优哉游哉地，跟得不紧不慢。

又到了一个红绿灯口，拥挤的车辆排成了几列长龙。陈嘉鑫驾车在车流间来回穿梭了几下，最后停在了一辆出租车的右侧。他往后视镜看了看，说："罗队，那家伙被我隔开了。旁边有辆空出租，你赶紧换过去吧。"

罗飞也打眼观察了一下。果然，跟踪者的出租车停在了右边一条车道的后方。而左侧车道并排停着辆空出租。机不可失，罗飞立刻打开后排左侧的车门，以最快的速度换到了空出租上。因为车流阻隔了视线，他的动作不会被盯梢的男子发现。

出租车司机没想到这里会有人上车，他转头看了一眼罗飞，表情有些惊诧。

"我是警察。"罗飞掏出证件展示了一下，"一会儿帮我跟住右后方的那辆出租车。尾号563。"

司机应了声："好嘞！"他以前从未遇到过这样的事情，一时间情绪亢奋，跃跃欲试。

当红灯变成绿灯之后，司机故意慢腾腾启动，让旁边好几辆车变道挤在了自己前面。再驶到前面的路段时，已形成陈嘉鑫在最前，盯梢男子在中间，罗飞在最后的理想局面。

按照罗飞的吩咐，陈嘉鑫一路开车回到了宾馆。盯梢者当然不可能把出租车带进地库，只能自行离去了。罗飞则继续指挥着司机在此人车后相随。

尾号为563的出租车离开宾馆后向着城郊驶去。大概十五分钟之后车辆停靠在路边，瘦高男子结账下车。

罗飞也跟着下车，却见路边有一片开阔的草地，大约是市民们休闲的去处。此时正值下午三点来钟，草地上汇集着各色男女。有小情侣卿卿我我的，有老人散步打拳的，还有带着小孩放风筝的，气氛和谐安详。

男子走上草地，向着休闲广场的中心处走去。在那边有五六个青年男女，他们铺着塑料布，支着帐篷，放着音乐，有说有笑的，看来正在举行一场小型聚会。

瘦高男子加入了聚会的人群。他和那些人熟络地打着招呼，似乎早有约会。随后男子坐在塑料布上，另有一男一女围过来，三人凑成一团，窃窃私语。

这三人说话时的举止神态颇为诡谲，与周围轻松休闲的气氛格格不入。罗飞意识到其中必有玄机，便准备凑到近前打探。

罗飞没有直接上前，他先是绕着草地外围转了半圈，然后从侧后方向着那群人慢慢接近。为了避免惊动对方，他还特意把手机调成了静音状态。和对方相距大约十多米的时候，旁边正好有个推车的小贩。罗飞便过去买了一副墨镜戴上，那墨镜定是低劣的山寨产品，不仅镜片不够通透，支架也咯咯棱棱的颇不舒服。不过既然在执行侦查任务，简单的伪装总是聊胜于无。随后罗飞又买了一瓶水，一边佯装喝水，一边偷眼观察。

现在那帮男女全都坐成了一圈，不知在讨论些什么。要想听见他们的对话，罗飞还得更接近一些才行。但若是突兀上前，很可能会被对方察觉。

恰在这时，一个放风筝的男孩跑到了罗飞面前。那男孩大约八九岁的年纪，一张小脸涨得红扑扑的。他举着手里的风筝对罗飞说道："叔叔，我没力气了，您能帮我放一会儿吗？"

这倒是个不错的伪装，罗飞求之不得。他从男孩手里接过线柄，右手把着风筝线，抬头向天，有模有样地放起了风筝。放风筝的过程中难免要移动脚步，罗飞便借着这样的机会，背对着那群人，慢慢地以后退的方式向他们接近。

隐约能听到那帮人的絮语了，似乎有“催眠”“行动”这样的关键词，但又模模糊糊地听不清楚。究其原因，应该是旁边一个小CD机播放的音乐所致。那音乐曲调柔和，听起来令人神情愉悦，但也遮盖住了那些人说话的声音。要想探听到他们的秘密，罗飞还得继续向前。

越往前走暴露身份的可能性就越大，罗飞一边继续挪动脚步，一边打起十二分的小心。他的双眼凝望着天空，做足了放风筝的姿态，同时双耳竖起，竭力捕捉从身后人群中发出的只言片语。

其时天际晴空万里，午后骄阳正浓。视线紧盯着那只风筝，不多时便觉得有些疲劳。再加上身后音乐靡靡，听来叫人不自觉地产生了倦意。音乐声中那些男女说话声则渐渐清晰，只听他们轻笑阵阵，柔语连连，似乎欢快得很。那种气氛感染到了罗飞，令他忽然有种要加入进去放松放松的冲动。不过罗飞很快凝住散乱的心神，他试图去辨别那群男女交谈的具体内容。

忽然有个低沉的男声传了过来：“再走近一点。”那声音充满了磁性，且带着强大的穿透力，如电波般直侵入罗飞的耳膜。罗飞有种恍惚的感觉，他不知道那声音到底是出自外部的环境，还是出自于自身的潜意识？那声音下达的命令与自己的主观意念完全同步，这让罗飞感觉非常舒适，他不假思索地遵从着声音的指示，又往那群人的方向走近了一步。

“看着天上的风筝，不要眨眼。”低沉的男声再次说道。这个命令同样让罗飞无法抗拒，他直直地盯着天上的风筝。蓝天、白云、风筝，这些单调的元素组成了一幅颇为乏味的画面。而那风筝在风中轻轻摇摆，缓慢的节奏开始阻滞着罗飞的心跳。片刻后，他的呼吸越来越缓慢，同时他感觉视线开始模糊，思绪也在一点一点地散乱。

“你累了吧？累了就休息一会儿。”充满磁性的声音继续说道。听到这话之后，罗飞果然感到眼皮有些发沉，在他的双眼之间，蓝天白云映衬下的风筝渐渐幻化成一个虚无的符号。那个符号一点一点地跳动着，牵扯住罗飞最后一丝残存的自我意识。

罗飞的精神世界已经打开了城门，处于一种完全不设防的状态。那个可怕的对手随时可以踏足其中，随心所欲地探索一番。

忽听“砰”的一声轻响，那个风筝应声急速飘远，同时有人大喝道：“罗警官！”这个变故就像是给昏昏欲睡的人猛浇了一盆冷水。罗飞打个激灵，思维一下子跳出了束缚，蓦然清醒过来。

有人摘掉了罗飞的墨镜。罗飞看见凌明鼎和陈嘉鑫出现在身旁，而自己手中兀自握着放风筝的线柄，只是那根尼龙线已被掐断，风筝也不知飞到何处去了。

罗飞再回忆刚刚的遭遇，瞬间冷汗涔涔。“糟糕！我差点被他们催眠！”他颇为后怕地说道。

“不是差点，是已经被催眠了。”凌明鼎郑重纠正，“幸亏我及时赶到，帮你解除了催眠术。”

“那帮家伙呢？”罗飞转身看时却愣住了。他明明记得那群男女就坐在身后不远的地方，有塑料布，有帐篷，有放着音乐的CD机，可是现在所有的人，所有的东西都不见了。草地上干干净净的，不留一丝痕迹。

不光是那群男女，就连那个卖杂物的小贩，还有放风筝的小男孩也全都不见了。如果不是墨镜和风筝的线柄还在，罗飞真要怀疑自己是不是做了一个白日梦！他只能满腹狐疑地询问身边的同伴：“你们看到那些人了吗？有几个在草地上聊天的，还有一个推着小车的商贩，一个八九岁的男孩，他们刚才还在这里的。”

陈嘉鑫茫然四顾着回答说：“没看见啊。我们来的时候就看见你一个人在这边放风筝，走到你面前了你都没有反应。后来凌老师说你是被人催眠了，连忙过来扯断了风筝线。”

难道那些人都是一伙的，看到凌明鼎他们过来就撤走了？罗飞带着不可思议的表情向四周眺望，但视线所及之处再也见不到那些人的半个身影。

良久之后罗飞才收回思绪，转过来向凌陈二人问道：“你们怎么过来了？”

陈嘉鑫说：“你好久没有消息过来，我们就打你的电话。你的手机通着，但是没人接，这让我们很不放心。好在我记得你乘坐的那辆出租车的号牌，于是就通过出租车公司联系到载你的那个司机。他告诉我们你在这里下车，我们就赶过来了。”

“不对啊。”罗飞质疑道，“你们从宾馆那边过来，开车至少要一刻钟吧。可我刚刚才把手机调成静音的，最多不超过五分钟。之前怎么会打我的电话没人接呢？”

“就是没人接啊，要不你看看来电记录。”

罗飞拿出手机来看了看，这一看令他更加诧异。他调静音的时候特别留意过，那会儿是下午的三点二十一分。陈嘉鑫给自己打电话则是三点二十七分，那时手机的确已是静音状态，难怪自己接不到。奇怪的是现在的时间已经是三点四十九分，也就是说距离调静音过去了二十八分钟，可自己的主观感觉为何如此短暂？

凌明鼎看出了罗飞的困惑，他在一旁提醒对方：“你是不是觉得有段时间消失了？那就是你处于催眠状态下的时间。”

罗飞吓了一跳，愕然道：“那就是说，我足足被催眠了二十分钟？”

凌明鼎无奈地耸耸肩膀：“是的。”

“那他会对我做些什么？”罗飞用力揉着自己的脑袋，努力想回忆出什么东西，但那二十分钟的记忆一片空白，仿佛那段时间从未存在过。

“罗警官，你也不用过于担心。”凌明鼎在一旁劝慰道，“你是一个自我控制欲非常强的人，很难被催眠。所以二十分钟的时间，那个家伙也是刚刚进入你的精神世界吧。他可能会看到你心中的一些隐秘，但不太可能在你心中留下他的痕迹。”

罗飞露出苦笑：“也就是说，他可能找到了我的心穴，但还没来得及搭建心桥。”

“搭建心桥？不，他才不会这么做。”凌明鼎果断地摇着头，“你忘了吗，他一直在用最邪恶的手段来攻击心桥术。如果时间充裕的话，我想他会直接攻进去，利用心穴来摧毁你的精神世界。”

想想姚柏和章明的遭遇，罗飞知道凌明鼎并非危言耸听。也幸亏对方及时赶到，否则后果不堪设想。后怕之余，罗飞也禁不住有些自责。他深深地叹了口气，说道：“你还说我很难被催眠呢。结果第一次正面交锋就这么狼狈！”

“这也不能怪你，那家伙专门针对你做了精心的谋划。”凌明鼎一边说一边晃了晃手里的墨镜，“你知道这是什么吗？”

“不是墨镜吗？”罗飞警惕地追问，“难道有玄妙？”

“这是催眠师专用的辅助道具。你看这里有几个凸起，对应着你眼鼻间的一些穴位；还有镜片也是特制的，会扭曲你视线的焦点，让你产生视觉上的疲劳。这些都会加强催眠效果。一般来说，催眠师遇到难以被催眠的对象时，才会使用这样的辅助道具。不过这需要催眠对象的配合——”讲解到此处，凌明鼎问道，“所以我很奇怪，他是怎么把眼镜带到你脸上的？”

罗飞沮丧地摇摇头：“我中计了。那个瘦高的男人只是一个诱饵，目的就是要把我引到这里。他们早就布置好陷阱，等着我往下跳呢！”说完这句话，罗飞便把自己被催眠的经过向凌明鼎讲述了一遍，包括如何跟踪瘦高男子来到草地，又如何买墨镜、放风筝，最后终于在对手的层层设计下着了道儿。

“他为了你真是煞费苦心。”凌明鼎听完之后评价道，“几乎所有的辅助手段都用上了。”

“也包括那个风筝吧？”凌明鼎通过扯断风筝线帮罗飞破解了催眠术，后者早已猜到那风筝是个关键的道具。

凌明鼎点点头，解释说：“很多催眠师都会使用摇摆的物件来吸引对象的注意力，最常见的道具就是一块怀表。这种单调的摇摆会造成对象的心理疲劳，同时催眠师通过控制摇摆频率可以调整对象的呼吸，进而影响他的心率节奏。当然了，像你这样的人绝对无法接受别人拿着一块怀表在你眼前晃动，所以那家伙就设计了风筝——和墨镜一样，这两件最重要的道具都是你自己选择的，所以你虽然深受影响，却丝毫没有警觉。”

罗飞自嘲般咧了咧嘴：“还有么？”

“还有让你听起来很舒服的背景音乐，包括那群男男女女轻柔的交谈，这些都是。舒缓的声音能让你精神放松，在催眠师入侵时丧失戒备能力。墨镜、风筝、音乐、低语，这么多的催眠辅助术同时施加在你的身上，而你又非常主动地接纳它们。所以即便你有极强的自我控制欲，但这时的你还是变成了一个极为敏感的催眠受体。”

彻底了解了对方的手段，罗飞禁不住“啧啧”咂了两声，他感慨道：“这家伙不仅是个高超的催眠师，更是一个缜密毒辣的阴谋家。他早已算好了我的一举一动，从我偷偷下车跟踪那个瘦高男人开始，我每一步都在走向他设置的陷阱。”

凌明鼎的神色也很严峻：“现在看来，他还不是一个人，他有一帮强大的势力。”

罗飞认同对方的判断。将自己催眠的那个陷阱构架庞大，至少有近十人参与其中，甚至还包括一个未成年的孩童。这些人各司其职，行动时有条不紊，撤退时统一迅捷，这等阵势堪与罗飞手下专业的刑侦队伍相比。虽然罗飞早就意识到这个对手非同一般，但现在看来，他此前还是低估对方了。

陈嘉鑫在一旁建议道：“他们可能还没有走远吧？我们要不要在附近追一追，或许能找到他们。”

“当然没有走远。”罗飞环视草地四周说道，“他们一定在监视着我们，这种监视或许从我们到达省城的那一刻就开始了。但是敌暗我明，要想找到他们谈何容易。再说了，现在这个局势，就算找到了又能怎样？”

确实如罗飞所说，己方时刻处于对手的监控，就连罗飞都差点遇害，这局面何等凶险？接下来只能小心谨慎，但求不再中招。反击之类就属奢谈。而且这次三人是跨辖区查案，本身就名不正言不顺，查来查去也没有掌握过硬的证据，凭什么去和对方正面交锋？

陈嘉鑫只好摇摇头，黯然问道：“那我们该怎么办？”

罗飞想了想，说：“回龙州。”

“回龙州？”陈嘉鑫和凌明鼎对了一下眼神，都觉得这个决定有待商榷。现在回去，不就等于向对手缴械投降吗？

罗飞向二人解释说：“龙州才是双方交锋的主战场，我们来到省城只是为了查一条过往线索。现在这条线索已经非常清晰了，还留在省城干什么？我们得赶快回龙州等着他，一场大战正迫在眉睫呢！”

“线索已经清晰了吗？”凌明鼎看着罗飞，眼中流露出不解的神色，“中午你还说有待验证。”

罗飞意味深长地说道：“刚才发生的事情就是最好的验证，我现在可以确信，那条线索准确无误。”

凌明鼎“哦”了一声，他依稀意识到什么，但尚未立刻吃透。

罗飞提示道：“对手早就盯上我们了，他为什么直到今天下午才现身呢？”

这下凌明鼎反应过来了：“因为我们当时的行动已经威胁到他的安全！”

罗飞点头道：“必然是如此。否则他又何必招惹我们？不管他多厉害，这么做总是冒着极大的风险。”

凌明鼎开始回忆那个瘦高男子出现时的情形。当时己方三人在案发小区外围转悠，当他们走到某处时，罗飞似乎发现了什么，当他转身想招呼同伴的时候恰巧看见了那个跟踪他们的男子。

现在看来，那男子显然不是意外暴露的。他一直在监控着三人，在那个特定的地点，他不惜用现身的方法来阻止三人继续调查。所以罗飞正在追踪的线索一定通往某个重大的秘密。为了守住这个秘密，对方冒险也要对罗飞施加毒手。

想到这里，凌明鼎忍不住要问：“你那会儿到底找到了什么？”

“我们先上车吧。”罗飞冷静地说道，“答案很快就会揭晓了，包括那个家伙的真面目。”

03

线索虽然已经清晰，但继续调查下去却并非易事。在开车返回龙州的途中，罗飞和上级领导通了电话，希望得到进一步的支持。

目前龙州市局的领导也承受着相当的压力，对罗飞提出的要求他们自然要竭力协助。两个小时之后，经过层层沟通，一份绝密的信息资料终于通过短信的形式发送到了罗飞的手机上。

罗飞默默地看完了那份资料，他的表情越来越严峻，末了他吐出两个字来："难怪。"

陈嘉鑫在专心开车。凌明鼎则一直在关注着罗飞，此刻他忍不住问道："什么？"

"我们面对的是一个真正可怕的对手。"罗飞咬着发音，着重突出了"真正可怕"这四个字。

"你知道他的身份了？"凌明鼎迫不及待催促道，"好了，罗警官，你该把事情经过原原本本地告诉我们了！"

"好吧。"罗飞扣上了手机，"这事还得从许丽的突然变化说起。在去年的九月十八日下午，肯定有某个外界的因素影响了许丽的情绪。可当时许丽确实没有和任何人接触过，所以我猜测可能是电视或者广播中某个节目影响了她，于是我就让小陈把那天下午的节目单打印出来。"

凌明鼎插话道："那叠节目单我也仔细看过，可我没发现有什么地方值得关注。"

"你觉得哪一类的节目是值得关注的？"

"情感聊天类的吧。如果那家伙要通过电视或广播对许丽进行催眠，这类节目是最好的载体，可是那天下午并没有类似的节目。"

罗飞微微一笑，说："你陷入了思维定势，所以错过了一条非常关键的线索。"

“哦？什么定势？”

“你总觉得有人事先对许丽实施了催眠术，然后许丽的情绪才突然间发生变化。这就是一个定势。为什么不可以反过来呢？或许是许丽的情绪先发生了变化，而这个变化恰好吸引了那个家伙，随后他才对许丽实施了催眠犯罪。”

反过来？凌明鼎微微一怔。反过来的话有很多事情是解释不通的啊。许丽为什么突然间要净身出户？她又有什么特质能把那个可怕的家伙吸引过来？

罗飞把那叠打印资料找出来，翻到其中的一页指给凌明鼎，同时他说道：“我知道你在想什么，当时我也有同样的困惑。但我并没有因为这些困惑而把这条思路推翻。当我看到这个节目记录的时候，我突然间有了一个大胆的猜想；如果这个猜想正确，所有的困惑都会迎刃而解，一年前的事件也会变得完全合理。”

凌明鼎顺着罗飞手指处看去，却见那里显示的信息是：“9月18日15时30分：现场直播——中国福利彩票双色球当期开奖”。

凌明鼎心中一动：“难道许丽中了当期的大奖？”

罗飞点点头，说道：“这是一个美妙的发现，可以解释那起案件的全部经过。许丽中了大奖，和奖金的数额相比，她和顾大鹏的夫妻财产就显得微不足道。所以她急切要和顾大鹏离婚，因为彩票的兑奖是有时限的。如果许丽在兑奖截止日之前尚未和顾大鹏解除婚姻关系，那顾大鹏就有可能分得一半的奖金。为了防止顾大鹏得知此事，许丽对中奖的消息守口如瓶，甚至对自己的儿子也不肯透露风声。可她万万没有想到，一个比顾大鹏凶险十倍的家伙却在此刻盯上了她。”

“原来……那家伙是为了奖金而来。”

“是的。”罗飞看着凌明鼎反问道，“作为一名催眠师，你可以设想一下：如果你想侵吞这笔奖金，你会对许丽做些什么？”

凌明鼎思考了一会儿，说道：“我会冒充彩票管理中心的工作人员给许丽打电话，约她单独会面。在见面时我会对她施以催眠术，找到她的心穴。在实际的案例中，许丽正陷于离婚风波，这就很容易被利用。

我会向她灌输，顾大鹏已经知道她中奖的事情，正想方设法要谋害她。她身边的亲人都有可能被顾大鹏利用，她的境地非常危险。许丽肯定会接受这种催眠，于是她对任何人都不再信任，她只相信我一个。然后我只要说服她把彩票交给我保管，那笔奖金自然就成为我的囊中之物了。”

罗飞“嗯”了一声：“我估计那家伙也是用的这个套路。可他没想到吴睿会在当中杀出一招。因为担心自己的催眠术被吴睿破解，他不得不和吴睿展开正面交锋。后来连你也牵涉进来了，对方便深感不可恋战，他干脆一不做，二不休，直接对许丽和吴睿下了杀手。”

如此前后一对应，一年前的案件果然能全盘破解。凌明鼎略略回味了一会儿，又问：“那你去华星家园是想验证什么？”

“我看到这个开奖信息之后，就上网查询了一下。结果查到那期开出了一个历史最大奖，而且中奖的彩票站就在省城。这时我心里已有七分把握。我记住了那个彩票站的编码，然后想到许丽住处附近看一看。如果这家彩票站临近华星家园，那这件事就有九成把握了。”

凌明鼎一拍手道：“我想起来了！中午我们就是走到了一家彩票站附近，然后那个瘦高男子才出现的！”

“嗯。那家伙知道我再查下去，他的身份就会暴露，所以急于对我下手。”

“可他怎么会知道许丽中奖的事情呢？”凌明鼎提出了新的质疑，“而且那么快。许丽头一天中奖，他第二天就打来了电话。”

“这个人有着极高的侦查能力。你想想，那次我派出去的三个手下被他同时催眠，他怎么会识破我们的监控人员，并且得到相关的电话号码？这肯定是个不一般的人物。事实也的确证明了我的担忧。”

“你现在已经知道他的身份了吧？”

“是的。按理领奖者的身份会严格保密，不过我找了市局的领导，最终还是查到了领奖者的信息。”

“那家伙……究竟是谁？”

罗飞不需要打开手机，他已经能把那段简短的资料背诵出来：“白亚星，男，三十九岁。曾任西南某省会城市刑警队队长，七年前因病离职。”

“白亚星？”凌明鼎喃喃自语，“我不认识这个人啊……”

“不管你认不认识，他已经找上门来。”罗飞冷笑着说道，“你知道这个对手有多可怕吗？他有不输于你的催眠本领，还有不输于我的刑侦能力，更重要的是，他还掌握着一笔巨额的财富。而在这个社会，有多大的财富就意味着有多大的势力。”

话说到这个地步，有一个问题凌明鼎不得不问了。

“那笔奖金到底有多少？”

罗飞沉默了很久，最后他吐出了一个几乎令人绝望的数字——

“5.7亿元人民币。”

第六章
一场不可思议的催眠表演

01

回到龙州之后，罗飞第一件事便是去公安内部网站调出了白亚星的详细资料。根据档案记载，白亚星十九岁从警，业务能力突出，不到三十岁就成了当地的刑侦骨干。八年前他更是孤身卧底，一举捣毁了西南省城最大的黑恶势力集团，因为这事他荣立了个人一等功，并被破格提拔为省会刑警队队长。不过仅仅一年之后，白亚星便因病离职。

资料中没有提到白亚星患病的具体情况，罗飞难免心生疑窦。他怀疑白亚星的离职另有隐情，而这隐情又不便公开，所以就有“因病”的借口——这也是体制内人员任免惯用的手法之一。

罗飞随后把白亚星的工作照打印出来，拿给凌明鼎辨认：“这个人就是白亚星，你看看认识不？”

照片上是个身着警服的男子，椭圆脸，肤色略黑，身高大约在一米七五左右，身材健硕，神情精干。凌明鼎觉得似曾相识，他皱眉想了一小会儿，脱口道：“是他！”

罗飞一振：“认识？”

“也谈不上认识，但我们确实见过一次面。那得是七八年前了……”凌明鼎盯着那张照片细细端详，最后往桌上一拍，确定地说，“没错，就是他！”

七八年前的一面，现在还能记得，那次见面必定不太一般。而从时间节点上来看，七八年前正是白亚星离职前夕，这其中是否存在着某种联系？罗飞期待地追问：“到底什么情况？”

凌明鼎道：“那年我在全国搞巡回讲座，同时也办短期的催眠师培训班。这个人曾经报名参加培训，但我没有收他。他为了这事还专门找我面谈，所以我对他的印象比较深。”

“你为什么不收他呢？”罗飞觉得有些奇怪。开办这种培训班的目的就是盈利吧？只要肯交培训费就不该被拒绝啊。

“我收学员之前要先考核的。”凌明鼎解释说，“当时这家伙没考过。”

“哦？可他现在已经是个非常厉害的催眠师了。”罗飞言下之意，你当初是不是看走眼了？

凌明鼎苦笑了一下，说：“我早就知道他的厉害，考核时他在行业潜力这块的得分非常高。但我设计的考题分成两部分，除了行业潜力之外，还有一块是从业心理分析，当时他在这一块的得分很低——这样的学员我肯定不收。”

“从业心理分析？”罗飞皱皱眉头，听得不是很明白。

“其实就是一个心理测试，通过一些问答来评估被测者对催眠行业的认识。说白了，就是他为什么想学催眠。他在这块的得分低，说明此人的动机不纯。他并不是想投入这个行业，而是带有强烈的私欲，他想通过催眠术来达到某种个人目的，这很可能会危害他人的安全。尤其此人的行业潜力又很高，这就更加危险。所以我绝对不能收他。”

原来如此！罗飞点头道：“你的判断很准。这人现在果然成了一个危险分子！”

凌明鼎叹气道：“不是所有的催眠师都会像我一样把关。这家伙还是从别处学到了催眠术。他处处找我的麻烦，难道是记恨我当时不肯教他？”

“这事……不至于有这么大的怨恨吧？”

“难说。他当年找我的时候情绪就比较激动，我看出他学艺的心情非常急迫，恨不能当场就拜师。也许他急着要使用催眠术去完成某件事情？我拒绝了他，就等于扼杀了他的欲望，他因此怀恨在心。”

罗飞禁不住要问：“那他的欲望是什么呢？测试中有没有体现出来？”

凌明鼎摇头道：“没有。测试只是得到一些指向性的结果。要想详细了解他的心理，至少得做一次催眠探索。可我当时没这个兴趣。在我眼里他就是一个具备天分但不适合学习催眠的人，仅此而已。”

罗飞失望地耸耸肩膀。如果能掌握白亚星学习催眠术的具体动机，对于了解对手、分析案情都有着极大的帮助。可惜这个机会早已被凌明鼎错过。随后他转念一想，又问：“那他后来是向谁学习的催眠术？他的老师应该很了解他吧？”

凌明鼎咧着嘴说：“我哪知道是跟谁学的？这些年社会上的催眠培训班多如牛毛。”

“像他这样高水平的催眠师，普通的培训班能教得出来？”罗飞不甘心地追问，他觉得白亚星应该有个非常杰出的业内导师。

“罗警官，你对这个行业还是不太了解。催眠师的水平高不高，主要是靠天分。有时候我愿意把催眠比作一门艺术，而不是技术。就像写作一样——”凌明鼎打了个比方说，“作家的水平取决于他对生活的理解，而催眠师的水平则取决于他对人心的理解。作家依赖于老师的指导吗？不需要的，他只要学会组词造句即可。同理也是，催眠师只要学会基本的催眠手法，此后的行业成就全看个人。”

“就是说我们根本无法锁定白亚星的老师，而且这个老师很可能对白亚星也不够了解？”

“是的。”

“看来还得从别的渠道去了解这个家伙。这个工作我来做。另外我们会尽快查出这个人的行踪。”罗飞安排好自己的工作规划后，又特意提醒凌明鼎，“你可得小心一点。”

对方说得郑重，凌明鼎“嗯”了一声。

“他的动机不明，这对你非常不利。你要知道，他这次对你发难，其中原因肯定不是‘利益’二字。”

凌明鼎领会了，他缓缓地点了点头。白亚星已然是个坐拥亿万资产的富豪，催眠师大会所涉及的利益分配于他根本毫无意义，可他却频频插手，其中必然有更深的缘由。

个人恩怨？流派纷争？这些假设在亿万富豪面前都缺乏力度。

那他到底是为了什么呢？必须是一个异常强大的理由。

凌明鼎一时间难觅答案。但他知道，无论对方想掀起怎样的风暴，自己都将处于风暴的中心。

站稳一点吧！那家伙是不会轻易放过你的！这就是罗飞的潜台词。

02

为了进一步了解白亚星的过往背景，罗飞专门跑了一趟西南省城，在那里他见到了白亚星当年的顶头上司何欣。

何欣曾任公安局刑侦副局长，现在已退居二线。一提及白亚星，他的脸上立刻浮现出惋惜的神色。

“你猜得没错——所谓生病就是一个托词，真正原因是白亚星的个人生活出了问题，后果严重，影响恶劣。这事按纪律是要开除的，念在他以前立过大功，最后就让他办了‘因病离职’。”

“这事能具体说说吗？”

何局长默叹一声道：“白亚星有个女朋友，叫高梅，是个小学老师。本来两人的感情非常好，但白亚星在外面有了新欢，就把高梅给抛弃了。这女孩想不开，最后居然自杀了。这事在社会上闹得沸沸扬扬，我们不处理也不行啊。”

“哦。那女孩对白亚星很痴情？”

“应该是吧。人家的私事我也了解不多——我们只能从组织程序上对白亚星进行处理。”

罗飞点头表示理解，随后他又问道：“您觉得白亚星这个人怎么样？”

“是个好苗子啊，可惜了！”何局长叹息道，“他是我一手提拔起来的，不管是业务还是人品，都没得说。没想到最后栽在男女关系上。不过这事要细说起来呢，也情有可原……”

何局长似乎有意为自己的门生开脱，却欲言又止。罗飞便用附和的口吻试探道：“是啊，男人嘛，血气方刚的，在这方面犯错也难免。而且感情是两个人的事情，这里面的是非对错，外人又怎么说得清楚。”

罗飞这话让何局长觉得对方立场相同，于是他便放心地打开了话匣子：“白亚星的新欢是他在执行卧底任务时结识的，那女人曾经救过他一命。在那种险恶的环境里，男女间很容易产生感情的。所以我觉得不能对白亚星过于苛责。只是他没能处理好和高梅之间的关系，闹出了人命，这事就没法弄了。”

罗飞知道白亚星卧底破获黑恶集团的事迹，没想到其中还有一段情感故事。何局长见罗飞有点意犹未尽的意思，便又道：“你如果对这事感兴趣，可以去看看当年的案件卷宗。”

“好的。”罗飞立刻说道，“方便的话，我想现在就看。”

“那我这就安排。”何局长拨了几个电话，很顺利地安排妥当，只等相关人员送来卷宗。在等待的过程中，罗飞又问：“白亚星离职之后在干什么？”

“这个我还真不知道。他好像去了外地，联系方式也变了，我想找他也找不到。”说到这里，何局长顿了一顿，然后反问罗飞，“你这次过来，是因为他在龙州犯了案子？”

“现在还不能确定。”罗飞斟酌着说道，“只能说有些案子可能和他有牵连，我们需要找他配合调查。”

何局长“嗯”了一声。作为一名老公安，他能掂量出罗飞话语中的分量。这次对方前来拜访，是有高层领导提前打过招呼的，这事恐怕小不了。但他实在不相信白亚星会走上歧途，有些话他还是忍不住要说出来。

“我听说是涉及一起抢劫杀人案？”何局长沉吟着说道，“恕我直言，以白亚星的秉性和能力，他不可能参与这样的案子。”

抢劫杀人，这是领导对省城彩票案的定性吗？罗飞摇摇头，觉得不尽准确。他现在也没时间细想这些法理上的问题，只对何局长尴尬地笑了笑，说道：“我能理解您对白亚星的态度。不过这案子涉及的金额实在太大，足以改变很多东西。”

“有多大？”何局长微微眯起眼睛，那态度仿佛在说，你别以为我没见过世面！

罗飞一字一句地把那个数字吐出来：“5.7亿元人民币。”

这次何局长瞪大了眼珠，半晌没再说话。

片刻后，档案室的工作人员送来卷宗。那起案件发生在白亚星的命运转折点之前，这人究竟如何从一个警界精英转变成了邪恶的催眠师？罗飞希望能从卷宗里找出端倪。

此案是针对西南省城某黑恶集团的一次专项打击行动，案情错综复杂，牵涉人员众多。所有的卷宗摞起来有半米多高，其中与白亚星相关的部分就有厚厚的两本。罗飞把这两本认真看完，对有效的内容归纳总结一番，熟记于脑海中。

根据卷宗记录，白亚星最初并不在西南省城任职，案发前他在另一下属地市担任刑警中队长。当年专案组计划往黑恶集团安插一名卧底，主要从事情报传递和证据收集的工作。这个任务显然不能交给本地的刑警，所以白亚星便被抽调上来，他秘密潜入省城，开始了长达两年的卧底生涯。

卧底过程当然会发生许多惊心动魄的暗战，其中某段情节令罗飞尤为关注，因为白亚星正是在这次事件中认识了后来的情场新欢。

当时白亚星已经在黑恶集团中潜伏了七个月，渐渐得到了集团首脑的信任。某天他被派往西南边境，从境外毒贩手中购买毒品。

那是白亚星第一次参与毒品买卖，他跟着一个大哥来到了交易地点。对方也来了两个人，一个是缅甸的毒贩，另一个则是毒贩在内地招收的马仔。白亚星万没想到，那个马仔竟是他以前亲手抓捕过的违法人员。

那人也立刻认出了白亚星，他一边大喊："警察！"一边拔枪射击，四人间爆发了一场混战。最终白亚星打死了另外三人，但他自己也被那马仔击中，身负重伤。

白亚星强撑着撤离了交易地点，后来晕倒在一条小路边。恰好有个女人从路边经过，就是这女人救了白亚星一命。

女人名叫杜娜，在当地小镇经营着一家诊所。她把白亚星带回诊所悉心治疗，孤男寡女相处，两人的关系多少有些暧昧。一个月之后，白亚星伤愈回到省城，他把杜娜也带了过去。白亚星的说法是需要杜娜帮着解释一些事情，借以打消黑恶集团首脑对自己的怀疑。但实际上枪战现场只有白亚星一人存活，这件事怎么编全凭他的一张嘴，根本没必要牵扯一个局外的女人进来。

此后杜娜便在省城陪伴白亚星，两人似乎已成情人关系。这倒帮白亚星更好地隐藏了身份，因为在那些黑帮分子看来，一个不找女人的男人是不正常的。

一年后警方收网，黑恶集团被一锅端起。白亚星荣立个人一等功，并且被破格提拔为省城刑警支队队长。

此后白亚星、杜娜和高梅之间便产生了一段三角恋情纠葛。这些内容在案件卷宗中没有涉及，但罗飞却很有兴趣进一步了解。他向何局长打听到高梅父母的联系方式，准备登门拜访。

高梅的父母就住在省城，那套住房本是组织上奖励给白亚星的，出于种种原因，最后成了高梅父母的住所。罗飞登门时老两口都在家中，他们待人谦逊客气，一看就是出自知书达理的书香门第。

高父陪着罗飞在客厅落座，高母则忙着沏茶。罗飞很快被对面墙上挂着的照片吸引住了，那是一张放大了的合照，男主角黑黑壮壮的，正是白亚星，另有一个女人依偎在他怀中，那女人身着白裙，容貌婉约秀美，甜蜜的笑容洋溢在脸上，幸福无限。

高父注意到罗飞的视线，他哀伤地轻叹了一声。

罗飞觉得有些奇怪，他没想到白亚星的照片仍然会挂在高梅父母的住所。所以他此行问出的第一句话就是："你们不恨他吗？"

高父把目光从白亚星的照片上收回，他看着罗飞，黯然说道："不恨是不可能的。但我们都当亚星是自己的孩子，唉，做父母的，对自己的孩子再恨又能怎样呢？"

罗飞点点头，原来高家父母对白亚星是这样的情感。由此看来，白亚星和高家一定有过极为亲密的关系。接下来高父的一番讲述则印证了罗飞的判断。

白亚星的父母和高梅的父母早就熟识，从这个角度来说，两家可谓世交。白亚星比高梅大五岁，从小便像大哥哥般带着高梅玩耍。成年后白亚星当了刑警，高梅则当了小学老师，两人的关系愈发亲近。两家老人也有意撮合，于是两人便确定了恋爱关系。

后来白亚星接受卧底任务前往省城，他给高梅的解释是辞职做生意。出于保密的需要，他一度更换了手机号，与家人朋友断了联系。两年的时间对关心白亚星的人来说无疑是一种煎熬，他们不知道对方到底去了哪里，更不知道他究竟在做什么。

独守闺房的高梅更是痛苦无比，但这丝毫没有动摇她对白亚星的感情。两年后白亚星功成名就，两人终于得以团圆。

为了补偿对高梅的情感愧疚，白亚星在很多方面都做了努力。他动用关系把高梅的工作调到了省城，并且把组织上奖励给自己的住房也让给高梅一家居住。另一方面，两人开始频频约会，每次见面都如胶似漆。一切看起来是如此完美，大家都在期待他们今后的幸福生活。

然而危机却在平静的表面下悄悄酝酿。

从高梅父母的视角来说，他们首先感觉到女儿的情绪有点问题，后来又发觉两个年轻人之间屡有争吵。作为过来人，高梅父母觉得小两口有些磕磕碰碰的在所难免，也就没有在意。同时他们觉得两个孩子都不小了，也该把成家的事情提上议程，于是便在高梅面前催促了几次。高梅一开始总是支吾面对，后来再问她时，她竟委屈地大哭起来。

老人这才意识到事态有些严重，经过耐心的追问，高梅终于说出了心中的委屈。

原来自两个年轻人重逢之后，白亚星表面上对高梅亲密如初，实际上却有所疏远。而高梅生性敏感，渐渐便对这段情感的可靠度产生了怀疑。后来父母谈及婚嫁的事情，高梅也向白亚星转达过，白亚星每次都以工作繁忙为借口进行推托。几次下来，高梅便多了个心眼，她暗地里调查白亚星的手机记录，发现后者经常和一个女人进行联系，这个女人就是杜娜。

其实高梅一家早就知道杜娜的存在，对方救过白亚星的性命，他们对此也心怀感激。而白亚星则说，自己和杜娜的情人关系完全是一种假象，是为了迷惑黑帮，其实他们之间只是普通的朋友。高梅最初相信这种说法，但当白亚星一再推托婚事之后，她难免要质疑其中另有隐情。

面对高梅的质问，白亚星终于承认和杜娜的关系非同一般。他甚至明言，自己不愿和高梅结婚，就是因为尚未在两段情感之间作出取舍。这样的答复让高梅深受打击，在一番激烈的争吵之后，两人宣告分手。

漂亮的高梅从来都不缺乏追求者。和白亚星分手之后，她很快就答应了另外一名男子的求婚。这个男人叫周新宇，自己经营着一家外贸公司，年纪轻轻的，也算是事业有成。

但高梅的父母了解女儿，他们知道高梅的第二次恋情完全是一种赌气式的行为。她只是在告诉白亚星，你不愿意和我结婚，有的是人愿意！你如果再不知道珍惜，那我可就要成为别人的新娘了！

高梅的动作似乎真的刺激到了白亚星。后者来找过高梅几次，试图修复两人之间的情感。可是一接触到实质性的问题时，白亚星却又退缩不前，很显然他还是放不下那个叫作杜娜的女人。

事态便在这样的过程中一步步恶化。高梅和周新宇确定了婚期，她把那个日子当成留给白亚星的最后期限，逼迫对方向自己屈服低头。

高梅的父母知道女儿根本不喜欢那个姓周的男人，但他们又没有能力去抚慰女儿。他们唯一的希望就是白亚星能够彻底回头，只有这个男人能够挽救女儿的人生。

眼看婚期一天天临近，高梅和白亚星之间的关系却一直没有修复。高父觉得不能再等了，他以长者的身份找到白亚星，和对方进行了一次男人之间的交谈。在交谈中，高父明显感到白亚星仍然深爱着高梅，但确实有一种巨大的障碍阻拦在两个人之间，让白亚星无从决断。高父郑重地告知白亚星：如果你对此事再放任下去，那高梅的下半辈子将在痛苦中沉沦，而你就是将高梅推入深渊的凶手。

这次交谈触动了白亚星，就在高梅和周新宇结婚的前一天，白亚星提出要和高梅单独见面。高梅的父母对这次见面充满了期待，他们觉得这是两个年轻人重归于好的最佳时机。他们特意离开住所，给两个孩子留下了充足的独处时间。可惜最终他们却等来一个无法挽回的悲剧。

白亚星是当天上午八点到达高家的，一直到中午十一点多了，徘徊在外的高梅父母仍然不知道两人谈得如何。后来高父忍不住给高梅打了电话，却没人接听。于是高父又拨打了白亚星的手机，白亚星则说自己九点多就已经离开。高梅父母连忙赶回家中，到了女儿房间一看，却见高梅独自躺在床上，早已人事不知。两个老人连忙把女儿送到医院，但为时已晚。高梅因服用了烈性农药，不治身亡。

白亚星得知消息后也赶到了医院，他伏在高梅的遗体前，痛哭流涕。原来上午交谈时，白亚星只想劝说高梅取消和周新宇的婚约，但对于自己和高梅之间的情感，白亚星仍然无法给予答复。两人不欢而散。在彻底绝望之后，高梅竟通过服药自尽的方式来完成一个残酷的结局。

高梅的父母虽然悲痛，但他们并没有为难白亚星。只是高梅的未婚夫周新宇咽不下这口气。他数次找到公安局领导，状告白亚星玩弄女性，破坏他人婚姻。在压力之下，白亚星只好办了“因病离职”，不久之后他就离开了西南省城，从此不知所踪。

上述就是由高梅父母叙述的白高二人的情感恩怨。正是这场恩怨造成了白亚星的命运转折。罗飞听完在心中默默梳理了片刻，感觉还有一些细节需要多问几句。

“您刚才说道，白亚星开始的时候对高梅表面上亲密，实际上却疏远了。这个‘实际疏远’有什么体现？”

高父说道：“就是正常说话交往什么的都挺好，但就是没有那种恋人之间的感觉。比如说有时候白亚星来家里了，我们老两口想着要不要回避一下，给他们留点私密的空间。可白亚星倒好像不愿和高梅独处，我们找借口说出去买点菜，他就抢着说要买什么我去吧，诸如这类的。有几次我们留他吃饭吃晚了，就劝他住在这里，他也坚决不同意。反正那种感觉和以前确实不一样。虽然说说笑笑的，面子上过得去，但就是不像谈恋爱的男女。”

罗飞大概明白了，他又深入问了句：“那他们之前是什么样的？有没有……嗯，亲密接触过？”

高父略显尴尬，他“嘿”了一声说道：“在他们分别之前当然是很好的。其实，他们之间能发生的都发生过了……现在的年轻人嘛，我们也不会干涉太多。”

罗飞点点头。那白亚星后来的表现确实不太正常。他想了一会儿，又问：“白亚星表面上的感觉是不是装出来的？其实他对高梅已经没什么感情了？”

“要说装的倒也不像。”高父沉吟着说道，“高梅有个头疼感冒什么的，他都会很着急，那些应该是真情流露。包括最后高梅自杀，他那种悲痛绝对装不出来。所以我觉得他还是很在意高梅，但他又无法忘记另一个女人。唉，高梅也是太性急了，为什么不多给对方一些时间呢？也怪我们平时太宠她，养成了她的坏脾气……”

高父说到这里，陪坐在一旁的高母已经偷偷抹起了眼泪。虽然已事隔多年，但当思绪啮咬住老人的伤口，依旧痛彻心扉。

罗飞又换了第二个话题：“高梅自杀时的药物是哪里来的？”

“是她自己买的，就在出事的前一天。”高父回答说，“我们整理遗物的时候，在她的钱包里发现有购买农药的票据。”

“那么说，她至少在前一天就有了自杀的准备。”罗飞继续问道，“你们有没有注意到一些征兆呢？”

高父沉叹一声道：“细想起来也有，但当时谁会往那方面去想？我记得那天晚上她说过，如果白亚星不肯回头，她一定要让对方后悔一辈子。这种话就像赌气一样，事发后回想起来，才觉得很可怕……”

“好了。最后一个问题——您应该记得出事那天的具体日期吧？”

“怎么会不记得？十一月二十三日。”高父闭起了眼睛。那是他生命中最痛苦的一天，令他至今仍不敢直面以对。

“谢谢您。”罗飞起身告辞，他也想尽快结束这场悲伤的访谈。

03

赶回龙州之后，罗飞先回刑警队和自己的属下简单碰了碰，随后又马不停蹄地直奔茂业大厦，他有一些事急着和凌明鼎商讨。

协会门口仍然贴着“首届中国催眠师大会联络处”的字样，屋内的年轻人也如上次那样忙忙碌碌。他们的脸上看不到一点大会遭受重挫的迹象。

只有袁秘书的脸色不太好看，她板着面孔，眉头也深深蹙起。

罗飞知道凌明鼎会用催眠手法来激励自己的员工，不过这种手法应该不会用在袁秘书身上。所以这个女人才情绪低落吗？或者另有原因？当罗飞跟着对方走进凌明鼎的办公室，答案便出现在他的眼前。

夏梦瑶也在屋内，她和凌明鼎对面而坐，两人正聊着什么，气氛融洽又热烈。

看到罗飞来了，凌明鼎起身相迎。夏梦瑶也站起来，微笑着招呼说：“罗警官，你好。”

罗飞回应道：“你好。”他略微有些意外，不知夏梦瑶为何会出现在凌明鼎的办公室。

“我们在讨论催眠师大会的后续计划。”凌明鼎看出了罗飞的困惑，很简单解释了一句，随后他又转头对夏梦瑶说道，“你到外面等一会儿吧，我先和罗警官说几句。”

夏梦瑶点点头，随袁秘书一同向屋外走去。袁秘书一边走一边问：“聊得怎么样？”

“还行吧。”夏梦瑶笑吟吟说道，“等下请袁姐提提意见。当然具体的方案还得凌老师拿主意。”

袁秘书道："那就别问我了，反正我说了也是白说。"她也是带着笑在说话，但目光却毫无善意。

很显然，袁秘书的负面情绪正是来源于夏梦瑶。坐在办公室里和凌明鼎商讨计划，这不是袁秘书的工作吗？为何却让另一个不相干的女人成为主角？即便是罗飞这样不喜八卦的人，此刻也很想了解其中的玄妙。

但凌明鼎抢先挑起了另一个话题。

"找到那家伙了吗？"他有点迫不及待地问道，甚至都忘了招呼罗飞落座。

罗飞摇摇头，自己走到办公桌前坐下。那正是刚刚夏梦瑶所坐的位置。罗飞看到桌面上有一叠文案稿纸，最上面一张的标题是：《催眠表演大会策划案》。

"怎么会找不到呢？"凌明鼎坐在了罗飞的对面，他既失望又着急，"那家伙的照片，身份资料都搞清楚了，怎么会找不到他？"

"确实找不到。"罗飞无奈地摊摊手，"我出差这几天，小刘他们把龙州的宾馆酒店全都筛了遍，但是一点线索也没有。"

"那他就是没住宾馆？他会不会在龙州买了房子，有自己的私人住所？"

"这个我们也查过了，在龙州并没有属于白亚星的房产。"

"可他一定就在龙州！他还能住在哪里？"

罗飞能理解对方的心情，但他必须提醒对方面对现实："别指望能轻轻松松找出白亚星的行踪。你要知道，那家伙有着极高的反侦查能力，而且还掌握着巨额的资金。他要想把自己隐藏起来简直太容易了。"

凌明鼎把身体靠向椅背，显得有点泄气。不过片刻后他又挺直了腰板，提议道："应该立刻把他的资金冻结，并且在全市范围内发布悬赏通告。"

罗飞立刻摇头道："这不可能，我们根本没有这个权限。"

"没有权限？"凌明鼎很不理解，"你们是警察，怎么会没有权限？"

"我们是警察没错，但白亚星并不是罪犯。"罗飞耐心解释道，"我们对他的怀疑全是主观推测，并没有掌握哪怕是一条靠谱的证据。所以我们现在寻找白亚星，只能说请他配合调查，根本无权采取任何强制措施。"

凌明鼎用手扶着自己的额头："也就是说，就算现在找到他，也不可能逮捕他？"

"当然不能。但是找到他就可以监控他的行动，总比现在的局面好得多。"

"是的。"凌明鼎赞同罗飞的观点，他愤愤说道，"这家伙一直在背地里捣鬼，这几天就没消停过！"

罗飞"哦"了一声，难怪凌明鼎会这么着急。他随即问道，"这家伙都做了些什么？"

"他想把我彻底整垮。现在杨冰他们也拉了个山头，成立了一个'中国催眠师行业联合会'。已经有很多催眠师加入了他们的联合会，各路媒体也在帮着造势。我觉得杨冰他们肯定没这么大的能耐，而且这个所谓的联合会根本没有产业前途，怎么会有那么多人捧场？背后肯定是白亚星在控制局面！"

罗飞点点头，沉吟片刻之后，他又问道："他们最近有没有针对你个人展开攻击？"

"那倒没有。"凌明鼎注意到罗飞的神色过于郑重，便反问道，"怎么了？"

罗飞眯起眼睛说道："现在可以确信，白亚星对你有着强烈的个人仇恨。"

"是吗？"凌明鼎对此已有心理准备，但他还是不太理解，"为什么呢？就因为我拒绝过他拜师的要求？"

"直接原因就是如此。"罗飞轻轻叹了一声，又道，"当然你并不知道，你那次拒绝了他，几乎改变了他的一生。"

凌明鼎愈发茫然，他只能凝目看着罗飞，等待对方的解答。

罗飞便把在西南省城了解到的情况向凌明鼎讲述了一遍，重点是白亚星和两个女人之间的三角关系以及最终高梅是如何服药自尽的。

凌明鼎听完之后把手一摊，无辜地问道："这些事和我有什么关系？"

"高梅自杀的具体时间是七年前的十一月二十三日。我查了当地的新闻记录，你在西南省城开办讲座，招收学员的时间正是七年前的十一月份。"说完这段提示语之后，罗飞反问，"你还觉得高梅的死和你没有关系吗？"

凌明鼎神色一凛："你的意思是，当时白亚星着急要学习催眠术，就是为了处理情感上的纠葛？"

罗飞点点头，随后开始详解："当时他夹在高梅和杜娜之间无法两全，所以迫切要找到一种解决危机的方法。这个时候他恰好听到了你的讲座，便想到可以用催眠术来控制两个女人的情感。正如你所说，他拜师的目的含有太强的个人欲望，所以没能通过测试。被你拒绝之后，白亚星的如意算盘就落了空，他只能以生硬的手段去面对高梅的最后通牒。随后高梅伤心自尽，这对白亚星来说是个无法承受的悲剧。他会陷入深深的自责，要想缓解情绪时，你就成了最佳的宣泄口。白亚星会痛恨你的袖手旁观，痛恨你的冷漠和自以为是。在他的精神世界中，你已经彻底变成了害死高梅的凶手。后来他从别的地方学会了催眠术，便专程来龙州找你报仇。你有没有注意到，高梅和你妻子死亡的过程是非常相似的，都是由于感受到爱人的背叛，随后服用烈性农药自杀。这不就解释了白亚星的行为动机吗？他要让你承受同样的痛苦！"

凌明鼎怔怔地听完，半晌没说出话来。五年了，他终于知道了自己和妻子为何会遭人设计！他的心中翻腾起一种难以描述的酸楚感觉，无辜、懊恼，同时又充满了愤怒。

看着对方那副怅然若失的模样，罗飞忍不住宽慰道："你也不要太难过了。你妻子的死并不是你的过错。相反，我认为你作了一个非常正确的选择。"

凌明鼎抬头看着罗飞，后者又用更加坚定的口吻说道："如果所有的催眠师都像你一样恪守原则，催眠术就不会沦为某些人手中的犯罪工具。”

凌明鼎略略舒展容颜，说了声：“谢谢你的理解。”片刻后他又愤愤说道，“就算那家伙有理由恨我，但也不至于穷追不放吧？他已经害死了我的妻子，我们俩怎么也扯平了，为什么还要来破坏我的催眠师大会？”

“我就是想和你讨论这个问题。你再回忆一下当年和白亚星碰面的细节，还有没有其他激怒对方的地方？尤其是和你那套催眠理论相关的。”

凌明鼎明白罗飞的意思，他努力回忆了片刻，无奈摇头道：“不应该啊……他那么坚决要报名学艺，说明很信任我的催眠理论。后来我们争吵的时候，我只说他的个人性格不适合学习催眠。他恨我就算了，对心穴理论也这么排斥，这里面的原因我确实想不明白。”

罗飞不太甘心，他继续鼓动对方：“你有空再好好琢磨琢磨。这事挺关键的，如果能想通了，有助于我们判断白亚星接下来的行动计划。”

先前凌明鼎提起过，在白亚星的操控下，杨冰等人正在构建一个规模庞大的行业联合会，其目的性现在尚不清楚。这样一个全国性的催眠师团体万一成为邪恶力量的工具，后果将不堪设想。所以罗飞急切想了解白亚星的行为动机。凌明鼎也明白其中的利害所在，他点头道：“嗯，我再想想——不过你们警方也得主动一点，不能就这么等着。”

“那当然。接下来要调整一下思路，我准备不再查访白亚星的行踪，把人手抽调出来，对那些参加联合会的催眠师展开监控。”罗飞顿了一下，又略带迟疑道，“不过监控催眠师还真不是简单的事，搞不好会弄巧成拙。”

有上次监控杨冰等人的失败经历在先，凌明鼎深知罗飞并非杞人忧天。甚至在省城的时候，连罗飞自己都差点着了道儿。不过凌明鼎转念想了想，却有了另外一个主意。

“或许我们可以将计就计，没准还能打入到他们内部。”

“哦？”罗飞对这个提议很感兴趣，“怎么个将计就计法？”

凌明鼎暗自斟酌了一会儿，对罗飞说道："我想和你借一个人用用。"

罗飞眼睛一眯，问道："谁？"

"陈嘉鑫。"

罗飞疑惑："为什么是他？"

"小陈是你身边的人，更和我们一起去过省城。白亚星肯定对他很感兴趣。"凌明鼎解释说，"只要催眠了陈嘉鑫，白亚星就可以通过他来掌控警方的行动。"

"你是想把陈嘉鑫当成诱饵去引对方上钩？"

"对。知己知彼，百战不殆。这个道理我们懂，白亚星肯定也懂。小陈离你那么近，又是极为敏感的受体。如果你派他出去调查，肯定能引起白亚星的关注。他以为一口能吞下块肥肉，没想到却吞进个孙悟空，反在他肚子里搅个天翻地覆。"

罗飞明白对方的思路，但有一点他深感担心："既然陈嘉鑫是你所说的敏感者，怎么保证他会起到'诱饵'的作用？他可能真的会变成一块肥肉，被白亚星美美地吞下去，一点渣都不剩。"

"我当然有办法控制，不过得征求你的同意。"凌明鼎看着罗飞说道，"所以我才说，想借一个人用用。"

罗飞反问对方："怎么个借法？"

"让我首先对陈嘉鑫进行催眠，在他精神世界里对这次任务进行强化。只要他接受了我的催眠，就会完全忠实于这次行动，不管对手再怎么蛊惑，他也不会做出危害我方的行为。"

罗飞听得将信将疑："这事靠谱吗？"

"当然靠谱。"凌明鼎又从专业的角度继续解释，"这是一种成熟的心理控制技术，行业术语叫作'心锚术'。就好比我在你的精神世界中先打下一支锚，以后你的思维就会受到心锚的限制，不可能偏离预定的范围。而且接受心锚的对象越敏感，心锚扎得就越深。所以我们要给白亚星抛个诱饵的话，小陈就是最合适的人选。"

"这种技术白亚星肯定也懂吧？你敢保证打下去的心锚不会被对方

破解？”

“不会的，每个人的手法不一样。从理论上来说，我打下去的心锚，只有我自己才能破解。打个比方吧，小陈是因为一本书的影响才立志要当刑警的，这就说明他是一个敏感的心锚对象。他看到了写刑警的书，就想要当刑警，这个想法根深蒂固，很难改变。你以后再拿描写律师的书，描写法官的书给他看，也不能动摇他想当刑警的念头。可反过来呢，如果他先看到了一本描写律师的书，那他最初的理想或许就是当个律师，这个理想也是难以动摇的。以后你再拿那本描写刑警的书给他，他也不会想当刑警了。”

“也就是说，他这样的人一旦下了某种决心，就不会再改变？”

“要改也可以改，但必须知道他之前到底受了怎样的影响。”

“那你现在还能改变他的理想吗？让他别再当刑警了。”说到这句话的时候，罗飞有点半开玩笑的意思。

“如果我看过那本书的话就可以。我必须知道是哪些情节影响了他，然后有针对性地展开破解。”

“不看书的话就不可能？”罗飞想起那本书还躺在自己办公室的书橱里，最近的案子太忙，自己也尚未看过。

“不可能——所以白亚星也不可能破解我给小陈种下的心锚。”凌明鼎很自信地敲了敲桌面，说道，“这个计划无非有两种结果，理想的结果是白亚星不知道小陈被我种过心锚，当他和小陈接触的时候，小陈就会成为我们的眼线；坏的结果是白亚星看破了我们的计划，那他就不会冒险去接触小陈，这样对我们也不会造成额外的威胁。”

罗飞想了一会儿，终于说道：“如果这么说的话——那好吧。不过你还得征得陈嘉鑫本人的同意。”

凌明鼎微微一笑，说道：“我相信他不会拒绝的。他是一个热情而且充满了正义感的小伙子。”

罗飞也笑了笑。从这一点来说，他认同凌明鼎的判断。随后罗飞又换了个话题，他指着桌面上的那叠文档问对方：“你刚才和小夏具体商量些什么呢？”

凌明鼎像是想起了什么，一拍脑袋道："对了，这事我还没跟你细说。小夏现在是我在正面战场上的秘密武器，我正准备给她提供广阔的舞台，让她好好地施展一番。"

罗飞一愣："这是怎么个说法？"

"你不知道啊，这些天小夏可是帮了我的大忙了。"凌明鼎感慨地说道，"上次在催眠师大会现场，小夏拦在我面前，当时不是被记者拍下来了吗？这张照片不但上了报纸，还被人转发到网络上，结果吸引了大批的支持者。小夏还开办了个人网站，和网友们进行交流，现在她有很多粉丝呢。因为小夏本人是支持催眠师大会和心穴理论的，这就吸引她的粉丝们也成了催眠师大会的支持者，甚至有一部分媒体也跟着倒戈，对我们展开了正面的报道。"

原来是这样，罗飞不禁莞尔。这事听来意外，细想又在情理之中。夏梦瑶本身是个绝色的美女，那天在镜头前又是率性流露，气势十足。这样的照片发到网上去，怎能不叫那些网民着迷？这本就是个消费美女的网络时代，而这种真实的、未经包装的抓拍照片更是满足了网络传播所需的一切要素。再加上催眠师大会这个背景，种种理由叠加在一起，夏梦瑶想不火都难呢。

"那你是准备让小夏来担任你的形象代言人了？"罗飞半开玩笑半认真地说道。

"不。"凌明鼎郑重地纠正对方，"我是要把小夏培养成新一代的美女催眠师，成为整个行业的形象代言人。"

"什么？"这话着实出乎罗飞的意料，"小夏去当催眠师？"他一时无法把那个纯真的美女和催眠这个神秘的行业联系在一起。不过细细一想，他又叹道，"这绝对是一个充满了魅力的组合，噱头十足。"

凌明鼎倒严肃起来，摇着手指说道："不光是噱头。我已经给小夏做过测试，不管是行业潜力还是从业心理，她的得分都非常高，甚至可以说，她就是催眠界的天才。再加上我的点拨，她的行业前景不可限量。"

"是吗？"罗飞忍不住往门口处看了看，好像夏梦瑶的身影仍然停留在那里似的。把头转回来之后，罗飞拿起了桌面上的那叠文档。

“《催眠表演大会策划案》？”他问道，“谁的表演？”

凌明鼎给出的答案正如罗飞所料：“夏梦瑶——三天之后。”

“这个——”罗飞咂了咂嘴，“也太快了点吧？”

“一点都不快。我说过，催眠是一门艺术，而不是技术。对于天才来说，只要掌握了基本的技巧，她随时都能展现出超乎想象的能力。”凌明鼎越说越兴奋，他已经开始憧憬三天后表演大会的火爆场面了。

罗飞能够理解对方的心情。面对着强大的对手，几乎被逼到了绝境，此时夏梦瑶的出现就像是一剂强心针，凌明鼎必然会将其牢牢地抓住，就像是溺水者抓住了最后的救命稻草。

作为一名外行，罗飞无法判断凌明鼎对夏梦瑶的评价是否准确，他也不知道一个女人是否真的能扭转颓势，但他很清楚自己该做些什么。

“你把表演大会的详细方案发给我一份，我必须做出相应的安保措施。”罗飞的语调极为郑重，似乎要提醒凌明鼎什么。

凌明鼎却只是淡淡地“嗯”了一声，并未理解对方的潜台词。罗飞不得不把话题挑明：“有一点你得明白，你把小夏推上舞台的同时，也就把她推上了双方交锋的最前线。”

这一语终于点醒了局中人，凌明鼎神色渐渐凝重。在沉默半晌之后，他直视着罗飞，正色说道：“罗警官，请你放心。不管形势如何变化，保证夏梦瑶的安全将是我们共同遵循的处事底线。”

罗飞也回视着凌明鼎，他点了点头，动作缓慢但力道十足。

04

三天后，夏梦瑶的催眠表演大会如期举行。

凌明鼎曾动用最大的能量为大会作推广和宣传，而此前的网媒也为夏梦瑶积累了相当的粉丝，所以大会当天的参与人数相当可观，一千多人的礼堂几乎满座。各路媒体也来了不少，在走道里架起摄影摄像设备，长枪短炮般齐刷刷对准了主席台。

罗飞和凌明鼎并肩坐在第一排的贵宾席上。趁着大会还没有开始，罗飞不时转目打量着周围那些形形色色的与会者。从现场情况来看，来参加大会的基本都是些二三十岁的年轻人，这样的年龄分布从侧面印证了夏梦瑶的粉丝群体是以网民为主。在这个网媒传播风生水起的年代，如果能得到广大网民的支持，那几乎就把持住了半个世界的喉舌。凌明鼎正是看透了这一点，所以才倾尽全力，誓要在这个战场和对手作最后一搏。

那个可怕的对手肯定不会放弃对局面的控制。他能把凌明鼎主持的催眠师大会搅得天翻地覆，想要整治夏梦瑶这样的新手更非难事。所以这次大会的安全问题就成了罗飞和凌明鼎共同关注的焦点。

除了罗飞之外，现场还有便衣装扮成记者或是保安，对整个会场展开全局盯控，陈嘉鑫和小刘亦在其中。

按照既定计划，陈嘉鑫已经接受了凌明鼎的催眠。催眠效果主要针对两点：第一，陈嘉鑫忠诚于自己既定的角色和任务；第二，在接收到计划外的信息时，陈嘉鑫必须立刻向罗飞报告，自己无权作出任何决定。

根据凌明鼎的说法，只要种入了这两处心锚，陈嘉鑫便不会受到邪恶催眠师的侵害。

一切都已就绪，只等主角——夏梦瑶出场。今天她将第一次登上属于自己的舞台。

下午两点整，一名年轻的女子走上了主席台。罗飞见这人眼生，便问身旁的凌明鼎：“这位是？”

凌明鼎回答说：“花钱请来的主持，是个大学生。”

“哦？”罗飞禁不住要问，“小袁呢？”记得上次催眠师大会就是袁秘书主持的，怎么这次没见到她？

“呵。”凌明鼎尴尬地一笑，“她……身体不太舒服。”

罗飞也笑了笑，不再多说。但他心里明白，袁秘书对夏梦瑶一直心怀芥蒂，眼看着小夏和凌明鼎越走越近，她多半是故意撂了挑子。

这个女学生主持得倒是不错，几句开场白说得玲珑剔透，很快便把与会者的注意力聚拢过来。而她也不贪恋风头，在最佳的情绪点将夏梦瑶引出，自己则退到了幕后。

夏梦瑶穿着一袭红衫款步而出，在舞台灯光的照耀下鲜艳夺目。场下的观众反应热烈，有鼓掌的，有吹口哨的，甚至还有人喊出了“我爱你”之类的口号。照这个架势来看，至少有一半人并不是为了“催眠”这个概念而来，他们只是来给心目中的“女神”造势捧场。

夏梦瑶泰然自若，她在舞台中央站定，脸上挂着一丝浅浅的笑容。随即她用清澈的目光扫视着全场，那些躁动的声音便在这目光中平息下来。

罗飞忍不住低声赞道：“台风不错啊。”

凌明鼎转头来得意地笑了笑，那意思是：怎么样？我可没看错人吧？

台上夏梦瑶轻启朱唇，她的声音通过便携式麦克风传向了整个会场。那声音绵柔悦耳，每一个音符都吐得清脆利落，听起来舒适无比。

“大家好。我叫夏梦瑶，是个刚刚入行的催眠师。首先，我想对我的老师——凌明鼎先生表示感谢，感谢他把我带入了神奇的催眠世界。”夏梦瑶一边说，一边往贵宾席方向伸出了自己的右手。

凌明鼎站起身，冲着全场的来宾挥手致意。但大家对他并没有什么兴趣，只有少数人礼节性地拍了几下巴掌，众人的目光多半仍盯着台上的夏梦瑶。

凌明鼎识趣地坐了下来，脸上虽有三分尴尬，但更有七分兴奋。因为照这个气氛来看，今天的表演大会已然成功了一半。

台上的夏梦瑶开始正式切入话题，她首先提问道：“大家知不知道催眠到底是什么？”

有好事者在台下高声调侃：“催眠不就是让人睡觉嘛！”这话立刻引起了一片哄笑。

夏梦瑶并不愠怒，等哄笑声平息之后，她笑吟吟说道：“不了解催眠的人往往会有这样的误解——把催眠等同于睡眠。其实大错特错了。要知道，人一旦进入睡眠状态，是完全失去自主意识的……”

台下有人反驳道：“不对，我们睡觉的时候经常会做梦啊！”

“没错，我们都会做梦——”夏梦瑶抬起一根手指，在自己的脑门上优雅地轻轻一点，“但我们的梦境从来都不受自主意识的控制。在梦境里，你根本不知道接下来会发生什么。那些出现在梦境中的场景、人物、情节，明明都是你创造出来的，可你自己却不知道。这说明什么？说明你对自己的意识已经失去了控制。”

这话得到了台下观众的普遍认可，大家纷纷点头。夏梦瑶便继续说道：“所以说梦境是一种更加神秘的东西，至今仍无法用科学的语言加以诠释。但催眠则不同，催眠过程完全符合人类的科学认知，它绝不是无法诠释的神秘现象。当你进入催眠状态的时候，你的自主意识不但没有消失，甚至会比清醒状态时更加强烈。”

这下又有人提出异议了：“不会吧？我们都被你催眠了，那不就受你控制了吗？还谈什么自主意识？”

夏梦瑶莞尔一笑：“这又是一个误区。很多人都以为催眠师能够控制被催眠者的思维，其实这是不可能的。一个人即便被催眠了，他也只会按照自己的意识去行事。”

绝大多数人都在台下议论纷纷，看来大家对这个说法颇有异议。

夏梦瑶对此早有预案，她看着众人说道：“我知道你们听说过那些催眠术，被催眠的人会做出一些很夸张的事情。事后他们非常后悔，他们会说：‘这不是我的本意。’大家觉得这些人的意识一定是被催眠师控制了。”

观众们频频点头，事实上这正是他们对催眠的理解。夏梦瑶却话锋一转：“我想问问你们，当你完全清醒的时候，有没有做过令自己后悔的事情？你在为这些事辩解的时候，有没有说过，这不是我的本意？”

观众们沉默下来。后悔与辩解是每个人都曾有过的经历。而夏梦瑶问这个问题的用意也很明显，既然大家在清醒的时候都做出过类似的事情，有什么理由认为被催眠者在个人意识上一定遭到了催眠师的控制呢？

夏梦瑶陪大家沉默了一会儿，随后又继续说道：“我可以举一个例子，我们来深入分析一下。曾经有个老大姐，五十多岁，老伴早年去世了，她自己一个人在老家独居。老大姐的儿子刚刚毕业，留在北京工作。有一天中午，老大姐接到了一个陌生人的来电，电话是用儿子的手机打的。那个陌生人恶狠狠地告诉她：‘我们是绑匪，刚刚绑架了你的儿子，你赶快给指定的账户汇入五万元，否则我们就要撕票。’电话那头还隐隐传来哭泣和惨叫的声音，听起来就像是儿子正在遭受折磨。老大姐一下子就慌了神。绑匪命令她立刻去银行汇款，其间不得挂断电话，也不能和其他人交谈。老大姐一切照办，果真汇了五万元给对方。结果呢？大家恐怕都猜到了，那个人根本不是绑匪，他只是捡到了大姐儿子的手机，然后编了个骗局来敲诈对方的钱财。”

众人默默点头。这种骗局并不新鲜，很多人都听说过的。

却听夏梦瑶又道：“这里面有个细节值得关注：老大姐的异常神情曾引起银行职员的警觉。那个职员一再询问她为什么要汇款，但老大姐却拒绝和对方交流，只是催着办理业务。后来职员向经理做了汇报，经理还找来了附近执勤的警察。大家都在提醒她，千万小心，别被坏人骗了。但这些人的劝说对老大姐统统无效，她只说自己有急事，这钱是要救命的，谁也不能拦着她。而且她说得很大声，故意要让手机那头的人听见。最后银行没办法，只好帮大姐办了业务。直到她儿子真的打来了电话，老大姐这才如梦初醒。”

众人开始啧啧称奇。上当受骗在所难免，但被骗得如此执著还真是罕见。

“这事听起来有些离谱，是吗？”夏梦瑶略顿了顿，又微笑道，“其实也没什么。因为那个骗子掌握了一定的催眠手法，他给老大姐下了一个指令，禁止她和其他人产生交流。老大姐接受了催眠，所以她一直在严格地执行这个指令。”

观众们恍然大悟，又开始交头接耳，议论纷纷。

夏梦瑶提高声调，压住台下的声音问道：“那我们能不能说，这个骗子通过催眠手法完全控制了老大姐的思维，让她做出了违背自己意愿的事情？”

很多人瞪大了眼睛，那表情似乎在反问，难道不是吗？但也有人在沉思之后缓缓摇头。

“如果催眠真的能控制对方的思维，何必还要设计那个骗局？”夏梦瑶引导着大家的思维，片刻后又问，“一个人不需要任何理由就把自己的钱财乖乖地送给对方——这种事情你们听说过吗？”

这次众人齐齐摇头，其间有会心之笑。

夏梦瑶又总结般说道：“所以并不是催眠师控制了老大姐的思维，真正控制住她的，是她自己心中的恐惧。在她心中，对儿子的担忧超出了一切。而催眠师所做的事情，只是把这种恐惧从她的潜意识里挖掘了出来。”

台下又有人在高声提问：“那催眠到底是什么？”这次提问者的神情非常严肃，全然没了先前的戏谑和调侃意味。很多人本是带着轻松的心态来和美女逗逗趣的，现在他们的情绪已经被夏梦瑶带上了另一条轨道。

“催眠是一门改变人们意识状态的艺术，而这种改变完全依赖于人们自身的心理元素。”夏梦瑶认真地给出了定义，随后她又说道，“当然了，我刚才举了那个例子，但千万别把催眠等同于骗术。一个高尚的催眠师可以帮助我们重塑自己的内心世界，让我们变得更加专注、更加热情、更加勇敢、更加乐观，高水平的催眠师甚至可以挖掘出我们心底的潜能，让最软弱的人也变得强大起来。”

说到此处，夏梦瑶往凌明鼎处深深地看了一眼。旁边的罗飞注意到这个细节，他也明白这目光中包含的意味。

夏梦瑶本是个失去了生活勇气的弱女子，正是凌明鼎的催眠治疗让她重获新生。而她现在所阐述的催眠理论正和凌明鼎的“心穴”学说一脉相承。只是夏梦瑶的这番演绎更加通俗易懂，也就便于为外行人聆听接受。

现在罗飞相信了，凌明鼎选择夏梦瑶作为自己学术流派的代言人，还真是一步绝境求生的好棋。

却听前排有个小伙子将信将疑地嘀咕了一句：“有这么玄乎吗？”夏梦瑶闻言微微一笑，说：“一点都不玄乎，因为我们每个人都拥有巨大的潜能。你没有意识到这一点，说明你还不了解自己的潜意识——你，了解吗？”

小伙子有些茫然地摇了摇头。

夏梦瑶抬起头来，面对整个会场开始解释：“我们的精神世界分为表意识和潜意识两个部分。表意识很好理解，现在你看见的、听见的、想到的，这些都是表意识。但表意识在整个精神世界里只占很小的一块，就像是冰山的一角。绝大部分的精神世界却隐藏在水面下，我们称之为潜意识。潜意识之庞大，远远超出你的想象。”

先前的小伙子撇撇嘴，不置可否的样子。很显然，这种空洞的解释无法令其信服。不过夏梦瑶随即就举出了一个人人都能理解的例子。

她问道：“你们还记得五岁的时候住在什么样的房子里吗？天花板是什么颜色的？屋子里有哪些家具？院子里的大树有多高？屋后的小路是什么形状……这些细节，有谁还能记得？”

很多人都笑了，那是一种服输般的笑容。那些记忆已经如此久远，谁还记得住？

夏梦瑶也笑了，但她笑容中的意味却和众人完全不同。

“你们都以为自己不记得了，可事实上，你们每个人都记得。”她缓慢而又清晰地说道，“回想一下，你们是否有过这样的梦境？在梦里你回到了童年，你待在那间几十年前的老房子里，周围的一切却如此清晰。你甚至看到了窗台上摆放着的花盆，花盆里的花儿鲜艳得就像昨天刚刚开放一样。有过吗？在梦里，我们找回了失落多年的记忆。”

大家愣了片刻，随后很多人开始点头。他们都有过类似的梦境。在梦里，原本已经遗忘的东西又出现了。

“其实那些记忆从来都没有消失过——”夏梦瑶的双手在身前轻轻推动了一下，像是要打开一扇通往神秘世界的大门，“它们就储藏在我们的潜意识里。只是我们每天都活在表意识的世界中，这些记忆便被水面掩盖。当我们有意要寻找它们的时候，却不知它们究竟藏在何处，因为水面下的那片冰山实在是太庞大了……”

人们的眼中开始显出一些兴奋的光芒。夏梦瑶捕捉到了这些光芒，她知道自己的讲述正在起效果，台下这些人已经接受了自己。现在要做的事情，就是趁热打铁。

“你们一定迫不及待想要探索潜意识的世界吧？”她用略带诱惑的

语气说道，“进入梦境是探索潜意识最简单的方法。可惜在梦境中你的精神是失控的，虽然你进入了潜意识的世界，但你却在这个世界中飘摇不定，无法掌握自己的方向。而另一个探索潜意识的方法就是催眠。通过催眠师的引导，你也可以进入潜意识的世界，而且这种进入是有目的性的。你的自主意识不但没有消失，反而会更加通透、更加强烈。你能够清晰回顾过往的经历，彻底认识自己的本质；你能够看到隐藏在心灵深处的每一个细微的情感，把那些积极的东西挖掘出来，同时也可以把某些灰暗的东西深深埋藏。”

台下有人忍不住问道：“如果不通过催眠呢？自己有办法进入潜意识吗？”

“也可以进行尝试——”夏梦瑶斟酌着说道，“其实这里面有个非常简单的原理，我现在就可以教给你们。”

众人顿时安静下来，凝神等待。

夏梦瑶开始讲解：“我们之所以无法进入潜意识的世界，最主要的原因就是表意识对我们的影响过于强烈。我们通常说的五感，视、听、嗅、触、味，全都是表意识的接收工具。当这五感全部打开的时候，各种即时信息蜂拥而来，把我们的大脑塞得满满的，你根本没有余力去探索潜意识的世界。所以要想进入自己的潜意识，首先要做的就是关闭多余的感官。比如在睡眠时你的五感就全都中止了。先前我们举的那个老大姐受骗的例子，催眠师也是通过某种手段关闭了她和外界交流的渠道，于是她心底的恐惧就最大程度地激发出来。”

有不少人开始缓缓点头，像是若有所悟的样子。夏梦瑶则继续引导众人：“当然了，我们也可以主动切断自己和表意识的联系。比如说闭上眼睛，放缓呼吸，让全身的肌肉都松弛下来，忽略外界的杂音，然后大家可以试一试，是否能够找到心中那个庞大无边的隐秘世界？”

几乎所有的观众都闭上了眼睛，按照夏梦瑶的说法展开尝试。夏梦瑶则安静地站在台上，不再说话。大约一两分钟之后，有些失去耐心的人主动睁开了眼睛。夏梦瑶见状便问了句：“感觉怎么样？”

睁开眼睛的人们纷纷摇头，神色多有失望。他们造成的响动则干扰了其他的观众，大家陆续睁眼，彻底回到了现实世界。

“我知道你们的探索并不成功。”夏梦瑶看着众人说道，“因为你们在这方面毫无经验。你们无法彻底断开与外界的感官联络，同时也无法真正静下心来。最重要的，你们无法快速找到潜意识的入口，往往努力三两次之后，思绪便又不自觉地回到了表意识中。”

没有人反驳夏梦瑶的说法，但有人叹着气感慨道：“难道这玩意儿还得多加练习？”

夏梦瑶耸耸肩膀说：“那当然了。事实上专门有个词是形容这种状态的，叫作‘冥想’。冥想进入深层次的状态时，冥想者会完全忽视外界的干扰，这时他便进入了自己潜意识的世界。在我们催眠行业里，有时也把这种状态叫作自我催眠。能够达到自我催眠状态的冥想者，往往要经历十多年，甚至是几十年的坐禅修行。所以在座诸位没一个成功的，这事一点都不奇怪。”

众人交头接耳，咂舌感叹。十多年、几十年的修行，对他们来说根本不可能达到，看来这辈子也成不了一个能够自我催眠的冥想者。

看着众人失落的神情，夏梦瑶反倒笑了，她像是个得意的孩子，炫耀般说道：“这时你们就需要催眠师的帮助。催眠师会用专业的手法引导你们，让你们能够无需任何练习就能顺利进入自己的潜意识。”

大家便又将视线齐齐地投向这个年轻的女孩。虽然多有期待，但目光中也透出了几分质疑。

“语言。”夏梦瑶着重吐出了一个词语，她强调说，“你们必须相信语言的魅力。催眠就是语言的艺术，每一个催眠师都懂得如何用语言去引导对象的思维。”

有人便很认真地反驳：“可你刚才还说要切断表意识里的感觉。催眠师在说话，这不是打扰了表意识里的听觉吗？”

“你的思路没错。”夏梦瑶看着那人，点头以示鼓励，“催眠师工作的时候，都会想办法切断对象的表意识。比如刚才我让你们闭上眼睛、忽略外界的杂音等等。有些人心绪太乱，或者对催眠心存抗拒的，我们还会采用一些特殊的手法。比如用一块怀表在你眼前摇晃，或者播放一些柔和的音乐，通过这种单调的刺激让你的视觉和听觉放松下来，渐渐进入一种虚无的状态。但语言不在此列，因为语言本身具备某种魔力，它能跳过表意识，直接进入你们潜意识的世界。”

最后这句话太过抽象，众人睁大了眼睛却无法领悟。夏梦瑶便又说道：“这样吧，我们来做一个实验。请大家把眼睛闭起来。”

众人纷纷闭眼。夏梦瑶用目光在场内巡视着，就像是老师在检查学生作业似的。很快她的视线停留在最前排的贵宾席，那里有一个人的眼睛仍然睁得老大。

那人正是罗飞——他觉得自己并不是来看催眠表演的，他的任务是负责场地内的安全。不过夏梦瑶却不肯放过对方，她与罗飞对视着，嘴角似笑非笑，顽皮中又带着倔强。

凌明鼎轻轻拍了拍罗飞的胳膊，笑道：“配合一下吧，给个面子。”说完自己带头把眼睛闭了起来。罗飞无奈地咧了咧嘴，终于也把眼睛闭上了。

片刻后，夏梦瑶的声音在每个人的耳边响起，既舒缓又悦耳。

“想象一下，你正在度假。”

片刻的停顿。

“那是一个你非常喜欢的地点。”

再次停顿。

“天气很好。”

停顿。

“你和自己最喜欢的人在一起。”

这次停顿的时间较长，最后听夏梦瑶说道：“好了，诸位可以把眼睛睁开了。”

罗飞睁开眼睛，不明白夏梦瑶这番演绎的用意何在。

“我想问你们一个问题。”夏梦瑶伸手指了罗飞身后的一个小伙子，“你刚才看到了什么？”

小伙子回答说：“沙滩。”

“沙滩，在海边吗？”

“是的。”

“这是你向往的最美好的地点？”

小伙子笑呵呵地点了点头。

“很好。你闭着眼睛，但你却看到了沙滩。这可不是你表意识中的视觉反应，它来自于你的潜意识。”夏梦瑶自信地说道，“你们看，这就是语言引导的作用。”

原来如此。罗飞禁不住暗自点头。一旁的凌明鼎见状便问了句：“你刚才看到什么了？”

罗飞如实答道：“一片草地。”

“河边？还是……山脚下？”

这次罗飞只摇了摇头，没有正面回答。事实上他想起的草地是在一座礼堂的前面，草地的四周种着大树，树荫清凉，绿意撩人。

那里曾藏着属于罗飞的最美好的回忆，此刻被夏梦瑶触及。罗飞仍在回味着，但不愿对他人细说。

凌明鼎笑了笑，也不再追问。他转头看向主席台，继续等待夏梦瑶的表演。

女孩在台上继续引导着众人：“你们想不想有更深入的体验——在潜意识的世界里？”

每个人都表现出期待的神色，对他们而言，先前那个小小的实验已经勾起了他们足够的好奇心，而这种好奇心自然需要更深入探索才能得到满足。

“那好吧。”夏梦瑶优雅地张开双臂，“请诸位再次把眼睛闭上。”

这次罗飞不需要女孩的督促便主动配合了。他闭上眼睛，开始期待一场更加美好的心理体验。

夏梦瑶的声音婉转传来：

“想象一下，你刚刚从一场舒适的睡眠中醒来。

“你的身体非常放松，呼吸很平缓。

“放松——放松——放松——（合着呼吸的节奏）

“你的心情很愉快，没有任何压力。

“不要睁开眼睛，试着捕捉一些记忆中的画面。

“你发现自己回到了大学年代，你正躺在宿舍里。

“你想起来了，这是一个周末的午后。你刚刚睡了个慵懒的午觉呢。

“午后的阳光从窗口透进来，温暖而又明媚。窗外有鸟儿在清脆鸣叫。

“宿舍里只有你一个人。你便可以安静地想些东西。

“这是属于你的青春岁月，你对事业、对爱情都充满了期待。

“你有大把的闲暇时光，你可以去图书馆看看书。

“或者去操场上运动运动。

“和恋人在小道上漫步。

“或者和朋友在小饭馆里喝酒聊天。

“你如此自由，无忧无虑。

“后来的很多事情此刻还没有发生。

“身边的一切都是值得珍惜的。

“你愿意重来一次吗？

“当你回到了那个春天的、周末的午后。

“在这个阳光灿烂的日子里，你想要做点什么？”

夏梦瑶娓娓道来，每说一句都停顿一下，那声音似带着魔力，直侵入听者的精神深处。听者的思绪为之牵引，在浩瀚的潜意识世界中悠然飘荡。他们的心绪又回到了大学年代，回到了那简单却充满了梦想的青春。

人们的嘴角露出浅浅的微笑，品尝着那种带着青涩滋味的幸福感。然而罗飞却慢慢锁起了眉头。

那个春天的、周末的午后，一切真的可以重来吗？

他的青春已经被摧毁。

那天下午的阳光并没有给他带来温暖的感觉，他感觉到的是刺目，是灼热，就像是一枚核弹刚刚在窗外爆炸。

是的，爆炸。当罗飞想到这个场景的时候，他的身体开始微微颤抖。

夏梦瑶的声音在他的世界中消失了，取而代之的是另一个女人。

那女人在他耳边轻声说道："红色的……我知道了。"她如释重负一般，仿佛卸下了整个生命的重担。

那个重担却压在了罗飞的胸口，压得他喘不过气来。

几秒钟等待，却如几个世纪般漫长。罗飞的思维完全停滞，他所有的感官都消失了。

他在用灵魂等待着某个时刻。

而那个时刻无论如何都会到来。

"砰！"巨响撞击着罗飞的耳膜，更撞碎了他的人生。他觉得窒息，整个身体正堕入一个深不见底的黑洞。

幸亏有一种力量及时拽住了罗飞的手臂，将他从黑洞中拉了回来。

罗飞睁开眼睛，如溺水的人终于浮出水面般大口喘息。

"你怎么了？"凌明鼎在一旁低声问道。刚才正是他抓住了罗飞的胳膊，将后者从催眠状态中唤醒。

罗飞没有回答，沉默片刻之后，他说了句："我不太舒服，我想出去透透气。"说完便起身往安全出口走去。凌明鼎也迈步跟在他身后。

台上的夏梦瑶注意到了这个变化，她略略显出些诧异的神色。不过她的注意力很快又回到了舞台上，继续用语言引导着台下众人的思维。

绝大多数人都闭着眼睛，神情愉悦。他们在潜意识的世界里享受着属于自己的那份快乐。

罗飞来到会场外，看着现实中的蓝天白云，他的情绪渐渐舒展开来。

"你一定是想到了什么，关于你的过去。"凌明鼎站在罗飞身旁，用专注的目光看着对方。

罗飞摇摇头，自嘲地苦笑了一下，说："是的。小夏设计的情境正好勾起了我的回忆。你肯定也看出来了，那段回忆……很不愉快。"

凌明鼎摊了摊手，作出遗憾的表示："真是抱歉，我们设计这个情境，其实是想勾起人们的怀旧情绪。因为今天来的人大部分都是刚刚毕业，踏入职场不久的年轻人。在他们事业起步的时候，肯定会遭遇一些挫折。这些人一定会怀念大学校园那种轻松简单的生活。我们利用这种情绪，带他们做一次回味过去的催眠体验。他们会了解，催眠并不是邪恶的法术，而是一种充满了魅力的心理艺术。”

就在凌明鼎把这番话说完时，一阵热烈的掌声从会场内传了出来。

罗飞祝贺道：“演出很成功。你没有看错人。”

“是的，小夏不但是个催眠天才，而且她有一种天生的亲和力。人们在她面前很容易卸除戒备，敞开心扉。我想这也是她能一下子征服这么多人的原因。”

罗飞认同凌明鼎的说法。刚才自己之所以放松心灵去接受夏梦瑶的引导，很大程度就是受到对方个人魅力的影响。如果当时站在台上的人是凌明鼎，罗飞估计自己绝不会如此配合。

“好了，我要进场去看看。”凌明鼎迫不及待要去和夏梦瑶分享成功的喜悦，他急匆匆走出了两步，忽又想起一件事，转头说道，“你一会儿别走，晚上一块儿吃饭，庆祝庆祝。”

罗飞推辞道：“我就不去了，你们吃吧。”

“不，一定要去。今天是小夏的生日，你可不能不给面子！”凌明鼎说完便径直奔入了会场，不再给罗飞讨价还价的机会。

05

既然是生日宴会那就参加吧。罗飞还特意去买了一个生日蛋糕。

凌明鼎也邀请了小刘和陈嘉鑫。今天大会安保没有出现任何问题，罗飞的这两个手下功不可没，凌明鼎也是诚心要向他们表达谢意。

到了饭店包厢，罗飞发现袁秘书也在场。大概是凌明鼎指派她来安排晚上的庆功宴。袁秘书不是一个会隐藏情绪的女人，她的脸上写满了失落和嫉妒，这与夏梦瑶的欢欣形成了鲜明的对比。罗飞忽然有点同情袁秘书，他相信今晚的宴会对这个女人来说必定是一场折磨。

身为秘书却还要担负起相应的职责，张罗着点菜、安排座位等等，以前像个女主人，现在却有点奴仆的感觉。在问夏梦瑶想喝点什么的时候，袁秘书勉强挤了点笑容出来，但谁都看得出，她脸颊上的肌肉僵硬得就像是两块石头。

夏梦瑶则显得非常轻松，她支着腮想了一会儿说："给我来一杯鲜牛奶吧。"

服务员很快端来了众人点的酒水饮料，满满地摆了一托盘。正要给大家分发时，夏梦瑶忽然提议道："先把蛋糕拿上来吧，我想许个愿。"

"好。"凌明鼎立刻拍手赞同，"先摆蛋糕，吹蜡烛许愿！"

服务员便把托盘放到一边，转而把蛋糕端在了圆桌中央。凌明鼎很积极地插好了蜡烛，一边插还一边说着玩笑话："这可是罗警官送给你的生日蛋糕。你许什么愿望，必定心想事成！"

夏梦瑶莞尔一笑："谢谢凌老师的吉言，更要谢谢罗警官的蛋糕。"

蜡烛全都插好，凌明鼎又掏出打火机一一点燃，然后吩咐服务员："把灯关了吧。"

灯灭之后，包厢内只剩下幽幽的烛光。夏梦瑶双手合十贴在口鼻间，她垂头闭眼，肌肤在烛光映衬下洁白如玉，真如天使般安静圣洁。

凌明鼎领着众人唱起了生日快乐的歌曲。一曲终了，夏梦瑶睁开眼睛，她深吸一口气，撅起小嘴围着蜡烛吹了一圈。那些蜡烛应声而灭，竟是一根也没有漏下。大家在黑暗中又是一阵喝彩，彩声中唯独缺少袁秘书的声音。

片刻后灯光打开，驱散了黑暗。夏梦瑶还在怔怔地看着那些被吹灭的蜡烛，她的眼中隐隐泛着些泪光，似乎心情颇为激动。

罗飞笑着问道："许了个什么愿望，能和我们分享吗？"

"一个很重要的愿望，也是我一生都在追求的梦想。"夏梦瑶抬起头来，片刻的停顿之后，她一字一句地，极为郑重地吐出了心底的愿望，"我希望所有活着的人都能幸福。"

这看起来是个非常虚无的口号，但从夏梦瑶口中说出却显得真诚无比。在场的人静默了片刻，似乎全都被女孩的高尚情怀打动了。

见众人这副神情，夏梦瑶倒有些不好意思。她调皮地吐了吐舌头，笑道："好啦，大家赶紧分蛋糕吃吧。吃了蛋糕的都能幸福。"说完她便拿起刀叉，细心地将蛋糕分成若干小块，一一送到众人面前的餐盘中。

那边凌明鼎则招呼服务员："把酒水饮料给我们摆上来吧。"

服务员应了一声，把各人点好的饮品分别端上。夏梦瑶接过自己那杯鲜牛奶，正要喝的时候，却忽然诧异地"咦"了一声。

众人不知何故，齐刷刷将目光看了过来。

"怎么回事？"夏梦瑶一边说一边把杯子放到桌上，慌慌张张地，像是被什么东西吓了一跳。

众人定睛一看，原来那牛奶里浑浊一片，竟漂着大量的悬浮物。

服务员也"哎呀"叫了一声："怎么会这样？"她连忙端起牛奶杯，"不好意思，我这就给您换一杯。"

"你换了有什么用？"凌明鼎生气地说道，"就你们这种牛奶，换上来谁还敢喝？"

服务员涨红了脸，她委屈地辩解道："可是我们的牛奶没问题的呀，刚刚端上来的时候还是好好的。"

这话凌明鼎更不爱听了："刚刚端上来好好的，那就是我们给弄坏的啰？"

服务员愣了一下，连忙又摆手："不，我不是这个意思。"

凌明鼎脸一沉："这事你别管了，把你们老板叫来吧。"

服务员僵在了原地，走也不是，留也不是，一时间手足无措。

罗飞忽然站起来，对那服务员招招手说："你把那杯牛奶给我看看。"

服务员把牛奶交到罗飞手里，罗飞把杯子举过头顶，对着灯光细细端详。然后他又招呼凌明鼎说："你也来看看吧。"

凌明鼎也起身，把眼睛凑到杯子下面。罗飞怕他看不清，还特意把杯子摇了摇，却见除了奶水中的悬浮物之外，杯底还泛起了一些细小的黑色颗粒。

凌明鼎愈发惊讶，他加重语气唤那服务员："你自己过来看看，这都是什么？"

罗飞伸手将对方拦住："你别冲她喊了。这杯牛奶端进屋的时候我看过，原本是没问题的。"

凌明鼎信了罗飞的话，他有些茫然了："那是怎么回事？"

"原本没问题，那肯定是后来有人加了东西进去。"帮罗飞把话挑明的人是夏梦瑶，说话时她的目光直直地盯着自己对面的座位。那个座位紧靠着门边，座位上的人正是袁秘书。

罗飞拍了拍凌明鼎的肩膀，一副尽在不言中的意味。随后他坐下来，视线也投向袁秘书所坐的位置。袁秘书则不敢和别人对视，她先是低头静默了片刻，忽地又用双手捂住面颊，痛哭失声。

凌明鼎明白是怎么回事了。他重重地叹了口气，说道："小袁，你跟我来一下。"说完径直便往外走。袁秘书止住哭泣，黯然起身，走出半步的时候，她特意回头带走了椅背上的手包，看来是不准备再回来了。

这两人一走，留在屋内的几个人一时不知道该说些什么。半晌之后，夏梦瑶才喃喃开口说道："我不知道她为什么总是要针对我。"

小刘"嘿"地冷笑一声。他对袁秘书的印象原本就不好，现在多少有点幸灾乐祸的意思。

陈嘉鑫倒是宽厚一些，他挠了挠脑门，用劝架般的口吻说道："一定是袁秘书干的吗？或许是个误会呢？"

罗飞用非常确信的口吻说道："就是她。刚才小夏许愿的时候，只有袁秘书一个人离开了桌子。"

陈嘉鑫"哦"了一声。他对罗飞的判断当然没有任何质疑，于是又转头看着桌上那杯浑浊的牛奶，嘀咕道："这是加了些什么东西？和牛奶起反应了啊？"

小刘把那杯牛奶接过来细细看了会儿，忽然问罗飞："罗队，要不要带回去验验？"

罗飞没有说话，只转目看着夏梦瑶，那意思是征询对方的意见。这事如果夏梦瑶想要追究的话，罗飞等人作为警察是不能不管的。

夏梦瑶摇摇头，淡淡说了句："算了吧。"

罗飞便也道："那就算了吧。"这种女人间争风吃醋的事情，又没造成什么后果，他确实也不想弄得太难看。

小刘便把牛奶递给服务员，吩咐说：“倒进卫生间吧。杯子别洗，拿回来给我。”

罗飞点点头。他明白小刘的用意：这次可以不追究，但相关证据还是要保留的。

服务员按吩咐办好。不一会儿凌明鼎独自回来了，他的脸色阴沉沉的不太好看，看到夏梦瑶之后才缓和了一些，抓起筷子招呼道：“来来来，我们吃饭吧，其他的事别多想了。”

罗飞等人也跟着附和。众人便开始吃饭，其间免不了要祝夏梦瑶生日快乐。这一来二去的，气氛又慢慢活跃起来，先前那个小插曲似乎已成过眼云烟。

饭局结束之后，罗飞让陈嘉鑫开车送夏梦瑶回去，自己则留下来向凌明鼎询问情况。

“就是小袁做的手脚。”凌明鼎叹着气说道，“她往牛奶里面加了泻药。”

“泻药？”之前罗飞对所加物做了各种猜想，但这个真相还是令他很意外。

凌明鼎露出无奈的苦笑，随后解释道：“小袁曾经有次吃坏了肚子，上班的时候一直拉稀。她对这件事非常在意，觉得形象在我面前严重受损，所以她就想到往夏梦瑶的饮料里加泻药，想让小夏在大家面前丢脸。”

罗飞有点啼笑皆非的感觉：“这想法还真是……奇特。”

“确实不太正常。”凌明鼎犹豫了一会儿，又道，“我怀疑她可能被催眠了。”

罗飞严肃起来：“哦？”

“她整个下午都没和我们在一起，而催眠表演大会又意外地顺利。所以我想，对手会不会使出声东击西的伎俩？”

罗飞明白对方的意思了。袁秘书对夏梦瑶早有猜忌之心，这事是个人都看得出来。对手如果想对夏梦瑶不利，倒是可以抓住袁秘书的弱点进行蛊惑。所以袁秘书才会做出这样荒唐的举动来。

罗飞斟酌了一会儿，问道："那你现在想怎么办？顺着小袁的线索查一查吗？"

凌明鼎摇摇头道："算了。我已经放了她三个月假，工资照发。就别把她再牵扯进来了。"

罗飞笑笑："你这个老板倒算有良心。"

凌明鼎轻轻一叹，掏了几句心里话出来："小袁也跟我好几年了。说实话，她怎么对我，我能看不出来吗？但感情上的事情没有逻辑可言，我只能说在工作方面不亏待她，其他的事情不想多谈。"

这言下之意，就是"落花有意，流水无情"。罗飞一个外人，自然也无从评判。不过他还是忍不住多问了一句："那么小夏呢？"

"小夏？"凌明鼎一怔之后，坦诚说道，"她是一个很特别的女孩，确实有些东西吸引着我……"

罗飞完全认同这样的评价：一个很特别的女孩。

或许只凭那一句生日许愿就足以令夏梦瑶卓然于众生之中。

——"我希望所有活着的人都能幸福。"

第七章
与催眠师的零距离接触

01

夏梦瑶的催眠表演效果极好，与会者把他们的感受在网络上大肆传播，平面媒体也积极报道。人们把这次表演大会总结为“最美催眠师带来的最美妙的怀旧体验”。这个话题炒作起来，夏梦瑶的偶像效应便进一步发酵，很多此前并未关注此事的人也被吸引了眼球，更有敏感的投资人找到凌明鼎，希望能合作展开更大规模的商业表演。

凌明鼎兴奋之余也存有隐忧。自己这边整得风生水起，眼看有扭转乾坤的势头，对手怎会坐视不管？可那家伙偏偏像是消失了一般，接连几天都毫无动静。这反常的静默下多半隐藏着惊涛骇浪，一旦爆发出来，后果难以料想。

凌明鼎只能把防范的希望寄托在罗飞等人身上，其中陈嘉鑫更是他精心安置的一颗棋子。就在表演大会结束后的第三天，这颗棋子终于带来了有用的讯息。

据陈嘉鑫反映，这几天他监控的几个催眠师频繁出入于西城一家名为“君临天下”的娱乐会所。他便暗中对这家会所的背景展开调查。结果发现这家会所不久前刚刚变更了股权，新东家是个叫作楚维的男子。再看楚维的照片，赫然就是在省城把罗飞引入催眠陷阱的那个瘦高个。陈嘉鑫把情况报告给罗飞，罗飞当即决定去会所里实地查访一番。

会所中环境复杂，各种音乐、灯光和人声背景很容易被人利用，设计出一个危险的催眠迷局。为了避免罗飞等人再度中招，凌明鼎也跟随警方人员一同前往。

该会所夜间七点开始营业，一般九点过后达到客流高峰。罗飞和小刘、陈嘉鑫、凌明鼎，一行四人于九点半左右入场，他们都做了易容和伪装，在会所昏暗的灯光下，即便是熟人也难以辨认。

会所内部有个开阔的大厅，靠南的墙边架起了一个演台，DJ、乐队和歌手在台上操控着全场的音乐氛围。其他三面则布置着沙发桌椅，供客人们饮酒休息。中央部分是一个舞池。罗飞四人入场的时候，演台上正播放着强劲的音乐，躁乱的男女在舞池中疯狂扭动，气氛狂热难抑。

罗飞选了个角落中的位置，既可以纵观全场，又不易被他人发现。四人坐定。两三分钟之后，一首劲曲终了，DJ换上了温柔的慢曲。场内暂时安静下来。这时便有服务生走上前来，把满满一打啤酒放在了桌面上。

罗飞等人互相看看，都觉得有些诧异，他们谁也没有点过单啊？那服务生却微微一笑，说道："四位先生请慢用，这酒水是我们老板送的。"

一听这话，罗飞便知道己方的行踪已经暴露。对方这样有恃无恐的，自己堂堂正正来查案子，难道还要怕了他们？于是罗飞便大大方方地还以一笑，对那服务生说道："你们老板在哪儿呢？不如过来一块坐坐。"

服务生便冲后场方向招了招手，一个西装革履的男子款步而出，罗飞一眼认出，这正是在省城跟踪过自己，后来又把自己引到休闲广场的那个家伙。

瘦高的男子很快走到桌前，他主动向罗飞伸出一只手，彬彬有礼道："罗队长，你好。"

罗飞也伸手和对方一握，同时注视着对方，语含机锋："你好，我们好像见过面。”

那人倒也不否认，说道：“上次在省城多有冒犯，希望罗队长不要见怪。”他说话的语气还挺诚恳的，末了又自我介绍说，“我叫楚维，以前也当过警察。”

“你也当过警察？”罗飞有点不信似的，然后他招呼对方，“请坐。”

旁边的小刘把一张椅子往楚维身旁踢了踢，他知道罗飞在省城遇险的经历，所以对那家伙没什么好脸色。

楚维并不在意，坐下后吩咐服务生：“开酒。”服务生把一打啤酒全都开了。楚维拿起一瓶对罗飞晃了晃：“先干为敬。”说完便咕嘟嘟地直往脖子里灌。

罗飞也拿起一瓶酒，但只象征性地在唇边碰了碰。

这边楚维一瓶酒喝完了，见罗飞还满瓶端在手里，便微微一笑说：“罗队长您随意，这瓶酒算是我给您赔罪了。”

罗飞没什么心情和对方寒暄，单刀直入地问道：“你曾经是警察，现在怎么不当了？”他原本猜测对方会不会是白亚星的旧部，可听这人的口音又不像是来自西南省份。

楚维认真地回答说：“现在我从事着另外一项事业。”

“事业？”罗飞觉得这个词有点怪怪的，而且这么郑重地说出来，颇有几分传销的感觉。

“一项伟大的事业，令人梦寐以求。”楚维微微眯起了眼睛，陶醉于对那份“事业”的美好想象中。

罗飞正色道：“对我来说，梦寐以求的职业就是警察。”他似在讥讽楚维背叛了自己最初的理想。

楚维却反问他：“作为一名警察，你的梦想是什么呢？”

罗飞尚未回答，一旁的陈嘉鑫已抢先说道：“维护正义，与罪恶战斗！铲除奸邪，保护善良的弱者！”

与罪恶战斗——这是一本小说的名字，就是这本书影响了陈嘉鑫的职业选择。现在陈嘉鑫喊出的口号想必也是书中的理念吧？罗飞觉得这几句话的确能代表警察的职业梦想，于是他点点头表示支持。

“警察……”楚维的目光从罗飞、小刘、陈嘉鑫三人身上依次扫过，忽然又问，“你们真的能保护弱者吗？”

这话里隐约藏着锋芒，罗飞皱了皱眉头，没有贸然回应。短暂的对峙之后，楚维略略转过头，往侧后方一指，问道：“你们看到那个女孩了吗？”

顺着楚维的指向，却见不远处有张小桌，桌旁面对面坐着两名女子。罗飞不知对方具体是指哪个。

楚维补充说道：“那个短发的，脸圆圆的女孩，你们觉得她是什么样的人？”

短发，那就是面对众人而坐的那个。那女孩看起来二十出头的样子，眼睛大大的，模样乖巧。她对这种喧嚣的场合似乎不太适应，一直低着头，显得颇为拘谨。

罗飞给出自己的判断：“这应该是个很老实、很正经的孩子。”

楚维点点头，又道：“在那女孩身后，略微偏左的方向上，卡座里有个男人，你看到了吗？”

是的，那里有个戴眼镜的男人。那人孤零零一个人坐着，穿着一身衬衫和西裤，从气质上来看也不像是酒吧的常客。

“他们俩认识？”罗飞注意到眼镜男一直在盯着女孩看，故有此问。

楚维点头，开始详解这两人的关系：“女孩叫作景嘉嘉，是个幼教老师。就像你猜到的，这女孩很乖，性格文静，甚至是过于柔弱。一年前她经人介绍和那个男人认识——那家伙叫作朱健，在银行工作，看起来条件不错。两人最初相识是奔着处对象去的，不过相处一段时间之后，景嘉嘉发现朱健这人心胸狭隘，而且非常地神经质。他不允许景嘉嘉和别的男人有任何接触。有一次景嘉嘉下班时和一个来接小孩的父亲聊了一会儿，正好被朱健看到了。他居然冲上前，当着小孩子的面对景嘉嘉进行辱骂和殴打。景嘉嘉再也无法忍受，提出要分手。可朱健却不肯放过她。他一直纠缠这个女孩，不断到对方家中和单位进行骚扰，甚至对她的家人进行人身威胁。他更不允许女孩另谈男友，放出狠话说，谁敢来就杀了谁。女孩痛苦不堪，但又没有办法。今天朱健就是跟踪景嘉嘉过来的，他就像一条甩不脱的鼻涕虫，在用一种极为恶心的方式糟蹋着女孩的生命。”

听楚维这么一说，罗飞也感觉到了，那个男人的眼睛里始终透着阴森森的光芒，像两把钩子似的挂在女孩的身体上。而女孩的目光则有些发飘，这说明她正处于一种惊恐的状态。她并不知道那男人就在身后，但对方已给她造成了极深的阴影，这阴影烙在她的精神世界里，难以摆脱。

楚维这时把脸转回来，正面看着罗飞问道：“罗队长，我想问问——你，能保护这个女孩吗？”

罗飞沉默了一会儿，回答说：“我是刑警，像这样的情感纠纷我无权插手。不过这女孩可以去派出所报警，让地方派出所的同志去制止对方。”

“你以为她没有试过？那个男人已经进过好几次派出所了，他见到警察就变得特别老实，一个劲地承认错误。警察能怎么办？最多就是教育教育。而那家伙一出来就变本加厉地骚扰女孩。这样反复了好几次，女孩早就对报警失去信心了。”

罗飞无奈地挑了一下眉头，这事确实有些尴尬。朱健的行为对女孩影响很大，但是并不构成违法犯罪，警察也无法对他实施强制性的措施。但在罗飞看来，这并不意味着警察不能保护女孩，他必须向楚维阐明自己的观点：“那家伙现在还没有触犯法律，但他如果真的对女孩造成伤害了，他必然要遭受法律的制裁。”

楚维立刻反问：“伤害已经造成了，制裁只是在惩罚朱健，对女孩能有多大意义呢？所以我说警察保护不了这个女孩，我没有冤枉你们吧？”

罗飞语塞，一时间竟难以回答。

楚维得胜般微微一笑，又把目光转向凌明鼎：“凌先生，您是著名的催眠师，也是心理专家。我想问问您，像朱健这样的人，他最后伤害到景嘉嘉的可能性有多大？”

凌明鼎坦言道：“非常大。这种偏执型的人格，不达目的绝不罢休。如果那女孩不能尽快摆脱他的话，前景非常堪忧。”

罗飞也暗自点头。他以前接触过很多因感情纠葛而产生的刑事案件，施害方往往都是这样的偏执狂，而受害者多半柔弱忍让，虽苦苦挣扎，终究却难逃毒手。罗飞也曾和同事评价说，女孩一旦遇见这种男人，真可谓是前世的孽缘。这种评价其实就透出了身为警察的某种无奈。

这边楚维又问凌明鼎：“凌老师，听说您有一套催眠理论，可以治疗病人的心理问题。请问在这个案例上，您有什么好办法吗？”

凌明鼎似乎早有准备，他自信地一笑，说道：“当然有办法。只要让我对朱健进行一次催眠，我有把握让他再也不会骚扰景嘉嘉。”

“哦？”楚维追问，“您可以改变他的偏执型人格吗？”

“催眠师不可能改变病人的性格，但我可以利用他的性格。这种人一般都是以自我为中心的，我可以让他相信，他的个人条件比景嘉嘉出色太多，景嘉嘉根本配不上他。如果他接受了这种暗示，他便对景嘉嘉失去了兴趣，自然也不会再骚扰对方了。”

罗飞的目光闪亮了一下，觉得这的确是个好办法。

楚维却不置可否，沉默了片刻后，他问道：“这就是您一直在坚持的心桥理论吗？”

“是的。心穴是不可能消除的，但是可以掩盖。就像是在洞口搭起一座桥，我们可以从桥上绕行，避免危险的发生。”

楚维盯着凌明鼎看了半晌，忽地喟然一叹，道：“多么可笑的理论！”

对方突然间口出不敬，这让凌明鼎有些措手不及，他的脸色一涨，愠怒却无言。

又听楚维咄咄反问：“您自己都说了，搭了桥，那个洞还在。就算安然一时，又有什么意义？能保证那座心桥永远牢固吗？能保证那个洞口不会越变越大吗？等到心桥被黑洞吞噬的那一天，恶果恐怕会更严重吧？”

凌明鼎僵着脸不说话，在忽明忽暗的灯光中，他的面色有种煞白骇人的感觉。罗飞忽然想起凌明鼎妻子自杀的经过——那件事似乎正佐证着楚维刚才的言论。看来楚维应该是得到了白亚星的指点，一出手就直攻向凌明鼎的心穴。

见凌明鼎的神色恍惚，楚维又是一笑，继续说道："其实我们也不用把话题扯得太远，还是说说朱健和景嘉嘉吧。按照您的心桥理论，您可以让朱健离开景嘉嘉。景嘉嘉是解脱了，可是朱健自身的问题解决了吗？对这家伙来说，以后会发生些什么呢？"

凌明鼎的眼角收缩了一下，他想说什么，但又没有开口。

"您知道答案。"楚维对凌明鼎说过之后又看看罗飞，道，"罗队长，您也知道答案。"

罗飞确实知道答案，他沉着声音说道："那家伙……他会伤害另外一个女人。"

楚维把目光转回到凌明鼎身上，他摊着手道："您的心桥治疗术看起来很有效，可从根本上来说，它并没有解决任何实际的问题。"

"那我倒想听听你的见解，你是如何来解决这样的实际问题呢？"凌明鼎凝目和楚维对视着，他欲以反击来扭转被动的局面。

"您还真是问巧了。"楚维的双手悠然交叉在一起，微笑道，"我最近结识了一些催眠师朋友，他们在讨论一种新的治疗理念，叫作'爆破疗法'。"

听到这里，凌明鼎心中一动，连忙和罗飞交换个眼色。楚维说的"催眠师朋友"自然就是另起炉灶的那帮人。警方今天来到这里，就是要打探这帮人的动向。现在楚维自己把话题挑起来了，表面看来他占尽言语上的优势，但从大局上来说倒是正中罗飞等人的下怀。

所以凌明鼎便配合对方的言辞追问道："哦？怎么个爆破法？"

楚维回答："只要找到心穴，就把它彻底炸开，或者重生，或者毁灭，永无后患！"

这几句话说得铿锵有力，正如话语背后所代表的强硬态度。这种治疗理论确实和凌明鼎的心桥术大相径庭，从某种角度来说，这听起来更像是一种极端的、孤注一掷的赌博。

凌明鼎对此自然无法接受，他"嘿"地干笑一声，抬手往景嘉嘉处指了指，问道："那按照'爆破疗法'，你们要怎样去保护那个女孩？"

"那自然就要把朱健的偏执情绪完全调动起来，让他爆发。如果他爆发之后并未对景嘉嘉产生伤害，那说明他只是一只披着狼皮的羊，景嘉嘉从此就不必怕他了。"

"如果他真的就是一条恶狼呢？"

"那他爆发之后就会走向自我毁灭。"

"你这叫保护景嘉嘉？"凌明鼎哑然失笑，"当他爆发之后，首先毁灭的难道不是那个女孩？"

这句话似乎问到了关键之处。楚维沉默了，他的手指在桌面上轻轻地敲击着，凝思良久之后才又问道："凌先生，您知道中和反应吗？"

凌明鼎一愣："什么？"

"酸碱中和反应。酸是腐蚀性的，碱也是腐蚀性的，这两种东西对人体都有害。但只要它们中和在一起，就变成中性的，完全无害。"

"这我当然知道。"凌明鼎皱起眉头，他不明白对方为什么会说起这种小儿科的化学常识。

楚维转过头，目光在大厅舞池里搜索了一会儿。因为现在播放的是慢曲，池子里的人并不多，只有十来对男女搂在一起缓步轻舞。片刻后楚维找到了目标，他招呼众人说："那个上身穿着绿色紧身T恤，头发梳得油光锃亮的男人，你们看到他了吧？"

罗飞等人点头表示看见了。那是一个高个的年轻男子，相貌英俊，一身衣着非常讲究。他正搂着一个妖娆的女孩，一边慢舞一边在对方耳边说着些什么。女孩不时被他逗得咯咯娇笑。

"这家伙叫作邓捷，是圈子里著名的花花公子。"楚维介绍说，"他每天都来夜店泡姑娘。从来不投入感情，就是玩女人。玩腻了就甩，换女人比换衣服还勤快——对这种人你们怎么看？"

凌明鼎不屑地评价道："垃圾。"在他看来，这家伙甚至连朱健都不如。朱健只是性格上的原因，自私偏执；而邓捷这种人凭着钞票和脸蛋到处祸害姑娘，那纯粹是人品上的问题，更显低贱卑鄙。

"说得好，垃圾！"楚维冲着凌明鼎竖起大拇指，似乎在赞扬对方的道德立场。这时一首慢曲正好播放完毕，舞池中的男女逐对分开，各自走向自己的休息区。邓捷临走前在那妖娆女子的脸蛋上捏了一把，随后目光在场内打着转儿，开始搜寻下一个目标。

楚维把手举高，对着演台上的DJ挥了两下。DJ像是得到了什么指示，立刻开始播放下一首乐曲。这是一首重金属风格的音乐，夹杂着歌手号叫般的嘶喊，令人身体内的血液立刻涌动起来。

坐在景嘉嘉对面的那个女人此刻则站起身，向着邓捷所在的位置走去。这个女人先前一直背对着罗飞等人，这一起身才大致显出了身型相貌。只见她个头不高，但身材婀娜窈窕，瓜子脸，马尾辫，皮肤有些微黑，年龄大约在三十岁左右。

女人来到了邓捷身边，冲对方附耳说了句什么。邓捷一边听一边看向不远处的景嘉嘉，其间还抽空问路过的服务生要了两瓶啤酒。

景嘉嘉一直在关注着那个扎马尾辫的女人，当那女人远离的时候，她的神色便愈发惶恐。好在对方很快就折返回来。邓捷也跟在扎马尾女人的身后，一手拎着一瓶啤酒。

到了桌前，邓捷把一瓶啤酒递给景嘉嘉，同时说了句什么，看样子是劝对方喝酒。景嘉嘉连忙摇手，表示自己不会。邓捷也不管她，只顾把手中另一瓶酒咕噜噜喝了一大半，然后他一屁股紧挨着景嘉嘉坐下，胳膊一圈，没头没脑地便把女孩搂在了怀里。不过他的放浪行为很快就被暴力中止了——一个人从背后掀翻了他的座椅，把他撂倒在地。

这半路杀出来的程咬金正是朱健，他的脸庞因为极度的躁怒而扭曲着。看到倒在地上的邓捷，朱健二话不说便往腰间摸去，一晃之间，右手里已多了把明晃晃的短刀。

罗飞等人一直在旁观事态的进展，当邓捷向景嘉嘉劝酒的时候，罗飞便预感到朱健很可能会过来挑起冲突，但他没想到后者居然随身带着凶器。这会儿一见亮刀子了，罗飞“腾”地起身直往事发地点冲去。可是终究晚了，朱健已经一刀刺向了邓捷的裆部，邓捷张大了嘴，如杀猪般惨叫起来。

朱健咬着牙，刀刃在对方裤裆里又搅动了两下。这时罗飞终于赶到，他一个飞身将朱健扑倒在地。随即小刘和陈嘉鑫也双双上前，三人将朱健死死按住，短刀也夺了下来。因为是便服暗访，罗飞等人并未携带手铐，他们只好将朱健的腰带扯下来当绳子，绑起对方的双手。朱健嘴里还在“呜呜呜”地叫着，但已经失去了反抗的能力。

会所里的其他人员发现了这边的血案，有人惊叫着躲开，也有好事者围过来看热闹。在邓捷倒地的时候，景嘉嘉也被对方的胳膊带倒，此刻她面色惨白，瘫软在地上无法起身。

现场只有两个人保持着冷静的情绪。一个是楚维，一个是扎马尾辫的女子。他们静静地站在一旁，那份泰然自若与其他人形成了鲜明的对比。

罗飞的心沉了下去。他知道了，这起血案绝不是一次偶然事件，而是一起精心策划过的阴谋。

噪乱的音乐停歇了，邓捷的惨叫声愈发地刺耳，令人听来毛骨悚然。而罗飞的一声大喝让众人如梦初醒。

“赶快叫救护车！”喊完这句之后，他又指着楚维和扎马尾辫的女子喝到，“把他们两个控制住！”

小刘和陈嘉鑫起身，分别走向那二人。凌明鼎也凑到了楚维身边，显然他是担心小刘一个人对付不了对方。

楚维却没有反抗的意思，他听凭小刘别住了自己的胳膊，同时又再次提及了那个化学名词。

“中和反应。”他微笑着说道。

02

邓捷并没有性命之忧，不过他的下体受伤严重，一只睾丸也被摘除，想必他下半辈子再也没有能力祸害姑娘了。

朱健被刑事拘留。审讯时他的情绪仍然处于亢奋状态，丝毫没有认识到自己的罪行。他反复强调说，自己和景嘉嘉相恋多时，有着深厚的感情。而邓捷则是一个卑鄙的第三者，是个玩弄女性的垃圾，自己的行为完全是在为民除害。

对于凶器，朱健解释说那是他随身携带的一把水果刀，在现场是情急之下掏出来的。

朱健把自己描述得正义凛然，但罗飞却清楚地看到他阴暗自私的偏执性格，而且罗飞相信，他的阴暗面曾被人恶意引导，最终酿成了这场血案。

凌明鼎完全赞同罗飞的猜测，他从专业的角度分析说，一定有人对朱健实施了催眠术，这种催眠效应将朱健心中那种自私的控制欲完全激发出来，他把景嘉嘉当成了自己的私人财产，不允许任何人对其进行窥伺和侵犯。而且这次催眠多半赋予了某种“性”的暗示，这让朱健变得更加愤怒，所以他行凶时才会指向对方下身的隐私要害。

要想揪出隐藏在朱健身后的催眠黑手并不容易，因为那家伙手段高明，并未在朱健的精神世界中留下可供追寻的痕迹。而朱健自己也否认受到别人的暗示和影响。

要想继续调查，只能在现场另外几个当事人身上寻找突破口。

罗飞首先对景嘉嘉作了问询。惊魂未定的女孩开始讲述事情的前后经过。据她说，最近一段时间朱健对自己疯狂骚扰，让她的精神几乎崩溃。好在她结识了一位大姐，就是案发现场扎马尾辫的那名女子。大姐时常对她进行安慰和开导，让她的心情开朗了许多。就在今天下午，大姐又给她打了个电话，说是要介绍一个朋友给她认识，据称这个朋友本领很大，能帮她摆脱朱健的纠缠。

按照大姐的嘱咐，景嘉嘉于晚间来到了“君临天下”娱乐会所。大姐找了张桌子陪她坐下，点了两份饮料，两人随意地聊着天。女孩并不知道朱健一直在跟踪自己，不过出于女人的直觉，她始终觉得非常不安，好像有什么大事即将发生。

两人就这么坐着，等了有一个多小时吧，大姐终于告诉景嘉嘉，说那个朋友来了。随后大姐便把邓捷带了过来。后者一来就劝女孩喝酒，甚至还动手动脚的，这让女孩大惊失色。还没等她回过神来，朱健居然也出现了，随后血案发生。

罗飞相信女孩没有说谎。在这起事件中，她只是一个不知情的道具。有人在利用她完成所谓的“中和反应”和“爆破治疗”。

那个扎马尾辫的女子显然就是操控者之一，罗飞随即对她展开了讯问。

那女子身型虽然瘦弱，但她稳稳地坐在罗飞面前，没有一点怯懦。在她的身体里似乎藏着某种强大的力量。

罗飞首先问道：“你叫什么名字？”

女人回答说：“杜娜。”

杜娜？罗飞一怔，他抬头重新审视了对方一番，又问道：“户籍所在地？”

“云南德宏。”

罗飞明白了，这正是救过白亚星的那个女人。后来白亚星为了她抛弃高梅，从而引起高梅自杀、白亚星离职等等一系列连锁反应。在白亚星蜕变的过程中，她是个极为关键的线索人物。

这些思路只在罗飞的脑海中迅疾闪过，神色上却未露端倪。因为现在白亚星尚不知所踪，罗飞决定先不去捅破这层窗户纸。于是他便按照常规的套路继续发问。

“你在龙州从事什么职业？”

杜娜道：“我是楚维的朋友，在他的会所里帮帮忙。”

“你是如何认识景嘉嘉的？”

“上周在公园散步遇上，就聊了几句，聊着聊着就熟悉了。”

“你今天为什么约她到会所来？”

“她说有个男人总在纠缠她。我想帮她介绍个新的男朋友，也好有个人保护她啊。”

“你想介绍谁？”

“邓捷嘛，总在场子里玩。他不缺钱，也懂得疼女人，我觉得他挺合适的。”

“你认不认识朱健？”

“不认识。”

“就是后来刺伤邓捷的那个人。”

“我不认识。”杜娜顿了一下，又道，“我猜他应该就是纠缠嘉嘉的那个家伙吧？”

杜娜的一套说辞滴水不漏，把自己与这起血案的关系撇得干干净净。罗飞一时间也找不到漏洞进行反驳。他只好让对方先在笔录上签字，随后又把楚维唤入了讯问室。

楚维显然认识朱健，这一点是无法抵赖的。事实上，在会所里的那番交谈，楚维已经承认自己就是这起血案的导演者，现在进了讯问室，他对这一点仍然不加避讳。

“没错，是我安排的。是我让杜娜把景嘉嘉约到了会所里，我也知道朱健会跟踪过来，包括把景嘉嘉介绍给邓捷，这也是我计划好的。”楚维大大方方地说道，“这又怎么样呢？”

罗飞问道：“朱健和邓捷发生冲突，这也在你的计划内吗？”

“这话可不能乱说。”楚维郑重地摇了摇头，“我怎么知道他们一定会起冲突？我早就解释过了，这是‘爆破疗法’。朱健有可能会攻击邓捷，也有可能不会。对他自己来说，攻击意味着毁灭，不攻击则意味着重生。而不管朱健结局如何，景嘉嘉都会得到解脱——这才是最重要的。”

罗飞凝目看着对方，他开始领教到这家伙的厉害。此人坦率得几乎有点张狂，但他的每一句话却又恪守分寸，绝不越雷池半步。

看着罗飞肃穆的样子，楚维反倒笑了。他又说道：“我保护了那个女孩，我做了一件你们想做却没有能力做到的事情。你们为什么要用这种奇怪的态度来对待我呢？”

罗飞不得不提醒对方：“你还制造了一起血案。”

“是的。朱健刺伤了邓捷，可你们不觉得这是一件好事吗？”楚维与罗飞对视了一会儿，忽然问道，“罗警官，当邓捷向景嘉嘉走去的时候，你有没有想到他会和朱健产生冲突？”

罗飞沉默着没有回答。

“你想到了，对吗？”楚维又看看在场的凌明鼎等人，“你们全都想到了，可没有一个人上前阻止，为什么？因为你们希望看到他们冲突，你们也想见证一场美妙的中和反应。”

罗飞打断对方的话语，反驳道：“我们谁也不知道朱健带着刀具。”

“借口。”楚维毫不客气地冷笑了一声，“即便知道朱健带着刀具，此刻你也会说，‘我们谁也没有想到他会突然出手，我们只是来不及去阻止他。’而这一切都是借口，真相隐藏在你们的潜意识里。你们希望这两个家伙遭到惩罚，所以才放任事态的发展。当事态恶化之后，警察的职责又让你不得不站出来。现在你感到愤怒，并不是因为邓捷受到伤害，而是因为一起刑事案件就在你的眼皮底下发生了，你觉得自己失职，甚至是受到了侮辱，对吗？”

罗飞一时语塞，不知该如何为自己辩解。或许他原本就无从辩解，因为对方所言皆为事实。

楚维又继续说道：“你再愤怒也不该迁怒于我。我没做出任何违法的事情。这起案件的本质，是两个肮脏的灵魂发生了碰撞。我们都只是旁观者。这两个灵魂碰撞之后，就像发生了中和反应，他们的危害双双消失了。这不是一件好事吗？”

罗飞没有回应对方的话语，他转头对负责记录的小刘说道：“你把他说的话全都记下来，拿给他签字。”

小刘记好后把笔录本推到楚维面前。在楚维签字的同时，罗飞说道：“我们会把你的笔录拿给检察院的专家研究，看看该追究你什么责任。”

“没关系，我不会有任何责任的。”楚维签完名字，潇洒地把笔一丢，又微笑道，“我是一个懂法的人。所以，我从来不会违法。”

这一通讯问结束，时间已到了第二天的凌晨。楚维被带走之后，小刘便问罗飞：“罗队，这两个人该怎么处理？”他所指的当然就是楚维和杜娜二人。

“肯定够不上刑拘的条件。”罗飞斟酌了一会儿，说道，“按刑事传唤把他们留够十二个小时吧。等他们出去之后，安排人手盯住了。”

“对。”凌明鼎对这个方案深表赞同，“他们俩都是白亚星的心腹，只要盯住了，不愁找不到白亚星。”

小刘又问：“该安排谁去？”通过刚才的讯问过程，小刘已经知道这两个家伙都是棘手的角色，此前又有监控失败的前车之鉴，他不得不谨慎对待。

罗飞想了想说：“陈嘉鑫，你去盯楚维；杜娜我亲自来盯。”这样的盯控安排一虚一实。陈嘉鑫盯楚维，实际上仍是将陈作为抛给对手的诱饵，且看对方会不会将这个诱饵吞下；而警方真正关注的线索其实是杜娜，罗飞相信这个女人和白亚星的关系绝不一般，干脆亲自上阵。

如此安排妥当，众人散去各找地方休息。罗飞不愿来回折腾，就到办公室的沙发上睡了一觉。这一觉睡得倒是酣畅，等他被一阵敲门声吵醒时，天色已经大亮。

罗飞起身开门，却见来者正是小刘。罗飞下意识地抬腕一看手表，同时问道：“十二个小时快到了吗？”

“不是。”小刘的表情有些怪异，他对罗飞说道，“罗队，你不用再去盯那个女人了。”

罗飞一怔：“怎么了？”

“白亚星自己找上门来了。”

“什么？”罗飞不太相信自己的耳朵，可看小刘的样子又不像是在开玩笑，他便急急追问，“人在哪儿呢？”

“在接待室里坐着呢。”

罗飞回屋把外套一抓，立马跟着小刘往接待室而去。走到半路却见陈嘉鑫也急匆匆赶来，显然小伙子也得到了最新的消息。

陈嘉鑫见面便问道：“罗队，楚维这边还盯不盯了？”

“你不用去了。”罗飞现场调整战略，“另外安排两个人，分别盯住楚维和杜娜。”

“那我干什么呢？”陈嘉鑫有点跃跃欲试的样子，他料想自己会有更加重要的任务。

罗飞命令道：“你赶快把凌明鼎接过来，越快越好！”

“明白！”陈嘉鑫响亮地应了一声，一溜小跑地领命而去。

03

龙州市刑警队接待室。

沙发上坐着一男一女。女人大约二十出头的样子，衣着华贵，容貌艳丽。像这样一个美女走在哪里都是众人瞩目的焦点。

可此时此刻，美女却仅仅是个配角。因为她身旁的那个男子正散发出强烈的气场，令人无法侧目。

男子看起来四十左右的年纪，身材不高但体型健硕。在这个寒意初显的季节里，他只穿了件黑色的紧身圆领T恤，那件衣服被饱满的肌肉撑得紧绷绷的。一眼看过去，你会觉得有种强大的力量正孕育在这具躯体内，随时都可能喷薄而出。

男子有一张典型的东方人的面庞，线条柔和，比例匀称，而微微发黑的肤色和一对剑立的浓眉则给这张面庞增添了三分英武之气。他的双眼被一副墨镜遮住了，周围的人便无法捕捉到男子的目光。但他随意往沙发上这么一坐，目光却又似无处不在。不管你身处屋中的哪个角落，都能感受到这个男人带来的压力。

这是一个天生与众不同的男人，在任何场合都注定要成为主角。

虽然是初次见面，但罗飞一眼就认出，此人正是自己连日来苦苦追寻的目标——白亚星。

白亚星看到罗飞进来，嘴角浮现出一丝若有若无的笑意，他主动打了声招呼说：“罗队长，久仰。”说话的同时还伸手摘掉了墨镜。

罗飞站在离沙发两三米远的地方，和白亚星对视了片刻。对方精亮的眸子里包含着丰富的情感，罗飞既感受到锋芒毕露的挑战气概，也感受到惺惺相惜般的尊重和欣赏。

罗飞试图揣测对方自投罗网的动机，但毫无头绪。与这样的对手过招，以静制动或许是最稳妥的方法。所以罗飞也没有多说什么，只淡淡地回了句：“你好。”随后便走到办公桌后坐下。

小刘也跟到了接待室，他往罗飞身旁搬了张椅子，正想坐下时，却听罗飞说道："给客人倒点茶水。"

小刘"哦"了一声，从柜子拿出茶杯茶叶。对面的白亚星便大笑起来，他转头向着身旁的女人说道："你看看，罗队长是个好人吧，你不用担心的。"

女人一直依偎在白亚星的身边，乖得像只小猫一样。她的目光也始终盯在白亚星的面庞上，好像这个世界就只有这一个人存在。此刻听白亚星这么说了，她便转过脸对罗飞微微一笑，算是打了个招呼。随后她又转回来，轻轻抓住白亚星的胳膊说道："可我还是不想离开你。"

女人的声音温柔之极，像是在撒娇，又像是在哀求，便是旁观者听来也禁不住心旌摇荡。可白亚星却偏偏板住了脸，严肃地说道："不行。你必须离开了，我有正事要做。"

女人委屈地瘪了瘪嘴，眼中似有泪花闪动。她还想说些什么，白亚星见状便瞪了她一眼，道："我们说好的。你不听话吗？"他的话在女人听来如同圣旨般不容违抗，后者只好乖乖地站起身，黯然道："那我走了。"

白亚星微微一偏脑袋，说了声："走吧。"随后他又提醒小刘，"刘警官，你不用准备她的茶水。"

小刘愣了愣，不明白这两人一番表演唱的是哪出。在他诧异的目光中，女人已迈步向着屋外走去。到门口时她又停下来，充满眷恋地回头张望。可白亚星只向她淡淡一瞥，丝毫没有挽留之意。

女人默叹一声，独自离去了。

小刘又把目光转到了罗飞身上，似乎在询问什么。罗飞明白对方的意思，顺势说道："你安排一下，找人送送这位姑娘。"小刘应声离去。他出去后自然会找个机灵的警员，名义上送姑娘回去，暗地里却是要摸清楚对方的底细。

白亚星眯着眼睛，饶有兴趣般看着罗飞。作为一名老刑警，他轻易看破了对方的用意。但他并没有说穿，只是"嘿嘿"地半开玩笑道："女人，就是麻烦。"

罗飞也在打量着白亚星，对这家伙来说，女人确实“麻烦”。高梅和杜娜，正是这两个女人改变了白亚星的人生。现在高梅已死，杜娜则来到了龙州，而白亚星身边却又多出了另一个美女。他们之间到底是怎样的关系呢？

这些问题在罗飞的思绪中只是一闪而过。现在的重点是，白亚星为何会来到这里？他如此赤裸裸地挑衅，到底目的何在？

既然对方说起“麻烦”这个词，罗飞便语带双关地试探道：“看来你倒是个喜欢惹麻烦的人。”

白亚星立即给出针锋相对般的回应：“男人如果不喜欢惹麻烦，那活着还有什么意思？”

看似简单的两句对白，举重若轻，却又锋芒毕现。在最初的试探过后，双方正面的碰撞便在所难免。

罗飞决定把话题挑明了。他起身端起小刘先前泡好的茶水，到白亚星面前递过茶杯说道：“既然那女人已经走了，那就说说你的正事吧。”

白亚星没有去接那个茶杯，他端坐不动：“正事当然要说，但这个场合不对。”

“哦？”罗飞皱了皱眉头，“白先生觉得我这里太简陋了？”

“罗队长，你完全理会错了。”白亚星自嘲般一笑，“我是觉得你对我过分客气。现在你应该把我铐起来带进审讯室。你也不必称我什么‘白先生’，正确的叫法应该是犯罪嫌疑人白亚星。”

罗飞何尝不想把对方立刻铐起来严加看管？可他必须提醒自己，切不可操之过急，警方目前并未掌握白亚星涉案的切实证据。而对方主动上门，必然藏有后招。自己如果贸然行动，只怕要中圈套。

抱定了这个念头，罗飞便冲白亚星微微一笑，道：“看来你不但爱惹麻烦，还是个挺性急的人？”

白亚星把手一摊说：“你都找我那么多天了，我的底细也被你摸得清清楚楚。能不急吗？”

“急也没有用。”罗飞手里端着那杯茶，既然对方不喝，他就自己喝了一口。慢条斯理把那口热茶咽进肚里，他才又说道，“警方办案是有程序的。我们必须有确凿的证据才能拘捕你——所以目前说来，你还不够‘犯罪嫌疑人’的资格。”

白亚星郑重其事地看着罗飞：“证据很快就有——我今天是专门过来自首的。”

自首？罗飞蓦然间怔住了。这个变化着实出乎他的预料。就好比你面对着一个强大的敌手，在你毫无胜算的时候，对方却忽然宣布投降。这未免太荒谬太不合逻辑，就算是最乐观的人也会深感疑虑。

可白亚星还在继续说，并且越说越来劲：“我对姚柏啃脸案和章明坠楼案负有责任，这两人都被我催眠了，所以才会做出那些荒唐的举动。我已经涉嫌故意伤害罪和故意杀人罪，你应该立刻将我拘捕。”

说话间白亚星还伸出了自己的双手，他的手腕相对，摆出一副等待手铐的姿势。罗飞没有立刻响应对方的动作，他端着一杯热茶站在白亚星的面前，紧锁着双眉陷入凝思。两人就这样形成了一种奇怪的僵持，谁也不动，谁也不再说话，接待室里一时间寂静无声。

片刻后，这份寂静被一串急促的脚步声打破——却是小刘完成吩咐后回来了。屋内这番情形让小伙子有些摸不着头脑，他愣了一小会儿，这才惴惴地问了句：“罗队，怎么了？”

罗飞眉头一挑，从凝思状态中挣脱出来。他对白亚星凝视了两三秒钟，然后把茶杯往办公桌上重重一搁，毅然喝道：“把他铐起来，带审讯室！”

小刘摸出一副手铐，“咔嚓”一声铐住了白亚星的双腕。后者很配合地站起身，主动说了句：“走吧。”说完便迈步走在了最前面。

小刘没跟太紧，拉开些距离后他压低声音问罗飞：“怎么突然铐上了？”

“他要自首。”罗飞扯着嗓门，话是对小刘说的，但特意要让前面的白亚星也听见，“你准备一下吧，马上就给他做笔录！”

小刘瞪圆眼睛看看罗飞，又看看白亚星，满面惊讶。仓促间他来不及细想，只匆匆赶上几步，把白亚星先送进审讯室里再说。

一行三人很快就来到了目的地。小刘把白亚星铐在了囚椅上，白亚星说了声："这椅子还真硬。"同时他挪了挪身体，想让自己坐得更舒服一些。

"硬吗？谁让你有好日子不过？到这里来都是自找的！"小刘厉声呵斥道。

白亚星眯起眼睛问道："怎么？你怕我？"

小刘一愣，随即驳斥："我怕你什么？"

白亚星不慌不忙地说道："警察提审犯人，在态度上有个原则，叫'遇弱更弱，遇强更强'。就是说遇见懦弱的家伙你得态度温和，这样有助于缓解对方的戒心和顾虑，而对待强势的家伙你得更加强硬，这样才能压制住对方的气焰。我一直很老实的，可你却用这样的态度对待我，这说明你心中早已默认了一种弱者的姿态——你害怕我，对不对？"

小刘咬了咬嘴唇，不知该如何回应。其实他刚才只是一种下意识的反应，但经白亚星这一番剖析，又的确煞有介事。这样一来，表面看来自己是呵斥了对方，但在气势上却反而被对手压过了一头。

白亚星又呵呵一笑，抬手指着对面的软皮靠椅问小刘："年轻人，你坐这椅子坐了多少年？"

小刘回答道："我当刑警六年了！"为了挽回颓势，他说话的时候特意挺起了胸脯。可惜他的努力很快就在白亚星的回应中化为乌有。

"我十九岁从警，在那椅子上坐过十四年。我审过的死囚比你抓过的小偷都多！"那人紧盯着小刘的双眼，"三十二岁我就当上了省会城市的刑警队长，这在全国也属首例——你明白吗？"

小刘沮丧地垂下了头，他真心觉得自己没有资格和那人对视。那个人在刑警界曾取得如此辉煌的成就，莫说自己难望项背，就算是罗飞恐怕也得自叹弗如。

"所以说你还嫩得很。今天虽然是你坐软皮椅，我坐审讯椅，但我仍然可以教会你很多东西，你可得好好学着。"

白亚星说这番话的时候带着意味深长的语气，还真有点要教诲对方的意思。小刘已经完全无法抵挡对方了，他只好转过头来向罗飞问道：

“罗队，我们……开始吗？”这话看似在请战，其实却藏着潜台词——罗队，该你出手啦！我一个人哪对付得了这个家伙！

自进入审讯室以来，罗飞已经旁观了良久。此刻面对属下的求助，他不得不出头了。

“你在软皮椅上坐了十四年，这时间的确太长。”罗飞直视着白亚星，冷冷说道，“所以你还不能正确面对自己在审讯椅上的新身份。看来我得给你一点时间，先让你适应适应。”

白亚星没有回复，他只是微微耸了下肩膀，做出一个“悉听尊便”的表情。

罗飞冲小刘做了个手势，后者会意，两人一同撤出了审讯室。罗飞顺手把屋门关好，那审讯室密不透风的，这一下室内室外便完全隔断开来。

“这家伙，还真是嚣张。”小刘瞪着紧闭的房门，愤然嘀咕了一句。

“他是故意的。”罗飞提醒小刘，“你的情绪刚才已经被他控制住了。”

小刘咂咂嘴：“那他到底想干什么？”

罗飞缓缓摇了摇头：“这家伙的心思深不可测，我现在也看不清楚。所以我们还不能和他正面接触——还得等一个人。”

小刘“哦”了一声。撤离审讯室原来只是缓兵之计，他也知道罗飞要等的人是谁。说来也巧，就在他们对话的同时，那个人已经出现在视线中。

“罗队你快看，凌明鼎来了！”小刘抬手往罗飞身后一指，兴奋地说道。

罗飞回过头，正看见凌明鼎和陈嘉鑫二人一前一后，匆匆向这边结伴而来。

罗飞迎上几步，和凌明鼎打了照面。后者见面就问：“白亚星呢？”

“在审讯室待着呢。”罗飞顿了顿，又补充道，“已经铐起来了，跑不了。”

凌明鼎眼神一亮，他伸出双手和罗飞一握，郑重道：“罗警官，看你的了！”说话时他手腕上的肌肉绷得紧紧的，难以掩饰内心的激动情绪。

罗飞很理解对方的心情。在凌明鼎眼中，白亚星可不仅是犯罪嫌疑人那么简单，他更是害死自己爱妻的凶手、摧毁自己事业的仇敌！现在这家伙终于落入警方手中，凌明鼎自然迫不及待要让他受到制裁。

可罗飞不得不给对方浇上一些冷水，他抬左手在凌明鼎手背轻轻拍了两下，说道："你别性急，这事恐怕没那么简单。"

之前凌明鼎从陈嘉鑫口中得到消息，说是白亚星来到了刑警队，他一路上都在思忖该如何控制住对方。后来罗飞又说人已经铐起来了，他不免有些惊喜，心想定是警方已掌握到靠谱的证据。但罗飞此刻的态度却让他重新冷静下来，他松开紧握的双手，细问道："现在到底是什么情况？"

罗飞往审讯室门口瞥了一眼："他说是来自首的。"

"自首？"凌明鼎立刻摇了摇头，断然道，"这不可能！"

罗飞也道："确实不可能。"

凌明鼎皱起了眉头："这里面一定有阴谋！而且他是有备而来，你们千万要提高警惕。"

"我明白。"罗飞沉吟了一会儿，又问凌明鼎，"你觉得他想干什么？"

凌明鼎分析道："或许是一种主动出击的方式？他知道警方手里没什么证据，所以才敢大摇大摆地上门。所谓自首，只不过是个幌子。反正都是他的一张嘴在说，他什么时候想走了，随时可以改口，你们还是拿他没办法。"

罗飞"嗯"了一声，又问："那他的目的呢？"

"目的……"凌明鼎斟酌着说道，"会不会是借着审讯的机会，对你们实施催眠？"

罗飞点点头。到目前为止，对方的分析思路和自己完全吻合。

白亚星主动申请进了审讯室，最明显的效果就是有机会和审讯他的警员同处一室。审讯室是个安静的封闭空间，绝少外界的干扰，这就形成一个非常理想的催眠地点。此前凌明鼎曾利用审讯室的环境成功催眠了杨冰等人，白亚星或许也想如法炮制。

“其实刚才在审讯室里已经有过一次交锋了。”罗飞指了指身旁的小刘，“他很快就受到了白亚星的影响，情绪完全被对方控制。”

小刘沮丧地咧着嘴。

“所以你们一定要小心！”凌明鼎提醒道，“对他说的每一句话都要保持警惕，不要进入他的思路，也不要细想他描述的情境。”

罗飞点头道：“我会注意的。”

凌明鼎微微一笑：“其实我倒不担心你。想把你催眠恐怕不太容易呢。”他的言下之意只是担心小刘等人。

罗飞也笑了。虽然他曾在白亚星手里栽过一次，但那次是对方精心布置了一个庞大的迷局。这回在自己的地盘上又怎会再次失手？

罗飞现在考虑的其实是另一个层面的问题。他对凌明鼎说道：“我们再小心，也不过是被动防守。我想的是，我们能不能化被动为主动，将计就计？”

凌明鼎明白罗飞的意思：“你是想让我对白亚星实施反催眠？”

“没错。如果成功的话，或许能找出白亚星作案的证据。”

小刘在一旁重重地“嗯”了一声，表示赞同。虽然白亚星已经摆出了“自首”的姿态，但别指望正常的审讯能将他绳之以法。要想扭转局势，还得采取一些非常的手段。

凌明鼎此刻却垂首不语。他这样的反应让罗飞略感诧异：面对一个刻骨的仇敌，他理应充满了战斗欲望。

罗飞决定给对方鼓鼓劲：“我们可以全力协助你，就像上次那样。”

所谓上次，就是指凌明鼎催眠杨冰等人的那次。当时警方通过长时间的审讯消耗了杨冰等人的精力，而凌明鼎则在对方最疲劳的时候上场，利用对方的精神低点实施催眠，这便达到了事半功倍的效果。在罗飞看来，那次的经验此刻仍可借鉴。虽然白亚星的实力尚在杨冰等人之上，但只要警方和凌明鼎默契配合，胜算依旧很大。

凌明鼎还是沉默着。他脸上的神色犹豫不定，似乎在作艰难抉择。

最终他还是长叹一声，说了句："不行。"

罗飞不解追问："为什么？你不想让他早点伏法吗？"

"当然想，比你们任何人都想！"凌明鼎激动地说道，随后他又露出苦笑，"可你知道吗？我们催眠界业内有句谚语：手上有伤口，就不要去接触毒药。"

罗飞"哦"了一声，这谚语的含义他已略略猜到了一些。

凌明鼎又道："一想起我的妻子，我就无法控制心中的悲伤和愤怒。"

罗飞道："这种情绪可能会被白亚星利用？"

"不是有可能，而是必然发生的事情。"凌明鼎黯然说道，"妻子自杀就是我的心穴，白亚星对此了如指掌。所以我和他交锋，结果必败无疑。"

没错。白亚星掌握着凌明鼎的心穴，而在两个催眠高手的交锋中，这几乎就是掌握了对方的命门。与此相比，警方对凌明鼎的协助便显得无足轻重。

罗飞失望地摇摇头——看来让凌明鼎直接拿下白亚星的计划只能泡汤了。

凌明鼎这时却又对罗飞说道："不过我仍然支持你的思路，将计就计，化被动为主动。"

罗飞重新振作精神："你有什么办法？"

凌明鼎没有直接回答，只是转头看看身旁的陈嘉鑫。

罗飞明白对方的意思了。他还是想以陈嘉鑫为诱饵，主动引白亚星上钩。

罗飞认真考虑了一会儿，觉得这确实是个挺好的机会。不过他还得征求一下当事人的意见："小陈，你愿不愿意和白亚星深入接触一下？"

陈嘉鑫毫不犹豫地应承下来："没问题。"

罗飞又问凌明鼎："具体该怎么操作？"

凌明鼎道："你们三个进去，照常对白亚星展开审讯。白亚星肯定会找机会对你们进行催眠。以他的能力，一眼就能看出小陈是最敏感的受体。他会进行一些语言上的暗示，逐步影响小陈的精神世界，最终打下一个心锚。等他脱身之后，便可以利用这个心锚控制小陈，从而展开自己下一步的阴谋。”

罗飞“嗯”了一声，问：“那我们要怎么防范呢？”

凌明鼎微笑着摇摇头：“不需要任何防范。你们应该配合白亚星，让他尽情表演。而我会在审讯室外监控整个过程。他表演得越充分，我对他的动机和手段就了解得越透彻。他打给小陈的心锚也不足虑，因为我完全可以破解。我甚至还可以有针对性地进行反设置，以小陈为载体，找机会攻进白亚星的心穴。如果能够成功，那就胜券在握了。”

根据心锚理论，只要凌明鼎能了解白亚星催眠的过程，那不管陈嘉鑫受到什么蛊惑，最终都能破解。从这个角度来说，计划本身是绝对安全的。罗飞便点点头道：“好，就按你说的办。”

凌明鼎又想到另一个问题：“对了，我在审讯室外面能听见你们的对话吧？”

罗飞笑道：“不光能听见，还能看见。我们去年刚上的一套审讯监控系统，审讯室隔壁就是监控室，两间屋子中间装着单面玻璃。”

凌明鼎一拍手：“太好了——那你们看看，什么时候开始？”

“这就招呼吧。”罗飞挥挥手，算是发出了行动开始的信号。

04

凌明鼎独自一人进了监控室，罗飞三人则一同进了审讯室。

白亚星很安静地坐在审讯椅上。虽然他已经等了很长时间，但他看起来一点都不着急。

落座之后，罗飞先盯着白亚星看了一会儿，然后问道：“你是白亚星？”

白亚星稳稳应道：“没错。”

“你因涉嫌故意伤害罪、故意杀人罪，现对你实施刑事拘留。”罗飞一边说一边冲陈嘉鑫撇撇嘴，“把拘留证拿给他签字。”

陈嘉鑫把开好的拘留证和一支笔送到白亚星面前，白亚星痛快地签了字。

罗飞又道：“需要电话吗？你有权通知你的家人和律师。”

白亚星咧嘴一笑：“不必了。我来之前都已经安排好了。”

“那好。我们现在依法对你进行刑事讯问。”

罗飞说话的同时，小刘已经打开笔录本，做好了记录的准备。另一边陈嘉鑫也回到罗飞身旁坐好。屋内四人形成了三对一的对峙局面。

罗飞按照正常的讯问程序起了头：“你的年龄？”

白亚星却没有回答，他抬起眼皮扫了罗飞三人一圈，忽然说道：“按程序，你们也得向我表明身份。”

确实有这个程序。罗飞首先自我介绍：“我是龙州刑警队队长罗飞。”

白亚星“嗯”了一声，然后冲着小刘一扬下巴，问：“你呢？”那姿态倒像是他在审讯犯人一般。

小刘也报出名号：“刘东平，龙州刑警队，队长助理。”

白亚星又调侃般说道：“你的普通话不太标准啊。”

小刘的普通话确实不太标准，不过白亚星自己也不咋的。所以小刘不甘示弱地反驳了一句：“比你差不了多少！”

白亚星“嘿”地一笑，继续在这个话题上纠缠：“听口音你不是龙州人吧？苏北的？”

这种问题小刘本没必要回答，但因为对方没有说对，他想趁机撅一撅对方，于是便“哼”了一声，拖着长音纠正道：“安徽——”

“哦，安徽。”白亚星眯眼晃脑地，像是在品味着什么，然后他又说道，“你是安徽人，我是西南的。我们的普通话都不太标准，让你来给我做笔录，你做得了吗？”

这可真有点鸡蛋里面挑骨头的意味了。小刘没好气地回答说：“你放心吧。你说的话我全都给你记下来，一个字都不带差的！”

“那就好。”白亚星点点头，貌似很满意。随后他便转过目光看向了陈嘉鑫。

“我……我叫陈嘉鑫，龙州刑警队，实习刑警。”陈嘉鑫说话的时候半低着头，有点怯场。这也难怪，这是他第一次进审讯室讯问嫌犯，而且又承担着特别的任务，怎会不紧张呢？

“实习刑警？”白亚星翻了翻眼皮，不屑地说道，“那你有什么资格坐在这里？”

陈嘉鑫一怔，不知该如何回复。

罗飞在一旁反问道：“我们不都是从实习刑警做起来的吗？”

白亚星冲罗飞“嘿嘿”一笑：“这么难搞的案子，你派个新人来，你就不怕砸在他手里？”

罗飞也淡淡地回以一笑：“就是难搞的案子，新人的成长才快啊。”

白亚星看着罗飞，他的笑容渐渐地僵住了，片刻之后他换上冷冷的腔调：“罗队长，我们都别绕圈子。这个菜鸟为什么会坐在这里，我们俩心里都清楚——这可就没法玩了！”

罗飞的瞳孔微微一缩，暗想，难道他已经看破陈嘉鑫是个诱饵？不会这么快吧？或许只是有点怀疑？自己还是硬着头皮继续演一段，且看对方如何反应。

于是罗飞便不动声色地说道：“你以前也做过刑警队长，就是这样对待新人？”

白亚星却不留任何余地：“让他出去，否则大家就散伙。”他一边说一边把身体往后仰倒，一副“不愿与你多说”的态度。

罗飞沉默着，思绪飞速旋转。散伙？只要白亚星愿意，随时可以做到，但自己怎能接受？他已经寻找了这么久，终于等到了和对方面对面过招的机会。放弃不仅意味着错失良机，更是向对手示弱的表现，这绝对不行！

在警方既定的计划中，陈嘉鑫是最重要的一颗棋子。现在这颗棋子已经被对方识破，那就弃子！宁可弃子也不窝囊求和。

即便弃了陈嘉鑫，己方还是占有先机——因为凌明鼎仍在隔壁监控室中。先让对方一手，或许能引诱对方大胆地攻出来，反而更容易被凌明鼎抓住破绽。

想到这里，罗飞便冲陈嘉鑫努努嘴说："你出去吧。"

陈嘉鑫有点不甘心的样子："罗队……"

"出去。"罗飞又重复了一遍，语气不容违抗。

陈嘉鑫只好起身，垂头丧气地离开了。

"这就好了。"白亚星重新把身体坐直，他笑吟吟地看着罗飞和小刘，"你们两个我都很喜欢，我们正式开始吧。"

听对方说话的语气，罗飞忽地心念一动：难道对方锁定的目标是小刘？从进入审讯室开始，白亚星在小刘身上便耗费了不少唇舌，而小刘的情绪也的确受到很大影响。这倒不是坏事。让小刘取代陈嘉鑫，警方的计划一样可以完成！

罗飞心中缜密思忖，从表情上可一点都看不出来。他神色平淡地继续执行讯问程序。

"白亚星，你的年龄？"

这次白亚星很配合地回答了："四十岁。"

"籍贯？"

"云南大理。"

"你什么时候来到龙州的？"

"大概两个月前吧。"

"你的暂住地？"

"华鼎公寓五号楼402。"白亚星报完地址之后，又补充说了句，"我和小雪住在一起。"

罗飞问道："小雪是什么人？"

"我的女人啊，你们刚刚不是见过吗？"

原来就是先前接待室里的那个女人。按照白亚星的说法，他在龙州一直是和这个女人同居。那他又该如何处理和杜娜之间的关系？

白亚星似乎看出罗飞在想什么，他暧昧一笑，略带得意地说道："我有很多女人的。"

罗飞并不觉得这是什么光荣的事情，他也没兴趣纠缠这个话题，只按程序提醒对方："我们会依法对你的暂住地进行搜查。"

"随便搜吧。"白亚星无所谓地耸耸肩膀，"那只是一个私人住所。"

罗飞又继续问道："你来龙州干什么？"

"龙州不是要开催眠师大会吗？我来凑凑热闹。另外你们这边经济发达，我也想看看有没有投资的机会。"

"投资？"这个回答有些出乎罗飞的预料。

"我有很多钱，你不知道吗？"白亚星得意地挑起嘴角。

"我当然知道。"罗飞眯起眼睛说道，"而我觉得你的钱已经足够多，多到不用再搞什么投资了。"

"谁会嫌钱多？"白亚星撇着嘴说，"而且有些项目不光是为了挣钱，更重要的是社会效益。"

社会效益？罗飞心念一动，主动问道："你指的是'中国催眠师行业联合会'吗？"

白亚星并不避讳这个话题，他正面回答说："这个联合会的确有我的资金支持。我个人对催眠有点兴趣，不过这个行业并不是我关注的重点。"

"那你关注的是什么？"

"一个新兴的行业，未必能挣很多钱，但是绝对可以造福整个社会。"白亚星颇为自豪地描述了一番，然后他吐出了这个行业的名称，"环保。"

"环保？"罗飞颇感意外。他知道这的确是个充满了公益色彩的新兴行业，但是白亚星这种人真的会对环保感兴趣吗？

白亚星看出罗飞的疑虑，他耸耸肩膀说道："看来你并不关心这个行业，真是叫人失望！我们每天都在制造垃圾，不是吗？这些垃圾严重污染了环境，甚至威胁到我们每个人的健康和安全。我们不该停下来想一想吗？怎样去消除这些垃圾，这不是全人类的共同责任吗？"

罗飞看着白亚星那副慷慨激昂的表情，暗自揣摩对方说这些话的用意。作为一名顶尖的催眠师，白亚星无疑是个话术掌控高手，他的每一句话都是为了最终的目的而服务。而警方也正要追踪白亚星的话术，以此来探索对方的动机和阴谋。

罗飞没有搭腔，白亚星那边倒越说越起劲了："就拿你们刑警队打个比方吧。每个办公室都有垃圾篓，一天下来，塞满了各种垃圾。保洁员会把这些垃圾倒进大楼前的垃圾桶。到了凌晨，环卫工人开来了垃圾车，把整栋楼产生的垃圾运走。"他一边说一边在手铐限制的空间内挥动着胳膊，像是老师给学生讲课，"我问你们，最终这些垃圾去了哪里？"

罗飞对此不太了解，只能猜测着说道："应该会送到特定的场所进行处理吧？"

"没错，在龙州的东郊就有一个垃圾场，两年前开始建设的。现在市区绝大部分生活垃圾都运到那里处理。上个月我专门去考察了一次，你知道具体的处理方法吗？"

罗飞摇了摇头。

"填埋。"白亚星顿了一顿，又详细说道，"他们挖了一个大坑，把一车一车的垃圾倒在坑里，用压路机碾压紧实，然后在上面铺好泥土，再种树种草。等工程完工之后，那里看上去就是一片连绵起伏的绿色丘陵，谁会想到下面还埋着一堆堆的垃圾？"

对方说得这么详细，看来还真是做过一番研究。罗飞听了也觉得有点意思，便点头道："挺好的啊。"

"挺好的？"白亚星一听这话，眼睛却蓦然瞪了起来，"你觉得挺好的？"

罗飞不解地反问："怎么了？"

"你以为这样的处理是好事？"白亚星的嘴角浮现出一丝冷笑，"那些垃圾虽然被埋了起来，但它们的危害并没有消失。在暗无天日的地下，在潮湿密闭的环境里，那些垃圾开始腐败、发酵，渗出浓稠的、恶臭的液体，病菌在其中疯狂地滋生——你觉得这是好事？"

罗飞斟酌着说道："既然是专业化的处理，应该有措施来防范这些危害吧？”

“是有一些措施。”白亚星也点头表示认可，但他脸上仍然挂着嘲讽的神色，“他们会在最下面铺设一层隔水的材料，防止那些臭水和细菌入侵土壤。可惜这只是自欺欺人的把戏。那些臭水和细菌越积越多，终有一天会漫出来，渗入土壤，污染地下水源，形成的危害比垃圾本身更加可怕。”

罗飞大概理解对方的思路了：“你的意思是，只要不把这些垃圾彻底清除，所有表面化的处理都是没有意义的？”

“没错。”白亚星用手铐在椅面上一敲，用论断的语气说道，“危害本身没有消除，所有转移和掩盖手法都是饮鸩止渴。”

这说法似曾相识，罗飞略一思忖便回忆起来，昨晚在“君临天下”会所，楚维曾对凌明鼎的心穴理论进行过抨击。

“搭了桥，那个洞还在。那就算安然一时，又有什么意义？能保证那座心桥永远牢固吗？能保证那个洞口不会越变越大吗？等到心桥被黑洞吞噬的那一天，恶果恐怕会更严重吧？”这便是楚维当时的说辞，和白亚星此刻的言论正有异曲同工之妙。

罗飞专注地看着面前的这个男人，他开始意识到，对方说的话一定有着更深层次的含义，就像是一个哑谜等待自己去破解。

片刻之后，罗飞主动问道：“那你觉得该如何处理那些垃圾呢？”

“必须是更加彻底的方法。”白亚星举了个例子说，“比如垃圾焚烧技术。”

“把垃圾烧掉？”

“没错。不过焚烧本身也有问题，如果技术控制得不好，会产生很多有害的烟雾。所以我还在期待一种更好的方法，既彻底又洁净。我愿意就此进行必要的投资——这也是我滞留在龙州的最主要的目的。”

“你的投资现在有眉目吗？”罗飞不动声色地将话题引得更深。

“有。是一种全新的工程技术，还在试验阶段。”白亚星神秘地笑了笑，“我还不能告诉你详情，因为这是一个巨大的机密。”

对方说到关键处却戛然而止，这令罗飞略感失望。白亚星看出了罗飞的情绪，似乎想要补偿对方一下，他又微笑说道："不过我可以把这次工程计划的代号告诉你。"

罗飞把身体往前倾了倾，做出洗耳恭听的姿态。

白亚星缓缓吐出四个字来："净化工程。"

"净化工程？"罗飞细细咀嚼着这四个字，试图从中品出更多滋味。

"行了，我说得已经够多了。"白亚星打了个哈欠，貌似有点疲倦，然后他歪脖子看看小刘，忽地说道，"哎，你把我的话都记下来没有？"

"记下来了，保证一个字都不差！"小刘冷冷地回复道。他可不是吹牛，在龙州公安系统，小刘是数得上的快手。罗飞也是看中这一点才选他做的助手。这次给白亚星做笔录，小刘尤其谨慎认真。第一是不能在对方面前折了脸面，第二是凌明鼎要对白亚星的话术展开分析，保留一份详尽的笔录可谓有备无患。

"很好。"白亚星竖起拇指夸了一句，"接下来你可更得仔细，因为我就要说到你们最关心的话题了。"

小刘闻言一凛，所谓"最关心的话题"，指的当然就是涉案的内容。他赶忙打起精神，全力以待。

这时罗飞却看看手表，说道："十一点多了，我们先休息一会儿吧，下午再继续。"

小刘知道罗飞有所安排，便"嗯"了一声，把笔录本合起收好。

罗飞又对白亚星说道："你在这里稍等，我会叫人送盒饭过来。"

白亚星也不说话，只无所谓地把身体往椅背上一靠。

罗飞带着小刘走出审讯室，刚刚把门关上，却见凌明鼎和陈嘉鑫也从隔壁监控室出来了。原来陈嘉鑫被白亚星赶走之后就去了凌明鼎那边。

罗飞稍微压着点声音说道："去我办公室吧。"然后又嘱咐小刘，"你去安排几份盒饭。"

小刘自去食堂准备，罗飞和凌明鼎、陈嘉鑫则结伴来到了办公室。落座之后，罗飞向凌明鼎问道："你怎么看？"

"一开始他的攻击性非常明显，包括对小刘，还有对小陈的。后来说到关于环保的话题——”凌明鼎沉吟道，“我觉得他好像在隐射些什么，又好像在为一些事情做铺垫。”

罗飞点点头，对方的分析和他的感觉是吻合的。还有些话凌明鼎自己不好意思开口，罗飞便帮他说了出来：“他隐射的就是你的心穴理论。”

凌明鼎咧咧嘴，算是尴尬地默认了。

下一个问题才是罗飞关注的焦点：“你觉得他在做什么铺垫？”

“我也不敢确定，只是有一些感觉……”凌明鼎紧皱着眉头说道，“白亚星一定在策划着某个阴谋，所谓的‘中国催眠师行业联合会’就是这个阴谋的一部分。而‘净化工程’则是他给这个阴谋起的代号。”

罗飞凝起目光，渐渐逼近问题的核心：“那‘垃圾处理’又是在指代什么？”

凌明鼎道：“如果说‘垃圾填埋’是在影射我的‘心桥治疗术’，那‘垃圾’应该就是指人们的心理顽疾，也就是所谓的‘心穴’。”

罗飞顺着对方的思路推理下去：“这么说‘净化工程’就是清理‘心穴’的计划？”

“应该是吧。昨晚楚维不是说起什么‘爆破疗法’吗？跟‘心桥治疗术’相比，‘爆破疗法’的目的就是要把对象的心穴摧毁。这不正是‘净化工程’所鼓吹的理念吗？”

罗飞“嗯”了一声，继续分析道：“所以白亚星才会在催眠师大会上捣乱，并且专门建立了‘中国催眠师行业联合会’和你对抗。”

“是的。”凌明鼎叹了一口气，又道，“我真的不明白，不过是学术上的异见，何必要搞得剑拔弩张？”

罗飞沉默了一会儿——这个问题也是他的困惑所在。

如果只是在心穴治疗理论上有分歧，白亚星完全可以正大光明地提出反驳。以他的经济实力，很容易建立起一个超越凌明鼎的行业协会。而所谓的“爆破疗法”虽然比较极端，但也不至于到达“阴谋”的层次。白亚星有必要把这事弄得如此神秘，还牵扯出两条人命吗？如此细想的话，这背后恐怕另有隐情。

片刻后，罗飞用提醒的口吻对凌明鼎说道："白亚星在讯问时说过，催眠行业并不是他关注的重点——我觉得他不是虚张声势。"

凌明鼎的目光跳跃了一下："就是说他主要并不是针对我？"

罗飞点点头："催眠术对他来说也许只是一种工具，就好比他在讯问过程中提到的'工程技术'。至于他要用这项技术做些什么，这才是最核心的问题。"

白亚星这次来到刑警队，"自首"绝不是他的真正目的，而只是他行动计划中的一个环节。包括他上午说的那些话，似乎给警方一些暗示，但在关键处又语焉不详。在讯问过程中罗飞便开始思考对方的用意，是想通过思路的调动来控制审讯者的思维呢，还是想引导警方的调查方向，以实现某种借力打力般的效果？无论是哪种情况，如果警方能够尽快破解对方的隐喻，那自然便可占得先机。所以罗飞才会提前中断讯问，出来和凌明鼎商讨。

凌明鼎皱眉沉思了良久，最终却只是茫然摇头。

罗飞失望地搓着自己的手指。两人在屋内大眼瞪着小眼，一时间都觅不到思路。凌明鼎首先放弃了，他轻叹一声说道："还是再观察一阵吧。"

罗飞也无奈地耸了耸肩膀。现在警方掌握到的信息还是太少，就算是凌明鼎这样的心理分析大师也无法作出更深的判断。在这种局面下，等待或许就是最好的解决方案。毕竟白亚星那边的表演才刚刚开始，只要讯问继续下去，他肯定还会继续施展"话术"。而他说得越多，凌明鼎这边破解的机会就越大。

就在这时，办公室外响起了敲门声。陈嘉鑫过去开了门，却见是小刘带着几份盒饭回来了，在他身后还跟着一名中年男子。这人也是刑警队的同事，叫作朱东。

小刘一边把盒饭给大家分了，一边向罗飞汇报："罗队，朱哥已经把那个女人的情况摸清楚了。"

"是吗？"罗飞打开自己的那份盒饭，招呼道，"来，边吃边说。"

朱东便坐在罗飞对面，他把盒饭接在手里，然后开始讲述："那女人叫作韩雪，今年二十一岁，本地户口。原来的工作是个售楼小姐，一个多月前辞职，随后搬离了公司宿舍，入住华鼎公寓五号楼402室。这个华鼎公寓就是她上班时负责销售的楼盘，是个高档小区，精装修带家电，真正的拎包入住。房产证上登记的是韩雪的名字，但以她的个人收入肯定买不起这种房子。据小区物业反映，韩雪入住后经常和一个中年男子出双入对。我去售楼处也问了，这个男子是看房的时候和韩雪相识的。根据我的分析，应该就是这个男人出钱购买的那套公寓，他和韩雪之间多半是一种包养关系。"

罗飞认真听完之后，又问："韩雪这人怎么样？"

"本市商贸学校毕业的，没上过大学。据说是挺单纯的一个女孩子，以前不要说被人包养，就连恋爱都没有谈过。"把这些情况都说完之后，朱东这才打开盒饭大口吃起来。

对面的罗飞微微点头，对属下的工作表示满意。朱东提到的中年男子当然就是白亚星，他以韩雪的名字登记买房，借机和对方同居，主要目的就是隐匿自己的行踪吧。而年轻单纯的韩雪怎能抵挡白亚星这样成熟富有的男人？

罗飞向朱东下达进一步的指令："吃完饭之后你去开个搜查证，然后把那套公寓封闭起来。晚上我过去搜一搜，或许会有发现。"其实他自忖搜出线索的概率不大，但办案就是这样，即便只有百分之一的希望，也要尽百分之百的努力。

朱东应道："明白。"

便在这番对话的工夫，罗飞已经把一份盒饭吃完了。他看了看时间，又对身旁的小刘等人说道："你们也快点吃吧，我们一点钟继续。"

众人匆匆把饭吃完，稍事洗漱整理，然后便各赴岗位。朱东去开搜查证，凌明鼎和陈嘉鑫进了监控室，罗飞和小刘则进了审讯室。

白亚星也刚刚吃完盒饭，见到罗飞进屋，他还意犹未尽地夸赞道："龙州刑警队的伙食真不错啊，比我当年在西南的时候可强多了。"

罗飞不冷不热地回了句："我看是你的胃口好。"

白亚星“嘿”地一笑，反问：“难道罗队长的胃口不好？”

罗飞不再搭这话茬，他和小刘各自落座，然后摆出架势说道：“白亚星，我们现在继续依法对你进行讯问。”

白亚星一摊手说：“我全力配合。”

这次罗飞直入主题：“白亚星，你自称对发生在本市的两起命案负责，那就说说具体的情况吧。”

“这事可说来话长。”白亚星瞥了小刘一眼，“喂，你做好准备了吗？”

小刘冲对方晃了晃手里的水笔：“只管说你的吧。”

白亚星郑重其事地清了清喉咙，然后开始供述。

“我是今年十月二十日到的龙州。我前面已经说过了，我这次过来有两个目的，一个是找找投资项目，另外就是因为在龙州要召开什么催眠师大会。我对催眠很感兴趣的，正好来见识见识。”

罗飞插话问道：“你来龙州是乘坐的什么交通工具？”

“我自己开车。”白亚星知道对方为什么会问这个，特意解释道，“我一般不坐飞机的，我不想被别人查到行踪。而且我到龙州之后一天宾馆都没住，我直接去售楼处买了一套房子送给小雪，然后我们俩就住在一起。”

这个说法正和警方的调查相吻合。罗飞便又追问：“你想方设法隐藏自己的行踪，有什么目的？”

“为了安全。”白亚星略带嘚瑟地笑了笑，“我现在有亿万身家，被人盯上可不好。”

这理由倒也解释得通。罗飞冷眼看着白亚星，心想：你这亿万身家就是害了别人性命所得。不过这事先放一放，罗飞最关心的还是发生在自己辖区的那两起命案。

“你为什么要用催眠术谋害姚柏和章明？”

白亚星答道：“我并不是冲着这两个人去的，我针对的是催眠师大会，是凌明鼎，是那荒唐的心桥治疗术。”

罗飞联系到上午的对话：“你反对心桥治疗术，就像反对垃圾填埋一样？”

“就是啊。”白亚星坦然道，“这两者本质上是一样的，避实就虚，自欺欺人！”

罗飞皱眉道：“就算你说得有道理，你也不能危害无辜者的性命。”

白亚星咧咧嘴，一副不以为然的表情：“我只是在试验一种全新的心理疗法。要知道，任何试验都是有牺牲的。”

“所谓的‘爆破疗法’吗？”

“就是啊。这才是真正有效的心理治疗术。”白亚星振振有词地说道，“那什么心桥法只是把病人的心穴掩盖起来，能有什么用？心穴在平静的表面下继续恶化，总有一天会复发，到时候危害更加严重。而我提出的‘爆破疗法’却能将心穴彻底铲除，就算产生了不良后果，那也是长痛不如短痛，一了百了，不留后患。”

“一下子夺走两条人命，这也叫有效的治疗术？”罗飞的语气中带着明显的讥讽意味。

“死了两个人，就全城震动；我还治愈了那么多人，却有谁知道？嘿嘿，这世道就是这样。真正想做点事情，唉，那可真难啊！”白亚星叹完之后，又瞥着罗飞反唇相讥，“罗队长，我原以为你见识不错，没想到也不过如此。”

听这意思，白亚星的试验对象并不仅有姚柏和章明二人？只是在“或重生、或毁灭”的双向结果中，姚柏和章明不幸被“毁灭”，而其他的试验对象都获得了“重生”？罗飞用审视的目光看着白亚星，暗中揣摩对方这番话语的可靠程度。

白亚星这时又把两手一翻：“话说回来了，我也不能对你苛求太多，毕竟你是个警察。警察天生就对死人感兴趣。所以我们还是来谈谈这两个死人吧。”

罗飞不再多说什么，只摆出聆听的态势。在这次讯问中警方有意表现得被动一点，这样才能让白亚星尽情发挥，以便凌明鼎进行分析和研判。

白亚星也乐于享受这样的空间。针对那两个可怜的牺牲品，他开始展开长篇大论般的叙述。

“先说那个叫作姚柏的家伙。一个大小伙子，二十多奔三十的人了，工作没有起色，个人生活也一塌糊涂，女朋友谈一个吹一个。为什么？因为他玩电脑游戏上瘾，尤其是那种僵尸类的游戏，能整夜整夜地玩。这种人活在世上有什么出息？跟父母一块儿住，还连累老人家一块着急上火的。被我遇见了，我当然得帮他治治。

“怎么治？嘿嘿，对付这种玩物丧志的家伙，最好的办法不是堵，而是疏！以前我有个远房侄子，也是玩网络游戏上瘾，他父母怎么都管不住，后来交给我调教。我把他带到网吧，让他敞开玩了三天。给他顶级的账号，好装备全都配齐。这三天让他尽情过瘾。三天后账号装备全都收回，结果他再也没兴趣玩那个游戏了。为什么？因为最过瘾的那个阶段他已经享受过了，让他从低级别重新练起还有什么滋味？当然了，那时候我还不会催眠术，只能用了笨方法，买账号买装备花了不少钱。现在的话就不需要了。

“那天是十一月七日吧？我闲着没事，就带小雪去电影院看电影——是个僵尸片。这个姚柏也来了，正好坐在我旁边。我看他精神状态不太好，就趁着开场前和他聊了一会儿，把他的大致情况都摸清楚了。我想帮帮这个小伙子，用的当然就是‘爆破疗法’。在电影播放的过程中，我对姚柏实施了催眠，让他觉得自己感染了僵尸病毒。为了让催眠效果更逼真，我还催眠了坐在姚柏后面的那个观众，让他在姚柏的脖子上咬了一下。然后我告诉姚柏，如果在五点钟之前没有注射抗体，他就会变成一具僵尸。当然了，那所谓‘抗体’根本就不存在。所以这小子一定能好好过一把当僵尸的瘾。当他醒了以后，那些僵尸游戏和电影还有什么吸引力？他再也不会沉溺其中，他将获得新生。”

看着白亚星那副煞有介事的模样，罗飞忍不住要提醒对方：“可他再也没有醒来！”

“他的毁灭并不是我的过错。就像手术一样——任何手术都是有风险的，但你不能把手术的失败全都归咎于主刀的医生。”

罗飞不想和白亚星争辩此事，只继续问道：“那么章明呢？你又是怎么对他进行催眠的？”

白亚星道：“我是在早市里碰到这个家伙的。他的症状和姚柏相似，都是玩物丧志，沉溺上瘾。不过他的年龄更大，中毒的程度也更深。我对他进行催眠，让他相信自己就是一只鸽子。为了让他彻底享受这个过程，我还特意让人在他楼下吹鸽哨，对他进行深层次的精神引导。听到鸽哨，鸽群都飞起来了，如果这时候章明能清醒过来，他就会明白那些鸽子并不值得羡慕。鸽子的飞翔只不过是另一种生活的奔波，和所谓的‘自由’毫不相干。可惜了，他并没有及时醒悟，他还是固执地追随着鸽群。他所向往的自由生活，嘿嘿，只能到另一个世界去寻找了。”

白亚星的这两段描述正和警方之前的调查相符。随后罗飞又针对一些时间和地点上的细节展开讯问，白亚星也一一作答，而且他的答案与警方所掌握的材料分毫不差。

对方的坦诚让罗飞颇为不解。如果说白亚星是为了蛊惑警方而来，在讯问过程中怎会如此老实？

罗飞正思忖间，却听白亚星又悠然自得地说道：“我身上还背着一起案子，但不是你们的管辖范围——要不要听？”

管辖范围外的案子？罗飞立刻凝目反问：“是许丽那事？”

“就是啊。”

“那你说吧。我们自然会找省城方面并案。”罗飞一边说一边转头看看身旁的小刘。小伙子一丝不苟地把白亚星先前的供述全都记录在案，这会儿正想歇一口气呢。听罗飞这么一说，他赶紧又摆好重装上阵的姿态。

“要说许丽这事，确实有点对不起她。不过那数亿的巨款能成就太多大事，她的牺牲也算值得。”白亚星先是感慨了几句，言辞中确然藏有歉意。然后他才开始详述事情的经过。

“我并不是个贪恋钱财的人，事实上我自己对物质的要求非常低。不过我追求的事业需要大量的资金支持。尤其是最近两年，这种需求变得越来越急迫。我开始左思右想，寻求融资的渠道。一开始我想通过催眠术控制几个富豪，再找机会侵吞他们的财产。可富豪的财产都被他身边的人盯得死死的，你想拿走谈何容易？即便能得手，也会给警方留下太多的线索，风险难以控制。

“后来我就琢磨，有没有一种隐形的富豪，坐拥巨额的资金却没人知道？我想来想去，这种人还真有——那就是中了彩票大奖的幸运儿。彩票出售的时候都是不记名的，所以在开奖之后、领奖之前，谁也不知道中奖者的真实身份。而中奖者一般也不会把中奖的事情告诉其他人。我只要趁着这个阶段把彩票搞到手，那我就成了合法的中奖者。我不但可以领到巨额的奖金，而且这事神不知、鬼不觉的，不会有任何风险。

“于是我就开始关注各种彩票的开奖情况。国内彩票单注奖金最高只有几百万，这点小钱我是看不上的。不过有一些执著的彩票爱好者会重复购买同一个‘幸运号码’，一次甚至买上一两百注。这种人如果中奖，那奖金的总额将十分惊人。我等待了将近一年的时间，机会终于来了。就在去年的九月十八日，福利彩票双色球开出了117注头奖，每注金额518万，其中有111注是在同一个销售点售出的。如果这些彩票是一个人购买，那这个人中奖的金额将达到5.7亿元，这是国内彩票有史以来的最高纪录。我告诉自己，该下手了。

“我找到福彩管理中心的工作人员，略施手段就得到了那111注彩票的销售信息，包括售出彩票站的名称以及具体的售出时间。随后我连夜赶往你们省城，第二天清晨五点多钟，我已经到达了那家彩票销售点。趁着里面的人还没上班，我窃取了店内监控系统的硬盘。从监控录像里我找到了那个买彩人，原来是个中年妇女。我接着往下调查，到十九日中午的时候，我查出这个女人叫作许丽，我搞到了她的手机号码，我还知道她正陷于一场家庭危机。这场危机正好能为我所用。

“当天午后，我冒充福彩中心的工作人员给许丽打了电话，我约她在一家咖啡馆见面。要催眠这个女人真是太容易了。我告诉她，她的丈夫顾大鹏已经察觉到她中奖的事情了，目前正在对她进行秘密调查。她身边的人，包括父母、儿子，都可能是顾大鹏派来的眼线。在我的蛊惑下，许丽开始产生明显的迫害妄想症状。除了我之外，她不再相信任何人。

“这时的许丽左右为难。一方面她不敢再保留那些彩票，因为她害怕身边的人会把彩票抢走；另一方面她又不愿意立刻兑奖，因为她和顾大鹏还没离婚呢，这个时候兑奖，奖金可就成了夫妻的共同财产。我趁机向她提出，可以办一个延期领奖的手续，就是先把得奖的信息登记下来，等她把离婚手续办完了，再把奖金提走。许丽立刻就同意了。她把中奖的彩票拿给我登记，我便用假彩票调了包。这时我的计划已经完成了一大半。接下来要做的就是把这个女人解决掉，永除后患。

“说来也巧，就在我准备对许丽下手的时候，一个叫吴睿的家伙出现了。这个二流的催眠师居然是凌明鼎的学生，信奉狗屁的‘心桥理论’。他怎么可能是我的对手？我让许丽相信，这个家伙就是顾大鹏派来害她的。结果如我预料，许丽在癫狂状态下杀死了吴睿，随后她也自杀身亡。我的计划完美谢幕，那数亿元的巨额奖金从此成了我的合法财产。”

两条人命，一笔巨款。无论从哪个角度来说，这都是一起骇人听闻的大案。可白亚星娓娓道来，却轻松得像在叙述一段街坊轶事。罗飞看着面前的这个对手，脊背上隐隐透出寒意。对方手腕毒辣也就罢了，而他如此详尽地讲述自己的犯罪手法，那种有恃无恐的姿态才真正令人畏惧。

无论如何，既然谈到了具体的案情，有些细节还是要搞清楚的。

“你和许丽联系的时候，用的是哪个电话号码？”

“我当时新开了一张电话卡，是联通的手机号，不需要实名登记。”白亚星翻着眼皮回忆了一会儿，随后把那个号码报了出来，“具体的号码应该是1302***1590。”

罗飞又问：“当时你和许丽一共见过几次面？具体的碰面地点在哪里？”

“四次。都是在明月路一家叫‘静心’的咖啡馆里。”

罗飞看看小刘，用目光督促属下将这些细节全都记录在案。然后他开始切入另外一个关键性的问题：“被你冒领的那笔奖金在哪里呢？”

这笔巨款必须尽快追缴，这不仅能帮被害人挽回损失，而且可以切断白亚星团伙的经济来源，有效遏制他们继续犯案。

白亚星一翻眼皮说道："这笔奖金扣完税款之后还剩4.5亿，已经全部被我兑换成金砖提走。"

罗飞继续追问："那金砖呢？"

"被我藏在一个隐秘的地点。"

"在哪里？"

白亚星被问得有些不耐烦了，他"嘿嘿"干笑了两声，反问道："你觉得我会说吗？"

这话问得罗飞颇为尴尬。要知道，白亚星此刻能坐在这张审讯椅上，其实并无刑警队一丝功劳——他是自己送上门来的。此人现在的态度就是要提醒罗飞，别看是你在讯问我，但这局势是我主导的，我想说的自然会说，我不想说的，你就别多问。

"好吧。"罗飞只好无奈地后退一步，把主动权重新交给对方，"那你还有什么要说的？"

"没有啊——我全都交代完了。"白亚星微笑着回答。

罗飞一愣，这就完了？就案情本身而言，对方的确已说了不少。可是预期中的"话术"呢？自己和小刘尚未受到对方的任何影响。如果就这样结束讯问，那白亚星的目的到底何在？不会说真是来自首的吧？

可白亚星却把这出戏演得越来越逼真了，他甚至用戏谑的言语提醒罗飞："罗队长，难道你忘记相关的刑侦程序了？现在你应该让我在笔录上签字画押，然后将案卷材料整理好，提交检察机关申请逮捕。"

对方把话都说到这个地步了，罗飞还能有其他选择吗？他只能冲小刘使了个眼色，吩咐道："给他签字吧。"

小刘起身将笔录本送到白亚星面前。后者接过去细细地审阅了一遍，末了他由衷赞道："这笔录记得，还真是分毫不差。你确实有两下子！"

小刘把笔往本上一摔，努努嘴。那意思，没问题就赶紧签。

白亚星二话不说签了字，然后又用大拇指沾了印泥，把指印按在自己的签名上。完事之后他把身体往椅背上一靠，露出一副大功告成般的自得表情。

小刘把签好字的笔录本拿回来交给罗飞。罗飞略略翻看了两眼，吩咐小刘说："你先把他带到羁押室看管起来，然后到办公室来找我。"

小刘押着白亚星离开。把嫌犯安置好之后，他如约来到了队长办公室，罗飞同凌明鼎、陈嘉鑫三人正在屋内等待着他。

见众人都到齐了，罗飞开始征询大家的意见："你们觉得白亚星到底在搞什么名堂？"

小刘和陈嘉鑫都把目光投向了凌明鼎，后者是心理分析专家，他还没表达观点，别人又怎敢妄言？

凌明鼎抱着胳膊沉吟了一会儿，用无奈的口吻说道："他是不是知道我在隔壁？"

这话的潜台词非常明显，那就是，我根本没发现白亚星的任何漏洞，是不是哪里出了问题，以致对方有所警觉？

罗飞却并不赞同凌明鼎的思路，他缓缓摇头说道："没这么简单。如果他只是看破了我们的用意，那他闭口不言或者胡扯些什么都行，又何必把自己的罪行交代得这么清楚？"

"他是无所谓吧？"凌明鼎猜测道，"他知道你们手上没有证据，所以怎么说都不怕。根据法律，只有口供没有证据，是不能给嫌疑人定罪的吧？"

"你说的没错，在我国的刑事诉讼法中，确实有重证据、不轻信口供的原则。但你别忘了，在具体的司法实践中，所谓'证据'有两种，一种是直接证据，一种是间接证据。间接证据如果能形成一个完整的证据链条，也是可以用来给嫌疑人定罪的。具体说到这几起案件，警方现在掌握的间接证据就是与案件相关的证人证言以及受害人在案发时间段的行为记录等等，而这些恰能和白亚星的口供完美吻合，这就形成了一个证据链条，足以给白亚星定罪。"

罗飞这么一说，凌明鼎大致明白了。他又追问："你说的'完美吻合'，具体体现在哪些地方？"

罗飞列举着说道："比如说姚柏对僵尸文化的嗜好，姚柏在案发当天的活动以及留在姚柏脖子上的那个牙印等等，这些都是警方在调查过程中得到的线索，一般人根本无从知晓。而白亚星却能把这些细节说得清清楚楚，足以证明他就是这起案件的操作者。章明坠楼的案子也类似，从章明的行踪到楼下有人吹哨这个细节，都可以证明白亚星的口供真实有效。许丽那起案子中，最有力的间接证据就是那个电话号码，如果白亚星不是凶手，他怎么能将涉案的手机号码一口报出？还有那个'静心'咖啡馆，我记得这家咖啡馆就在许丽所住的小区附近，这便证明白亚星的确到过案发地点。只可惜时隔太久，已经不可能调出当时白亚星和许丽会面的监控录像，否则这个证据会更有价值。但即便如此，也足够了。"

凌明鼎能掂量出罗飞最后那四个字的分量。"也足够了"，也就是说以警方目前掌握的证据和口供，白亚星已难逃法律的制裁。凌明鼎先是一喜，可这份欣喜随即便被更深的忧虑吹得无影无踪，他紧锁着眉头，喃喃如同自语："这些都是白亚星主动说出来的，他到底想干什么？"

这也是困扰在罗飞等人心头的疑问。屋中人全都沉默着，谁也找不到合理的解释。

良久之后，却听凌明鼎揣摩着说道："难道他还留着后手？"

"应该是有后手。"罗飞继续凝思了一会儿，又道，"其实对于下午的讯问，我总觉得有什么地方不对劲，似乎出了什么差错。"

"差错？"凌明鼎有些不解，"你刚刚不是还说，白亚星的口供和警方的调查完美吻合吗？"

"内容上的确吻合，但他说的话总让我有种别扭的感觉。"

"怎么个别扭法？"凌明鼎转头看看小刘，"你有这种感觉吗？"

小刘茫然眨了眨眼睛："没有啊，我觉得挺正常的嘛。"

其实具体怎么个别扭法，罗飞也说不上来。他只觉得心里咯咯噔噔的不太顺畅。也许是自己警惕性过高了，所以对白亚星的供词抱有某种先天的成见？又或者是某种直觉？可直觉就是这样，你或许能感觉到，但常常又无法描述，更讲不出其中的道理。

"算了。"罗飞自己摆了摆手，暂时放弃了，"我们还是站在白亚星的角度上，想想他接下来能做些什么。”

顺着这个思路一想，凌明鼎便问罗飞：“罗队长，按照正常的程序，你们会怎么处理白亚星？”

“现在还处于刑事拘留的阶段。接下来我们会把相关材料送到检察院，申请对白亚星实施逮捕，检察院应该在七个工作日之内给予答复。”

“按你刚才的说法，批准逮捕的可能性应该很大吧？”

罗飞点头道：“就算批不下来，最坏也是补充侦查。放人或者取保候审之类是绝不可能的。”

凌明鼎“嗯”了一声，又问：“那在检察院审核的这段时间里，白亚星会羁押在哪里呢？”

“看守所。”随后罗飞又详细解释，“就算检察院批准逮捕了，他也要在看守所继续待着，等待法庭定罪宣判。如果判下来是死刑，那就在看守所一直待到执行；如果是死缓以下，那就移交到监狱开始正式服刑。”

“如果这样的话——”凌明鼎郑重其事地提醒道，“你们一定要防备他在看守所里作乱。”

罗飞明白这话的用意。就目前的情况来看，白亚星进看守所已成定局，那警方就要考虑这会不会正是对方计划中的一步。在刑警队里，罗飞等人都充满了警惕，白亚星的阴谋很难得手，而进了看守所之后，他面前的对手就要稀松得多，没准他的阴谋在这个阶段才会真正施展。

要让凌明鼎跟到看守所对白亚星实施监控是不可能的，为今之计，只有提前做好防范工作，不给对手以可乘之机。想到这里，罗飞便很认真地说道：“我会安排好的。”

凌明鼎道了声：“这就好。”沉吟片刻之后，他又说：“还有另外一种可能性，我们也不能不防。”

罗飞“哦”了一声，等待下文。

“这会不会是调虎离山之计？白亚星主动投案，把警方的注意力全都吸引到他身上，而他的同伙则在外面趁机作案？”

罗飞点点头道："不错，对楚维和杜娜这两个人还得盯好。"

凌明鼎补充提出个要求："明天有一个小夏专场的催眠表演，你们刑警队能不能帮忙提供安保？"

罗飞一口应承："当然没问题。"夏梦瑶现在已成了凌明鼎的代言人，就算后者不提，警方也应该积极保护这个女孩的安全。

凌明鼎满意地拍了拍手："我想到的就是这些。你们看呢？"

罗飞看看小刘和陈嘉鑫。两个年轻人全都默不作声，看来他们并没有什么独特的思路。罗飞见状便不再多说，他开始部署接下来的指令："时间也不早了。我们尽快把白亚星押送到看守所——小陈，你开车跟我走一趟。小刘，你抓紧把案卷整理好，明天一早就送到检察院。"

众人各按计划行事。

半小时之后，罗飞和陈嘉鑫把白亚星押送到城郊的看守所。办完交接手续之后，罗飞特意向主管的薛所长叮嘱了几句："这人会催眠术，你们一定要多加小心。监管人员和其他犯人不要随意与他接触，免得被他蛊惑了。有什么异常情况，及时和我们刑警队联系。"

"放心吧。"薛所长爽朗地笑道，"我单独给他开个牢房，让他住单间。"

罗飞也笑了。这样便能彻底隔绝白亚星和其他人员的联系，无疑是最保险、最安全的方法。

"那我就把人带进去啦。"薛所长一边说着，一边指挥着警卫把嫌犯带进了看守所的铁门。白亚星在铁门后转过头来，冲罗飞告别道："罗队长，再见。"

罗飞沉着脸，不予回复。

白亚星却不以为意，他甚至还微微一笑，说了句有点自作多情的话语："是你把我送过来的，到时候可别忘了把我接出去。"

第八章
看守所囚犯疑似被“集体催眠”

01

夏梦瑶的第二场催眠表演同样大获成功。她这次表演仍然以“怀旧”作为主题。因为表演是在龙州大学举办的，所以这次怀旧便以高中时代的生活作为设置情境。在夏梦瑶的言语引导下，与会者在潜意识的世界徜徉。他们仿佛回到了青涩的中学校园，书桌上堆满了课本，老师在讲台上慷慨陈词，窗外的操场人声喧沸，一切都是那么熟悉，一切还都充满了希望。

当表演结束的时候，台下不少人甚至泪流满面。他们知道，在自己的人生中，有太多的美好已经错过，有太多的遗憾已经无法弥补。如果真的能够回到过去，那该多好。就算只是重温那些沉睡的回忆，他们也情愿迷醉其中，永不醒来。

表演大会结束之后，罗飞婉拒了凌明鼎的宴请。于是会后的庆功便成了凌明鼎和夏梦瑶的私人聚会。罗飞看出有某种超出友谊的情感正在这两人之间滋生，他暗自给予祝福。凌明鼎丧偶，夏梦瑶单身，男才女貌，有何不好？

接下来的几天风平浪静。楚维和杜娜回去之后继续经营那家会所，并无出格的举动。那个“中国催眠师行业联合会”也暂时偃旗息鼓。在这种情况下，凌明鼎的“心穴理论”和“心桥治疗术”又重新挽回了声势。而这番扭转最大的功臣自然要属夏梦瑶。在各路媒体的聚焦下，这个女孩已经成为整个催眠行业最火热的宠儿。在她的影响下，人们对催眠行业曾有的误解逐渐消散，他们开始喜爱甚至是迷恋这个充满神秘的潜意识世界。

夏梦瑶的粉丝数量如滚雪球般迅猛增长。已经有敏锐的炒作者嗅到了其中的商机，他们开始给夏梦瑶安排更加广阔的表演舞台。下周会有一场新的催眠表演大会，届时全国最大的一家网站将进行视频直播。这意味着夏梦瑶的粉丝们只要在电脑前戴上耳机，就可以跟着女孩的声音展开一场催眠之旅。

形势看起来一片大好，但凌明鼎心中仍有隐忧未除。他知道，白亚星虽然已进了看守所，但他针对自己的阴谋绝不会就此停止。

平静只是外表，暗流仍汹涌激烈。所有的人似乎都在等待着什么。

而在双方阵线的最前沿，正是罗飞和白亚星的对抗。这场对抗的结果或许就是下一场交锋的号角。

审讯后的第七天，也是检察院对刑警队的逮捕申请必须给予批复的日子。这天上午罗飞接到了顶头上司——龙州市公安局鲁局长的电话，对方让他立刻到自己的办公室来一趟。

罗飞来到了局长办公室。鲁局长已接近退休的年纪，头发斑白，看起来就像个慈祥的老人。但罗飞知道，这个老人对待工作素来是雷厉风行，一丝不苟。

果然，罗飞刚一落座，鲁局长就把一个档案袋带了过来。他一句寒暄的话也没说，直接切入正题道：“这是你们送到检察院的材料，今天一早被退回来了。”

罗飞心里咯噔一下。按照程序，这些材料应该由检察院通知刑警队取回，怎么会直接到了鲁局长手里？难道是出了什么状况？

罗飞一边打开档案袋，一边忐忑地问道：“不予批捕吗？”

“不光是不予批捕的问题。”鲁局长盯着罗飞看了一会儿，正色说道，“昨天白亚星的律师分别向我以及检察院的领导提起投诉，他说你们刑警队在讯问过程中采用逼供的手段，迫使白亚星做出了不实的供词。”

“逼供？”罗飞哑然失笑，“这也太荒唐了吧？白亚星进看守所之前是经过体检的，你们可以看看当时的存档记录，他身上有一点点的伤痕吗？”

“他说你们逼供，可没有说你们动武。”鲁局长顿了顿，话锋一转问道，“白亚星来到刑警队的时候，你们是不是还羁押着两个人，一个叫楚维，一个叫杜娜？”

罗飞如实答道：“是啊。这两人与另一起伤害案有关。不过证据不足，我们在传唤之后就放人了。”

鲁局长“嗯”了一声，又问：“这两人和白亚星有关系吗？”

“有关系，我们甚至怀疑这两人就是白亚星的同党。”

鲁局长沉吟片刻，道：“白亚星说这两人都是他的好朋友。而你们就是利用这两个人来威胁他，逼着他承认不实的罪行，然后你们才肯放人。”

“简直是胡说八道！”罗飞断然摇着头，“这种毫无根据的话难道检察院会采信？”

鲁局长接下来的话则让他更加诧异：“他们有证据。”

罗飞瞪大了眼睛：“什么证据？”

“就在你的手上。”鲁局长略略抬了抬下巴，“——那份口供笔录。”

罗飞已经把档案袋里的材料取了出来，放在最上面的正是小刘记录的讯问口供。罗飞审视般将笔录翻开，犹疑问道：“这里面有问题？”

鲁局长反问罗飞：“笔录里说，十一月七日，白亚星在宝力大厦的美嘉影城内对姚柏实施了催眠犯罪。当时他们观看了同一场电影，电影的开场时间是下午三点二十分。对吧？”

罗飞立刻回答：“没错。”这些细节他记得清清楚楚，都不需要去翻看核对。

“可是律师提供的证据表明，十一月七日下午三点来钟，白亚星带着一个名叫韩雪的女人在华鼎小区的物业办公室领取房产证。而华鼎小区距离宝力大厦至少有半小时的车程——所以白亚星根本没时间去影城内作案。”

罗飞一愣，下意识问道：“证据可靠吗？”

鲁局长道：“有物业提供的房产证领取记录，相关人员的证词，还有当天的监控录像。录像显示白亚星和韩雪于当天下午三点二十五分进入物业办公室，四点零七分离开。”

罗飞的脑袋有些发蒙。即便文字记录和证人证词可以造假，可监控录像是绝对假不了的。这么看来白亚星的确没有作案时间，难道这案子并非他所为？

却听鲁局长又继续说道：“笔录里还提到了省城的一桩命案。在这起案件中，白亚星和被害人许丽曾多次碰面，地点是一家叫作‘静心’的咖啡馆，时间是去年的九月份。”

罗飞点点头，心中暗忖，难道白亚星在这事上也能提供不在场证明？

鲁局长道：“律师提供了这家咖啡馆的工商登记表，它在今年五月份才刚刚开业。”

什么？那就是说，去年九月份的时候，所谓的“静心”咖啡馆根本就不存在。罗飞愕然沉默着，末了他只能露出苦笑，他还能说什么呢——面对这样强力的证据，他根本无从辩驳。

鲁局长却不肯放过罗飞，他继续逼问：“对笔录中出现的这些问题，你怎么解释？”

罗飞无奈地咧着嘴：“白亚星在讯问的时候故意埋下了这两个扣子，为日后翻案做好准备。我没有详细调查就轻信了他的供词，当然要承担责任。”

鲁局长看着罗飞不作声——他对这样的解释似乎并不满意。

罗飞回视着自己的领导，他觉得有一点必须强调出来：“无论如何，白亚星和这几起案子肯定有关联，因为他供词里提到的很多细节都和警方的调查完全吻合。”

鲁局长叹了口气，说道：“警方的调查细节和嫌犯的口供完美吻合，并不意味着嫌犯一定涉案。还有一种可能性……”说到这里他停下来摇了摇头，欲言又止的样子。

罗飞已经听明白了，他苦笑着帮对方把潜台词说了出来：“也许这份口供根本就是警方一手炮制的。”

鲁局长肃然道：“白亚星的律师就坚持这种说法。”

这个罪名扣得可大了。罗飞必须要为自己辩驳：“这份笔录上有白亚星的签名和指印，说明他当初阅读并且认可了笔录上的内容。现在他说受到警方的威胁，口供完全是警方炮制出来的，他有什么证据？”

罗飞万万不会想到，那证据还真有。

“白亚星的律师申请对这份笔录做了语言特征鉴定，昨天鉴定结果已经出来了。”鲁局长顿了顿，简要地概括道，“讯问当天的笔录可以分为上午和下午两个部分。根据鉴定，在这两部分的笔录中，嫌疑人口供所体现出来的语言特征有明显差别。说得更具体一点，上午记录的口供符合我国西南一带的口语特征，而下午记录的口供则体现了安徽一带的口语特征。”

听完这话，罗飞的心中一片冰凉。他知道自己已经彻底坠入了白亚星设计的陷阱。

语言特征鉴定是司法文字鉴定的一种。每个人在说话或者写作的时候，都有特定的文字组织的习惯。这个习惯和地域、本人性格以及文化程度都有关联。所以即使是表达同一个意思，每个人组词用语也会不一样。比如说被询问时给出肯定的回答，有人习惯说“不错”，有人习惯说“是的”，有人习惯说“对头”。

在讯问的那天下午，罗飞始终觉得白亚星的口供有点怪怪的，但又说不出问题在哪里。现在他终于知道，当时白亚星是在刻意模仿小刘的语言习惯。他用西南一带的口音表达安徽的语言风格，听起来自然有些别扭。

而对方这么做的用心极其险恶。他就是要制造一种假象：那天下午的讯问口供（即与几起命案相关的部分）完全是记录者小刘一手炮制，而上午那些无关紧要的内容才是出自于白亚星的亲口表达。

难怪白亚星当时多次刺激小刘，迫使后者在记录时一丝不苟，因为这样才能将他刻意伪造的语言特征完美地体现出来。

在罗飞思绪纷乱的当儿，鲁局长的催问声再次响起：“这次你怎么解释？”

“这是一个阴谋。”罗飞只能实话实说，“白亚星当过多年刑警，必然对讯问的流程非常了解。所以他故意给警方布下了这个圈套——我和小刘都上当了。”

“你的意思是，他刻意模仿小刘的语言特征，以此来栽赃你们逼供？”

“是的。”

鲁局长把手一摊：“你觉得这个解释说得过去吗？”

这事确实解释不过去，如果罗飞不是当事人的话，恐怕他自己都不会相信的。不过他还是不甘心，至少他还有两个证人呢。罗飞觉得必须把这个关键点抛出来了。

“在那天讯问的时候，除了我和小刘在审讯室，还有两个人在隔壁的监控室旁观，一个是陈嘉鑫，还有一个是凌明鼎。他们可以为我作证。”

“陈嘉鑫是你特批招入刑警队的亲信。至于那个凌明鼎……据我了解，他和白亚星有私仇。而且就是在他的引导下，你们才会把白亚星列为本案的嫌疑人，对吗？”

鲁局长的言下之意很明显，这两人和这事都有切实的利益关联，所以他们的证词不会有太大的效力。

罗飞还想再分辩几句，但最后还是忍住了。这事说到底，还是自己败给了白亚星。既如此，多说何益？别再将陈嘉鑫也拖累进来。

见罗飞默然无语，鲁局长便又轻叹一声。他放缓了语气，用宽慰和解释的口吻对自己的属下说道：“其实我也不是不相信你……但你要知道，有很多人就像我信任你一样信任着白亚星——包括一些警界的高层人物。”

没错，白亚星曾经是警界的宠儿，即便他后来犯了“错误”，但他在某些人心中的地位依旧牢固。况且他现在手握巨资，相应的“公关”能力更不容小觑。罗飞要拿白亚星开刀，在警界内部便会面临重重阻力——对于这一点他早有心理准备。只是他没想到，自己这么快就会中招陷于被动。

想通了这一层，罗飞也不愿让领导为难，他便很自觉地提出：“鲁局，您看该怎么处理就怎么处理吧。不管怎么说，那份笔录总是有重大的瑕疵，我作为当事人难辞其咎。”

鲁局长点点头：“笔录上有你和小刘的签字，所以你们俩是躲不了的。”他斟酌了一小会儿，说，“对内先停职吧。对外就说是生病了，需要休养一段时间。”

“就这样？”罗飞看着鲁局长，神色略有些诧异。相对于“伪造笔录”的责任来说，这个处罚明显过轻了。

鲁局长明白罗飞的意思，他也正要解释：“白亚星那边提了个条件，只要你答应了，这事就到此为止。”

罗飞就知道没这么简单，他咧咧嘴：“什么条件？”

“这事倒不难——”鲁局长说道，“他要你到看守所接他出去。”

02

罗飞刚到看守所，薛所长就过来向他诉苦：“我们已经给白亚星解除羁押了，但他赖在号房里不肯走啊。”原来看守所这边一早就得到要释放白亚星的消息。可是请神容易送神难，对方不挪步，他们也不能动粗。

罗飞道：“他在等我呢。”

“等你？”薛所长想起一周前移交白亚星时的情形，咂着舌头问道，“你还真来接他啊？”

罗飞苦笑不语，薛所长看出有内情，就不再追问，只把罗飞一路带到了那间号房。号房门四敞大开的，从屋外便可看见白亚星正半躺在床头，神态怡然自得。

薛所长当先进屋劝道："白亚星啊，你看看，罗队长亲自来接你了，这回可以走了吧？"

白亚星却不动身，他只斜眼往门口一瞥，说了句："罗队长，请坐吧。"

床边放着一张破旧的凳子，像是刻意准备好的一样。罗飞知道对方不会轻易离开，便过去坐在了凳子上。然后他凝目注视着对方，那目光如带着钩刺般，锐利之极。

白亚星对罗飞的敌意视而不见，他懒洋洋地把双手兜在脑后，说道："罗队长，我想问你几个问题。你答得准确，咱们就走。"

罗飞沉住气道："那你问吧。"

白亚星翻了翻眼皮，首先问道："这里是什么地方？"

罗飞心知对方要问的绝不是字面上的意思，但他没心情玩什么猜谜游戏，便很简单地答了句："看守所。"

白亚星接着又问："外面院子里那些，都是什么人？"

这会儿正赶上看守所放风的时间，所里的在押人员都集中在院子里活动——白亚星指的就是这些人。罗飞仍然很直白地回答说："他们是等待审判的犯罪嫌疑人。当然了，也有一些是已经定了罪，但没必要再转到监狱去的犯人，比如说被判了死刑或者刑期不满一年的。"

"也就是说，他们中的大部分人以后是要到监狱服刑的？"白亚星微微一晃脑袋，继续问道，"那监狱又是个什么地方？"

"监狱？那是改造罪犯的地方。触犯刑法的人在那里接受教育，等待新生。"

白亚星"哦"了一声，听声音有点失望。然后他转头对薛所长说道："你先出去吧，我和罗队长还得好好地聊一聊。"

薛所长看看罗飞，用目光试探对方，罗飞不动声色地点了点头。

"那好吧。"薛所长悻悻嘟囔了一句，转身自行离开。号房内便只剩下罗飞和白亚星二人。

罗飞知道正戏该开场了。果然，待薛所长稍稍走远之后，白亚星率先开了口。

“不好意思啊，要让罗队长在号房里陪我。”他先是略表歉意，随后又道，“不过你让我关了一个星期的禁闭，我让你待个三五十分钟的，也不算过分吧？”

“何必假装客气？”罗飞淡淡回道，“拜你所赐，我现在已经不是什么刑警队队长了。”

“那正好啊。”白亚星笑了，“我们以前都当过刑警队长，现在都丢了官。无官一身轻，自由自在，也妙得很。”

罗飞冷冷叱问：“照这么说，我还得感谢你才对？”

白亚星一本正经地点点头，像是把罗飞的讥讽当了真。“你确实得感谢我。”他正色说道，“因为我打破了束缚着你的枷锁。”

“枷锁？”罗飞竖起眉头驳斥道，“刑警队长是我的职责。我惩治罪恶，维护法律的尊严。我从来不觉得这是什么枷锁！”

“你根本不明白我的意思。”白亚星躺在床上，悠然跷起了二郎腿，然后他反问对方，“你真的能惩治罪恶吗？不，你连给罪恶定罪的能力都没有！你能做的，只不过是把那些家伙抓进看守所，之后的公诉、审判又与你何干？惩治罪恶？嘿嘿，你如果真有那个能力，我为什么会被释放呢？”

对方刻意挑触罗飞的痛处，但罗飞不为所动。“这正是法制的象征。”他肃然说道，“公检法三权分立，保证了所有的判决都是公平、公正、公开的。像你这样的人，也许能一时侥幸，最终绝对逃不脱法律的制裁。”

“你怎么还不醒悟？”白亚星惋惜般摇着头，“法律就是你的枷锁！只有挣脱了这个限制，你惩治罪恶的天分才能真正发挥出来。”

罗飞冷冷地看着白亚星：“我从来没觉得自己受到什么限制。”

“是的，你不觉得。”白亚星一边说一边起身下床，他踱步来到号房的气窗前，凝目向窗外眺望。形色各异的在押人员在院子里活动着，总数大约有百十号人。

“因为你并不了解他们。”白亚星冲窗外努了努嘴，然后他又转头强调般问道，“你了解他们吗？”

罗飞“哧”地冷笑一声，觉得对方的狂妄实在有点过头：“这里面至少有一半是经我手送进来的，我会不了解他们？”说话间他也走到窗前，目光随意一扫，便发现了好些熟悉的身影。

“东边那个瘦黑瘦黑的男人叫李成朋，是个强奸犯，上个月我亲手抓的；站在他前面的老头今年六十五了，是个惯偷，算上这次应该是‘四进宫’；左边靠着大树发呆的小伙子叫吴云，贩毒进来的，判下来的刑期至少在十年以上；还有西边墙角蹲着的那个——”说到这个人的时候，罗飞特意瞥了白亚星一眼，“他叫朱健，上周犯下的故意伤害，这家伙你应该认识吧？”

朱健正是在“君临天下”会所持刀伤人的男子，罗飞相信他在犯案前曾受到催眠蛊惑。而策划这事的幕后黑手十有八九就是白亚星。

白亚星却不接这个话茬，他仍沉浸在自己的思绪中。即便罗飞对这帮在押人员如数家珍，但他还是摇着头，并不满意。

“你只是了解案情，但你不了解这些人。”在说到最后“人”这个字的时候，他格外加重了语气。

要到怎样的程度才算了解一个人？若要说心灵相知的程度，罗飞自然是达不到的。他觉得对方这么纠缠颇有点吹毛求疵的意思，便转守为攻地反问对方：“难道你了解这些‘人’？”

白亚星居然大言不惭地点点头，说：“我当然了解。”

罗飞撇撇嘴，全然不信。虽然白亚星有能力探寻催眠对象的精神世界，但他这一周都被禁闭在这间号房里，他和院子里的人根本没有任何接触，又何谈“了解”？

白亚星知道对方所想，他微微一笑，又道：“每天他们放风的时候，我就这样站在窗口。我看着他们，观察他们每一个人。我能想象他们的过去，也能预测他们的未来，而这一点你是绝对做不到的。”

罗飞确实做不到。虽然他也有观察人群的习惯，但他的观察只是根据对象的既有特征进行推理分析，有时或许能揣摩到对方的过往，但要说预测未来，那就近乎占卜了。唯物世界里谁能有这个本领？

又听白亚星继续说道："并不是我比你厉害，只是我们的经历不同。你是警校的高材生，科班出身，少年得志。毕业时虽然被贬到了派出所，但起点还是比一般警察高很多。你进去就是科长吧？两年后升副所，再三年升正所，随后又升调龙州任刑警队长。"

罗飞看看白亚星，神色有些惊讶。对方对自己的履历竟是了如指掌！尤其是毕业被贬这一段——此事因为涉及一起尚未破获的大案，本属绝密信息，白亚星如何得知？

白亚星看出罗飞的困惑，他冲对方诡谲一笑，说："我去过你的精神世界。"

罗飞心中一沉。是的，在省城那次，自己曾中招被催眠，虽然凌明鼎及时赶到相救，但自己的思维仍出现了二十分钟的空白。在这二十分钟里，白亚星已经深入自己的内心，窥看到很多秘密。

罗飞有种异样的感觉，既愤怒又尴尬，就像在大街上被人突然扯去了衣物，隐私暴露无遗。好在白亚星并未纠缠于此，他很快把话题又切了回去。

"好了，再说说我吧。"他轻叹一声道，"我可没有你那样的好运气。我出生在西南边境最混乱的城市，那里的犯罪率是你无法想象的。我在街头厮混，跟那些烂仔一同成长。在我的身边，小偷、劫匪、毒贩，比比皆是，我早已见怪不怪。初中毕业之后，我先是在一家工厂里当保安，后来被派出所借用，给了个协警的身份，具体任务却是混在流氓团伙里当线人。等那个案子破了，我也算立了功，这才正式穿上警服。我就是这样一步步地走过来，我人生的大半辈子都在和这些最底层的罪犯打交道。我和他们同吃同住，我怎能不了解他们？我知道他们每个人的故事，包括他们的生活、他们的欲望、他们的过去，甚至——他们的未来。"

白亚星所说的"了解"原来是这个意思。从最底层一步步打拼上来，和各色各样的堕落者亲密接触，这样的丰富经历确实是罗飞无法比拟的。但即便如此，罗飞仍有一些保留意见，他质问对方："你怎么能知道他们的未来？每个人的未来都会有很多变化。”

“变化？也许的确很多。”白亚星倒不否认，不过他随即语锋一转，“但结局，只有一个。”

罗飞凝目追问：“什么？”

白亚星没有立刻回答。他的视线在院子里缓缓扫过，那目光中透出凌厉的寒意。末了，他冷冷地吐出两个字：“毁灭。”

“这也太绝对了吧？”罗飞难以苟同，“难道没有重生的机会吗？”

“你相信他们还能重生，这就是你我之间的区别。”白亚星顿了一顿，又道，“但我完全能够理解你，因为我也曾经和你一样。”

说完这话之后，白亚星向罗飞摊开自己的右手，罗飞看到在对方的手掌中间有一道可怕的伤疤，自虎口直达掌底，深近至骨。

“想知道这伤疤的来历吗？”白亚星平静地问道。

罗飞饶有兴趣地点点头，他很想听听对方“曾经”的故事。

白亚星便开始讲述：“那是二十年前的事情了。当时我还是个协警，被派到一个流氓团伙里当线人。这个团伙的成员以青少年为主，我跟着他们混了三个多月，组织结构已经摸清楚，也掌握了充足的证据。有天正好赶上团伙头目过生日，这帮人都凑到KTV里聚会，于是刑警队那边决定收网。

“有我在现场作为内应，抓捕行动进展得很顺利。不过有个叫‘小花’的男孩趁乱爬到了窗台上，他借着窗帘为掩护，想爬到隔壁的包厢逃走。

“我管那小子叫男孩，因为他当年只有十六岁。这孩子长得白白净净的，乍一看还以为是个小姑娘呢。他名字里有个‘华’字，但同伴们调侃他长得俊俏，非给他起个女孩的名字——‘小花’。当时小花爬到窗台上，别人都没在意，我却看见了。于是我抢上前一把将窗帘撩开。小花手里握着把砍刀，一刀就朝我劈过来。我侧身一躲，这刀没有劈中，他自己倒没了重心，身体一晃便从窗台上摔了下去。

“那个KTV包厢在五楼，这要摔到地面，不死也得重伤。我当时来不及细想，下意识地伸手一抓，想把对方拉住。这一抓没有抓到人，却抓住了砍刀的刀刃，我的半个身体则被小花下坠的惯性带到了窗外，幸好我的左手及时抓住了窗框，才不至于和对方一同坠下楼去。

“小花握着刀柄不放手，身体晃晃荡荡地吊在窗台下面；我的右边胳膊被拉抻到极限，对方所有的体重都通过刀刃传递到我的右掌。锋利的刃口很轻松地划开我的肌肉，热血从伤口中涌出来。我只觉得掌心疼痛刺骨，手上难免泄了劲。而我这一泄劲，刀刃立刻松动了，随着小花的身体往窗下又滑了几寸。小花发出惊恐的叫声，他抬头看着我，眼中满是哀求的神色。就在这时，一连串的鲜血从刀刃上滴下，正好落在小花的脸上。我知道那是自己的血。我觉得自己生命中的一部分也随着那些血液融入了小花的身体，于是我再次将手掌握紧，哪怕刀刃已经切到了我的骨骼，我也不再松手。”

听到此处，罗飞觉得自己的掌心也有些隐隐发酸。虽未能身临其境，但他已切实感受到那份惊心动魄的场景。

白亚星继续说道：“发现状况的刑警队员赶紧过来帮忙，终于把小花解救下来。后来那孩子被判了三年。我的手掌虽然严重受伤，但我心里很高兴，因为我救下了那个孩子——我说的救，不只是救了他的命，我认为自己还拯救了他的心灵。”

说最后一句话时，白亚星转头看着罗飞，似乎要刻意强调些什么。

罗飞明白对方的意思。忍受巨大的痛苦挽救一个向自己挥刀的孩子，那孩子一定会深受触动吧？当白亚星的血液滴落在小花脸颊的时候，对方的心灵也应该得到洗涤。这样的话，白亚星所受的创伤便有了意义，那条伤疤也该像勋章般充满荣耀。

可惜白亚星要讲的故事并没有走向这样的结局。

“十年之后，我再次见到了小花。你猜猜是什么情况？”

“他又犯案了？”罗飞根据对方的语气猜测道。

白亚星嘿嘿一笑，继续讲述自己的经历：“那会儿我已经是刑警队的骨干，后来西南省城要打一个黑恶集团，又调我过去担任卧底。我在那边潜伏了好几个月，集团里的大哥对我越来越看重。有天大哥派我去边境完成一笔毒品交易，我到了交易地点，一看对方那两个人，顿时就呆住了。因为其中的那个马仔竟然就是小花。”

听到这里，罗飞便知道这正是自己查阅过的那起案件。他愕然问道：“就是小花把你打成重伤的？”

白亚星苦笑着说了声：“没错。”随后他陷入沉默，似乎在追忆些什么。片刻后他才又说道，“其实我认出对方的同时就已经拔出枪了，我只要立刻扣动扳机，完全可以先发制人。”

“你当时……心软了？”

“我看到了他的脸，白白净净的，和十年前几乎没什么变化。在那脸颊上似乎仍然残存着我的鲜血。于是我犹豫了，或许只有短短的一个瞬间。可就在这一瞬间，小花也掏枪了，他可是一点都没犹豫，掏枪的同时就扣动了扳机。这一枪差点要了我的命，我仓促还击，先一枪打翻了小花。好在另外两人还一头雾水地没搞清状况，我随即又一枪一个，把他们全都击毙。这时我发现躺在地上的小花还在动，原来头一枪并没有击中他的要害，他还活着。

“我强忍着伤痛走上前，把枪口抵在小花的额头上。这次我还是没有立刻开枪，因为我想再看看他的眼神。像十年前一样，他满怀哀求地看着我，他希望我再救他一命。可我怎么救他呢？我根本就救不了他！我开枪了，当他的鲜血溅到我脸上的时候，我们算是两清了。”

听完这样的故事，罗飞已满怀唏嘘。尤其是那句“我根本就救不了他！”，那话中的无奈和悲伤怎不叫人动容？即便故事的讲述者是自己的生死对头，此刻罗飞的情感还是和对方站在了同一条战线上。

“如果能回到最初，回到那个KTV，我一定会选择松手。只可惜我明白得太晚了。”白亚星悠悠一叹，又看着罗飞说道，“我给你讲了这个故事，希望你不要再重蹈我的覆辙。”

这话显然意有所指，罗飞“嗯”了一声以示询问。

白亚星伸手往窗外一指：“就说那个强奸犯吧，我听说在抓捕他的时候，他曾经持刀拒捕，是你冒着生命危险上前将他制伏。我现在问你，既然他拒捕，你为什么不开枪把他当场击毙？”

罗飞立刻摇头道："他只是个强奸犯，罪不至死。"

"他迟早要自我毁灭的。"白亚星用提醒的口吻说道，"你早一点把他打死，还能少祸害几个姑娘。"

"我知道你想通过刚才的故事说明什么，但你错了，你在用个例推证普遍的情况。"罗飞郑重说道，"犯人既然接受了法律的制裁，就有改过自新的机会，这种机会谁也无权剥夺。"

"你认为他有机会改过自新，在监狱里？"

"是的。改造才是监狱存在的根本目的，惩罚只是第二位的。"

白亚星大笑起来，像是听见了世界上最荒唐的言论。"改造？"他弯着腰，似乎肚子都笑疼了，"能改造什么？所以我说你根本不了解这些罪犯，一点都不了解！那家伙为什么会犯强奸？因为他那无处宣泄的带有暴力倾向的性欲！这能改造吗？怎么改造？当他刑满出狱的时候，他的性欲减退了吗？或者他变得有钱了，有魅力了，从此不缺女人？不会的，他的处境只会变得更糟！监狱改变不了他犯罪的根本动因。监狱能做的，只是把他的欲望暂时压制住。这就和所谓的心桥理论一样可笑，治标不治本，粉饰太平！等他出狱了，压制的力量也消失了，他迟早还会走上强奸的老路。"

罗飞冷眼看着白亚星，既不妥协，也没有与其争辩。

白亚星见状又收起笑容，他正色问道："你们刑警队侦办恶性案件的时候，首先会排查那些有前科的人，对不对？"

这确为事实，罗飞点头表示认可。

白亚星继续追问："为什么？"

"因为大部分恶性刑事案件的作案者都是有前科的。"

"具体的比例是百分之七十。你知道这意味着什么？"白亚星停顿了片刻，然后指着满院子的人大声说道，"如果这些人全都枪毙，那么恶性刑事案件的发案率至少能降低百分之七十！"

"你的想法太极端了。"罗飞摇头道，"确实有很多罪犯出狱后又再次作案，但并不是每个人都会。就拿李成朋来说吧，犯过一次强奸罪，就一定会犯第二次吗？万事都充满了变数，他也有可能娶妻生子，从此安定下来。怎能因为一件莫须有的罪行就提前对他实施制裁？”

“不是我太极端，而是你的思想受到了束缚！”白亚星摆出一副辩论到底的势头，他略加斟酌之后，换了个角度分析道，“这么说吧，如果有两个人站在你面前，一个是李成朋，还有一个纯洁美丽的女孩，这两个人都遇到了生命危险，而你只能救其中的一个，你会选择谁？”

“当然是女孩。”

白亚星狡黠一笑，继续说道：“现在我们假设李成朋出狱后继续作案的可能性是百分之五十，这个估计够保守的吧？如果你当初开枪把他击毙，意味着有百分之五十的可能性挽救了一个无辜的女孩；如果你放过了他，则有百分之五十的可能性挽救了一个改邪归正的李成朋。好了，李成朋还是女孩，你怎么选择？”

这次罗飞真的被问住了，他张了张嘴，却不知该如何回答。同样的概率去救一个人，他当然会选择女孩。但这个答案岂不正中白亚星的下怀？

白亚星露出胜利者的微笑：“你刚才已经给过回答了，可是在现实中，你却作了相反的选择。你还一直在为那个错误的选择作辩解，为什么？”

罗飞还没有认输，他郑重地回应对方：“因为我是一个警察。在执法的过程中，我决不能被个人的好恶左右。指引我行动的唯一准则，只有法律。”

“法律就是你的束缚！你的任务本该是保护弱者，而不是怜悯这些被黑暗侵蚀的灵魂。”白亚星在罗飞的肩头轻轻一拍，“如果你像我一样脱下这身警服，你的视野就会开阔很多，你会知道什么才是真正有意义的事业。”

听到这里罗飞的心念蓦然一动。他想起了楚维——后者原先也是警察，现已离职，他自称投入到“一项伟大的事业”。看来此人正是受到了类似的蛊惑。

话已经说了这么多，该是把底牌摊开的时候了。罗飞凝目问道：“那你就说说吧，有意义的事业到底是什么？”

白亚星抬手指着窗外的院子，却又回到了最初的那几个问题：“这是什么地方？他们是什么人？他们要到哪里去？”

罗飞仍然给出先前的答案：“这里是看守所，他们是犯罪嫌疑人，他们要去的地方是监狱。”

“你错了！”白亚星猛然转头注视着罗飞，然后他一字一句地说道，“这里是垃圾中转站，他们全是垃圾，他们要去的地方是垃圾填埋场！”

垃圾填埋场？罗飞心中豁然开朗：一周前审讯的时候，白亚星对垃圾的处理工艺侃侃而谈，原来真正的寓意却在这里！明白了这个关节，罗飞便沉吟道：“你的意思是，把这些罪犯送进监狱，就像把垃圾埋在地下一样，毫无意义？”

“没错。”白亚星的目光再次转向窗外，“这些人都是垃圾。在他们的精神世界里早已种下了罪恶的基因。这种罪恶将陪伴他们终生，任何掩饰和修补都没有意义。而监狱就是一个垃圾场，这些垃圾会在地下发酵、腐烂，但永远不会消失。终有一天他们会重见天日，那些散发着恶臭的残渣废液四处流散，我们每个人都会深受其害。”

“所以你在投资一项更好的处理技术，你管它叫作净化工程？”

“没错。”

“这就是你所说的‘真正有意义的事业’？”

“没错。”

罗飞眯起眼睛，切入到最关键的那个话题：“那你准备怎么做？”

“爆破疗法。”白亚星紧盯着窗外的人群，森然道，“没有重生，只有毁灭！”

爆破？如何实现？罗飞一边紧密思忖着，一边把目光也投向了窗外的人群。此时一个管教来到院子里吆喝了两声，四散的犯罪嫌疑人开始迅速聚集，他们排成了七八个小队，看样子放风时间已经结束，众人准备分号房各自收监。但队尾有几个人却磨磨蹭蹭的，其中就包括罗飞很熟悉的朱健——那家伙缩头缩脑，好像要躲避什么似的。朱健的行为引起了队伍中一个光头汉子的愤怒，那汉子大声呵斥道：“磨磨蹭蹭干什么呢？快他妈的给我过来！”

罗飞知道那汉子定是号房里的牢头。他此刻出面呼喝，既能树立威严，又可以讨好管教，正是一举两得的美事。

遭到呵斥的朱健果然加快了脚步，而且他的步伐越来越快，最后竟是全速向着光头跑去。其他几个落后分子也和他一样，那奔跑的动作在迅疾中甚至带有几分疯狂。

罗飞觉得有些不太对劲，下意识皱起了眉头。就在这时，他的耳畔忽然响起一阵尖锐的哨音。循声转头，却见那哨音正是从白亚星口中发出。后者撮指成哨置于唇边，缩腹用力吹吐，那哨音听来有些凄厉，而吹哨者的神色则是肃穆之极。

罗飞猛然想起章明坠楼前的哨音触发器，他暗叫一声："不好！"随即抬手将白亚星的指哨撩开，喝问道，"你想干什么？"

白亚星既不回答，也不反抗。他只是凝目看着窗外的院落，嘴角则挂着一丝若有若无的笑意。

"啊！"又有惨呼从院中传来，像是某人负痛后的叫喊。罗飞连忙把注意力重新投向窗外。却见朱健已经冲到了光头身边，他张开双臂抱着对方的右边胳膊，而两排牙齿竟然狠狠地咬在对方的手腕上。

光头一边龇牙咧嘴地呼痛，一边抬脚狠踹朱健的腹部，两三脚之后终于把对方踹倒在地。光头揉着手腕叫骂道："你他妈属狗的啊，咬人？"

朱健一言不发，他倒地之后顺势一滚，又抱住了队伍中另外一人的大腿，然后他张开嘴，又狠狠地咬了那人一口。

被咬者一边叫骂一边竭力挣脱。前面的管教也看不下去了，他厉声呵斥："干什么呢？快住手！"说话的同时他抽出了身上的电棍，直奔着朱健快步而去。

然而事态的发展却超出了管教的预料。先前和朱健一样磨磨蹭蹭的那几个人此刻已冲进了不同的队伍里，而且他们也像疯了一般开始咬人。原本排列整齐的队伍一下子炸了锅，有人忙着躲避，也有人赶上前拉架助拳。而朱健几人则在人群中乱窜，逮着谁就咬谁，那不管不顾的劲头简直要和大家伙儿同归于尽似的。

此刻正值午后，院落中阳光明媚。在明媚的阳光下却上演着一幕人咬人的荒诞闹剧，这气氛多少有些诡异。

管教被混乱的人群裹挟着，早已无力控制局势。他只能掏出哨子，长吹求援。很快又有七八个管教赶到了院子里，他们纷纷加入战团。

终于，在电棍协助下，朱健等人陆续被其他犯人制伏。他们以面朝下的姿势被牢牢地按在地上，每个人的身上都压着数条大汉，再也动弹不得。

“疯了，全他妈的疯了！”领头的管教气得脸色铁青，他挥舞着电棍命令道，“先把他们的嘴给我堵起来！”

立刻有犯人脱下号服，撕布条往朱健等人嘴里一通乱塞，其间有人不小心又被多咬了几口。这些人不甘吃亏，起身时也要趁乱再踢几脚泄愤。

罗飞目瞪口呆地把这幕闹剧看完，这才反过来质问身边的白亚星：“你到底在搞什么？”

白亚星拍了拍手，微笑着答道：“别紧张，这只是一次试验。”说完他便转身往号房外走去，他的步伐轻盈潇洒，带着一种得胜而归的姿态。

03

虽然看守所内刚刚经历过一场混乱，但薛所长并未阻拦白亚星的离去。他也知道了此人背后的能量——庙小容不下大菩萨，只盼对方早走早好。

罗飞心知今日之事定和白亚星有关，但一来看守所属公安局直管单位，刑警队无权插手；二来罗飞自己已被停职，又怎好勉强别人来趟这摊浑水？想来想去，只能请鲁局长协调处理。

鲁局长听完罗飞的汇报，他略加思考后说道：“这样吧，我和薛所长那边通个电话，了解一下情况。你先回避一下。”

罗飞便撤到办公室门外。大约过了七八分钟，鲁局长开门招呼罗飞进屋。落座后鲁局长说道：“我问过了，闹事的一共有五个人，现在都关了禁闭。被咬的犯人有二十多个，伤势并不严重。事发原因那边正在调查，你说的情况呢，我也转告薛所长了，他们会加以参考。”

“不是加以参考的问题。”罗飞觉得对方并未意识到此事的重要性，他不得不强调说，“这一切都是白亚星的阴谋，一定要进行彻查，否则恐怕要出大事！”

鲁局长却摇摇手道：“这事不能着急。别忘了你在白亚星身上刚栽了一次大跟头。”略一停顿之后，他又道，“当然了，也不是说以后都不能动他了，但一定要谨慎啊。你说这事和白亚星有关，可是证据呢？只有你单方面的口述。我跟你说实话吧，薛所长那边对你的说法有很大异议。他说白亚星在看守所里一直是单独关押的，与那五个闹事的犯人根本没有接触的机会。”

“白亚星进看守所之前就对那五个人实施了催眠，在现场他用吹口哨的方式进行触发，引诱他们进入癫狂的状态。”罗飞分析着说道，“要不可以查查这五个人的档案，在押的时间应该都不长。”

鲁局长盯着罗飞看了片刻，忽然问道：“你真的相信催眠犯罪这种说法？”

罗飞一怔：“这就是我们侦破姚柏和章明命案的方向啊。”

鲁局长道：“我准备让东城区刑警队接手这两起案子，具体的侦破方向恐怕也要改一改了。”

“为什么？”罗飞感到很愤懑，甚至有些压不住自己的声调。

“一个多月来，市局刑警队在这两起案件上牵扯了大量的精力，不但没什么成效，还犯下了严重的错误。我作为主管局长，必须进行干预。”

罗飞争辩道：“我犯的错误我个人承担，但侦破方向怎么能随意改变呢？这等于把大家辛苦努力的成果全都抹杀了！”

到了这个份上，鲁局长不得不把有些话挑明了：“其实……刑警队内部对你也有很多非议。”

罗飞愣住了，片刻后才缓过神问道：“有什么非议？”

“有同志反映你和凌明鼎走得过近，办案思路也受到了对方的影响。你把催眠术作为侦破的方向，主要就是听信了凌明鼎的说辞吧？可他的个人目的是很强的。你要记住，我们公安局存在是为了保护公众的安全，并不是为了解决某些人的私怨。”

这话已说得非常严重，几乎就在直指罗飞受人蛊惑，导致整个刑警队都沦为别人的工具。面对这样的指责，罗飞只能苦笑着问道：“这些都是谁说的？有意见为什么不当面提出来？”

“刑警队里你说了算，别人有点想法也只能压在心里。是我主动找下面的同志了解情况，这才有所耳闻。”鲁局长注视着罗飞说道，“你也不要打听是谁，大家都是为了工作。”

确实，已经这样了，即便知道是谁又有什么意义？罗飞茫然坐在沙发上，半晌没有说话。针对白亚星的侦查行动不仅受到了来自高层的压力，连自己的属下也心怀二志，几乎有点“四面楚歌”的意思了。这样的局面罗飞以前还从未遇见过。

即便是自信到有些固执的罗飞，此刻也必须自省一下，自己是否真的过于主观了？

罗飞开始反思案件侦破的进展过程。

首先是两起离奇的命案，随后一篇神秘的网帖把矛头指向了催眠师大会，罗飞由此找到了凌明鼎。随后在凌明鼎的指引下，罗飞查到了去年发生在省城的彩票案，并挖出了白亚星这个隐藏在幕后的角色。罗飞为此专门跑了一趟西南，回来之后凌明鼎又提供了“中国催眠师行业联合会”的线索，循着这条线索，楚维和杜娜被警方纳入侦查范围。再接下来就是白亚星投案，罗飞误入对方设下的口供陷阱。

照这么回顾下来，的确是凌明鼎决定了整个侦查的方向。而警方把白亚星锁定为头号目标，也和凌白二人的私人恩怨难脱干系。更加糟糕的是，到目前为止警方不但没能找到白亚星涉案的可靠证据，反而在讯问过程中被白亚星抓住了致命的漏洞。综上种种，罗飞遭遇内外的一致质疑也就不足为怪了。

不过罗飞仍坚信这个侦查方向是正确的。尤其今天在看守所，白亚星的野心在罗飞面前已经展露无遗。只可惜这种感觉只存在于罗飞的主观世界里，并无任何实证。而白亚星此前已经通过“口供事件”摧毁了罗飞的信用，令其无力再左右战局。

只是那些参与过此案的下属，难道他们感受不到白亚星的威胁吗？真的有人会对侦查方向大放厥词？这个人会是谁呢？他是否已遭到了白亚星的催眠？

罗飞痛苦地思考着，却难有头绪。对手就像是一只强大的八爪鱼，早已将罗飞团团缠绕，无论罗飞想从哪个方向突破，都会遭到对方的强力阻击。

这时鲁局长又开口了：“罗飞啊，还是那句话，我不是不相信你，但你得沉住气。你也不想想，今天白亚星为什么对你说那么多？会不会又挖了坑等着你跳呢？你已经吃过一次亏了，千万别重蹈覆辙。现在这个局面，你就让看守所那边先内部调查，何必急着出头？你已经停职了，要是再犯错的话，我可保不了你。”

这几句话说得苦口婆心，罗飞也颇为触动。但他还是不太甘心：“我可以等，案情等不了啊。我不能眼睁睁看着白亚星的阴谋得逞吧？”

“就算今天这事确实跟白亚星有关，又怎么样呢？”鲁局长继续劝道，“看守所在押人员斗殴是常有的事情，咬伤几个人也算不上严重。非说什么大阴谋，未免有点危言耸听吧？你就等上一两天，让薛所长先去探探路。”

罗飞默叹了一声，终于道：“好吧。”

毕竟看守所是个戒备森严的地方，朱健等五人又被执行了禁闭措施，想必也闹不出什么大乱子来——罗飞只能暂且这样安慰自己。

“那就这样。”鲁局长站起身，表达了送客的意愿。当罗飞起身的时候，他又特意叮嘱道，“这两天没什么事就好好地休息下。我看你的压力太大了。”

既然领导让休息，罗飞也就只能休息了。晚上他叫上小刘，两人找了家饭店喝酒吃火锅。罗飞觉得小刘被自己连累了，心中很是过意不去，便多说了几句暖心的话。他平时动情的话不多，偶尔说出来就格外有分量。小刘顿时被感动了，拍着胸脯说：“跟着罗队，我永远不后悔！”两人你一杯我一杯的，难得喝了个畅快。

酒至半酣时，罗飞接到了凌明鼎的电话，对方劈头就问：“怎么回事，听说你被停职了？”

罗飞略略解释了几句。凌明鼎嫌电话里说不清楚，干脆打车赶了过来。坐下后听罗飞把事情的经过详细一说，凌明鼎愤然拍案道：“就这么把白亚星放了？他身上可是好几条人命呢！”

罗飞无奈地咧咧嘴，把杯子里的一杯酒倒进了胃里。旁边的小刘也很郁闷地陪了一杯。

凌明鼎又道：“那五个人让看守所去查，能查出什么名堂？要是让我给他们做催眠，真相立马就清清楚楚了。”

“现在急也没有用，耐心等着吧。”罗飞伸手在凌明鼎肩头拍了拍，同时指挥小刘道，“给凌先生倒酒。”

小刘给凌明鼎倒了一杯，然后又把罗飞的酒补满。罗飞举杯和凌明鼎碰了一下，寒暄道：“最近忙什么呢？”

凌明鼎一口把酒喝完，回答说：“还是在忙催眠表演的事情。”

“小夏的表演？”罗飞特别强调了小夏这个名字。

凌明鼎嘴角浮现出温暖的笑意，算是回应了对方的调侃。

“听说这次表演规模挺大的，还要搞什么视频直播？”

“是的，我们还特别设置了和现场观众互动的环节。”说到这里，凌明鼎忽又皱起了眉头，似乎心怀忧虑。

罗飞捕捉到对方的神色变化，便问了声：“怎么了？”

“白亚星已经出来了，你们俩又被停了职——”凌明鼎转动着手里的酒杯，忧心忡忡地问道，“到时候安保工作怎么办？”

“我会去现场帮你盯着，只是不能打着官方的身份了。”罗飞略略思忖之后，又道，“官方的话——我让陈嘉鑫带几个人过来。”

凌明鼎欣然道：“好。”陈嘉鑫是罗飞亲自招入刑警队的嫡系，即便罗飞已经被停职，也仍然会唯对方马首是瞻；而且他是被自己种过心锚的，不会受到白亚星的催眠蛊惑。有他带人出面，再加上罗飞现场坐镇，这事可算靠谱了。

“好就再喝一杯吧！”罗飞端了端酒杯劝道，看他这架势，今天是打算不醉不归了。旁边小刘帮着斟满酒，三人你来我往，不谈正事，且喝个酣畅痛快。

04

第三天下午看守所那边的调查结果出来了，鲁局长随即把罗飞叫到了自己的办公室。

“实际情况和你猜测的不一样，那几个人闹事和白亚星吹不吹口哨根本没关系，具体的你自己看吧。”鲁局长一边说一边把薛所长提交的调查报告推到了罗飞面前。

罗飞把那份报告看了一遍，其中所述内容概括如下：

> 朱健等五名闹事者都是新近收押的犯罪嫌疑人，他们还有一个共同的特点，就是入监之后不能正确处理与舍友的关系。在看守所有不成文的规矩，新入监的嫌疑人在整个号房中地位最低，多少要受“号头”以及其他老资格在押人员的欺压。但朱健等人却不甘忍受，因此与同舍的号友屡屡产生冲突。以朱健为例，号头分配他就寝于监舍门口正对卫生间的铺位。但朱健以无法忍受床头窜风为由，数次在夜间大吵大闹，搞得其他号友都不能休息。结果朱健被众人联手狠揍了几次，因此怀恨在心。
>
> 事发当日，看守所按计划要组织在押人员展开批评与自我批评的讨论会。这种讨论会属于例行活动，一般安排在每个周三的下午进行，形式是以各个号房为单位，在押人员分组进行讨论，指出别人的缺点，反思自己的不足，以促进大家共同进步。但是在朱健等人的眼中，讨论会的良好初衷却遭到了严重

的扭曲。这五人认为，讨论会实际上就是一场批斗大会，像他们这样的人必然会在大会上遭到残酷的迫害。

当天的放风结束之后，管教开始集合在押人员。他命令由号头带队，众人回到各自监舍，准备开始讨论会。朱健等人磨磨蹭蹭不愿配合，这时便有号头对朱健进行了呵斥。朱健和此人积怨已久，当即以牙齿为武器实施反抗。随后他的行为也被另外几人仿效。最终酿成了一起混乱的“群体咬人事件”。

从表面上看来，这起骚乱确实和白亚星没什么关系。但报告中仍有几个关键处令罗飞疑窦重重。就在罗飞凝眉沉思的当儿，却听鲁局长又强调着说道：“你看看，如果由着你把矛头指向白亚星，现在可就尴尬了！”

罗飞回想事发时的情形。当时是朱健先向那个光头冲过去了，然后白亚星才吹的口哨。这么看来，白亚星是刻意要营造一种假象，让自己误以为哨音就是导致朱健癫狂行为的触发器。昨天要不是鲁局长压住了自己，此刻的局面还真是不好收拾。

等待了一天，虽然从行动上来说缓了一步，但却避开了白亚星制造的陷阱。罗飞这才有机会去追究那几个真正的疑点。

想明了这个关节，罗飞便主动冲鲁局长点头以示谢意。随后他又用征询意见的口气说道：“这里面有几个问题，我想和您讨论一下。”

鲁局长“嗯”了一声道：“你说吧。”

“看守所组织讨论会的目的，是让在押人员展开批评和自我批评。这种官方组织的活动根本不会产生激烈的冲突。但是朱健等人却把这种讨论会想象得非常恐怖，他们认为开会的时候牢头等人会把不听话的新收人员往死里打——这个误解是怎么形成的？”

鲁局长猜测着说道：“可能他们以前在社会上听到有关看守所的传言，这种传言往往夸大其词，以讹传讹；又或者是遭受过其他犯人的恐吓，比如说‘等讨论会的时候要你好看’这样的话；新收的嫌疑人本来就胆小，再加上和‘老号子’又处不好关系，难免会有些疑神疑鬼的，变得过度敏感。”

“要这么解释的话也行。”罗飞委婉地反驳道，“不过有五个人因为同样的误解而爆发，这事是不是有点奇怪？”

“也许他们之间事先有过交流？新收人员抱团也是常有的事情。当然报告上说这五个人之前没什么联系，但这话算不得准。聚众闹事是要罪加一等的，这个规矩人人都懂，所以他们就算有过联系，这会儿也不敢承认了。”鲁局长说完这些话，思绪稍稍一转道，“其实要说这五个人行为的一致性，另外一件事倒真是有些奇怪。”

罗飞一听就明白了：“您指的是他们都用牙齿咬人吧？”

“是啊。人被逼急了的确会咬人，以前在押人员斗殴也有用上牙齿的。但是五个人同时咬人，这事就有点反常。难道他们之前连这个都商量好了？‘要是再有人想欺负我们，我们就一块儿用牙齿咬死他们！’”

“这的确很不正常。”罗飞晃了晃手里的报告说道，“而且报告里也没有对此进行解释。”

鲁局长看出对方有话要说，便主动问了句：“你有什么看法？”

罗飞答道：“我还是坚信这起事件是出于白亚星的策划，这些人之所以会有共同的怪异行为，是因为他们都受到了同样的催眠。”

“你就这么相信催眠？”从鲁局长的语气可知，他对这样的思路并不感兴趣。

这也难怪，又有多少人真正了解催眠呢？他们或者把催眠当成无所不能的魔法，或者把催眠鄙为一无是处的骗术。而鲁局长作为一个上了年纪的保守老人，显然是属于后者。

罗飞只能尽力去说服对方：“这几个人在入监前就被催眠过了。我想他们和‘老号子’们处不好关系，也是因为被催眠师控制了情绪。催眠师还让他们相信讨论会就是对新收人员的迫害大会，而他们最有效的反抗武器就是牙齿。总而言之，他们所有的反常行为都是催眠师操控的结果。而诱导他们爆发的‘触发器’，就是事发当天管教所下达的召开讨论会的命令。”

鲁局长沉默着，不置可否。

“这五个人都是新收的入监人员，这一点已经印证了我的猜测。”罗飞顿了一顿，又抛出了一个更加有力的证据，“而且我可以确信，朱健被捕就是出于白亚星等人的设计。”

这个线索终于引起了鲁局长的关注，他“哦”了一声挑起了眉头。

罗飞便详细解释道：“朱健是在白亚星投案的前一天晚上被捕的，当时有人故意挑拨，诱使朱健实施了故意伤害的犯罪行为。后来我把两个挑拨者也带回队里审问——这两个人就是楚维和杜娜。第二天白亚星就来投案，随后他以楚维和杜娜为借口，栽赃我逼供。这一切难道不是一个连贯的阴谋吗？”

“这么说的话，这事倒确实有点问题。你那个催眠犯罪的说法呢……”鲁局长有些犹豫地叹道，“唉，也不是说完全不可能。但这个思路有个关键的问题——你抓不到任何实质性的证据，这就不好往下推进啊！搞不好还会被对手反咬一口。”

确实，对罗飞来说最大的困境就是没有证据。即便白亚星当面将犯罪计划全盘托出，罗飞仍然拿他毫无办法。而且罗飞还得小心翼翼地避开其中暗藏的陷阱。这样的对手就像只刺猬，叫人无从下手。

最好的方法，或许就是以其人之道还治其人之身。罗飞略略思忖之后，对鲁局长说道：“这种犯罪手法基本上是找不到物证的，只能在人证上动脑筋。所以现在的突破口就在那五个人身上。”

“你的意思是，需要这五个人来指证白亚星对他们实施了催眠？”

“是的。即使不能直接指证，至少能挖出一些实质性的线索。”罗飞顿了顿，又道，“普通的侦查是不行的，得采取一些特殊的手段。”

“什么手段？”

“催眠。”罗飞先把核心词抛了出来，然后详细解释说，“朱健等人已经被催眠术控制了，他们的记忆是不完整的，甚至被人刻意改造过。普通的讯问根本没用，必须通过催眠术进入他们的潜意识，从中找出被隐藏的真相。”

“让谁去做呢？”鲁局长看看罗飞，“凌明鼎吗？”

罗飞点头道："他是最合适的人选。"

鲁局长沉默了一会儿，反问道："你知道这么做的风险吗？"

"我知道。凌明鼎和白亚星有私仇，我继续和凌明鼎合作的话，就等于给了反对派继续指责我的口实。"

鲁局长补充道："因为这两人之间的利害关系，依赖凌明鼎得到的信息也无法作为证据使用。"

"我只需要真相，有了真相自然能找到证据。而且更重要的——"罗飞正色说道，"有了真相我们就可以阻止对方进一步的阴谋。"

鲁局长斟酌良久，终于松了口："好吧，我就再信你一次。"

罗飞欣然道："谢谢鲁局支持！"

鲁局长开始部署具体的细节："骚乱是看守所内部的事情，刑警队不能直接插手。凌明鼎这次去，就说是做心理疏导的，毕竟朱健他们还是嫌疑人嘛，归你们刑警队管的。另外你已经停职了，就不要直接出面，让陈嘉鑫和薛所长那边联系吧。"

罗飞道了声："明白。"心里也暗暗地佩服老局长处事严谨，面面俱到。

离开局长办公室之后，罗飞立刻和凌明鼎通了电话，双方约定明天上午去看守所跑一趟。随后罗飞又找到陈嘉鑫，委托对方和看守所那边联系。正巧朱健当初就是经陈嘉鑫的手送进去的，由后者提出对情绪反常的嫌疑人进行心理疏导，名正言顺。

隔日上午，一行三人准时来到了看守所门口。薛所长亲自赶到门卫处为三人办手续。罗飞主动提道："我就不进去了。待罪停职的人，不方便。"

"哎呀，罗队长，你到我这儿还见什么外呢？"薛所长笑呵呵地招呼着，"你只管进去，没人敢说你半句闲话。"

能在看守所这种地方混上位的，个个都是人精，对于这种顺水人情自然要拿捏住。罗飞也希望能亲临现场掌握第一手的资料，便半推半就地领了这份好意。

办好手续之后，薛所长在前面带路，他一边走一边说道："你们来得正好，这个朱健确实得做做心理疏导了。”

罗飞听出了对方的言外之意：“他的情绪还是不正常？”

“就跟犯了精神病似的。”薛所长带着厌恶的口吻说道，“我都想找你们办手续，把这家伙转到精神病院去。”

“具体是什么情况？”罗飞本想问，怎么调查报告里没写这一节？但想想调查报告的事情还是别提，毕竟自己不是打着这个旗号来的。

“那天他咬人你也看见了吧？”薛所长先反问了罗飞一句，然后开始滔滔抱怨，“那天还算好的呢！至少精神还算正常。后来我们对他做了调查，知道是号房矛盾引发的纠纷，就关了他一天禁闭。结果一天下来好像把他给关傻了，禁闭结束了居然不肯从小黑屋里出来。你把他往外拖吧，他就见了鬼似的大喊大叫，那力气大得两三个人都按不住！”

“那他现在人在哪儿呢？”

“还在禁闭室里关着啊。”薛所长无奈地晃晃脑袋，“就他这个样子，怎么敢往号房里送？关在禁闭室对大家都安全。”

罗飞又问：“其他几个闹事的家伙怎么样？”

“那几个还好点，关了禁闭以后就老实了。”

罗飞和凌明鼎对视了一眼，心中都想，照这么看的话，朱健是这几个人中间受蛊惑最深的。

就在这时，忽见一个管教脚步匆匆地从号房方向赶过来。薛所长一看就知道有事，便迎上前几步。那管教在薛所长耳边窃窃低语了几句，薛所长略略一愣，随后挥手道：“别废话了，先关禁闭再说！”

管教领命离去。薛所长回过头来，主动对罗飞等人解释道：“徐平——也是那天闹事者之一——放风了还赖在号房里不出来，说外面风大，受不了。这不是有病么？我看朱健那边完事以后，你们也得给他疏导疏导！”

这是个晴天啊，要说户外的风真算不上大。一个在监人员以这种理由违抗命令，这确实有点故意找事的意思。但罗飞忽又心地一动，他想起调查报告里的一个细节。在骚乱发生之前，朱健也曾嫌弃门口的铺位窜风。难道白亚星在催眠时把“风”当作了某种心理暗示？

碍于薛所长在场，罗飞暂时无法和凌明鼎讨论，他只能把这个困惑先藏在心里。

又走了三两分钟，薛所长带着众人来到了楼道一处偏僻的拐角。

“这里就是禁闭室了。”他指了指面前的一扇铁门，然后又对不远处的守卫说道，“把门打开。”

守卫掏出钥匙，插进锁眼里快速转了一圈。门后传来一阵窸窸窣窣的响动，看来屋中人已经产生了警觉。

铁门被推开，光线贴着门边射进来，照亮了这个阴暗的密闭世界。却见一个人影瑟缩在对面的墙角阴影里，似乎在躲避一片切进屋内的锋利刀刃。

当铁门停住的时候，那人也在最角落的阴影中抬起了头。罗飞认得那正是被自己亲手拘捕的朱健，同时他又忍不住深深蹙起了眉头。

不光是罗飞，在场所有人此刻都有既惊诧又骇然的感觉，而这感觉都源自于朱健脸上的表情。他像是被人攥住了脸部神经，肌肉全都诡异地纠结在一起，眼眉耷拉着，嘴角却又夸张地向上挑起，似笑非笑，似哭非哭，这副尊荣或许只能用“鬼魅”二字才可形容。

罗飞转过头来看看薛所长：“这是怎么回事？”

“我也不知道啊，昨天还没有这样。”薛所长苦恼地摇了摇头，然后他又催促道，“你们不是来做心理疏导吗？赶紧做吧！”

罗飞和凌明鼎交换了一个眼神。凌明鼎也摇摇头，神色颇为困惑，不过他很快便沉住气，凝神向朱健走近了两步。他蹲下身体，注视着对方的眼睛，细细观察。

眼睛是心灵的窗户，凌明鼎希望能从中看出一些端倪。“真是奇怪了。”片刻后他转过头来喃喃地说了一句。

罗飞立刻追问：“怎么了？”

“他的眼神一点都不乱，他的神志应该是清醒的。”

神志清醒？清醒的人怎么会有这样的诡异表情？清醒的人怎么会像躲避瘟疫一样躲避阳光？带着这样的疑问，罗飞也向前走了两步，然后他弯腰唤了声对方的名字：“朱健？”

朱健的眼球转动了一下，和罗飞的视线顺利地相接，随即他又嚅动着嘴唇，看来想说些什么。但他声音嘶哑，难以成语，就像是咽喉部被人勒住了似的。

罗飞注意到朱健的嘴唇已经干裂蜕皮，他心中一动，便问了声：“你是不是很渴？”

朱健点了点头。他既能听懂罗飞的话语，也能表达自己的意愿，看来他的神志的确清醒。

罗飞冲身后的薛所长做了个手势，薛所长会意，吩咐身旁的守卫：“去倒杯水。”

守卫很快倒来了一杯温开水。罗飞接过水杯，蹲下身对朱健说道：“来喝口水吧。”一边说一边把水杯贴着对方的嘴唇慢慢倾倒。

那水杯刚刚触碰到朱健的嘴唇，朱健喉部的肌肉忽然剧烈地痉挛起来。那些水根本无法通过他的咽喉，全都从嘴边回漫出来。

罗飞一惊，连忙中止了喂水的动作。然而朱健体内的反应却未中止，除了咽喉在痉挛，他全身上下的肌肉也跟着抽搐。片刻后，他的脸色发白，呼吸也变得困难。他的双眼则死死地盯着罗飞，目光中充满了难以描述的恐惧。

“不行了！”凌明鼎在一旁大喊道，“得赶紧送医院！”

后面的薛所长听到这话也慌了神，连忙围过来查看。只打了一眼他便着急慌忙地喊道：“快，把人抬起来！”

可是一切都已太晚。在一阵由剧烈痉挛导致的呼吸衰竭之后，朱健的身体忽然瘫软下来，随后他便蜷缩在墙角里，一动不动了。

禁闭室里出现了短暂的寂静。众人愕然看着眼前的场景，目瞪口呆。片刻后罗飞率先回过神，他把手指伸到朱健的鼻下探了探，随后黯然说道：“不用送医院了——叫法医来吧。”

接到通知之后，法医张雨很快就赶到了事发现场。经过简单的查验和拍照，朱健的尸体被运回法医中心作进一步分析。

罗飞本想继续跟进，但他在半路接到了鲁局长的电话。对方还是一贯的风格：没有任何寒暄便直入主题。

“朱健死了？”

“是的。”

“怎么回事？”鲁局长用严厉的口吻质问道，“你不是说他被催眠了？催眠能把人催死？”

“现在的情况……我也搞不清楚。”

“你马上到我办公室来！”鲁局长说完就挂断了电话，丝毫没有商量余地。

罗飞连忙转头往局里赶。到了局长办公室，却见老人铁青着脸坐在办公椅上，许久不发一言。

罗飞只好硬着头皮先表态道：“鲁局，这事我一定会查清楚，给您一个交代……”

“交代？”鲁局长强硬地驳斥道，“我还要你交代什么？你的交代全都在给我添乱！”

罗飞尴尬无语。盘算自己和白亚星正面交锋的战果，用“一败涂地”四个字来形容都不算过分。在这样的局面下，他还如何为自己分辩？

片刻后，鲁局长屈指在桌面上重重一敲，正色道：“罗飞同志，我现在正式通知你，鉴于你已经被停职，请你即刻起停止一切与刑侦调查有关的工作。不管是明面上，还是私下的！你听明白了吗？”

罗飞露出苦涩的笑容。这意味着他已经被剥夺了身为刑警的一切权力，从现在开始，他正式从这场游戏中出局了。

05

“如果我是你们局长，我也不会再用你了。”

说这话的人是凌明鼎，他转着手里的一只空酒杯，微微眯着眼睛，有点儿故作高深的样子。

“我还以为你能安慰安慰我呢。”罗飞无奈地耸了耸肩膀，然后独自喝了杯闷酒。

“我跟你是实话实说啊。”凌明鼎咧咧嘴，像受了委屈似的，“你想要安慰？那还不简单，这事我最拿手了。”

罗飞却又摆摆手：“得了，别用心桥之类的东西来对付我。你还是实话实说吧，为什么不用我？”

凌明鼎不答反问：“你说你为什么一而再、再而三地输给白亚星？”

罗飞沉吟了一会儿，道：“那家伙对刑警队太了解了，他知道我们的工作方法，所以每次都能找到漏洞并加以利用。”

凌明鼎摇摇头：“不对，你没说到点子上。”

“哦？那你说呢？”

“白亚星不是对刑警队太了解——”凌明鼎直视着罗飞的双眼道，“他是对你太了解了。”

“他对我太了解？”罗飞心中一凛，“你指的是省城那次？”

“是的。那次你被他催眠，虽然只有短短的二三十分钟，但他的收获显然要超出我们的预期。我想他已经掌握了你的性格、处事习惯，甚至是……你的心穴。你知道这意味着什么吗？”凌明鼎特意顿了顿以示强调，然后总结般说道，“你在他面前就是个透明人。”

“透明人……”罗飞咀嚼着这个词，心中暗自品味。

“你想想看，最近这几次交手，你哪一步不是被对方算得死死的？”凌明鼎继续分析道，“白亚星为什么要把他的计划展示在你面前？就因为他能提前知道你的应对方式。这样他走一步，你跟着走一步，等于全局都被他控制了。”

罗飞默默点头。没错，白亚星主动投案，其实是要利用笔录对自己进行陷害；后来他又把自己引到看守所里，当面演示所谓的“净化工程”，其间却多次布下诱饵，而且每一次都能顺利得手。深究起来，这家伙的确对自己太了解了，所以才如此有恃无恐，游刃有余。

凌明鼎又打了个比方：“你是一张好牌，可惜你已经被对手做上了标记。高手过招，谁愿意把一张明牌捏在自己手里？”

一张无用的明牌。这或许就是鲁局长对自己的感受？罗飞越想越是沮丧，他重重地叹了口气，落寞之情溢于言表。

“得了，别想这些烦心事了。”凌明鼎伸手在罗飞肩头一拍，“男人，有时候要洒脱一点。想想女人和美酒吧。”

“女人太麻烦，还是喝酒简单，一醉解千愁。”罗飞一边说一边端起了酒杯。自从当上了刑警队长，他是很少饮酒的，但这几天来却已是第二次贪杯了。

这天凌明鼎一直陪罗飞喝到了凌晨。随后罗飞醉醺醺回到了住处，倒头便睡。这一觉睡到了天色大亮，直到一阵急促的敲门声将他吵醒。

罗飞睡眼惺忪地开了门，来者原来是法医张雨。

“你怎么回事？”张雨劈头就问，“打你那么多电话都不接？”

罗飞懒懒说道：“睡觉呢，手机调静音没听见。”

“你把手机调静音了？”张雨推了推鼻梁上的眼镜框，有点不认识对方的感觉。

罗飞嘟囔了一句：“我被停职了。”

“你被停职？”张雨再次惊讶，他愣了一小会儿，又道，“那这事就更奇怪了！”

“怎么了？”这会儿罗飞的睡意已经消散许多，他招呼对方，“进屋说吧。”

两人进屋落座。这回罗飞首先开口询问：“昨天那个死者的鉴定报告出来了吧？”

张雨点头道：“我就是为这事来的。”

罗飞凝起精神：“快说吧，什么情况？”

张雨压低声音，神神秘秘地吐出三个字来：“狂犬病！”

狂犬病？罗飞心中一惊。他虽然不是学医的，但对这病也早有耳闻。即便是当今医学发达的年代，狂犬病仍然是不治之症，只要病毒入侵，患者便绝无生还的可能。

“其实在押人员得狂犬病死了也不算什么大事吧？看守所里又没有野狗，这责任肯定在死者自身。”张雨用探询的目光看着罗飞，又道，“但是看守所那边好像在隐瞒什么。连鲁局长也亲自打电话过来，嘱咐我这事不要出去乱说。”

罗飞的表情渐渐凝重，半晌之后才道：“这事的确得瞒住，万一闹开了可不得了！”

张雨往前探着身子，担忧地追问：“到底怎么了？”

“除了死者之外，还有四名在押人员也有同样的症状。”罗飞顿了顿，随后又加重语气说道，“另外还有二十多号人被他们咬伤了。”

张雨瞪大了眼睛，忙问：“这是什么时候的事？”

罗飞在心中一合计，回答说：“四天前。”

“那可坏了！”张雨重重地拍了下大腿，“被狂犬病毒感染者咬伤，必须在二十四小时之内注射抗体！现在已经过去了四天，这些人恐怕，恐怕……”

对那残酷的现实张雨不忍直言，但罗飞早已心中了然。那二十多人多半也会成为狂犬病人，而这正是白亚星给他们下达的死刑判决。

张雨还在喃喃唠叨：“难怪要瞒住！这事要是捅出去，龙州公安系统恐怕要来一次大地震呢。”

看守所直属公安局，而在押犯人又与刑警队脱不开干系，若要追究这起事件的责任，从鲁局长往下，包括薛所长和罗飞，所有这些人一个都跑不了。罗飞当然知道此事的严重性，他沉着声音向张雨咨询道：“你给我讲讲狂犬病的特征，主要是发病过程这一块。”

“狂犬病毒一般是通过皮肤或者黏膜的破损处入侵人体。感染者的临床表现可分为四个时期：首先是潜伏期，一般是二十到九十天的样子，在潜伏期感染者没有任何症状，但他的体内已经携带有大量的狂犬病毒；第二个阶段叫前驱期，这时感染者开始出现一些不适反应，比如说低热、头疼、疲倦等等，同时他的精神上也会有一些变化，烦躁、失眠，对声、光、风等刺激很敏感，这个阶段会持续二到四天；再接下来就是兴奋期，感染者变得高度兴奋，恐水、怕风，会表现出极度恐惧的表情，有时候病人的面部神经被病毒侵蚀严重，也会呈现怪异的‘鬼脸’。恐水是这个阶段最主要的特征，感染者即便渴极了也不敢喝水，见水、饮水甚至提及饮水就可以引起咽喉肌严重痉挛，但病人神志基本清楚，少数也有精神失常。本期会持续一至三天，也是感染者较多死亡的阶段；如果病人能够度过兴奋期侥幸存活，接下来他就会进入昏迷期，本期感染者深度昏迷，最终死于呼吸系统衰竭。”

罗飞认真听完，暗自分析：这么看来，朱健在事发前已经进入了前驱期，事发后则进入兴奋期并且死于禁闭室，另外四人中那个不肯出号房放风的家伙应该也进入了前驱期，其他三人则处于潜伏期。这其中隐藏着一个关键性的问题，他必须要再次确认一下。

“潜伏期的感染者咬人也会传播病毒吗？”

“是的。”张雨无奈地摊摊手，彻底浇灭了控制局面的最后一丝希望，“要想阻止病毒的传播，必须在二十四小时之内给被咬者注射抗体疫苗。可惜，现在已经太晚了。”

罗飞捏着下巴颏儿，暗自懊恼：其实在事发前朱健已经显示出一些狂犬病人的症状，自己怎么就没往这方面想呢？再一琢磨时，他豁然明了，这是因为白亚星故意将自己的思路引入了歧途，他把自己约到看守所，并且现场展示了操控骚乱的整个过程，目的就是要强化“催眠”的概念，朱健的症状再明显，自己也会认为这一切都是催眠导致的。

就在罗飞沮丧自责的当儿，却听张雨又沉吟着说道：“有一件事挺奇怪的。”

罗飞抬头看看对方：“什么事？”

“狂犬病毒虽然危险，但人和人之间传播狂犬病的案例非常罕见。因为人类感染者即使进入兴奋期，一般也不会去咬人的。疯狗会咬人，那是犬类在恐惧状态下的一种本能的防卫行为，而人类的恐惧行为模式则完全不同。你说在看守所里有五个感染者同时咬人，这很不正常。”

罗飞告诉对方：“这五个人全都被催眠了。”

“催眠？”张雨一惊，“难道和上个月的案子有关？”

罗飞点点头，同时说道：“这事很复杂，你知道的越少越好。”

张雨眉头一皱：“你就是因为这事被停职的？”

“对手不但狡猾，而且势力惊人。鲁局长也是迫不得已。”罗飞解释了几句，随后又用警劝的口吻说道，“你是个技术人员，没必要卷进这些是非。”

这两人已是多年的老搭档了，彼此间心意一点就透。于是张雨就不再纠缠案情，只针对罗飞个人问道：“那你现在准备怎么办？”

罗飞也正在考虑这个问题。

白亚星的阴谋终于展现出了狰狞的面目。更加可怕的是，看守所里的致命骚乱在他口中仅仅是一次“试验”而已，那所谓的“净化工程”如果全面展开，后果怎堪设想？

鲁局长也该意识到案情的严重性，必然会加强对专案组的投入力度——只是罗飞自己想要重回侦办第一线是不太可能了。

如果转换一个思路呢？既然如凌明鼎所说，自己已成为一张废牌，何不干脆撤出明面上的牌局？难道没了刑警队长这个名号，就什么都干不成了吗？

到另一条战线上继续战斗。当罗飞想到此处时，他的斗志又重新燃烧起来。

第九章
邪恶催眠师真正浮出水面

01

在白亚星眼中，看守所内的那些在押人员都是毫无再生意义的垃圾，需要用“爆破”的方式集中清除。而催眠术不留痕迹，难觅证据，正是促成计划的最佳手法。

现在罗飞终于知道白亚星为何要针对凌明鼎的心桥理论大动干戈。

所谓“净化工程”必定是个构架庞大的计划，龙州看守所内的那场骚乱只是一次“试验”。全国各地的看守所成百上千，所以当这个计划正式展开的时候，白亚星需要更多的催眠师为自己工作。

凌明鼎倡导的“心桥理论”恰与“爆破疗法”有着本质上的思路对立，反对“心桥术”就是反监狱、反填埋。白亚星必须摧毁凌明鼎在业界的威望，因为那些“心桥术”的追随者根本不可能参与他的“净化工程”。

趁着催眠师大会的机会向凌明鼎发难，进而以爆破催眠理论为宗旨建立一个全新的行业联合会，为自己的计划招兵买马——这才是白亚星来到龙州的真正目的。

白亚星几乎已经完胜，没想到却被横空出世的夏梦瑶扭转了局势。当这个美女成为行业宠儿的时候，白亚星苦心建立的联合会便失去了原有的向心力。

白亚星当然不能容忍这个障碍存在，他一定会有所动作。而从另一个角度而言，保护好夏梦瑶就是对“净化工程”最有效的阻击——这就是罗飞准备全力投入的第二战线。

周日下午是个阴天，云低风紧，看起来似要迎来今冬的初雪。

龙州市的工人大会堂里人头攒动，热闹的气氛恰与户外凄冷的天气形成了鲜明对比。

夏梦瑶的第三场催眠表演大会即将在这里举行，这次大会不仅吸引到更多的追随者，全国最大的互联网站还将进行视频直播。夏梦瑶的个人影响力注定要迈上一个新的台阶。

罗飞早早来到了后台。他是被停职的人，不便以公开身份出现在这样的敏感场合。后台倒是个不错的地点，躲在帷布后可以居高临下地监控全场，而且自己的身形还不会被对手发现。

明面上的安保工作就交给陈嘉鑫来负责，在龙州刑警队，罗飞唯一还能用上的就是这个小伙子。陈嘉鑫带着一组保安把持住会场各个重要的出入口，一旦有可疑人员出现，信息便会通过对讲机及时反馈到罗飞那里。

担任主持的仍然是那个女大学生。第一次表演的时候因为袁秘书闹情绪，所以临时请这女孩过来凑个数。没想到大会的效果奇佳，随后又有第二次、第三次的表演。凌明鼎觉得女孩还不错，也就没有换人。现在夏梦瑶火了，就连这主持的女孩也跟着出了名。网上她的粉丝也不少，颇有点“一人得道，鸡犬升天”的意思。

今天的大阵仗让女孩很是兴奋。观众入场的当儿，她便忍不住在帷幕后向外窥看，并且不断向后台的同伴们通报信息。

“好多人啊，今天会场肯定坐满了。”

“那台摄像机真不错，还是带摇臂的，很专业呢！”

“省里电视台也来人了，我们会上省卫视的吧？一会儿得问问什么时候播出！”

“哇，还有外国人呢！真厉害。”

最后这话吸引了罗飞的注意，他踱到女孩身边向外看去。果然有三个外国人正在入场。从他们的衣着服饰来看，似乎是来自中东地区。

罗飞觉得有点奇怪。这次大会有不少外省市的追随者参加，这事罗飞早就知道，但连外国人也赶过来就略显夸张了。他想了解一下情况，就用对讲机呼叫在大门口执勤的陈嘉鑫。

“那几个外国人是怎么回事？”

“是龙州大学的留学生。”陈嘉鑫在电波那头解释道，“上次不是在龙州大学做的表演吗？这几位从同学那里听说了，这次特意赶过来的。”

“哦。”罗飞又观察了一阵，没发现有什么异样，便挂断了对讲机。这时凌明鼎也凑过来看了看，然后转头对夏梦瑶笑道：“有这么多人喜欢你，连老外都来了。”

夏梦瑶正坐在一张休息椅上，她只是淡淡地挑了挑嘴角以示回应。

凌明鼎做了个邀请的手势：“你不过来看看吗？很值得庆祝呢。”

夏梦瑶却摇了摇头，神色间似有一些迷惘。

“你怎么了？”凌明鼎一边问一边走到了夏梦瑶身边。他心中暗想，是不是场面太大了，所以她有些紧张？

“我不知道……是不是该为此高兴？”夏梦瑶看着凌明鼎，就像是一个困惑的学生看着无所不能的导师。

凌明鼎反问道：“为什么不高兴？”

“这么多人来看我的表演，他们其实并不是喜欢我……他们喜欢的是那种怀旧的感觉，对吗？”

夏梦瑶的催眠表演一直都是以怀旧为主题，这个主题也的确别具魅力。不过为何要因此而质疑自己呢？凌明鼎大笑着劝解对方：“那种感觉就是你带给他们的啊，他们喜欢怀旧，不就是喜欢你吗？”

夏梦瑶失落地垂下了眼帘：“我可不是担心他们会不会喜欢我。”

“那你担心什么？”

夏梦瑶沉默了片刻，然后她再次抬眼看向凌明鼎，幽幽问道：“他们喜欢怀旧，那就意味着他们现在并不幸福，对吗？”

凌明鼎怔住了，他从未考虑过这个问题，一时也不知该如何回答。

“罗警官。”夏梦瑶忽然又把目光转向了罗飞，“你喜欢我的催眠表演吗？”

罗飞模棱两可地回答：“你的表演很精彩。”

“可你并不喜欢。”夏梦瑶用评判的口吻说道，“你是一个自信的人，你的目标永远在前方，而不是过去。”

罗飞默认了，他确实不喜欢怀旧。夏梦瑶第一次表演的时候他就在中途退了场。过去对他来说更多的是痛苦，而痛苦从来不能阻止他前进的脚步。

“那些对自己失去信心的人，在现实中找不到快乐和希望，他们才会怀旧。”夏梦瑶的目光从罗飞转回到凌明鼎，“所以有越多的人喜欢我，就代表有越多的人过得并不幸福。我怎能因此而高兴起来？”

凌明鼎终于听明白对方的苦恼所在，他想起了夏梦瑶在生日上的许愿词。

——“我希望所有活着的人都能幸福。”

只有纯洁善良如水晶一般的心灵，才能有这样的情怀，才能感受到这样的苦恼吧？

“你应该感到高兴。”凌明鼎微笑着说道，“因为你的催眠让他们重新回到了过去，你能帮他们找回幸福，而且他们喜欢你的帮助。”

夏梦瑶的眉头舒展开来——她需要的正是这样的劝慰。“谢谢您，凌老师。”她释然说道，“您总是能帮我拨开心中的迷雾。”

“你不用谢我。这是心桥的力量，是你把它带给了更多的人。”凌明鼎郑重其事地说道，“我应该感谢你才对呢。”

用催眠的方法带人们回到过去，重温那些逝去的幸福，这的确算是心桥术的美好应用吧？可是当催眠醒来之后呢？这些人会不会愈发感到落寞和懊悔？对于未来，他们会重拾勇气，还是会愈发彷徨？一旁的罗飞暗自思忖着，他甚至还在设想，如果按照白亚星的“爆破疗法”，又该如何处置这些问题?

对讲机里传来的信号打断了罗飞的思路，接通后听到了陈嘉鑫的声音:“罗队，楚维和杜娜来了!”

罗飞神色一凛，连忙向帷布外看去。果然，楚维和杜娜二人已经走进了会场，正往观众席里寻找着自己的座位。

罗飞把嘴凑到麦克前询问:“有没有看到白亚星?”

“还没有。”

“安排专人盯住楚维和杜娜，然后你那边继续保持警惕。”

“明白!”

凌明鼎听到对话后走上前，担忧地问了句:“会不会有问题?”

既然楚维和杜娜已经来到现场，那问题一定是有的，看来今天一场碰撞在所难免。但现在也不用过于紧张，罗飞宽慰凌明鼎道:“我们会保护好小夏的安全，这里是公共场所，又有那么多媒体和摄像在，他们不敢乱来的。”

凌明鼎转头看向夏梦瑶，目光坚毅。他如发誓般在心中狠狠说道:“我没能保护好自己的妻子，现在，我绝不允许任何人再伤害这个女孩!”

下午两点，催眠表演大会正式开始。

怀旧仍然是不变的主题。这次夏梦瑶把众人带回到更加遥远的童年时代。那里有一个无忧无虑的美妙世界，每个孩子都是这个世界的中心，他们有着各种各样的古怪幻想，同时又享受着最为质朴简单的快乐。

催眠的过程美妙无比，但当催眠结束的时候，很多人脸上都浮现出失落的情绪。他们又回到了现实中，那些幻想和快乐早已被残酷的时光碾得粉碎。

在这些人的眼中，夏梦瑶成了能够扭转时光的女神。他们奉上了最虔诚的崇拜，即便表演结束也不舍离开。

凌明鼎恰当地利用了这样的情绪，他安排了一次签名售书活动，让粉丝和偶像之间有机会进行一些更为亲密的接触。当然了，他真正目的还是要传播自己的催眠理论。

那本书叫作《心灵彩虹》，主要内容都是在阐述凌明鼎创立的心桥催眠术。夏梦瑶署名为本书的作者，但事实上的操笔人正是凌明鼎自己。

购书者在会堂内排成了长龙，夏梦瑶则坐在主席台上，耐心地为每一本书签下自己的名字。在她侧方不远处，罗飞正藏在帷布后观察着场内的局势。

表演很顺利，但楚维和杜娜仍然逗留在观众席。他们既然来了，一定不是观摩表演这么简单，他们总得要做些什么。

可他们似乎又做不了什么——此刻以夏梦瑶为中心，至少有三层保护网正严阵以待。

最外层是陈嘉鑫，他带着两个保安守着通往主席台的台阶。每一个人在登台之前都要经过他们的审视。遇有可疑人员，陈嘉鑫便会加以询问，相关信息亦会及时反馈到罗飞那里。

罗飞所处的位置和陈嘉鑫、夏梦瑶正好形成一个三角，也就是说，他扼守着从主席台入口到夏梦瑶处的咽喉要道。虽然台上台下的人都看不见他，但只要有状况出现，他在瞬息之间就可以冲出来控制住局势。

最后一道防线由凌明鼎和另外一名保安组成，这两人就站在夏梦瑶身后，密切关注着每一个走到近前的人。尤其是凌明鼎，一直目光炯炯的，蓄势待发。

夏梦瑶则心无旁骛，只管在书籍上认真签名。偶有热情的粉丝要求和她合影留念，她也尽量配合满足。大约半个小时之后，长长的队伍散去了大半，队尾已经排到了主席台入口处。

也有一些人既想要签名又不愿站着排队。这部分人此前一直坐在观众席上等待，这会儿看到队伍基本上散尽了，他们便陆续起身往主席台走去。楚维和杜娜便混迹在这些人之中。

罗飞注意到了这个变化，他立刻用对讲机提醒陈嘉鑫："注意，楚维和杜娜好像要过来了，你尽量拦住他们，别让他们接近夏梦瑶。"

"明白。"陈嘉鑫警惕地看着越走越近的楚杜二人，做好了迎战的准备。

主席台上的气氛仍然和睦平静。一个瘦瘦的男子来到了夏梦瑶面前，这人留着一头长发，气质文雅，风度翩翩。在夏梦瑶签名的同时，他主动自我介绍道："你好，我是省卫视《神州达人秀》栏目的制片人。"

夏梦瑶有些惊讶地抬头看着对方。《神州达人秀》是省卫视一档著名的娱乐节目，具有极高的收视率。这个栏目的制片人算得上是业内的大腕了。

男子又掏出名片盒，先给夏梦瑶递了一张。夏梦瑶忙站起身接过以示尊敬。男子也没有忽视一旁的凌明鼎，他递上名片的同时打了招呼说："凌老师你好，这是我的名片，请多指教。"

凌明鼎接过名片细细端详。那名片上列了一大堆的称谓，最后有两个大字："乐飞"。这个名头凌明鼎早有耳闻，果然是省卫视的大腕制片人。凌明鼎道声"幸会"，随即还了张自己的名片，心中暗想，难道我们有机会和省卫视合作一次？

果然，乐飞接下来便说道："夏小姐的表演太精彩了，不知道你们有没有兴趣到《神州达人秀》做一期节目？"

夏梦瑶惊喜道："有兴趣啊！"凌明鼎也颇为兴奋，但他老道持重，情绪并未外露，只淡淡地说了句："谢谢乐先生的欣赏。有机会合作当然是好事，我们可以试一试。"

"你们不用谢我。真正欣赏夏小姐的是我们栏目的投资人，我只是替人打工而已。"乐飞自谦地笑道，"现在是市场经济，投资人的话语权高于一切。"

凌明鼎当然明白投资人的重要性，他立刻问道："他今天来现场了吗？"言下之意，如果来了，不妨引见引见。

乐飞遗憾地耸耸肩膀："他不太方便过来。不过你们放心，这事绝对靠谱。我们投资人已经在网上关注夏小姐很久了，他是夏小姐的忠实粉丝呢。对了，他还嘱咐我，如果夏小姐有空呢，一定要和他通个电话。"

夏梦瑶看看凌明鼎，用目光征询对方的意见。凌明鼎便对乐飞说道："那就麻烦你留个号码吧，一会儿结束我们就打过去。"

“不用这么麻烦，我现在就来拨号。”乐飞一边说一边掏出了手机，“嗯，就是先认识认识，互相打个招呼。”

乐飞话音刚落，不远处忽然响起一阵喧哗。众人循声看去，却见主席台的入口处，有一男一女正在和一个身穿警服的小伙子纠缠不清。

凌明鼎认得那一男一女，正是楚维和杜娜，拦着他们的警察当然就是陈嘉鑫。却听楚维正愤愤不平地嚷道：“我们又不是来捣乱的，凭什么不让我们上去？”

“不好意思，是夏小姐不愿意见你们。”陈嘉鑫横身站在台阶上，挡住了对方的去路。

“这话得让夏小姐亲口说我们才信。”楚维加大了声调，故意要让台上人听见似的。夏梦瑶不明状况，神色间颇为诧异，但碍于乐飞在旁边，她又不好立刻询问，只能用目光向凌明鼎求助。

凌明鼎紧皱起眉头，暗想，这两个家伙这会儿过来挑事，莫非就是冲着乐飞来的？自己可得尽力压住事态，别让对手把眼前的好事搅黄了。

那边楚维和陈嘉鑫的冲突还在继续激化。楚维嚷完之后便径直往台上挤，根本无视陈嘉鑫的存在。后者也不客气，一伸手拉住了楚维的胳膊。楚维当即翻动手腕，使个小擒拿别住了陈嘉鑫的肘关节，随后他又顺势一推，陈嘉鑫立足不稳，“哎”了一声从台阶上摔了下来。

楚维看着陈嘉鑫，居高临下地调笑道：“听说你是半路出家当的刑警？这身手还得好好练练啊。”

陈嘉鑫咬咬牙，冲手下的两个保安喝道：“快把他拉下来！”两个保安一左一右地抢上前，但他们还没来得及近身，已被楚维一脚一个，双双踹翻在地。

“你们两个算什么东西？也敢对我无礼？”楚维轻蔑地骂了一句，然后转身登台而去。杜娜也不慌不忙地跟在他身后。

台上还在排队的粉丝见动了手脚，连忙慌慌张张四下避开。乐飞则刚刚拨通投资人的电话，他一脸惊愕地看着楚杜二人，同时将手机递到了夏梦瑶手中。

凌明鼎跨过一步，挡在乐飞和夏梦瑶身前。一旁的保安倒也机灵，立刻招呼夏梦瑶往主席台角落里躲避。夏梦瑶一边后撤，一边强作镇定地与电话那头的投资人聊了起来。

等楚维走到面前了，凌明鼎张开手臂一拦："你有什么事？"

"我要找的又不是你！"楚维一边说一边伸手要把凌明鼎推开，但这次他的手刚刚举起一半就抬不动了，同时他的身旁多出了一个人影。

那是一个中年男子，神色沉稳，目光锐利。他紧紧攥住楚维的手腕，力量大得像是套住了一副铁钳。在这样的制约下，楚维的小擒拿完全无法施展，他只能尴尬一笑，对那人说了句："罗队长，原来你也来了。"

突然出现的男子正是罗飞。他不冷不热地回应道："有什么事慢慢说，不要动手。"

看到罗飞现身，凌明鼎算是松了口气。现在陈嘉鑫和先前那两个保安也赶到了台上，己方的力量已远远胜出。楚维和杜娜二人再要动粗的话，绝对讨不了好去。

楚维似乎也认清了形势，他做无辜状地耸耸肩膀："那就好好说吧，本来也是你们先动手的嘛。"

罗飞松开对方的手腕，且看他能好好说出个什么丁卯。

楚维向凌明鼎身后看了看，说："我是来接人的。"

凌明鼎警惕地反问："接谁？"他的身后只有夏梦瑶和乐飞。

"就是他们两个啊。"似乎要讽刺凌明鼎的明知故问，楚维又特别强调说，"夏梦瑶夏小姐以及乐飞乐先生。"

凌明鼎带着冷笑，硬生生地问道："他们和你有什么关系？要你来接？"

"我们有合作。"楚维简单答了句。随后他不愿和凌明鼎多费口舌，直接踮起脚向着不远处的乐飞喊道："乐先生，都联系好了吧？"

那边夏梦瑶刚刚通完电话，正把手机还给乐飞。乐飞听见楚维的呼喊便转过身来，但他并不认识楚维，愣了愣道："你是哪位？"

楚维回答说："是白先生叫我来接你们呢。"

"哦。"乐飞明白过来了，他开了个玩笑道，"我有什么好接的，我看主要是接夏小姐吧。”

“白先生？”夏梦瑶的神色既惊讶又欣喜，“真是太热情了——我这边刚刚挂断电话呢。”

这三人一唱一和地说完，罗飞和凌明鼎全都怔住了。随后凌明鼎快步来到夏梦瑶身边，压着声音问道：“你说的是哪个白先生？”

“就是我们的投资人啊，白亚星白先生。他约了我和乐先生晚上一块儿吃饭，到时候会详细谈谈上卫视做节目的事情。”夏梦瑶说话时眼角弯弯的，满怀憧憬。

凌明鼎当头一盆冷水浇下来：“不行，你不能去！”

夏梦瑶眨了眨大眼睛：“为什么？”

“那家伙不是什么好人！”凌明鼎急切想给对方解释，可是夏梦瑶并不了解其中的复杂关节。他只好临时找个借口，“他一直都不肯露面，或许是个骗子呢？”

“其实他已经来了，只是……”夏梦瑶看着凌明鼎，欲言又止。

“只是什么？”凌明鼎紧张地环顾四周。难道那家伙已经来了？他在哪里？

“他说你对他有成见，所以不方便进来。”夏梦瑶注意到凌明鼎的反常神态，她失望地垂下眼帘，又道，“看来他说的确实是事实。”

“没错，我们白老板一直在会场外等着呢，只是担心和凌先生闹得不愉快，所以没有进来。”楚维在一旁插话道，“现在既然都说开了，我看也没必要再遮遮掩掩的。”说完他转头冲杜娜施了个眼色，杜娜便拿出手机，拨通后说了声：“应该没问题了，你进来吧。”

所有的人都明白这句话意味着什么，大家齐刷刷把目光投向了会场入口处。不消片刻，果然看见一名男子款步走入场内，他的步伐不急不缓，浑身上下都透出一种难言的气质。他走在已近乎空旷的会场里，就像是一个巨星漫步在属于自己的舞台。

凌明鼎的额头隐隐渗出了冷汗，他有一种非常不祥的预感。在这紧急的关头，他必须把某些隐情摊开说了。

“你不能相信这个人。”凌明鼎用双手扶住了夏梦瑶的肩膀，“你还记得上次在催眠师大会上捣乱的那些家伙吗，就是这个白亚星在背后支持他们。还有那个什么‘中国催眠师行业联合会’，也是他搞的。”

在公共场所的肢体接触让夏梦瑶觉得有些尴尬，她轻轻把凌明鼎的双手拨开，同时说道：“这些我都知道了。他只是个投资人，一直对催眠很感兴趣，你不要因为这事就怨恨他。现在他很喜欢我的表演，也要给我们投资呢，这不是好事吗？”

凌明鼎的脸色有些发白，看来他必须祭出更重的筹码才行。“他是个凶手！”他嘶哑着声音说道，“上个月的两起命案就是他做的！”

夏梦瑶却只是淡淡一笑：“这不可能。”她看着越走越近的白亚星，目光中充满了欣赏之意。

凌明鼎的心深深地沉了下去，他知道此刻再和夏梦瑶说什么都不管用了。他快步走到罗飞身旁，低声道：“麻烦了！”

罗飞早已察觉到气氛异常，他立刻问道：“怎么回事？”

“小夏已经被白亚星催眠了！”凌明鼎附耳向罗飞解释说，“刚才我们对付楚维的时候，白亚星和小夏通了电话！”

罗飞回想刚才的情形，蓦然明了。楚维故意和陈嘉鑫等人发生争斗，就是要把己方的注意力吸引过去，而白亚星则趁机通过电话对夏梦瑶实施了催眠。

凌明鼎还在继续耳语：“那家伙利用了小夏的表演欲望，他自称是投资人，小夏对他根本没有防备。现在小夏已经完全被白亚星蛊惑，她真会跟那家伙离开的。”

“那现在怎么办？”罗飞皱眉问道。就催眠这事还得听对方的意见。

“一定得把小夏留下，然后我才好想办法破解。”

罗飞点点头。现在的状况相当于白亚星给夏梦瑶种下了心锚，凌明鼎已经摸到了这个心锚的脉络，但是真正破解还需要时间和过程。当务之急是要阻止白亚星把夏梦瑶带走，否则就非常被动了。

就在罗飞和凌明鼎商量对策的当儿，白亚星已经走上了主席台。乐飞抢先上去和白亚星握手寒暄：“哎呀，你派人来接就行了嘛，怎么还亲自过来？”

“我是夏小姐的忠实粉丝啊。不亲自来接，那就失了礼数了。”白亚星向不远处的夏梦瑶微笑示意，他穿着一身高档服饰，神采奕奕，帅气逼人。

夏梦瑶显然很享受白亚星的目光，她主动上前和对方打了个招呼：“白先生，幸会。”

罗飞一侧身挡在了白亚星和夏梦瑶中间。

“小夏，你先别急着跟他走。”他正色劝道，“现在有些事情警方正在调查，可能和这位白先生有关。你目前不要和他接触。”

夏梦瑶看看罗飞，又看看白亚星，略显犹豫之色。可就在这时，旁边忽然有人插话道：“罗队，我觉得你过于紧张了。小夏和白先生只是去洽谈合作，这事和我们警方没什么关系吧？”

罗飞一脸意外地转过头来。那插话者竟然是陈嘉鑫，他还接着说道：“有乐先生在这里，我想白先生应该不是骗子。”

“白先生怎么会是骗子？他从去年开始就给我们栏目做投资，我们是老相识了。”乐飞在一旁附和着说道，为了加强效果，他还半开玩笑般掏出了自己的身份证和工作证，“你们不会连我也怀疑吧？这是我的证件，欢迎诸位审核！”

夏梦瑶笑着摇摇手：“不用了，我相信你们。如果白先生真有什么坏心眼，他怎么会这样大张旗鼓地来接我呢？而且还当着警察的面。”

白亚星欣然道：“那就请夏小姐和乐先生移步吧。我已经订好了饭店，今晚大家好好聊聊。”

眼见着形势渐渐失控，凌明鼎有点急眼了，他一把拉住夏梦瑶的胳膊：“不，你不能去！”

夏梦瑶涨红了脸，低声责怪道：“你干什么呢？快放开我！”凌明鼎也意识到自己有些失态，只好悻悻地把手撤了回来。

陈嘉鑫跨步到凌明鼎面前，伸手一拦说：“夏小姐是成年人了，有自己的行事自由。去不去应该由她本人决定，我们都无权干涉。”

凌明鼎瞪眼看着陈嘉鑫，既震惊又气愤。显而易见，这家伙已完全站在白亚星一边，只怕他先前和楚维争斗的一幕也是设计好的戏份呢。

白亚星胸有成竹地看看夏梦瑶："夏小姐，你说句话吧？"

夏梦瑶冲白亚星点点头，然后又对凌明鼎说道："放心吧，不会有事的。既然大家都想给催眠行业做推广，为什么不团结起来呢？"

这话的态度已非常明确。楚维便一躬身道："乐先生、夏小姐，请两位跟我走吧。"说完他当先走下了主席台，乐飞和夏梦瑶也并肩跟上。白亚星则继续堵在凌明鼎面前，防止对方阻拦。

"不能让他们走！"凌明鼎焦急地拍打罗飞。

罗飞只凝目看着陈嘉鑫，陈嘉鑫也和他对视着，目光毫不闪躲。罗飞便黯然摇摇头，心知这场败局已无法挽回。

现场的两名警察，罗飞已被免职，只有陈嘉鑫一人拥有执法的权力。现在陈嘉鑫和那几个保安都围聚在白亚星身旁，这便使罗飞等人处于绝对的弱势。而且夏梦瑶的确是自愿离去的，罗飞也无计可施。

眼看夏梦瑶一步步走出了会场，白亚星得意地拍了拍手，对凌明鼎笑道："凌先生，这次可得谢谢你了。有了夏梦瑶这样的大众偶像，我的事业一定会如虎添翼。"

凌明鼎咬牙道："你以为你能利用夏梦瑶？她迟早会了解你的真面目。"

"哈哈，了解，当然会了解！"白亚星大笑起来，"女人都喜欢了解我，然后她们还会彻底地爱上我。"

杜娜站在白亚星身后，她正用迷恋的目光凝视着这个男人，为对方的狂言作出现实的注解。

是的，从高梅、杜娜，再到韩雪，这些美女最终都深陷于白亚星怀抱无法自拔，难道夏梦瑶也会走上同样的道路？

凌明鼎怎能接受这种假设？他立刻痛斥道："你别做梦了！夏梦瑶只是醉心于催眠表演，这才被你暂时蒙蔽。她怎么可能爱上你！"

"难道她应该爱你？"白亚星耸耸肩膀，揶揄对方道，"可是刚才她都不让你碰，你们以前连手都没拉过吧？"

凌明鼎反唇相讥："男女间的交往一定要身体接触吗？精神层面的交流才是更深远的。"

“所以说你根本不了解女人。我想你从未真正地征服过一个女人。”白亚星的目光渐渐凝重，“如果你征服过，那她就不会离开你。”

这里的“她”明显有着更加尖锐的指代。凌明鼎的心像被针扎中一样，刺痛难忍。他愤然瞪视着对方，怒火在眼中熊熊燃烧。

他怒吼一声：“你这个混蛋！”然后以拼命的架势向着对方冲去，幸好罗飞在旁边将他一把拉住。

“控制你的情绪！”罗飞低喝提醒，他的目光既没有看向凌明鼎，也没有看向白亚星。

他在看着杜娜，他的神色是如此专注，似乎发现了某件极不寻常的事情。

凌明鼎冷静下来。是的，得控制住情绪。情绪失控就等于自曝心穴，在白亚星面前，这将是一件非常危险的事情。

“那你倒是想想办法啊！”凌明鼎只能把最后的希望寄托在罗飞的身上了。

罗飞的目光终于从杜娜身上收了回来，然后他又看向了陈嘉鑫。这个被罗飞一手提拔上来的小伙子正伫立在主席台上，目光死死地监视着罗、凌二人。

“你早就是白亚星的人了？”罗飞试图翻开对方的底牌。

陈嘉鑫默然不语。

罗飞继续苦笑着问道：“上次审讯，白亚星故意把你赶走，其实就是要保护你，对吧？还有在鲁局长面前打小报告的人也是你吧？”

陈嘉鑫终于开口了：“我和你没有任何私怨，我更不是为了自己的私欲。”

“好了，我们走吧。”白亚星似乎并不愿这两人说得太多，他挥挥手，自己率先走下了主席台。杜娜和陈嘉鑫等人也跟在他的身后，亦步亦趋。

“陈嘉鑫！”罗飞大喊了一声。

陈嘉鑫在不远处停住脚步，他转过头来。

“为什么？”罗飞定要问出个结果似的。

陈嘉鑫沉默了片刻，最后他郑重地吐出五个字：“与罪恶战斗！”他的目光坚定无比，像是在呼喊着一个崇高的誓言。

02

“就这样让他们走了！就这样让他们走了？”凌明鼎围着罗飞转了两圈，表情既绝望又愤怒。此刻会场里的闲人已经散尽，只剩他们俩孤零零地站在主席台上。

“不让他们走又能怎样？”罗飞反问，“你现在斗得过他们吗？”

凌明鼎伸拳头捶着自己的脑壳，沮丧无比。

罗飞拍拍对方的肩膀：“至少要把陈嘉鑫先争取过来。”

“怎么争取？我都给他下过心锚了，可他还是受了白亚星的蛊惑！”凌明鼎摇着头，有种万念俱灰的感觉。

“不是你的心锚术没起作用，而是白亚星早就提前下手了！”

“哦？”凌明鼎神色一凛。难道那家伙算准了自己会把陈嘉鑫当作诱饵抛出去，所以抢先一步给陈嘉鑫种了心锚？那他也太料事如神了吧？

事实其实比凌明鼎的猜测更加复杂，而罗飞正要带他解开这个谜团。

半个小时后，罗飞带着凌明鼎来到了自己的办公室，他从书架上抽出一本书。封皮上印着醒目的篇名和作者：《与罪恶战斗》——剑龙。

“陈嘉鑫就是受到这本书的影响，这才立志要当刑警。可惜啊，他早就把书给我了，我却一直没时间细看。”罗飞遗憾地叹了口气，匆匆把书翻开。

“与罪恶战斗！”那正是陈嘉鑫临别前回答罗飞的措辞。凌明鼎领悟到这两者的联系，他连忙凑身到罗飞旁边，和对方一同浏览此书。

整部书有十多万字，仅仅把握脉络般通览一遍，也花去了将近两个小时。

这是一本警匪题材的小说。故事的主人公叫作方鹏，是个刑警队长。此人性格刚烈，嫉恶如仇。小说的前半部分着力描写方鹏如何破获各类刑事案件，情节惊险跌宕，可读性甚强。主人公也是智勇双全的形象，光彩照人。

小说近半之时，方鹏的命运却遭遇重大转折。一个被他抓捕过的强奸犯出狱后再次作案，而他施暴的对象恰好是方鹏的未婚妻。未婚妻不惜以跳楼的方式抗暴，虽然保住了清白，但最终香消玉殒。方鹏痛苦不堪，他发疯般追寻案犯的下落。终于在一个雨夜，那个强奸犯再次作案时被方鹏当场堵住。方鹏难以控制心中的怒火，在案犯已被制伏的情况下，他仍然将其击毙。

获救的女孩帮方鹏保守秘密，使后者的滥杀行为躲过了制裁。方鹏从此变成了一个崇尚暴力的执法者，他不再相信监狱的改造功能，他会创造一切机会把自己追捕的案犯当场击毙。

作者对这个段落进行了大量的情感渲染，令小说读起来充满了煽动性。读者的情绪也会和主人公一样，从愤怒到宣泄，在私刑的暴力中感受着复仇的酣畅快感。

这个阶段的方鹏是孤独的，那个女孩是他唯一的知心人。女孩对方鹏情有独钟，但方鹏无法忘记自己的未婚妻，所以这两人只能成为心灵上的伴侣。女孩一路追随着方鹏，后来甚至成为他行动时的助手。

小说的高潮部分从方鹏的一次失误开始。在一次实施私刑的时候，他的行为被同僚发现并且遭到举报。方鹏被捕入狱。狱中有很多囚犯都是被方鹏亲手逮捕的，这些人暗中谋划，意图在劳动时制造事故，害死方鹏。方鹏将计就计，把这些家伙引到了农场里一个偏僻的角落。他用尖锐的冰凌为武器，将这些囚犯全部干掉。面对重重围困的狱警，方鹏无处逃脱，只能爬上了高高的水塔。最终他从水塔上纵身跳下，既实现了对未婚妻的殉情，也完成了宿命般的自我救赎。

“你怎么看？”读完全书之后，罗飞用征询的口吻问了凌明鼎一句。

“这个‘剑龙’显然就是白亚星的笔名了。”凌明鼎道，“这是一部带有自传性质的作品，尤其是主人公的心路历程，完全就是白亚星自身情感的翻版。而且这本书的感染力极强，读者在阅读的时候很容易产生代入感，从而在情感上和主人公保持一致。”

罗飞点点头：“陈嘉鑫早就被这本书蛊惑了，所以你给他种的心锚才毫无效果。”

凌明鼎苦笑：“也真是点背，谁能想到你的手下居然会迷恋白亚星写的小说？”

“不，这不是点背的问题，这是设计好的——”罗飞低沉着声音说道，“这是一个可怕的计划。”

凌明鼎看看罗飞，他不是很明白对方的意思。

“你看这里。”罗飞把书翻到了扉页，“这里留下了作者的联系方式，陈嘉鑫曾通过这个邮箱和白亚星有过书信来往。白亚星鼓励陈嘉鑫去当一名刑警，并且给了他很多指点。”

“就是说陈嘉鑫根本就是白亚星一手栽培出来的，是他刻意安插在龙州警界的内线？”凌明鼎咂舌道，“那他可真是处心积虑！”

《与罪恶战斗》这本书是四年前出版的，白亚星的写作时间应该更加靠前。他多年前就已经在为龙州的战斗布局，罗飞等人仓促应战，又怎能不败？

“难怪他会选择在龙州动手呢！”凌明鼎想了想，忽然又觉得有些不对，“可你是在案发后才把陈嘉鑫调入刑警队的啊，而且你和小陈的相识纯属偶然，难道这些也是出于白亚星的计划？”

罗飞摇摇头：“白亚星的计划当然不会这么具体，但他的计划很庞大。就像撒下了一张大网，你只看到了网里的一条鱼，当然觉得这条鱼的命运很偶然。但数量众多的偶然最终却能导致必然的结果。”

凌明鼎皱皱眉头，隐约领悟到一些什么。

罗飞再次指向书籍扉页上的信息：“这本书的印数是五万册，实际覆盖的读者量可能更大。你想想，这里面会有多少人给白亚星写信？有人或许会和陈嘉鑫一样，建立起当刑警的梦想，也有人或许原本就是警察，但只要他们给白亚星写信，就注定要成为白亚星的门徒。”

凌明鼎立刻想起了一个人：“楚维，他也是这样被白亚星蛊惑了。”

“多半如此。”罗飞正色道，“我们看到的是陈嘉鑫和楚维，我们没看到的又有多少？在龙州，或者在其他地方……一张大网早就撒开了，陈嘉鑫不过是网中一条普普通通的鱼儿。”

“确实……确实是庞大的计划。”凌明鼎喃喃说道，这时他才真正感觉到罗飞所说的“可怕”二字的含义。他们已看到的这些强大的对手，其实只是冰山浮于水面的小小一角。

罗飞合上书沉思了片刻，然后他开始陈述自己的思路：“现在看来，早在数年前白亚星就已经启动了所谓的‘净化工程’，其实质就是要在全国范围内清理那些被逮捕的刑事案犯。这样庞大的计划靠他一个人根本不可能完成，所以他首先要培养自己的拥趸。于是他写出了《与罪恶战斗》这本书，将‘净化工程’的源起和实施理念通过小说灌注给自己的读者。通过书信往来的方式，读者中的一部分人被白亚星催眠，这些人暗藏在全国各地的警察队伍中，日后将成为执行‘净化工程’的中坚力量。

“随后白亚星开始筹措实施计划所需要的巨额资金，他选择了劫取中奖彩票这种极隐秘又速效的方式。许丽成了白亚星的猎物，后者从中攫取到数以亿计的现金。

“万事俱备，只欠东风。‘净化工程’终于到了具体的实施阶段。小说里那种暴力的方式显然是行不通的——玉石俱焚意味着无法持续，再多的人力和财力也会很快耗尽。白亚星需要一种安全而又长效的方式，催眠术无疑是最好的手段。通过催眠术让被捕的犯人互相毁灭，就像化学里的中和反应，既产生了双倍的清理效果，还不会留下任何痕迹。

“所以这个计划除了需要警方的内线，还需要大量得力的催眠师。于是白亚星来到龙州，试图用他的‘爆破理论’推翻你所倡导的‘心桥治疗术’，当大批的催眠师被他招入麾下之后，他就能从中选出‘净化工程’的执行者。”

凌明鼎听得连连点头，末了他总结道：“白亚星现在把小夏骗走，就是想利用小夏的影响力为自己服务，把催眠界的人才都招纳到那个什么狗屁的行业联合会？”

“没错。”

“那我们现在该怎么办？”

罗飞把那本小说推到凌明鼎面前，反问道：“看完了这本书之后，你能不能破掉陈嘉鑫的心锚？”

凌明鼎回答：“应该可以的。”书中的情节正是陈嘉鑫受蛊惑的过程，只要针对其中的关节搭建心桥，就可以屏蔽掉白亚星施加的负面影响了。

“那我们就以陈嘉鑫为突破口，往他的计划里打一根钻头进去！”

凌明鼎明白罗飞的意思。既然陈嘉鑫已经成为白亚星现行计划中的核心人员，那把陈嘉鑫争取过来为己方所用，这个战术确实值得期待。可是……凌明鼎现在真正忧心的却是另一个问题。

“这个方案好是好，但见效慢啊！”他焦虑重重地看了一眼手表，“现在已经快到晚上八点了，小夏那边手机一直关着。我怕……”他欲言又止，重重地叹了一声。

罗飞知道凌明鼎在担忧夏梦瑶的清白。白亚星明确透出了要让夏梦瑶委身于自己的意思。那家伙既是卫视栏目组的金主，又深谙催眠术，夏梦瑶落在他的手中，真好比是羊入虎口。也难怪凌明鼎心急如焚。

不过有些事情凌明鼎未必知晓，现在该到了点破的时候。

“你不要太担心了。”罗飞劝慰对方道，“我觉得白亚星并不会真正伤害到小夏。”

“为什么？”凌明鼎满怀期待地追问。他知道罗飞从不会说出没有根据的话语。

“你有没有注意到杜娜和白亚星的关系？”

“杜娜是白亚星的情人吧，白亚星就是因为和杜娜纠缠不清，结果导致未婚妻自杀。”这段瓜葛是罗飞去西南调查得到的结果，凌明鼎曾听对方转述过。

但罗飞要问的并不是这事，他继续提示对方：“下午在大会现场，杜娜就站在白亚星的身边。你有没有注意到她的情绪？”

凌明鼎摇摇头。

“你只顾着夏梦瑶了，哪有心思去关注其他女人？”罗飞用半开玩笑的口吻说道，“其实杜娜的状态倒和你差不多呢。”

凌明鼎领悟道：“她只关注白亚星一个人？”

“没错。当白亚星进场之后，杜娜的注意力就再没有被别人分享。她的视线长时间地在白亚星身上停留，即便偶有转移，也是被白亚星的话语所牵引。总之，白亚星就是她精神世界的核心，就像夏梦瑶在你心中的地位一样。我想她对白亚星的爱慕也不会低于你对夏梦瑶的感情。”

“那又怎么样呢？”凌明鼎相信罗飞的观察和分析，但他不明白这事和夏梦瑶的安危有何联系。

而罗飞正要说出重点：“当白亚星积极向夏梦瑶示好时，旁边的杜娜在情绪上却没有任何变化。白亚星甚至还表示要通过性爱来征服夏梦瑶，可杜娜还是痴情地看着白亚星，一点妒忌或是失落的感觉都没有。这对一个女人来说，不是太奇怪了吗？”

“是啊！”凌明鼎恍然附和。女人天生就是一种醋意泛滥的动物。同一场合如果有两个美女存在，只要有男人向其中一个献媚，另外一个必定会妒意大发。更何况这个男人是你的挚爱？凌明鼎经历过袁秘书的变故，对这种女人之间的战争深有感触，他也觉得杜娜这种无所谓的反应很不正常。

“是因为杜娜知道白亚星只对自己痴情，其他女人根本没有机会吧？白亚星针对小夏说的那些话只是计划的一部分，根本就不会去实践。”凌明鼎从理想的角度分析着，可他很快又重新忧虑起来，“还有一种可能性啊，如果杜娜被白亚星催眠了呢？她以为白亚星对自己无限忠诚，可她根本不知道对方是什么样子。”

罗飞知道这事有些复杂，必须一步步地解释才能让对方明了。于是他话锋一转，又提到了另一个女人：“你知道韩雪吗？”

凌明鼎点点头：“白亚星在审讯的时候说过。他到龙州以后一直和这个女人同居吧？听说那个女人对他也非常迷恋呢。”说到这里，凌明鼎脸上愁容更重——白亚星可不像杜娜想象的那么老实。

罗飞的话还没说完："审讯的当晚，我带技术人员搜查过韩雪和白亚星同居的住所。我们没有找到和案件相关的线索，不过有件事挺奇怪的。这事我当时没有在意，现在回想起来，倒是值得玩味。"

凌明鼎忙问："什么事？"

罗飞道："在那个住所里没有任何避孕的药物或用具，倒是有几件女性的自慰用品。"

凌明鼎立刻反应过来："难道这两人并没有发生性关系？那他们干吗要住在一起？"

罗飞在搜查时也感觉到同样的困惑。如果只是为了隐藏行踪，白亚星只需要用韩雪的名义买房，完全没必要和对方同居。况且面对这样一个妙龄美女，同卧一床却秋毫无犯，那可真是柳下惠再世了。

不过行大事者必有异人之处。罗飞当初的困惑也只是一闪而过，现在将诸多点滴综合起来一考量，他便有了一个极为大胆的猜测。

"你有没有感觉到——"罗飞试着引导凌明鼎的思路，"白亚星在提及女人的时候往往有些夸张，他似乎带着表演的成分，总想向别人炫耀些什么。比如说韩雪吧，他曾把这个女人带到刑警队的接待室，两个人搞得卿卿我我的。后来在审讯的时候，他也多次提到这个女人，好像生怕别人不知道。"

听罗飞这么一说，凌明鼎也有感觉了："是啊，他表现得好像随时能征服任何美女。"

"你对心理学的研究肯定比我深。你说说看，如果一个人总是刻意在炫耀某件事情，这说明什么？"

"这说明他在这件事情上是不行的，而且他非常害怕别人看破他的这个缺点。"凌明鼎愣了一下，"难道说……"

罗飞知道对方的思路正在向自己贴近，但他并没有迎上前，反倒扭头转到了另一个方向上。

"再来说说这本书吧。"罗飞指指那本署名"剑龙"的小说，"你也看出来了，这是一本自传体的作品，里面出现的人物和事件在白亚星的真实生活中都有映射。那你一定知道杜娜在其中对应着哪个角色。"

“应该就是那个被主人公救下来的女孩。在现实世界中，是杜娜救了白亚星。总之，这两个角色之间有着一种紧密的情感，这种情感是经历过生死考验的，绝对值得信任。”

罗飞补充说道：“女孩知道主人公的所有秘密，他们之间是一种心灵伴侣的关系。这也是杜娜和白亚星真实关系的写照。”

凌明鼎略略有些困惑：“如果他们只是单纯的心灵伴侣，那白亚星又为何会在杜娜和高梅之间摇摆不定，最终导致高梅自杀呢？”

“要回答这个问题的话，我们首先得研究一下高梅在小说中对应的角色——也就是主人公方鹏的未婚妻。”罗飞斟酌着说道，“小说里这个女人也是自杀的。但这自杀只是一种表象，在任何读者的眼中，那个强奸犯才是害死女人的真凶。我相信这也是作者的本意，对吧？”

凌明鼎认同道：“没错。”

罗飞又问：“那个强奸犯对应着谁？”

“肯定是打伤白亚星的那个毒贩啊。白亚星曾经挽救过他，但他出狱后反而恩将仇报。”

“也就是说，白亚星通过小说表达出这样的潜意识，是那个毒贩害死了他的未婚妻高梅。”

凌明鼎点点头，他隐隐意识到什么，但还不是非常清楚。

“再看看小说最终的结局吧。主人公从水塔上跳下来，那里有一段很长的心灵独白，你注意了吗？”

“嗯。主人公在独白中表达了对未婚妻的无限思念，同时还带着强烈的悔恨和救赎的情感。”

“所以在真实的世界里，白亚星仍然深爱着高梅，而且他知道自己对高梅的死是负有责任的。”

凌明鼎的思维飞快地旋转着，他已经窥探到很多关节，现在正试图将这些关节串连起来。

“再回忆一下，现实中的高梅是怎么死的。”罗飞继续引导着对方，“当年白亚星破获了黑恶集团，终于恢复身份和高梅团聚。可他对高梅的情感似乎发生了变化，最突出的表现就是他拒绝再和高梅亲热。

后来高梅调查白亚星的电话记录，发现他和杜娜往来密切。于是高梅就怀疑白亚星移情别恋。白亚星既不否认，也并不愿放弃高梅。在一次次的等待之后，高梅终于无法忍受了，她和别的男人定下婚期，事实上是给白亚星下了最后的通牒。这时白亚星找到了你，希望你能传授催眠术给他。但是你拒绝了他。在高梅新婚的前一天，白亚星和高梅最后一次见面，但两人间的关系仍然无法挽回，随即高梅便服用烈性农药身亡。这就是高梅死亡过程的全记录。现在我们知道一件很重要的事情，白亚星从未变心，他一直深爱着高梅，他无法和对方在一起是另有原因。"

"因为他失去了性能力。"凌明鼎把那个呼之欲出的原因说了出来，"而始作俑者就是那个毒贩。那次枪击损坏了他的性器官，这个秘密只有杜娜知道。对于白亚星这样强势的男人来说，失去性能力是一种无法言明的屈辱，尤其是在自己挚爱的女人面前。所以他一次次地拒绝和高梅亲热。每当苦闷难抑之时，他只能向杜娜倾诉，就像小说里那样，杜娜成了唯一了解他的心灵伴侣。"

"现在你还认为高梅是自杀的吗？"

凌明鼎"嘿"地冷笑一声："不，一定是白亚星设计了高梅的死亡。他不能容忍另一个男人占有高梅的身体，这在他眼中就像是强奸一样恶劣。所以他的未婚妻宁可死去也要保住清白——这真是一个既自私又自卑的家伙！"

"是的。"罗飞赞同凌明鼎对白亚星的评价，不过他又轻叹一声说道，"他的自私和自卑其实是源自于一种极度的自傲，他是一个强者，永远不能接受自己以弱者的姿态存在。他宁可将爱人毁灭，也不愿让对方了解到事实真相。"

凌明鼎又愤恨不已地说道："明明是他自己害死了高梅，为什么要记恨我？那样……那样对待我的妻子。"

"因为在最关键的时刻，你没有帮他。"

"我怎么帮他？难道催眠术能帮他恢复性功能吗？"

"想想我们在韩雪住处搜查到的东西。"罗飞耸耸肩膀说道，"你应该能猜到白亚星是怎么对付那个女孩的。"

"先对那个女孩催眠，然后用自慰工具让女孩达到高潮？"凌明鼎瞪着眼睛道，"这……这也太恶心了吧？"

"确实有点恶心，但很有效。韩雪就是被这样的手法迷得神魂颠倒。如果当初你就把催眠术传授给他，他或许真的能在高梅面前蒙混一辈子。"

"等等！"凌明鼎忽然跳了起来，"他不会也用同样的手法来对付小夏吧？"

罗飞咧咧嘴："如果他觉得这么做真的能征服小夏……"

"无法容忍，绝对无法容忍！"凌明鼎接连拍了几下桌子，然后扭头就往外走，"我一定要阻止他！"

"哎！"罗飞追上去喊了一声，"你到哪里去找他们？"

"龙州所有的高档酒店，我一家家地找过去！"凌明鼎咬着牙，摆出一副挖地三尺的样子。

"好吧。"罗飞也被对方情绪感染了，"我叫上小刘，我们三人分头行动。"虽然这有点大海捞针的意思，但大海捞针总比什么都不做要好吧。

03

出门之后罗飞才发现天空中已是雪花弥漫。龙州属于亚热带气候，雪花落在温热的人体上会很快化开，人在雪中略略走一圈，全身上下便湿漉漉地极不舒服。

罗飞负责在东城地区搜寻，他奔波了大半夜却一无所获。到凌晨四点多的时候，雪势越来越大。罗飞进了家通宵营业的便利店，买点速食填填肚子，同时用干毛巾把身上的雪水胡乱擦了擦。刚刚歇下口气，手机忽然响起。

罗飞接通了电话，听筒里传来的竟是白亚星的声音——

"我知道你在找我，到银陵饭店来吧，我在顶楼的旋转餐厅等你。"

对方说完这句话便直接挂断了。罗飞立刻起身直奔银陵饭店而去，途中则抽空给凌明鼎打电话通报了讯息。

银陵饭店位于龙州东北部，这是一片新开发的区域，人气并不旺。不过饭店盖得倒气派，共有三十多层，下面三层是豪华的高档酒店，往上是五星级客房，最顶层则是一个充满了异国情调的旋转餐厅。

到达酒店之后罗飞又给凌明鼎去了个电话，后者答复说尚在半途。形势紧迫，罗飞决定自己先单刀赴会。

罗飞把手机调到静音模式，然后登电梯上到了顶楼。旋转餐厅的入口处站着两名侍者，他们见到罗飞之后伸手一拦，道："先生，不好意思，今天有人包场。"

罗飞正要解释时，餐厅门已然开了。却见杜娜从门后闪出来，说了声："这位是白先生请来的客人。"

侍者连忙向两侧让开，同时躬身道歉："对不起。"

罗飞进到餐厅内，杜娜在他身后关了门，说道："白先生正在等你。"她自己仍旧守在门口，并不上前。

罗飞举目四顾。灯火辉煌的餐厅内空荡荡的，只在中心处摆了两张半圆形的沙发，沙发间包着一张玻璃餐桌，白亚星正独坐在桌前。

"夏梦瑶呢？"罗飞一边向对方走去，一边大声问道。

"她很好，你不用为她担心。"白亚星冲罗飞招招手，"来，陪我喝一杯吧。"

餐桌上摆着一瓶白酒，两只矮杯。白亚星给两只杯子都斟了酒，看到罗飞在对面坐下了，他便把其中的一只杯子平平一推，那杯子在台面上画了一条直线，准确地停在罗飞面前。

白亚星端起另一只杯子，自言自语般说了句："很久没喝酒了……"说完他一仰脖，将杯中酒全都灌入了口中。一种热辣的感觉在他的喉胸之间燃烧着、翻滚着，他闭上眼睛，默默享受。

等那感觉完全退却，白亚星重又睁眼。在他的对面，罗飞正襟危坐，面前的那杯酒未动分毫。

"你不喝？怕我害你？"白亚星嘿嘿笑了笑，又道，"你觉得自己还有值得我害的价值吗？”

罗飞无言以对。此时正是对垒双方力量最悬殊的时刻，白亚星占尽上风，而罗飞被停职之后，已和平头百姓无异。从这个角度来说，他还真是不配被请到这个地方来。

“我叫你来，是想帮你的。”白亚星又端起一杯酒说，“这酒喝不喝，随便你。”

罗飞犹豫了片刻，最后他终于把面前的酒杯端起，浅浅地饮了一口。

白亚星赞了声：“好！”对着酒杯又喝了一大口。

“说说吧——”罗飞看着对方问道，“你准备怎么帮我？”

白亚星答道：“我制作了一份录音，是我亲述的，对那天审讯的事情作了解释。你只要拿到这份录音就可以为自己平反了。”

罗飞“哦”了一声，他猜不透对方的真实用意，便不冷不热地追问了一句：“那录音在哪儿呢？”

“现在还不能给你。”白亚星神秘地一笑，“因为你还没有觉醒。”

“觉醒？”

“等你觉醒之后，那录音自然会出现的。到时候你官复原职，我们的事业又多出一份强有力的保障。”

罗飞摇头道：“我根本听不懂你在说什么。”

“这说明你并不了解自己。而我很了解你。”白亚星端着酒杯，目光幽幽地看着罗飞。罗飞垂下头，像是在下意识地躲避着什么。他的心头有点发毛，感觉极不自在。

当自己被那家伙催眠的时候，到底被对方窥看到多少秘密？

白亚星看出罗飞的窘迫，他趁势追击。

“你另有一个强悍的灵魂，但你却把他束缚了起来。他被丢在一个阴暗的角落里，十多年无人理睬。”白亚星向前探着身体，加重语气逼问道，“你是把他忘了，还是没有胆量再去面对他？”

罗飞的呼吸变得急促，额头也渗出了汗珠。

白亚星像是打了胜仗似的，他收回身体往沙发上一靠，悠然道：

“不过那个灵魂并没有湮灭，他的力量足以挣脱任何束缚。即便身为他的创造者，你也无法掩盖他那炫目的光芒。”

罗飞愕然抬头：“你什么意思？”

白亚星瞥了罗飞一眼：“你知道吧，在警界我拥有众多的追随者，他们遍布全国各地。”

罗飞点点头，举例道：“陈嘉鑫就是其中的一员。”

“河南有个刑警，很有天赋。我一直和他保持着联系。前不久他的辖区发生了一件很特别的案件——”说到这里白亚星暂时停住，他把一张照片按在台面上，向罗飞展示之后才又说道，“你对这东西一定很熟悉吧？”

照片的背景是一片木质的地板，地板上沾有血迹。看来这是拍摄于某桩血案的现场。而照片的主体部分则是一张纸条，纸条上有几行字迹，其中最醒目的是五个黑色的仿宋体大字：“死亡通知单”。

罗飞蓦然变了脸色，再要细看时，白亚星却已将照片收了回去。

“这案子……破了没有？”罗飞像是被人扼住了喉咙，艰难地吐出这句话语。

“当然没有。”白亚星眯眼看着罗飞，“不过我们都知道那个家伙——他源自于你的内心，却又挣脱了那些无谓的精神枷锁。”

罗飞握住双拳，竭力控制着心中的某些情绪。一个可怕的阴影正践踏着他的精神世界，他无力面对却又无处逃避。

白亚星这边还有话未曾说完：“我已经和那家伙联系上了。我们都很欣赏对方，他也会参与到我的事业中来。”

罗飞惊骇地瞪大眼睛，如同听闻到末日的号角。他不敢想象那个阴影和眼前这个人联手之后的情形，他只能喃喃低语：“疯子……你们都是疯子！”

“伟大的梦想在实现之前，世俗看来都觉得像疯子。”白亚星说到酣畅处，干脆举起酒瓶嘴对嘴地吹了一口。

罗飞还在与那个阴影殊死搏斗，最后他终于积蓄起足够的勇气立稳了阵脚。

“那家伙到底是谁？他在哪里？”罗飞冲白亚星嘶喊着，双拳死死地顶住了桌面。

白亚星冷眼看着罗飞：“你何必这么着急？即使你不去找他，他也会来找你的。你们的灵魂早已纠缠在一起，想分也分不开呢！”说完这话他忽又咧嘴一笑，“来再喝一口酒吧，算是表达我的谢意——感谢你创造了他，并且指引我找到了他！”

这次罗飞把杯中酒一口气干完了，他当然不是接受对方的谢意，他只是在发泄心中的愤懑。

白亚星又对着酒瓶喝了一大口，然后他摊开左手看了一眼。此前那只手一直攥得紧紧的，似乎握着什么极为重要的物件。

“有了他，还有夏梦瑶……我可以安心地退出了。”他自言自语地嘟囔了一句，重又把拳头握紧，然后他还把拳头在心口处贴了一小会儿。

退出？罗飞不明白对方为什么突然说出这话。还有夏梦瑶，她怎么会和那个可怕的阴影相提并论？

在这个初冬的清晨，罗飞刚刚经历过极度的震撼，他的头脑一时间无力思考，只能向对方投去茫然的目光。

白亚星把酒瓶扔在了桌上，然后站起身一步步向着餐厅的边缘走去。此时天际已隐隐发白，透过四周的玻璃幕墙，可见漫天雪花飞卷，舞得正欢。

白亚星停在了幕墙前，他侧身冲罗飞招了招手：“来，看看这些雪花。”

罗飞彷徨着起身，来到了白亚星的身旁。

“看，多么纯洁，多么美丽。”白亚星仰起头，张开双臂做出拥抱天空的动作，“它们会洗去空气中的尘埃，净化这个肮脏的世界。只要想通了这一点，你又何必去畏惧那一点点的寒冷？”

说完这话，白亚星猛地打开了身前的一扇拉窗，寒风立刻卷着雪花倾涌而入，毫无防备的罗飞被激得打了个冷战，他下意识地往后一撤，腿是迈动了，但身体却未曾移开。

正是白亚星拉住了罗飞的胳膊，他把对方拽向窗边，哈哈大笑着说道："别躲！感觉它，理解它！"

罗飞一甩手挣脱了对方的纠缠，他瞪着眼睛，露出厌恶的难以理喻的神色。

白亚星和罗飞对视了片刻，然后他用一种预言般的口吻说道："你会觉醒的，你会加入我们。"

"我？加入你们？"罗飞指着自己的鼻子，哑然失笑。

"你！但不是这里——"白亚星把罗飞的手拉下来，点在对方的心窝上，"而是这里：Eumenides[①]！"

最后那个英文单词如同冰锥般刺进了罗飞的心脏，他的身体晃了晃，脸色苍白，几乎无法呼吸。

"记住我的话吧，挣脱束缚，解放你的灵魂！"白亚星松开罗飞的手，但他的目光却更加深入地扎入对方的体内，"你要知道，人生可不会有从头来过的机会！"

这句话似乎带着某种最后通牒的意味，而说完之后白亚星就转过了视线，他微微抬起头，目光看向了餐厅的入口处。

罗飞也转头看去，有一个女人站在那视线的终点上。

那女人正是杜娜。当罗飞看到她的时候，她刚刚迈开腿往前跨了半步。但她随即又停了下来，然后就像被闪电劈中一般，身体软软地向下跪倒。她的左手捂着嘴，手腕剧烈地颤抖着，像是捂住了整个世界的绝望和悲恸，她的右手则拼命向前伸出，仿佛要拉住一只已然断线飘去的风筝。

罗飞猛地把头转回，正看见白亚星从那扇打开的窗口中跃了出去。罗飞低喝一声，扑上前想拉却拉了个空。他只能趴伏在窗台上，眼看着白亚星平展双臂，和漫天的雪花一起向着地面坠落……

---

① Eumenides为《死亡通知单》系列作品中的杀手代号。这个杀手与罗飞本人有着千丝万缕的渊源，Eumenides这个代号以及代号背后的指向意义也成了罗飞的"心穴"。在这里白亚星试图唤醒罗飞心中某些阴暗的回忆。

04

银陵饭店楼下。

白亚星的尸体静静俯卧，鲜血在他身下弥漫开来，与惨白的积雪形成了鲜明的视觉对比。

早起的行人目睹到死者坠楼的惨状，他们不敢走得太近，只远远地围观议论，亦有冷静者开始掏手机拨号报警。

真正敢走到死者身旁的只有罗飞一人。他怔怔地看着眼前这具正逐渐冷却的尸体，心中一片茫然。

这个坐拥巨额财富，掌控着一支地下警队的枭雄，竟沦落到与其书中主人公相同的命运。这一幕发生得如此突然，而且正值他威风八面，即将大展抱负之时。

这件事实在难以解释。

因为全身的骨骼都已摔断，白亚星的尸体呈现一种怪异的姿势。他的左臂非常夸张地扭曲着，就像是一根被折断的火柴。

即便如此，死者的左手仍紧紧握成拳状。

罗飞心中一动，他蹲下身，费力将那些僵硬的指节扳开。一个挂坠呈现在死者的掌心。

罗飞将挂坠拣起。坠子是心形的，比一元的硬币稍大一些，银质的背座，正面是一块琥珀，琥珀里嵌着一只非常迷你的海星。

海星应该是代表着白亚星的名字吧。罗飞在心中暗自猜测，对于死者而言，这个挂坠一定有着极为重要的意义。

再细看时，坠子的背座和琥珀之间有些松动。罗飞用指甲插进缝隙中轻轻一掰，前后两块便分开了。原来这坠子是可以拆卸的。

把琥珀翻过来，发现背面刻着几行小字。罗飞凑近了，却见那几行字写的是：我嫁的人是个gay，我的身体永远属于你。

难道这挂坠是高梅送给白亚星的？罗飞再把琥珀翻到正面，因为那只海星的遮挡，背面的字迹完全看不见了。

罗飞把挂坠捏在手中，凝眉思索着。

片刻后，远处有警笛声呼啸而来。罗飞把挂坠放进自己的口袋里，起身撤到圈外。他四下里张望了一圈，最终目光停留在饭店的入口处。

在门廊下聚着一群看热闹的闲人，既有饭店内部的工作人员，也有准备出行的住客。另外还有一男一女，他们正紧紧地拥抱着。女人把脑袋紧贴在男人怀中，男人则挺着肩膀，摆出一副要为对方遮风挡雪的姿态。

那是凌明鼎和夏梦瑶。罗飞迈步走到他们近前。凌明鼎看到了罗飞，他温柔地拍拍夏梦瑶，轻声道："罗警官来了。"

夏梦瑶抬起头，她勉力挤出丝笑容，惊魂未定。

罗飞问凌明鼎："你什么时候到的？"

"刚到。"凌明鼎顿了一顿，又带着歉意解释道，"因为先打通了小夏的电话，后来就忘记和你联系了。"

罗飞笑了笑，表示理解。然后他冲白亚星横尸的方向指了指："你们都看见了？"

"那是白亚星吗？"凌明鼎伸着脖子，猜测又不太确定的样子，"我们刚从楼上下来的，没看到出事的过程。"

罗飞点头道："是白亚星。"

凌明鼎的目光盯在那尸体上，甚是惊讶："这……这是怎么回事？"

"我现在也搞不清楚。"罗飞无奈地摊摊手，随后他把目光转到夏梦瑶身上，问道，"白亚星对你做了些什么？"

夏梦瑶睁大了眼睛，带着后怕的情绪说道："我被他催眠了，他把我带到一个房间里，想诱骗我为他做事情。"

"那你……"因为不知道对方被诱惑到哪个程度，罗飞只能用这种含糊的态度来追问，以免造成尴尬。

"她没什么事。"凌明鼎在一旁抢着答道，"其实白亚星刚刚表达出真实的目的，小夏就清醒过来了。"

罗飞"哦"的一声，透出些不解的语气。以白亚星的催眠本领，应该不会轻易失手的吧？

“他低估了小夏的善良。”凌明鼎解释道，“催眠师对受体做的引导，一定不能违背受体的自身意愿，否则受体就会从催眠状态中醒来。当时白亚星想把自己的爆破理论灌输给小夏，小夏立刻觉得这是不好的东西，不能接受，于是她就清醒了。”

“是这样？”罗飞沉吟了一会儿，又问，“然后呢？”

“后来小夏就假意配合他，不管他灌输什么都全然接受，好像被彻底催眠了似的。”

夏梦瑶也轻轻点头，详细讲道：“我知道他不是好人，但当时我孤身一人的，不敢被他看穿，所以就尽量骗他。他满意了，就哄我睡觉，我也假装睡着。后来我感觉他离开了房间，这才敢起身。我找到手机给凌老师打了电话。凌老师很快就来了，我们一块儿下楼，到了门口发现出事了。我看着那人挺像……挺像白先生的，但又不敢细看。凌老师就把我抱在怀里，安慰我……”

说到最后一句时夏梦瑶涨红了脸，声音也小得几乎听不见。凌明鼎则轻抚着对方的长发，脸露微笑。

罗飞一边认真地听着，一边在心中紧密思忖。按这番说法，倒是可以解释白亚星坠楼前说过的那句话——“有了他，还有夏梦瑶……我可以安心地退出了。”

白亚星对高梅一直念念不忘，且因为某个误会心怀愧疚。不过他一直致力于所谓的“净化工程”，心无旁骛。现在“净化工程”已万事俱备，他又找到了两个值得信赖的接班者，所以便像小说中的主人公一样，安心踏上了最终的归宿。

罗飞唏嘘着摇了摇头，不知该评价些什么。他的手藏在衣兜里，紧紧地攥着那个琥珀挂坠，他的目光则有意无意地关注着凌明鼎。

凌明鼎已卸下了所有的重负，又有美人入怀，正是春风得意之时。他的头发在晨风中翩翩舞动，正如他此刻心情的写照……

第十章

如何用催眠术谋杀一千万人

01

两周之后。

西餐厅内，气氛雅致。罗飞、小刘、陈嘉鑫、凌明鼎、夏梦瑶围坐一桌，共同庆贺欣欣向荣的新局面。

白亚星死后，群龙无首的“中国催眠师行业联合会”很快土崩瓦解。凌明鼎重新召开催眠师大会，一举奠定了他在行业内的领袖地位。

夏梦瑶登上《神州达人秀》的舞台，在全国电视观众面前展示了她的催眠表演。节目大获成功，现在省卫视又邀请夏梦瑶参加另一场重要的晚会。这场晚会的主角是位世界级的魔术大师——来自澳大利亚的凯威尔。凯威尔首次造访中国，将给中国观众带来一场盛大的电视魔术表演秀。而夏梦瑶则作为特邀嘉宾中的一员，将在晚会上进行二十分钟的催眠表演。除了夏梦瑶之外，另外几名嘉宾都是声名赫赫的歌手或影星。夏梦瑶能得到这样的邀请，说明她的影响力已足以和那些一线的演艺明星相媲美。

凌明鼎破解了陈嘉鑫的心锚，后者重归罗飞阵营。陈嘉鑫对陷害罗飞一事极感愧疚，多次提出要向鲁局长说明真相。但罗飞觉得时机尚不成熟。

“凭你一个人的说法想要翻案太难了。还是先找到那份录音再说吧。”

所谓“录音”就是白亚星临死前提到的那段自白，据说这段录音可以解释审讯时的真相，但白亚星强调说，录音只有在罗飞“觉醒”后才会出现。

罗飞不可能“觉醒”，他只能主动去寻找那份录音。可惜到目前为止，此事尚无实质性的进展。

杜娜和楚维是白亚星生前最亲近的心腹，罗飞把这二人当作重点调查的目标。杜娜自白亚星死后便心灰意冷，独自一人回到了西南。罗飞跟了她几天，一无所获。楚维更绝，干脆彻底没了踪迹。此人本是刑警出身，反侦查能力极强，他要是刻意隐藏自己，再想找他绝非易事。

虽有这般不顺，但白亚星已死，其苦心经营的“净化工程”也遭遇重挫。这对罗飞等人来说无疑是一场胜利。若要论功行赏，夏梦瑶似乎是最大的功臣，所以她也成了本次聚餐时的话题核心。尤其是凌明鼎，更是频频向她举杯，夏梦瑶则以茶相应，两人欢言款款，一唱一和地颇为默契。看来经历这一场绝境逢生的变故之后，他们的关系又愈发亲近了。

餐后的甜点是店家特色的干酪。罗飞对这种甜食不太感兴趣，略略尝了点味道就弃在一旁。陈嘉鑫胃口倒好，三两口就将一块干酪吞进肚里。旁边的夏梦瑶则是一副淑女风范，她用叉子将干酪挑起，送到唇边后用左手遮挡着轻轻咬下一块。正待细品时，她的手机忽然响了起来。

夏梦瑶将没吃完的干酪放回餐碟，又取纸巾擦擦嘴，随后离座接听电话。片刻她回到桌边，带着歉意说道：“是乐飞，他刚刚想到一个好的舞台创意，急着要和我讨论呢。”

“哦。那你快去吧。”凌明鼎立刻挥手表示支持。

陈嘉鑫主动请缨：“我开车送你。”

夏梦瑶微笑答谢。这时罗飞又对身旁的小刘说道：“你也一块儿送送小夏吧。”

小刘一愣。有必要去两个人送吗？他纳闷地看了罗飞一眼，而罗飞则端着杯茶水不动声色。小刘也跟对方好多年了，一转念便明白了对方的用意。于是他站起身笑道："好啊，吃得太饱，正好去活动活动。"

夏梦瑶三人结伴而出，桌边只留下罗飞和凌明鼎二人。凌明鼎知道罗飞是故意把小刘支走的，这会儿便主动问道："你有话对我说？"

罗飞把一件物品递给对方："你看看这个。"

那是一个琥珀挂坠。凌明鼎接在手里看了一会儿，问道："怎么了？"

罗飞反问："你怎么不打开？"

"打开？"凌明鼎将那挂坠来回翻转了几圈，"这东西能打开吗？"

罗飞只是看着凌明鼎，并不作声。后者研究一番后终于找到了背座和琥珀之间的缝隙，他把指甲插进去一扳，那块琥珀被卸了下来。凌明鼎注意到琥珀背面的小字，轻声念道："我嫁的人是个gay，我的身体永远属于你。——嗯？什么意思？"

"白亚星在坠楼那天始终把这个挂坠捏在手里。"罗飞凝目对凌明鼎说道，"我想你应该明白这意味着什么。"

"哦？"凌明鼎看起来有些惊讶，他重新审视着那块琥珀，猜测道，"难道……难道这是高梅写给白亚星的？"

罗飞没有正面回答，只问："现在你知道白亚星为什么要跳楼了？"

"高梅要嫁的人是个同性恋？那就是说白亚星误杀了高梅？"凌明鼎认真地分析道，"高梅在用一种形式上的婚姻给白亚星施加压力，她并不会舍弃自己的清白之躯。"

罗飞点点头，用眼神勾着对方说道："继续说，把你的猜测全都说出来。"

"这坠子应该是高梅临别前送给白亚星的，她希望对方能发现琥珀背后的秘密，从而得知自己的苦心。可惜白亚星完全没领会高梅的用意，他将对方杀害之后，只把这个挂坠作为普通的纪念物带在身边。直到若干年后的一天，白亚星终于看到了琥珀背面的留言，他知道自己犯下了大错，于是便产生了要自杀赎罪的念头。”

罗飞又问：“你觉得白亚星是什么时候发现这个秘密的？”

“肯定是在那本小说完稿之后。因为在小说里，主角的未婚妻面临着被强奸的危险，她以生命为代价保住了贞操。白亚星既然写出了这样的情节，说明他还不知道要和高梅结婚的那个人其实是个同性恋。”

凌明鼎的言辞听起来颇有道理。但罗飞沉默片刻之后，却道：“你有没有觉得这事有点不太对劲？”

“嗯——”凌明鼎皱了皱眉头，“白亚星自杀的时间确实有些奇怪。那会儿正是他一帆风顺的时候啊，他想死也不该选这个时机……”

罗飞提醒对方：“要解释的话也是有理由的。那天小夏不是答应加入他的事业吗？白亚星可能觉得一切都安排好了，所以能安心离世。”

“也是啊。”凌明鼎点头道，“或许就是这个原因吧。小夏欺骗白亚星只是为了自保，没想到却促成了对方自杀。”

罗飞却又笑了，他反问道：“你觉得白亚星这么容易被骗？”

凌明鼎眨眨眼睛，他貌似被对方绕晕了。

“小夏能得到白亚星的信任，恐怕是使用了特殊的方法吧？”

凌明鼎沉吟道：“你是说……催眠？”

“本来是白亚星对小夏实施了催眠，但他引导失误，小夏在中途清醒过来。这时小夏为了自保，便反过来用催眠术迷惑了白亚星——这样的推测也很合理啊。”

凌明鼎愣了片刻，喃喃道：“或许……或许真是这样？白亚星对小夏毫无防备，所以小夏顺势反击的话很容易得手。不过……她怎么没和我说过这事呢？”

“真没说过？”

“没有啊。”凌明鼎凝目看着罗飞，他开始感觉到对方话里有话。

罗飞沉默了一会儿，话锋一转：“你那天是几点到的银陵饭店？”

“六点多一点吧。你看到我的时候，我刚到了没多久。”

罗飞笑了笑，说：“可是那会儿你的头发已经彻底干了。”

“你怀疑我很早就到了？”凌明鼎耸耸肩膀，解释说，“我那天打了个出租车，车里的暖风开得很足。我坐了有二十分钟的车吧，那暖风足以把我的头发烘干了。”

罗飞专注地看着对方，似乎在审视些什么。

凌明鼎把手一摊：“你到底想说什么？我为什么要骗你？”

罗飞端起面前的茶杯喝了一口，然后他慢条斯理地说道：“前些天我去了一趟西南，我找到了和高梅订婚的那个人。有趣的是，这人并不是同性恋，他后来还娶了另一个女人，两人生的儿子已经四岁了。”

凌明鼎怔住了，他看看罗飞，再看看手中的挂坠：“那……这坠子是怎么回事？”

“这坠子上的字并不是高梅的留言，它是一柄锋利的尖刀，瞄的就是白亚星的心穴！”罗飞凝起脸色说道，“一刀下去，足以致命！”

凌明鼎终于听懂罗飞的潜台词了，他变了脸色：“你怀疑这是我设的局？”

罗飞暧昧地回应道：“不管是谁吧，总之这人肯定是个催眠高手，而且他非常了解白亚星。”

“是的。”凌明鼎无奈地笑了，“我就是最符合条件的那个人。我懂催眠，那天又刚刚读过白亚星写的自传体小说。更重要的是，我和白亚星势不两立，有着充分的作案动机。”

罗飞不说话，而此刻不说话就代表了默认。

凌明鼎把身体靠在椅背上，不知在想些什么。半晌之后他仰头一叹，说道：“别绕圈子了，大家明明白白地摊牌吧——你是怎么想的？”

对方既然这么说了，罗飞也就坦然陈述：“那天小夏从催眠状态中醒来，顺势反击后将白亚星催眠。随后她给你打了电话，你很快就到了银陵饭店。这时你意识到，一个千载难逢的好机会出现了！既然白亚星已经被催眠，何不更进一步，彻底扭转败局？于是你利用那个挂坠，在琥珀背面刻上了一句话。接着你让白亚星相信这句话是高梅的留言。这些步骤都是在催眠状态下完成的，而且效果非常好，因为你精准地把握了对方的心穴。白亚星愿意相信高梅对自己的忠贞，他的精神世界顺应着你的引导，完成了一次对自我的欺骗。最终白亚星用自杀的方式实现了殉情和赎罪——这正是你所追求的最理想的结局。”

听罗飞说完之后，凌明鼎默然愣了半晌，最后他“嘿”地一笑，道：“好吧好吧，就算你说的都是真的。你准备怎么样？要逮捕我吗？”

“你攻陷了他的心穴，他因此而自杀，这事从法律上来说无法定罪。”罗飞摇着头说道，“更何况我根本没有证据，我只是推测而已。”

“那不就得了。”凌明鼎像是松了一口气，他反过来开始劝说罗飞，“白亚星死了，他的计划也破产了，这才是最关键的。至于他到底是怎么死的，你又何必深究呢？”

“好吧，那这个话题到此为止。”罗飞顿了顿，又换了严肃的口吻说道，“但另有几个问题，我希望你如实地回答。”

凌明鼎点点头：“你说吧。”

“白亚星在自杀前指定了两个人作为‘净化工程’的继承者，一个是小夏，另一个人的信息你知不知道？”

凌明鼎仿佛从未听说过这事，茫然反问：“还有另外一个继承者？是不是楚维或者杜娜？”

罗飞也相信凌明鼎确实不知。因为那人在白亚星心中地位极重，即便他被催眠了，恐怕也不会把相关的信息泄露出去。于是罗飞便转到了第二个问题：“另外我想问的，是关于那笔巨款的下落。”

凌明鼎咧咧嘴：“你觉得那些钱被我侵吞了？”

“白亚星既然准备自杀，对这笔钱款肯定有所安排。而你把他催眠之后，或许能诱问出钱款的下落？”罗飞顿了一顿，又道，“白亚星死后，小夏仍然上了《神州达人秀》，现在连凯威尔的表演都邀请她了，我想这背后一定有着资本的力量。”

“这钱确实不在我的手上。”凌明鼎郑重地回应罗飞，“小夏的粉丝现在遍布全国各地，她能有今天的成就，个中原因未必像你想象的那样复杂。”

罗飞感觉到对方的抵触情绪，他摊摊手：“那好吧——还有最后一个问题。”

凌明鼎用目光等待着。

“你有没有对小夏实施催眠？”

“什么？”凌明鼎似乎没听懂罗飞的话语。

“小夏是不是你计划中的一环？她被白亚星催眠后还能及时醒来，是不是你提前给她种了心锚？”

凌明鼎瞪大眼睛看着罗飞：“你是说我故意让白亚星把小夏带走？利用小夏来实施个人的复仇计划？”

罗飞正色回视着对方：“我觉得这个问题很重要。说实话吧，其他的事情我都可以理解你，哪怕你谋害了白亚星，哪怕你侵吞了那笔巨款，但你对小夏的真实态度会关系到我对你人品的评价。”

“好，好！我知道你是怎么想的了。你认为我催眠了小夏，把她当成了实施个人野心的工具。从最初的催眠表演，到最后针对白亚星的绝地反击，这一切都是我操纵的。我根本不顾小夏的安危，我只是把她当成一具精神傀儡！”凌明鼎越说越激动，最后反而哈哈大笑起来，“好吧，好吧！你要怎么想就怎么想，我才懒得对你解释！”

说完这话，凌明鼎愤然离席，激动之余他的动作有些失控，身体撞得餐桌哗啦啦作响。他完全不管不顾，头也不回地独自离去。

罗飞看着凌明鼎的背影，忽觉有些自责。难道自己真的错怪了对方？若是如此，以后还得好生赔罪。

罗飞一边这么想着，一边腾出手来整理凌乱的餐桌。忽然他的视线定在了某处，竟愣愣地半晌没回过神来。

那是夏梦瑶的餐位，餐碟中残留着一块干酪，那干酪仅仅被咬掉了一小口，边缘处因此留下了夏梦瑶的齿印。

那齿印和罗飞记忆中的某个碎片联系起来。当他意识到这种联系所暗藏的寓意时，他顿时感觉浑身发冷，如坠冰窟。

02

省城新建的奥林匹克体育馆内，凯威尔的魔术晚会正在进行第一次彩排。

与大牌明星同台并没有让夏梦瑶觉得紧张，她的台风稳健，气质优雅，与生俱来的美貌更是令不少女星黯然失色。当然了，这些并不是重点，真正让导演组刮目相看的，还是夏梦瑶那梦幻般的催眠表演。

为了验证表演的效果，导演组特意找来一百多个热心观众在彩排现场进行试听。夏梦瑶也拿出了自己的看家本领，这次她把众人带入了幼年时代，去寻找那些已经被深深埋藏的遥远记忆。在夏梦瑶的引导下，人们的精神世界一片空灵，纷繁的杂质被摒弃。那是人生一段最温暖的时光，每个人都是世界的宠儿，他们被满满的爱意包围着，没有任何忧虑和烦恼。

没有人会对这样的表演心存挑剔。人们在清醒之后仍唏嘘不已，有人甚至长时间闭着眼睛，不愿回到当下真实的世界。

姓梁的总导演一直在现场旁观，当表演结束之后，他率先鼓掌喝彩。

“太棒了，非常好！”梁导连赞了两声，随后他看了看手中的一块秒表，又道，“只是时间上还不够精准。”

“是超时了吗？”夏梦瑶感觉今天的节奏是有点慢。

“一共用了二十一分十三秒。”梁导走到夏梦瑶面前，继续叮嘱道，“我们给了你二十分钟的时间，这已经是所有嘉宾中最长的。这已经是所有演员中最长的。两分钟暖场，十八分钟的正式表演，你一定要控制好，误差时间不能超过半分钟，否则后面调节不过来，零点的倒计时就要被打乱了。”

夏梦瑶点头道：“我明白，我会继续练习的。”

“嗯。还有三次彩排，我相信你能做好。”导演说完再次竖起拇指，“表演本身没的说，很棒！”

夏梦瑶甜甜一笑说："如果设备上能升级的话，效果还会更好的。"

梁导立刻反问："怎么个升级法？"

夏梦瑶道："最好给每个现场观众都配上无线耳机，让催眠语通过耳机传播而不是通过音响喇叭，这样产生一种耳语的意境，有助于观众进入更深的催眠状态。"

梁导听完沉吟道："我明白你的意思……不过这体育馆能坐一万多人哪，全都配上无线耳机，这可不是笔小数目。"

夏梦瑶微笑道："我已经联系好一个投资人了，他愿意负担这部分的费用。"

"哦？"梁导一听来了精神，"那他需要什么回报？"

"不需要回报。他是我的粉丝，只要能提升现场效果就行。"

"那还有什么说的？"梁导一拍巴掌，"我安排设备组，明天就把这事给办了！"

这边商量妥当了，梁导自去关注别的演员。夏梦瑶则撤到后台。

与其他大牌演员动辄十多人的助理团队相比，夏梦瑶身边的人就少多了。事实上只有凌明鼎和罗飞一直在后台等着她。

凌明鼎是夏梦瑶的老师，这次活动他当然要全程陪同。罗飞则是主动要求来省城对夏梦瑶进行贴身保护。在之前的历次表演中，罗飞和凌明鼎一直默契搭档。但前些天两人间的关系却出现了一丝裂痕，凌明鼎认为罗飞在针对自己，所谓"贴身保护"就是把自己当作假想中的敌人。他并不希望罗飞跟来省城，但夏梦瑶很认同罗飞，凌明鼎也没办法强行阻拦。

这会儿看到夏梦瑶从台上下来了，凌明鼎抢先迎过去说道："不错啊。导演夸你了吧？"

夏梦瑶自谦道："时间上没掌握好，被导演批评了呢。"话音刚落，一个小伙子追过来喊了声："夏小姐！"

夏梦瑶转过身，那小伙子自我介绍说："我是音响组的小卢，您这会儿有空吧？"

"有空啊，怎么了？"

“那麻烦您跟我去录一段备用带子。”

“备用带子？”夏梦瑶眨眨眼睛，不太明白似的。

小卢解释道：“如果演出当天您不太方便，比如说感冒说不出话什么的，到时候我们就播放备用带里的录音，您只要站在台上张张嘴就行了。”

夏梦瑶乐了：“那不和假唱一样？”

“以防万一嘛。我相信您基本上用不上。”小卢忽然冲着左前方挤挤眼睛，压低声音道，“那位可不行，每次上场都得用录音顶着！”

夏梦瑶顺着小卢的目光看去，却见视线上站着位浓妆艳抹的女人。此人也算是国内歌坛的一线女星，以前就屡有传闻说其现场唱功差，看来所言不虚。

夏梦瑶对这类八卦兴趣不大，她只微微一笑，随后对小卢道：“去哪儿录啊？走吧。”

“您跟我来。”小卢前头领路，夏梦瑶紧随其后，两人往专用的录音棚而去。

罗飞原本坐在一旁的，这会儿也起身跟了上去。凌明鼎伸手拦了一下，带着不满的语气嘀咕道：“有必要跟这么紧吗？”

罗飞把对方的手臂推开：“等到正式表演的那天，你就知道有没有必要了。”他一边说一边凝目看着凌明鼎，似乎话里有话。

凌明鼎哼了一声，跨步抢在罗飞身前。这两人一前一后跟着夏梦瑶，也不知道谁才是真正的护卫。

03

凯威尔的魔术表演晚会如期举行。

作为嘉宾，夏梦瑶的催眠表演安排在九点半的黄金时段，足见导演组对这个节目的重视。

从八点半开始，夏梦瑶便一个人闭目静坐。她似乎在控制着心中的某种情绪：紧张，或者是莫名的亢奋？

以前的历次表演，夏梦瑶素来举重若轻，她带着种特别的气质，仿佛注定为了舞台而生。但这次是和世界级的魔术大师同台，万人现场，全国直播。在这样的阵仗面前，夏梦瑶仿佛也难以释然。

九点二十五分，场记走过来对女孩附耳道："您准备好了吗？一会儿就该上场了。"

夏梦瑶睁开了眼睛，她的双眸中闪耀着某种光芒，坚定而神圣。

凌明鼎站在夏梦瑶身边，他感觉到女孩的状态与以往有些不同。他不知道这是坏事还是好事，只能在心中暗自捏了把汗。

罗飞也在看着那个女孩，他的目光平淡如水。

水是柔软的，却又无孔不入。

时间一分一秒地过去，终于从舞台上传来主持人的声音："欢迎美女催眠师——夏梦瑶！"

全场掌声雷动。夏梦瑶站起身，她整了整别在领口上的无线麦克，然后款步登上了舞台。

相同的程序已彩排多遍。夏梦瑶首先做了两分钟的暖场，然后她提示现场观众带上无线耳机，正式开始十八分钟的催眠表演。

现场的音响师切换了传播信号，夏梦瑶的催眠语将通过领口上的麦克直接传送到现场观众的耳机，架设在体育馆四周的外设音箱则暂时失去作用。同时另有一路声音信号将同步传播给全国的电视用户。

夏梦瑶开口了。按照她的第一个指令，现场的观众纷纷闭上眼睛，准备进入那个纯净空灵的精神世界。

坐镇现场的梁导也戴上了耳机，不过他的双眼仍睁得老大。他当然不会去接受夏梦瑶的催眠，他关注的是表演进程，一旦出现意外情况好及时处置。

意外并未发生。夏梦瑶的催眠表演一如既往地完美，而且这次时间也卡得刚刚好，当夏梦瑶引导众人从催眠状态醒来的时候，离既定的二十分钟限定还剩下十来秒钟。

这十来秒钟正是留给观众们进行回味的。人们摘下耳机之后，现场暂时寂静无声，直到数秒钟之后，有人开始鼓掌，随即掌声开始蔓延，最终连绵成一片声音的风暴。

梁导兴奋地振臂低呼：“成了！”

按照流程，夏梦瑶此时该向观众席鞠躬谢幕。但女孩今天似乎别出心裁，她双手合十在身前，微微垂首，闭目沉默了三四秒钟，似在做着虔诚的祈祷，直到掌声渐渐停歇，她这才转身走下了舞台。

凌明鼎从后台迎过来，他看着越走越近的夏梦瑶，神色间似有万千感慨。

夏梦瑶在凌明鼎身前一米处停下，她的嘴唇嗫嚅了几下，最后低声说了句：“对不起。”

“对不起？为什么要对不起？”凌明鼎诧然反问道，“你的表演太完美了，这才是真正的催眠！”

夏梦瑶瞪眼看着对方：“真的？你真是这么想的？”

“当然是真的。”凌明鼎挥动着手里的无线耳机，“我全程都听了。我完全沉浸其中，几乎无法自拔呢。”

夏梦瑶的脸上绽放出笑容：“谢谢你能理解我。”她走上前紧紧地抱住凌明鼎，激动地说道，“你真是我一生的导师。”

凌明鼎展开双臂将夏梦瑶护在怀中，两人的身心似乎已融合在一处。

泪水从夏梦瑶的眼角滑落，洇花了她脸上的妆容。女孩轻轻挣脱凌明鼎的怀抱，微笑道：“我该去卸妆了。”

梁导这时也来到了后台，他兴冲冲地向众人宣布道：“刚刚得到了收视分析，今天通过各种方式收看我们晚会的观众超过了一亿人，我们这次必定是全行业的收视冠军！”

后台众人齐声赞叹。夏梦瑶则喃喃自语：“一亿人？”她神色恍然，如坠梦中。

“是的，一亿人！”梁导摆出一副夸张的表情，“你可火了。以后你的身价就是一线明星的级别，祝贺你！”说完之后他还在凌明鼎肩头重重一拍，耐人寻味地笑道，“也要祝贺你，凌先生！你有一副好眼光！”

“一亿人！”现场另一人也在啧啧赞叹，他的声音不大，但却凝聚着一种极为沉重的力量。

夏梦瑶等人循声看去，说话的中年男子正是罗飞。

“罗警官，小夏的表演已经结束了。”凌明鼎略带得意地说道。他似乎在提醒对方，你看看，你已经成了一个多余的人。

罗飞并未理会凌明鼎的嘲讽，他只是郑重地看着夏梦瑶。他的手里握着一个电子器件，像是副耳机，但又与其他人使用的那些无线耳机明显不同。

夏梦瑶也回视着罗飞，片刻之后她微微一笑，道：“罗警官，我有一份新年礼物——等会儿要送给你。”

晚会散场之后，全体演职人员一同在酒店内聚餐庆功。夏梦瑶如约奉上了给罗飞的礼物，一个U盘。

“这里面有一段录音，是白亚星生前留给你的。”夏梦瑶看着罗飞说道，“我想你应该知道里面的内容吧。”

罗飞心中一动：“原来这录音在你手里。”

“白亚星原本要交给另外一个人保管的，还好被我想办法留了下来。”

所谓“想办法”自然就是催眠的手段了。罗飞也知道“另外一个人”是谁，这录音如果真到了那家伙手中，自己可没那么容易出头了。从这个角度来说，罗飞还真得谢谢夏梦瑶。

“确实是好礼物。”他接过U盘说道，“谢谢你。”

夏梦瑶却略略显出歉意：“本来早该给你了。可我担心你会阻挠今天的催眠表演，所以不敢让你那么早恢复公职……”

罗飞苦笑了一下，不知该如何评价此事。

夏梦瑶耸耸肩膀，淡然道：“你是个好人，但你不会理解我的表演。”

“我能理解。”罗飞正色回答，“我只是无法认同。”

“随便你怎么想吧，反正我已经完成了表演。”夏梦瑶看了眼身旁的凌明鼎，又对罗飞说道，“不过有一点我得说清楚，这事和凌老师无关的，一切都是我自己的主意。你不要找他的麻烦，所有的后果我一个人承担。”

“你一个人承担？你真的知道那后果有多严重吗？”

“无所谓了。”夏梦瑶释然一笑，说，“我只希望所有活着的人都能幸福。”

希望所有活着的人都能幸福——这本是夏梦瑶在生日那天许下的愿望。当时罗飞曾被这纯净美好的愿望深深打动，但此刻再听到这样的话语，罗飞只感到一阵阵深入骨髓的寒意。

该做的事情都做完了，夏梦瑶显出了一丝倦意。

“我有些累了。”她转头对凌明鼎说道，“我想上去休息一会儿。”剧务组包下了楼上三层的酒店客房，专供外地的演职人员休憩过夜。

凌明鼎在女孩手背上轻轻拍了拍，说了声：“去吧。”他紧锁着眉头，心中颇有些困惑。

夏梦瑶又看看罗飞，半开玩笑道：“罗警官，你不会担心我跑掉吧？”

罗飞也笑笑道：“全国人民都认识你了，你能往哪里跑？”

“那好吧，我们一会儿再见。”夏梦瑶向两人告了别，独自一人往楼上去了。

女孩的身影刚刚从电梯口消失，凌明鼎便迫不及待地问罗飞：“你们刚才在说些什么？”

罗飞拱拱凌明鼎的胳膊：“这里不方便说，我们出去聊吧。”

罗飞说完率先起身，凌明鼎则满腹狐疑地跟在他的身后。两人一前一后出了酒店。此时夜色已深，天气又冷，店外已难觅路人。罗飞找了个墙根处停下，这里是个死角，更不会有人打扰。

“到底怎么回事？”凌明鼎先问了一句，对方还没回答呢，他又急匆匆表态，“小夏是个好姑娘，你不要一直针对她！”

“为什么说我一直针对她？”罗飞趁势反问，“是你早就知道她有问题吧？”

凌明鼎权衡了片刻，他觉得有些事再藏着也没什么意义，便干脆说开："那天小夏确实对白亚星实施了催眠，刻在挂坠上的那句留言也是她伪造的。可这又怎么样呢？白亚星死有余辜，小夏这是做了件大好事。"

"所以你虽然知道真相，但还一直帮她掩护？"

"我帮她掩护怎么了？"凌明鼎依旧振振有词，"她这么做又不是为了自己，她都是为了我！"

"她是为了你？"

"她和白亚星又没什么私仇，如果不是为了我，何苦要这么做呢？"

罗飞盯着凌明鼎看了一会儿，末了他轻叹一声："你根本不明白状况。你知道我们在谈什么？"

"不是在谈白亚星的事吗？"凌明鼎顿了顿，又提醒罗飞道，"如果没有小夏帮忙，你根本拿不到那份录音。你现在可以恢复职务了，难道还要追究小夏的责任？"

罗飞冲凌明鼎摇了摇手指："你错了。我要说的是另外一件事情，那是一桩前所未有的、恐怖的谋杀案。与这起谋杀相比，白亚星之死根本无足轻重。"

"谋杀？"凌明鼎完全不信，"小夏会谋杀谁？"

"不是某个特定的对象。她想要谋杀的是——"罗飞一字一顿地吐出后面几个字，"一——千——万——人！"

谋杀一千万人？凌明鼎觉得这话荒唐得可笑，他"哧"了一声道："我根本听不懂你在说什么！"

罗飞道："所以你得耐下性子，听我从头说起。"

凌明鼎摊摊手，那意思是你说吧。

"我曾以为是你用催眠术控制了夏梦瑶，但真相却截然相反。"罗飞一边说一边从上衣口袋里摸出了两张照片，"你先看看这个吧。"

凌明鼎接过照片端详，罗飞在一旁解释道："这两张照片都是牙印，一张是那天吃西餐的时候夏梦瑶留在奶酪上的；另外一张则是啃脸僵尸案的物证，拍的是姚柏脖颈处的那个咬痕。"

比对着照片，凌明鼎很容易听出罗飞的潜台词：“你想证明这两张牙印是同一个人的？”

“从法医学来说，需要八颗以上的牙齿特征相同才能进行身份认定。这两张照片显然不够——主要是姚柏脖颈上的咬痕很轻，只留下四颗牙齿的部分特征。所以要说证明呢还谈不上，但夏梦瑶的牙印和姚柏身上的咬痕确实很相似，我第一眼看到时，便产生了很多联想。”

“联想什么？难道会是小夏害死了姚柏？”凌明鼎把照片塞回罗飞手中，“这简直是胡说八道！白亚星早就承认那案子是他干的。”

“白亚星在撒谎——事实上他与此事毫无关联。他当时交代的涉案细节全是从陈嘉鑫口中得来的，他只是挖个了陷阱让我往下跳。”

“就算不是白亚星干的，也没有理由怀疑到小夏头上。”凌明鼎仍然无法认同罗飞的猜测，“小夏一直都在支持我，她怎么会做出这种事情？”

龙州的两起催眠命案轰动一时，随后作案者又在网络发帖，引得舆论矛头直指催眠师大会。当记者们在大会现场对凌明鼎发难时，却是夏梦瑶挺身帮凌明鼎解了围，此后她又积极举行催眠表演，帮助凌明鼎挽回了声誉。如果说这些事情全是夏梦瑶干的，岂不是自相矛盾吗？

对此罗飞自有解释：“夏梦瑶就是要利用你和白亚星之间的摩擦。你可以设想一下，若非舆论对你不利，你会运作催眠表演的事情吗？”

凌明鼎略略一怔。他曾经对所谓的催眠表演并不感冒，因为这些表演往往带有夸张和演绎的成分，并不能体现催眠术的真正价值。若非情势所逼，他确实不会参与这种事情。

罗飞又道：“你再好好想想，当初是谁首先提议进行催眠表演的，是你，还是夏梦瑶？”

凌明鼎沉默了一会儿，如实说道：“是小夏。”

“所以我敢说，她早就控制了你！”罗飞目光炯炯地看着凌明鼎，“你急于挽回败局，这就成了你的心穴。夏梦瑶正是抓住这一点对你进行了催眠。你以为她是在支持你的事业，实际上她是在借助你的力量搭建个人舞台。”

凌明鼎回忆着整个事件的进程，的确每一步都是夏梦瑶在主导推动。而且对方初学催眠就有如此造诣，与其相信她是个天才，何不想想她是否早就身怀绝技？

虽然凌明鼎还不能接受罗飞的论断，但一种不安的情绪已经在他的心头蔓延开来。

却听罗飞又感慨说道："鹬蚌相争，渔翁得利。这鹬蚌二字，说的就是你和白亚星啊。那天我对白亚星的死因产生怀疑，你已经想到那句留言是夏梦瑶伪造的，对不对？可你还一心要为她掩饰，真是中毒不浅！嘿嘿，你和白亚星自以为是催眠界的佼佼者，结果却被一个女孩玩弄于股掌！"

见对方的脸色有些难看，罗飞也觉得自己这番话不太厚道。于是他又转言自嘲："其实说起来，我也被夏梦瑶催眠过呢。她的亲和力太强，令人毫不设防。"罗飞说的是夏梦瑶第一次催眠表演，当时他被对方引导，有过一次并不愉快的怀旧经历。

听罗飞这么一说，凌明鼎也渐渐品出些滋味。当初章明在早市被催眠，凌明鼎曾用"匪夷所思"四个字来形容催眠师的本领。他坦言这样高难度的催眠自己也无法完成，而作案者必定具备某种独特的优势。如今回顾起来，白亚星的实力虽然可怕，但未必能远超自己，倒是夏梦瑶的本领更加令人刮目。

罗飞是极难被催眠之人，白亚星对其下手也要精心布置一个极其庞大的陷阱；而夏梦瑶却能在表演大会现场轻松将罗飞催眠。究其原因，并不在夏梦瑶的高超技巧，而在于她的美貌和气质。

面对一个纯洁无瑕的绝色美女，有几人能守住心头的防线？人们会本能地敞开胸怀，把对方迎入自己的精神世界。

民间有俗语：越是美女，越会骗人。讲的也是同一个道理。并非美女的骗术高明，而是人们愿意轻信美女说出的话语。夏梦瑶作为一个催眠师，正是在这方面具有极大的先天优势。

所以罗飞能被她催眠，白亚星能被她催眠，众多的粉丝观众能被她催眠……就连凌明鼎自己也早就深陷于对方布下的精神陷阱。

即便已认识到这些事实，凌明鼎却仍要为女孩辩解。他挣扎着说道：“不管怎么说吧，小夏毕竟帮我战胜了一个强劲的宿敌，而且我在业内的影响力也大大提高了。这怎么能叫玩弄呢？至少也是互惠互利的事情。”

“互惠互利？”罗飞冷笑了一声，“你以为她的目的是什么？”

“登上舞台，成为明星呗——小女孩都会有这种梦想。”

“夏梦瑶可不是什么小女孩。”罗飞郑重地提醒对方，“她经历过太多的东西，她的梦想也远远超出了你的想象！”

凌明鼎明白罗飞的意思。夏梦瑶曾从生死边界中获得新生，这样的人通常都有强大的内心世界；她前几年走南闯北，更是积累了相当的人生阅历。她怎能和普通的“小女孩”相提并论？

凌明鼎皱着眉头反问罗飞：“那你以为她是什么目的？”

“我们先看看她经历过什么吧。夏梦瑶第一次请我们吃饭那天，她曾经说过一些，你还记得吗？”

“嗯——我记得她去过南方那个血汗工厂。”

罗飞点头道：“上周我也去了那家工厂。”见凌明鼎有些诧异，他又解释说，“一个人自述的经历肯定有着特殊的意义，所以要想彻底了解夏梦瑶，首先就要研究那些被她提起过的经历。”

凌明鼎眯起眼睛：“你在那边发现了什么？”

罗飞答道：“从前年年底开始，一直到去年的八月份，这期间工厂里有十三名员工相继跳楼自杀。这事媒体作过报道，都说工厂的劳动强度太大，管理又苛刻，工人们无法承受身心上的压力，所以自杀事件才频频发生。”

“这就是你的发现？”凌明鼎不屑地咧咧嘴——这些情况他早就知道了。

但罗飞的话还没说完，接下来的才是重点。

“经过调查走访，我基本摸清了夏梦瑶在当地停留的具体时间。前年十一月十六日，她在工厂附近租了一套单人居室，一直到去年的八月底才退租离开。”

这就是说，夏梦瑶在当地停留的时间段正好与工厂里自杀案频发的时间段相吻合。凌明鼎当然能听出罗飞话中的潜义，他立刻变了脸色道：“你什么意思？”

罗飞不答反问：“用催眠术进入对象的内心世界，施加某种引导，有可能造成对象自杀的效果吧？夏梦瑶好像尤其擅长这种手法，章明和白亚星就是她的牺牲品。”

“你这纯属臆测，简直是欲加之罪，何患无辞！”凌明鼎激烈地反驳道，“小夏有什么理由去加害那些最底层的工人？她去那边是为了给工人们做开导，帮助他们振作起来。”

“第一起自杀案发生在前年十二月七日，引起国内媒体的关注则是去年五月第八起自杀事件发生之后。夏梦瑶在前年十一月就已经抵达当地，如果她是去给工人们做开导的，那除非她有未卜先知的能力。”

凌明鼎绝对无法接受对夏梦瑶的猜测，但他又无法推翻这个时间上的疑点。他只能愤然瞪着罗飞，有点恼羞成怒的意思。

“你别激动。”罗飞劝慰对方，“我们把这件事先放一放，再看看夏梦瑶此前还做过什么。”

凌明鼎想了想，没好气地说道：“她去青海做过支教，四川地震的时候，她还到震区救助过伤员——我倒想听听，对这两件事，你又能给她安上什么罪名？”

“震区的事时过境迁，已经没法调查了，所以我也不作评论。不过青海我倒是跑了一趟。我找到了当地负责支教联络的公益团体，然后把夏梦瑶的照片拿给几个负责人看了看，结果他们一下子就认出来了。”罗飞最后加重语气说道，“原来夏梦瑶在当地曾经出过事！”

“出过什么事？”凌明鼎略显不安。对这样的话题他是既想听又不敢听。

“前几年国内破获了一个神秘组织……”

罗飞刚说了半句话，凌明鼎便插嘴问道：“你是说……？”他话说了一半便停住，似乎颇有顾虑。

“这事你知道？”罗飞有些惊讶。那案件涉及一些敏感的问题，相关信息并没有向外界报道。凌明鼎是从什么渠道获悉的呢？

凌明鼎解释说："前年我去美国参加学术交流会，听国外的同行说起过这事。"

罗飞"哦"了一声："那你肯定知道，该组织的首脑就是通过催眠手法来控制信徒的。"

凌明鼎点点头，随后又追问："小夏和这事有什么关系？"

"当年警方解救了一批信徒，其中就有夏梦瑶。"

凌明鼎怔了片刻，喃喃摇头道："不可能啊！小夏怎么会受那帮家伙的蛊惑呢？"

"你觉得这事不对？"

"当然不对！"

"为什么？"

"这个组织宣扬的是一种末世的救赎理论，受蛊惑的主要是那些屡受挫折，在现实中已经看不到希望的底层群众。他们会寄望于一个虚拟的世界，以摆脱苦海。小夏显然不属于这类人。"凌明鼎一口气说到这里，最后总结道，"说得专业点吧，不管组织首脑的催眠本领有多强，他也不可能蛊惑到小夏，因为小夏的精神世界里没有能被他利用的心穴。"

罗飞"嗯"了一声，似也认同对方的分析。随后他又用诱导的口吻说道："如果夏梦瑶并没有被蛊惑，那她进入该组织或许另有目的。"

凌明鼎神情一凛，他预感到，所谓的"另有目的"才是罗飞要说的重点。

罗飞这时话题一转，又问凌明鼎："你知道这个组织为什么会被端掉吗？"

凌明鼎猜测："估计是闹大了吧？"其实在世界各地，此类组织多如牛毛，如果不是闹大了，警方也懒得去管。尤其这案子还牵涉到敏感问题，警方更不会轻易去惹这个麻烦。

罗飞点点头，随后详解道："一般这种组织吧，就是利用信徒们的信仰骗点钱财。不过这个首脑胃口太大了，他竟然蛊惑信徒自杀，以霸占自杀者的全部家产。这种家破人亡的事情出现了好几起，社会影响极坏。警方这才被迫出手。”

又是自杀事件！凌明鼎隐约听出了罗飞的意思，他眯起眼睛问道：“你怀疑小夏和那个首脑是一伙的？”

罗飞没有直接回答，他继续引导着对方的思路：“你记不记得夏梦瑶怎么描述那段经历？她说她结识了一帮志同道合的朋友，那些朋友给了她很多帮助，让她的收获非常大。”

“罗警官，你也太能联想了吧？”凌明鼎冷冷地驳斥道，“如果小夏说的朋友真是那些组织首脑，那不需要你出手，警方就不会放过她。”

罗飞却偏要继续联想下去：“也许她当初并没有直接参与，她只是在学习——学习催眠，学习能够诱惑人自杀的话术！”

凌明鼎几乎忍无可忍了：“你说话不需要任何凭据的吗？就这样肆意诬陷一个女孩？”

“你想要凭据？那好吧，我先问问你，如果你是该组织的首脑，该怎样实施催眠去引导信徒自杀？这个问题请你认真回答，就当是个学术请教。”

凌明鼎略略琢磨了一会儿，然后说道：“那些信徒都是对现实不满的人，所以要诱惑他们自杀的话，最简单的方法就是让他们相信还有另一个美好的世界。这些人会乐于接受这样的假设。然后你再告诉他们，自杀就是通往美好世界的方式。”

罗飞微微一笑，反问道：“同样的手法也可以用来蛊惑那些血汗工厂的工人吧？”

凌明鼎明白罗飞的意思，他冷笑道：“简直是荒谬！那些工人能有几个钱？小夏犯得着为他们谋财害命？”

“她可不是为了谋财。她的追求早已超越了金钱的层次，她的计划也远比你想象的庞大。”罗飞停顿了片刻，又说，“你没有发现吗，夏梦瑶的历次催眠表演其实也遵循着你刚刚提到的思路。”

凌明鼎眨了眨眼睛，一时间无法理解。夏梦瑶的催眠表演怎么能和邪恶组织的蛊惑手法混为一谈？

“她总是引导人们回到过去，所以越是怀旧的人便越会沉醉于她的催眠表演。”说到此处，罗飞话锋一转问道，“那什么样的人喜欢怀旧呢？”

凌明鼎愣住了，这个问题并不需要他来回答。夏梦瑶自己就曾经提起过。

她说：“那些对自己失去信心的人，在现实中找不到快乐和希望，他们才会怀旧。”

这至少可以说明，夏梦瑶针对的群体和那些被蛊惑的信徒有着相同的心穴。

看着凌明鼎的表情，罗飞知道对方已有所领悟，他便继续说道：“人们为什么会沉醉其间？因为他们对现实不满，他们渴望重新来过——而夏梦瑶的催眠表演正可以满足这种幻想。只可惜催眠终会醒来，到时候残留的只剩失落。如果永不醒来，那该多好？”

“永不醒来？”凌明鼎咀嚼着这四个字，莫名感到一阵寒意。

罗飞还在讲述：“夏梦瑶的催眠表演是一次次深入下去的。开始是引导大家回到大学时代，然后是中学、童年、幼年。可以设想，再往下的话，这种怀旧的极限最终将回到生命的起点。如果更进一步呢，何不舍弃现在的生命，让一切清零？人生就此从头开始——我想这就是一系列催眠表演的最终篇章吧！”

凌明鼎的眼角抽搐了两下：“你认为小夏会用这种手法来蛊惑她的粉丝自杀？”

“这正是怀旧者需要的概念——把自杀当成新生的起点。”罗飞看着凌明鼎，然后他用某种独特的口吻缓缓说道：“与其在绝望中生存，不如在希望中死去！”

最后两句话的韵味非同一般。凌明鼎的目光蓦地收缩起来，他警觉地问道：“你这话是从哪里学来的？”

“这两句话就是那个组织蛊惑信徒时的用语。”罗飞屏息片刻后，又加重语气说道，“同时也是夏梦瑶最后一次催眠表演的结束词。”

“最后一次？”凌明鼎有点茫然了，“哪一次？”

罗飞确认道：“就是刚刚结束的那场表演。还有比这更好的舞台吗？夏梦瑶苦心经营，要的就是这样一个机会。”

凌明鼎摇摇头：“可小夏表演时根本没说过那些话。”他盯着罗飞，不明白对方为何如此指鹿为马。

“她说了，只是你没有听到。”

凌明鼎哑然失笑：“这怎么可能？我全程都戴着耳机，一个字也不会漏掉。”

罗飞告诉对方：“你听到的并不是现场表演，而是彩排时的备份录音。”

彩排时的确制作了备份录音，但那录音只有发生意外时才会播放。夏梦瑶的现场表现一切正常，怎么会播放那段录音呢？凌明鼎皱着眉头，还是无法理解。

罗飞这便详细解释：“夏梦瑶使用的那个麦克被我做了手脚，麦克里藏着一个频道切换器，由我在后台遥控操作。当现场观众戴上耳机，表演正式开始的时候，我就把公众传播频道切换成事先准备好的备份录音。而夏梦瑶的现场同期声会传送到另一个特定的频道，这个频道只有我能收听到。”

是这样的？凌明鼎将信将疑：“这个……你可以做到？”

“当然可以。技术上的细节暂且不论，你只要明白，你、所有的观众，包括演职人员，你们听到的全都是备份录音；只有我一个人听到了现场的同期声。夏梦瑶最终的表演和彩排时完全不同——”说到这里，罗飞掏出了一个耳机般的电子器件，“我制作的现场录音，你想听听吗？”

真相就在眼前，凌明鼎却感到一种莫名的畏惧。良久之后他才鼓足勇气点了点头。

罗飞把外设耳机递给凌明鼎，自己手里捏着一个控制器。等对方戴好耳机后，他按下了控制器的开关。

夏梦瑶的声音在耳机中响起，一贯的柔美，带着一种能够直刺人心的魔力。但那些话语却是凌明鼎从未听过的。从催眠的角度来说，录音中的每一句话都设计得极为精妙，仿佛煦暖的温泉无声无息地沁入听者的心田。

正如罗飞描述的那样，在十八分钟的时间里，夏梦瑶先是把人们的记忆带回生命的起点，然后便开始灌注一个概念，死亡即是重生。

“与其在绝望中生存，不如在希望中死去！”

当听到最终的结束语响起，凌明鼎的精神防线已全面崩溃。他艰难地将耳机摘下，手腕颤抖，无法自制。

“现在你知道她的阴谋了？”罗飞幽幽说道，“如果当时这段语音传播出去，将有一亿人被催眠，他们将接受‘死亡即重生’这个概念。然后那些对现实绝望，想要重新来过的人便会纷纷自杀。保守估计，这种人在群体中的比例也超过百分之十。所以我说，这是一桩可怕的、以一千万人为目标的谋杀案！”

“为什么？她为什么要这样？”凌明鼎痛苦地咬着牙齿，脸色苍白。

“你还没理解她的愿望？”罗飞看着凌明鼎，然后他模仿夏梦瑶的语气说道，“我希望所有活着的人都能幸福。”

凌明鼎的身体猛地一颤，他被某种巨大的恐惧击中了，勉力扶住墙才没有瘫倒。

夏梦瑶的催眠术会让一部分人自杀，这部分人有着既定的特征，他们怀旧、对现实不满，他们过得并不幸福。

“我希望所有活着的人都能幸福。”

这个美好的愿望如果换个说法，瞬间就变得残酷无比。

——“让所有不幸福的人都死去。”

这就是夏梦瑶数年来所追求的最大的人生梦想。

凌明鼎觉得胸口压着一块沉重的石头，窒闷难忍。他扶着墙干呕着，却又什么都呕不出来。半晌之后，他才艰难地从喉口挤出几个字：“是我害了她……”

罗飞唏嘘叹道："你终于明白了。"

是的，一切已如此清晰，怎能不明白？

三年多之前，运河边。凌明鼎和夏梦瑶第一次相遇。

身为重症监护病房的护士，夏梦瑶却无力挽救那些垂危者的生命。她的心灵被痛苦的涓流慢慢侵袭，最终形成了一个深不见底的心穴。女孩无法排遣这样的压力，她来到河边，想要结束自己的生命。

是凌明鼎救了夏梦瑶，他在对方的心穴上搭建了一座心桥。

——"死亡并不意味着终结，而是一个崭新的开始。对于每天都在病痛中挣扎的人来说，死亡更是一种解脱。所以你不必因为病人的死亡而悲伤，而自责。他们离开了这个世界，失去的只是这个世界的痛苦；他们去了另一个世界，那个世界会充满了新的希望。"

凌明鼎用这样的语言对女孩进行了催眠。他万万没有想到，自己当初埋下的一颗种子，在数年后竟长成了一棵足以遮蔽阳光的参天大树。

"是你救了她，也是你害了她。"罗飞带着复杂的情绪开始总结，"心桥虽已搭好，但心穴依旧存在。在夏梦瑶眼中，这个世界有太多的痛苦。即便离开了重症监护病房，她每天也会看到很多不幸福、不如意的人。她想帮助他们，她希望这个世界只有笑容，没有悲伤。你给她的催眠如此强效，致使她的思维走向了某种定势。她相信死亡是一个充满希望的新起点，那些不幸福的人都应该享受重新开始的机会。这原本只是一个幻想，但青海之行给了夏梦瑶实现幻想的机会。她借鉴了邪教的催眠话术，用来引导痛苦者走向死亡。在南方的那家血汗工厂，十三个困苦的底层工人因此坠楼自杀。这花去了夏梦瑶近一年的时间，她觉得自己的效率太低了，要想帮到更多的人，必须策划一个更加庞大的计划。

"于是夏梦瑶来到了龙州，她想借助催眠师大会来创造自己的舞台。姚柏和章明的两起命案都是出自她的手笔。她帮助两个不如意的人实现了人生梦想，她觉得这也是一种追求幸福的方式。唯一的败笔是姚柏对胡友东的攻击，这事完全在夏梦瑶的计划之外。她对一个无辜者的受伤深感愧疚，所以才主动对胡友东进行护理和救助。

"随后她在网络上发布了那个帖子，目的就是要引导公众对你展开攻击。当你急于扭转业界的形象时，就会如她所愿接受催眠表演大会的建议。

“白亚星的出现本在夏梦瑶计划之外，但这个变故恰好可以推波助澜。在白亚星的压力下，你把夏梦瑶当成了唯一的救命稻草，你集中所有的人力财力对她进行包装。‘美女催眠师’的形象迅速火遍全国，夏梦瑶则一步步逼近她梦想中的大舞台。

“当乐飞出现之后，夏梦瑶意识到自己的计划已成功在即。她不希望白亚星再来横生枝节，于是便伺机催眠了白亚星，并引导对方走向死亡。在她看来，这既是对白亚星痛苦人生的超度，更是对你的报恩。

“最终夏梦瑶登上了一个巨大的舞台，她有机会对一亿受众施展自己的催眠术，而被她直接命中心穴的人数将超越千万。如果她的计划得逞，这将是有史以来最恐怖的一起谋杀案。”

凌明鼎苦笑着听完，他知道自己卷入了一个极为残酷的杀人计划。而这个计划的出发点，竟是源于一个女孩极度慈悲的内心世界。

只是有一件事他还不明白。

“你早就猜到她的计划了，对不对？”凌明鼎看着罗飞问道，“你为什么没有提前阻止？为什么还要让她登上那个舞台？”

“为了这个。”罗飞举起手中的那份现场录音，“催眠犯罪的隐蔽性太强，如果没有这份最直接的证据，那我的所有论断都只能成为猜测。”

“证据？”凌明鼎深吸一口气问道，“你一定要抓她吗？”

罗飞点头道：“仅仅阻止她是没有意义的。她这次失败了，以后还会去寻找别的渠道。要想杜绝后患，必须让她接受法律的制裁。”

“可她不是罪犯。”凌明鼎大叫起来，“她只是一个病人！”

“是罪犯还是病人，到时候会由法庭来裁断。”

“把她交给我，我会治好她的。”凌明鼎又换上了乞求的语气，“万一治不好的话，再交给你处置，行不行？”

罗飞沉默了一会儿，有些话他早就藏在心底，现在或许到了明言的时刻。

“你还没醒悟吗？你的心桥治疗术是失败的！你已经害死了你的妻

子，现在夏梦瑶也到了这个境地——”罗飞直视着对方的双眸，“我怎能把她再交给你？”

凌明鼎痛苦地呜咽了一声，他弯下腰，仿佛失去了全身的力气。

罗飞露出怜悯的神色，他伸手在对方肩头拍了拍，还想说些什么，但最终什么也没有说。

半晌之后，凌明鼎恢复了一些体力，他抬头提出了最后一个请求：“带她回龙州吧，不要交给省城警方。”

夏梦瑶的致命表演发生在省城，但之前龙州也有过三起命案，所以两地警方都有管辖权。不过罗飞也觉得把女孩留在自己手里更放心一些，另外白亚星留下的一些秘密也得从女孩处寻求突破，于是他点头采纳了对方的建议。

04

当夏梦瑶登上汽车的时候，她的神色平静而满足。她以为自己的计划已经成功，她并不畏惧世人的误解，她也甘心接受任何惩罚。

只要能让这世界更加美好，一切都是值得的。

汽车已经发动但还没有开出。驾驶室里的凌明鼎通过后视镜看着女孩，良久之后他像是作出了某个决定，突然挂挡踩下了油门。伴随着发动机低沉的咆哮，汽车一头扎进了前方无边的夜色。

坐在副驾上的罗飞发现走的并非出城的路，便问了声：“这是去哪里？”

凌明鼎没有回答，只顾着埋头开车。大约二十分钟后，汽车驶进了省城人民医院。凌明鼎停好车，转头对夏梦瑶说道：“下车吧，我带你去一个地方。”

夏梦瑶并不知道对方要做什么，但她还是很听话。在她心中，凌明鼎是一个伟大的导师，她信任对方所做的每一件事情。

罗飞也下了车。他心中略感困惑，但是凌明鼎表情严肃，似乎不便多问。

凌明鼎在前面带路，三人进了电梯。片刻后电梯在七楼停下，出来一看，前方有一扇紧闭的大门，门上写着“抢救室”三个大字。门外的等待区坐着十来号人，有男有女，有老有少，个个愁容满面。

“我们在这里等会儿吧。”凌明鼎低声说了句，然后他找了个偏僻的角落坐下。罗飞和夏梦瑶也分坐在他的两边。

不远处的十来号人对这三位不速之客并未留意，他们的心思全在那紧闭的抢救室内。不用说，必是有至亲家人在室内经受着生死的考验。

片刻后罗飞终于忍不住了，他附耳向凌明鼎问道：“这是什么情况？”

“我有个朋友在这边当主治医生，我一个小时前打过他的电话。他说正要去抢救一个危重的病人，这个病人能够生还的概率非常小。”虽是回答罗飞的提问，但凌明鼎说话时却特意转头看着夏梦瑶。

罗飞心中一动。难道凌明鼎还不死心，又想对那女孩实施什么心理治疗？既如此，倒不妨看看效果。但无论如何自己绝不会放弃将夏梦瑶移交司法的基本立场。

又过了半个多小时，抢救室的门开了。一个医生走出室外，立刻有几名家属迎了上去。那医生低声说了句什么，走在最前面的中年妇女发出一声悲泣，随即身体便软软地瘫倒在地。

后面一个半大的男孩俯身抱住那女人，两人相拥痛哭。他们的悲伤以极快的速度蔓延开来，周围众人或捶胸顿足，或黯然垂泪。整个等待区哭声一片。

不远处的夏梦瑶睁大了眼睛，她看着这副凄凉的场景，心如刀绞。

凌明鼎的声音忽地在她耳畔响起：“死亡，对死者本身来说或许是一种解脱。但在亲人朋友眼中，这却是一种最痛苦的离别。”

夏梦瑶身体蓦然颤抖了一下，像是受到了巨大的刺激。

凌明鼎还在低语：“以一个人的解脱换来众多人的痛苦，这就是你所追求的幸福吗？”

夏梦瑶无语凝噎。半晌之后，两行清泪从她的眼角滑落下来。

05

汽车再次开出，这回终于驶上了出城的道路。

夏梦瑶斜靠在后座上，双目紧闭，似乎已经睡去。这一天她经历了太多的东西，不管是身体上还是精神上，都已疲倦之极。

罗飞长时间看着悬挂在眼前的一个平安结，貌似发呆，心中却思绪万千。

当汽车驶入城际高速路的时候，罗飞问凌明鼎："你这是为什么？"

"心桥治疗术已经失败了，那就用爆破疗法吧。我已经亲手炸掉了那座心桥——"凌明鼎停顿了一会儿，他似乎在鼓足勇气以说出后续的话语，"接下来不是重生，就是毁灭！"

罗飞心中悲凉。他忘不了夏梦瑶在抢救室外的表情，那是一种深入骨髓的绝望。他甚至有点同情那个女孩，当多年来的精神支柱崩塌之后，她将如何面对今后的生活？

可这不正是爆破疗法的精髓吗？用最极端的手段将心穴彻底暴露，置之于死地而后求生。

夏梦瑶必须挺过这一关，她才有机会变回一个正常人。

"前面没路灯了。你帮我看着点路。"凌明鼎的话语打断了罗飞的思绪。后者凝起精神，专注地看着车头前方。

此刻已是凌晨三点来钟，这是人体最疲劳的时刻。而夜路本就难走，坐在副驾上的罗飞有责任帮着承担看路的义务。

不过罗飞自己也有些吃力。这些天来他为了这最后的战役可谓殚精竭虑，现在终于尘埃落定，人一下子就疲惫下来。

凌晨时分的高速公路车辆稀少，一眼望去只有不见尽头的分道线。单调的画面仿佛也具有催眠的效果，罗飞明显感觉自己的思维正在慢慢凝滞。

前方的平安结随着车辆的行进轻轻摇摆，那节奏暗暗合着罗飞呼吸的频率。在转过一个弯道时，平安结又斜斜地甩出来，长长的灯笼尾恰好扫过罗飞的眼前。

罗飞本能地闭了一下眼睛，这时他听见凌明鼎的声音：“困了就睡会儿吧。”

罗飞无法抵抗汹涌侵袭的倦意，他真的睡了过去。

也不知过了多久，“咚”的一声巨响把罗飞惊醒，仿佛有什么沉重的东西坠入了水中。

罗飞睁开眼睛，他发现汽车已经下了高速路，正停在市内的某处。在他的身旁和身后，凌明鼎和夏梦瑶都不见了踪影。

罗飞连忙开门下车，来到了一座水榭边，水榭外则是一片滔滔河水。他很快认出来了，这里是龙州的运河，河边这座水榭正是凌明鼎和夏梦瑶初识的地点。

举目再看，凌明鼎正独自一人呆呆地站在围栏后。

罗飞快步走到对方身旁，问道：“怎么了？夏梦瑶呢？”

凌明鼎没有说话，他只是垂目看着围栏下的河水，悲戚满面。

罗飞顺着对方的视线看去，水面上尚残留着一圈圈的破碎的波纹。他忽然间意识到什么：“夏梦瑶跳河了？”

凌明鼎转过头来，凄然苦笑：“她已经作出了选择，不是吗？”

罗飞怔怔地扒着围栏。脚下河水滔滔，在这样的季节里，夏梦瑶就算会游泳，也会很快被冻死。

凌明鼎长叹了一声，随后他又看着罗飞的眼睛，缓缓说道：“这对她来说或许是最好的归宿吧。”

罗飞默然不语。和法律的制裁相比，他是否更喜欢这样一个宿命般的结局？

凌明鼎又冲罗飞伸出一只手：“那段录音呢？你还有必要留着吗？”

人都死了，证据还有什么用？罗飞将那个录音器件掏出来，乖乖地送到了凌明鼎手中。后者随即一挥胳膊，扔进了运河。

“还给她吧，这是她在人世间最后的梦想。”凌明鼎感慨说完，然后转身向水榭外走去。

罗飞扭头问了句：“你要去哪里？”

“离开这个城市，去一个没人能找到的地方。”凌明鼎一边说一边钻进了汽车驾驶室，发动机的轰鸣声很快响起。在临行前他摇下车窗，对着恍然伫立的罗飞大喊了一句：“回去睡一觉吧，一切都会好起来的！”

罗飞的思维尚未完全恢复。他抬起头，远处天边，一缕晨曦正刺破云霞。

长篇小说
马伯庸
古董局中局
一部关于古董鉴定、收藏、造假、设局的百科全书式小说。